Jürgen Ehlers

In Deinem schönen Leibe

Bisher vom Autor bei KBV erschienen:

»Mann über Bord«
»Mitgegangen«
»Neben dem Gleis«
»Die Nacht von Barmbeck«
»In Deinem schönen Leibe«
»Der Spion von Dunvegan Castle«
»Blutrot blüht die Heide«

Jürgen Ehlers wurde 1948 in Hamburg geboren, lebt heute mit seiner Familie auf dem Land und arbeitet hauptberuflich im Geologischen Landesamt Hamburg. Seit 1992 schreibt er Kurzkrimis, die in verschiedenen Verlagen im In- und Ausland veröffentlicht wurden, und ist Herausgeber von Krimianthologien. Er ist Mitglied im »Syndikat« und in der »Crime Writers' Association«.
Sein erster Kriminalroman »Mitgegangen« wurde in der Sparte Debüt für den Friedrich-Glauser-Preis nominert.

Viel Spaß beim Lesen!
Jürgen Ehlers

25. 1. 2014

Jürgen Ehlers

In Deinem schönen Leibe

KBV

1. Auflage 2011
2. Auflage 2013

www.kbv-verlag.de
E-Mail: info@kbv-verlag.de
Telefon: 0 65 93 - 998 96-0
Fax: 0 65 93 - 998 96-20
Umschlaggestaltung: Ralf Kramp
Redaktion: Volker Maria Neumann, Köln
Druck: Aalexx Buchproduktion GmbH, Großburgwedel
Printed in Germany
ISBN 978-3-942446-11-2

Das Schlimmste wird es schon nicht sein

12. Oktober 1938 abends

Der Kopf des Führers schwamm in einer Schüssel mit Wasser.

»Na, was machen deine Mörder?«, fragte Horst. Er war jetzt acht Jahre alt und stolz auf seinen Vater.

»Nichts. Wir haben alles unter Kontrolle«, erwiderte Wilhelm Berger. Er war nicht mehr ganz so stolz auf das, was er im Beruf leistete. Die Aufgaben der Polizei hatten sich verändert. Er betrachtete die Briefmarken in der Schüssel. Deutsches Reich, 12 Pfennige. Der Führer war widerspenstig, schwamm an der Oberfläche. Wilhelm Berger tauchte ihn unter.

Horst hatte inzwischen eine ganz ansehnliche Sammlung. Auf dem Tisch lagen auf Löschpapier die Köpfe mehrerer amerikanischer Präsidenten. Einiges davon hatte Horst in der Schule eingetauscht, aber die meisten amerikanischen Marken stammten von den Briefen von Susannes Vater.

»Wollen wir nachher etwas spielen?«, fragte Susanne.

»Ja, gern.« Der unregelmäßige Dienst bei der Kripo führte dazu, dass sie nur selten ihre Abende gemeinsam verbringen konnten. Und wenn er mal zu Hause war, gab es bestimmt irgendeine Veranstaltung vom BdM, die ihre Tochter nicht versäumen durfte. Susanne war 17 Jahre alt.

Sie holte den Karton mit dem *Mensch ärgere Dich nicht*.

»Übrigens: Morgen Abend bin ich nicht da«, sagte Dagmar leichthin. »Wir wollen ins Kino gehen.«

»Mit Helga?« Wilhelm Berger sah seine Frau an.

»Ja, und mit noch ein paar anderen Kollegen. – Es gibt *Hei-*

mat. Mit Zarah Leander«, fügte sie hinzu. Das jedenfalls stimmte.

Wilhelm Berger hatte es geschluckt, wie immer. Gut. Aber es gab noch einen Punkt, über den sie sprechen musste. Am liebsten wäre Dagmar sofort damit herausgeplatzt, aber das wäre falsch gewesen. Ganz beiläufig wollte sie es anbringen.

Wilhelm Berger nahm mit einer Pinzette die Marken vom Löschpapier, die bereits getrocknet waren. Der Führer in Braun, der Führer in Rot. Na schön. Wir haben alles im Griff, dachte er. Die Sorgen des letzten Jahres waren verflogen. Alles war gut gegangen. Er war in die NSDAP eingetreten; alle Beamten mussten seit 1937 Mitglied in der Partei sein. Und Dagmar arbeitete weiter in der Bank; weder ihr Status als Doppelverdiener noch die Tatsache, dass sie Halbjüdin war, hatten daran etwas geändert. Sie war tüchtig, das allein zählte, und ihr Chef wollte auf ihre Mitarbeit nicht verzichten. Es war sogar gelungen, Susanne in den BdM aufnehmen zu lassen, obwohl sie einen jüdischen Vater in Amerika hatte und sie somit zu drei Vierteln Jüdin war. Aber natürlich sah sie durchaus arisch aus, und sie war evangelisch-lutherisch getauft und konfirmiert worden.

Dennoch war es nicht leicht gewesen. Es hatte einiger Überredungskunst bedurft. Wilhelm Berger hatte seinen Status als Kriminalkommissar geltend gemacht, wodurch er ja de facto SS-Mitglied war. Das hatte am Ende gewirkt. Schwieriger war es gewesen, Susanne von der Notwendigkeit dieser Maßnahme zu überzeugen. Sie hatte für die Nazis nichts übrig, und Berger befürchtete, dass sie das irgendwann einmal deutlicher zum Ausdruck bringen mochte, als es ratsam war.

Horst hatte inzwischen begonnen, die Marken, die schon trocken waren, nach Ländern zu ordnen.

Dagmar beschloss, nicht länger zu warten. Sie räusperte sich. »Man kann auch ein rassenbiologisches Gutachten erstellen lassen, um nachzuweisen, dass man ein Arier ist«, sagte sie.

»Tatsächlich?« Wilhelm Berger hatte geglaubt, dass das allein aufgrund der Vorfahren entschieden würde. Dazu gab es ja schließlich den Ahnenpass.

»Selbst wenn die Vorfahren nicht reine Arier sind, kann es doch sein, dass die nordischen Merkmale sich durchsetzen.«

»Hm. – Ich werde mich mal erkundigen«, versprach Berger.

»Ich habe mich schon erkundigt. In Hamburg kann man das machen lassen. Beim Universitätskrankenhaus in Eppendorf. Oder in Kiel. – Kiel soll sicherer sein.«

»Sicherer?«

»Na ja, es ist doch schließlich klar, was bei der Untersuchung herauskommen soll. Ich habe Susanne in Kiel angemeldet. Für nächste Woche.«

Wilhelm Berger sah seine Tochter an. Susanne tat so, als ob sie das alles nichts anginge. Aber immerhin kam kein wütender Protest. Also hatten Mutter und Tochter das miteinander abgesprochen.

»Wenn das so einfach funktioniert ...« Wilhelm Berger sollte es recht sein. Alles, was der Absicherung von Susannes Status als Nichtjüdin dienen konnte, war zu begrüßen.

»Aber es kostet Geld.«

»Ja. Natürlich. – Wie viel ist es denn?«

»Ich habe mit dem Professor gesprochen. Mit 1000 RM müssen wir rechnen.«

»1000 Mark!«

»Der Preis scheint mir nicht zu hoch für das, was damit erreicht werden kann!«

»Nein, du hast recht.« Die Reste, die noch vom Vermögen

seines Vaters übrig geblieben waren, schwanden rapide.

Aber Dagmar hatte recht – es musste sein. Früher hatte Wilhelm Berger alle Warnungen in den Wind geschlagen, aber die Entwicklung der letzten Monate hatte ihm Angst gemacht. Diese Verhaftungsaktion im Sommer – er hatte Dagmar und Susanne nichts davon erzählt, um sie nicht zu beunruhigen. Alle Juden, die schon mal irgendwann mit dem Gesetz in Konflikt gekommen waren, hatten sie festgenommen. Viele davon hatten nur ein einziges Mal irgendein krummes Ding gedreht, waren zum Teil seit Jahren nicht straffällig geworden. Aber es gab keine Unterschiede, alle kamen in Vorbeugehaft, alle wurden ins KZ eingeliefert. Es hieß, Himmler brauche Arbeiter, um die Lager zu erweitern. Aber das war natürlich nur ein Gerücht. Wilhelm Berger hatte diese Aktion zum Anlass genommen, für Susanne einen Pass zu beantragen.

Auch Herbert Richter war nicht wohl gewesen bei dieser Geschichte, das hatte Wilhelm Berger ihm angesehen. Aber Bergers junger Chef hatte sich damit herausgeredet, dass durch Wegsperren sämtlicher Straftäter die Zahl der Verbrechen zurückging. Das stimmte zwar, aber nicht in dem Maße, in dem die Nazis sich das erhofft hatten. Und ein Teil des Rückgangs der Straftaten war einfach nur darauf zurückzuführen, dass sich die wirtschaftliche Lage Deutschlands gebessert hatte. Die Weltwirtschaftskrise war überstanden.

Susanne baute schon mal das Spielbrett auf. Sie würde die roten Setzer haben wollen, wie immer.

Das Telefon klingelte. »Wahrscheinlich für mich«, sagte Wilhelm Berger.

Susanne krauste die Stirn.

Dagmar ging ran. »Berger?«

Die Stimme am anderen Ende der Leitung klang aufgeregt.

Dagmar reichte ihrem Mann den Hörer. »Für dich!«

Es war Fehlandt. »Tut mir leid, euch zu stören, aber du musst sofort mit rauskommen. Ein kleines Kind ist verschwunden. Sieht übel aus, die Geschichte. Richter und ich holen dich mit dem Wagen ab.«

»Ich komme«, sagte Berger. »Ich warte an der Straße auf dich.«

»Scheiße!« Susanne fegte die Setzer vom Spielbrett. Auch ein paar Briefmarken flogen vom Tisch.

»Wir können doch auch zu dritt spielen«, sagte Dagmar besänftigend.

Susanne schüttelte den Kopf. »Ich geh nach oben. Ich les noch was.«

»Es tut mir leid, Susanne«, sagte Wilhelm Berger verärgert. »Aber der Dienst geht vor. Und dies ist – dies ist eine ernste Sache.«

»Im Gegensatz zu deiner Familie!« Susanne stapfte davon.

Wilhelm Berger setzte zu einer scharfen Erwiderung an. Dagmar schüttelte den Kopf. »Sie braucht dich!«, sagte sie leise.

Wilhelms Ärger verflog. Er nahm Hut und Mantel von der Garderobe. Dagmar rief: »Dein Schlüssel! Du hast deinen Schlüssel vergessen!« Aber da war Wilhelm schon weg.

Horst bückte sich und hob seine Briefmarken wieder auf.

»Nun komm schon!« Fehlandt hielt ihm die Wagentür auf.

Berger stieg ein. Kaum hatte er Platz genommen, gab Richter Gas, und der Wagen machte einen Satz nach vorn. Berger flog in die Polster, Fehlandt fluchte. Herbert Richter war ein schlechter Fahrer.

»Jede Sekunde zählt«, murmelte Richter. »Jede Sekunde zählt!«

»Was ist denn überhaupt los? Entführung?« Berger rieb sich die Schulter.

»Hoffentlich nicht!«

»Keine Panik«, sagte Fehlandt. »Bis jetzt wissen wir gar nichts. Absolut gar nichts. Und du, Herbert, du redest doch immer davon, dass die Zahl der Verbrechen so stark zurückgegangen ist. Das kann gar keine Entführung sein; das passt doch überhaupt nicht ins Bild.«

Berger warf seinem Kollegen einen raschen Blick zu. Fehlandt wirkte völlig ernst, aber es war klar, dass er den Vorgesetzten auf den Arm nehmen wollte. Richter sprang erwartungsgemäß sofort darauf an.

»Die Kriminalität in Hamburg ist seit 1933 deutlich zurückgegangen. Schon wenige Monate nach der Machtergreifung ist es uns gelungen, die Zahl der Diebstähle in Hamburg um 20 Prozent zu senken …«

»Herbert, guck bitte nach vorn«, sagte Berger,

»… die Zahl der Raubüberfälle gar um fast 40 Prozent. Und Aufruhr und derartige Delikte haben sich erfreulicherweise überhaupt nicht mehr ereignet. Das endgültige Ziel ist natürlich, dass wir eine Volksgemeinschaft bekommen, in der es gar keine Verbrecher mehr gibt, in der alle friedlich und harmonisch miteinander leben …«

»Wie schön!«, sagte Fehlandt. »Wenn man mit dir unterwegs ist, das baut einen richtig auf. Weiß die Partei schon, wann dieser Zustand erreicht sein wird?«

»Natürlich nicht, aber wenn wir alle ständig daran arbeiten …«

Fehlandt lachte. Herbert Richters Lobeshymnen auf den neuen Staat waren im Laufe der Zeit schwächer geworden. Berger hatte das Gefühl, dass er selbst nicht mehr an die Verwirklichung dieser Utopie glaubte. Dass er diese Zahlen nur noch herbetete, um die Fassade aufrechtzuerhalten, während er in Wahrheit längst begonnen hatte, an den Vorzügen des

Dritten Reiches zu zweifeln. Die Verhaftungsaktion im Sommer hatte auch ihm stark zugesetzt.

»Sollen wir obenrum fahren oder mitten durch?«, fragte Fehlandt.

»Wo fahren wir überhaupt hin?«, warf Berger ein.

»Eimsbüttel. – Wir fahren mitten durch. Über die Lombardsbrücke. Das geht schneller.«

Berger bezweifelte, dass das schneller war.

»Warum fährt der Kerl nicht rechts!« Richter trommelte mit den Fingern auf das Lenkrad.

»Es gibt entschieden zu viele Autos«, knurrte Fehlandt. »Kein Wunder, wenn am Ende der Verkehr zusammenbricht.«

»Der Verkehr bricht nicht zusammen.« Zumindest in diesem Punkt war Richter zuversichtlich. »Der Führer hat dem Bau von Fernstraßen höchste Priorität eingeräumt.«

Berger wusste, dass Fehlandt sich selbst einen schnellen Wagen zugelegt hatte, ein ziemlich teures Modell. Aber Fehlandt war Junggeselle, und für seine aufwändige Freizeitbeschäftigung war ein Wagen von Vorteil.

Fehlandt räusperte sich.

»Was wolltest du sagen?«, fragte Richter.

»Ach, nichts. – Ich dachte nur, hoffentlich ist das alles ein Irrtum.«

Es geht ihm genauso wie mir, dachte Berger. Nur nicht darüber sprechen, nur nichts herbeireden! »Welche Wache ist es überhaupt?«

»Wache 48.«

Berger seufzte. An die Wache 48 hatte er ungute Erinnerungen. »Wie lange ist das jetzt her?«, fragte er Fehlandt.

»Mit Hannack? Der Sprung aus dem Fenster? – Fünf Jahre müssen das jetzt sein.«

Eines stand jedenfalls fest: Heute würde niemand aus dem Fenster springen. Alle Fenster der Wache 48 waren jetzt voll vergittert wie bei einem Gefängnis.

»Hier entlang, bitte«, sagte ein Wachtmeister.

Der Raum, in dem die junge Frau auf sie wartete, war kärglich möbliert wie alle Dienststuben. Viel trister konnte es in einer Zelle nicht aussehen. Und die Stimmung war nicht besser. Die junge Frau, die sie angstvoll ansah, hatte rotgeweinte Augen. Der Tee, den man ihr angeboten hatte, war ungetrunken und in seiner Tasse kalt geworden.

»So, Frau Altmann, jetzt kommen die Spezialisten«, sagte der Wachtmeister, der ganz offensichtlich froh war, die Verantwortung los zu sein.

Die Spezialisten! Fehlandt verkniff sich ein Grinsen. Wie viele verloren gegangene Kinder hatte er in seiner Karriere wiedergefunden? Null. Und bei Berger sah es seines Wissens auch nicht besser aus. Jedenfalls nicht, was lebende Kinder anging.

»Nun mal ganz mit der Ruhe«, sagte Richter. Jetzt, wo es darauf ankam, wirkte er völlig gelassen. »Also, was genau ist passiert?«

»Die Anna – sie ist nicht nach Hause gekommen!«

»Die Anna?«

»Ja. Das ist meine Tochter. Das habe ich doch alles Ihren Kollegen schon erzählt.«

»Erzählen Sie es uns bitte noch einmal.«

»Sie ist verschwunden. Was soll ich nur machen? Und es ist doch schon dunkel! – Sie hätte doch längst zu Hause sein müssen!«

»Wie alt ist denn die Kleine?«, fragte Fehlandt.

»Sieben Jahre.«

»Sieben Jahre? Na ja, dann ist sie ja nicht mehr so ganz klein. Dann geht sie ja schon zur Schule.« Herbert Richters Ruhe wirkte ansteckend.

»Ja, natürlich. Ich habe sie heute früh vor der Arbeit noch bis zum Eppendorfer Weg gebracht. Von dort aus geht sie dann immer allein weiter bis zur Schule. Und mittags kommt sie wieder zurück.«

»Da wird sie wahrscheinlich nach der Schule noch mit irgendeiner Freundin mitgegangen sein und dann gar nicht auf die Zeit geachtet haben.«

Der Wachtmeister, der die Anzeige aufgenommen hatte, schüttelte den Kopf. »Diese Möglichkeit haben wir schon ausgeschlossen. Ich habe die Lehrerin angerufen; Anna Altmann ist heute gar nicht in der Schule gewesen!«

»Gar nicht in der Schule gewesen?« Berger zog die Brauen hoch. Also nicht erst seit ein paar Stunden verschwunden. Das sah in der Tat schlecht aus. Sehr schlecht.

»Kann sie bei Verwandten sein?«

»Das haben wir schon überprüft. Bei ihrem Großvater in Wellingsbüttel ist sie jedenfalls nicht. Da haben wir angerufen.«

»Was ist mit sonstigen Verwandten? Onkel, Tante und so weiter?«

Frau Altmann schüttelte den Kopf. »Wir kommen aus Berlin«, sagte sie. »Aber zu den meisten Verwandten habe ich keinen Kontakt mehr. Da wäre nur noch mein geschiedener Mann.«

»Und der wohnt in Berlin?«

Frau Altmann nickte.

»Könnte es sein, dass Anna vielleicht bei ihm ist? Dass Ihr Mann das Mädchen entweder geholt hat, oder dass Anna auf irgendeine Weise zu ihm gefahren ist?«

»Nein, das kann ich mir nicht vorstellen.«

Wirklich nicht? Berger malte sich aus, dass es irgendeinen Streit gegeben haben könnte, und dass das Mädchen einfach versucht hatte, zu seinem Papa zu laufen. Vielleicht hatte es das ja sogar geschafft. In der Bahn – er selbst war als Kind mehr als einmal schwarzgefahren. Das war kein großes Problem. Und wenn das Kind wirklich in Berlin war – wer weiß, was es dann seinem Vater erzählt hatte. Wahrscheinlich wusste der Mann gar nicht, dass die Kleine in Hamburg gesucht wurde. – Nein, das war eine Illusion.

Richter ließ sich Namen und Anschrift des Vaters geben; darum würden die Berliner Kollegen sich kümmern. »Na, dann werden wir wohl einmal nachsehen müssen, wo sie steckt. Wie sieht die Kleine denn aus?« Richter nickte Fehlandt zu; der zückte den Bleistift.

»Sie trägt einen Mantel, so einen beigebraun melierten, groben Stoffmantel. Und darunter einen braun und weiß karierten Rock und einen roten Pullover.«

»... einen roten Pullover. Ja, das hab ich!«, sagte Fehlandt. Auch er bemühte sich, überlegen zu wirken.

Berger ließ sich dadurch nicht täuschen.

»Ach ja, die Mütze. Das Auffälligste ist wahrscheinlich Annas Mütze. So eine weiße Strickmütze mit Zipfeln an den Ohren. So eine Teufelsmütze, wissen Sie?«

Teufelsmütze notierte Fehlandt. Was immer das sein mochte. »Und wie groß ist das Mädchen?«

»Wie groß? – Ach, wann hab ich sie denn zuletzt gemessen? Das ist schon eine ganze Weile her. Ungefähr 1,30 Meter wahrscheinlich. Und sie ist schlank. Und die Haare, die sind dunkelblond, und sie trägt sie als Bubikopf.«

Fast alle Mädchen waren schlank, fast alle hatten einen Bubikopf.

»Ein Foto haben Sie nicht vielleicht von ihr?«

Die Mutter schüttelte den Kopf. »All diese Fragen«, sagte sie. Ihre Stimme zitterte. »So tun Sie doch etwas! Sie müssen doch etwas tun!«

»Wir tun schon die ganze Zeit etwas«, sagte der Wachtmeister.

»Nun beruhigen Sie sich mal«, sagte Berger. »Das Schlimmste wird es schon nicht sein. Das haben wir öfter mal, dass Kinder von zu Hause weglaufen. Wir werden die kleine Ausreißerin schon finden.« Er sah Frau Altmann an. War sie beruhigt? Fast. Berger schämte sich. Überbringer schlechter Nachrichten war er schon oft gewesen. Überbringer falscher Hoffnungen – das war etwas Neues.

»Und was passiert jetzt?«, fragte die Frau.

»Alle Polizisten in der ganzen Stadt suchen inzwischen nach Ihrem Mädchen. Und es sollte doch gelacht sein, wenn sie das Kind nicht finden. Und Sie – Sie gehen jetzt am besten nach Hause, damit auch jemand da ist, wenn die Kleine zurückkommt. Und wenn die Anna wieder da ist, dann rufen Sie uns bitte an, damit wir nicht weitersuchen müssen. Vielleicht ist sie ja sogar jetzt schon zu Hause und wartet auf Sie!« Berger sah, wie die Frau wieder Hoffnung schöpfte. Aber es war natürlich nur ein winziger Strohhalm, nach dem sie hier griff.

»Ja, vielleicht ist sie schon zu Hause. Ich – ich geh dann wohl besser!« Sie verabschiedete sich hastig.

Als sie gegangen war, sahen die Polizisten sich an. »Und jetzt?«, fragte Berger.

Der Wachtmeister zuckte mit den Achseln. »Wir haben alles in die Wege geleitet. Als die Meldung einging, hab ich sofort eine Runddepesche an alle Wachen geschickt und die Anzeige mit der Eilstafette an die Kriminalpolizei weitergegeben.«

»Rundfunk«, sagte Berger. »Warum lassen wir sie nicht über den Rundfunk suchen?«

»Das muss über das Präsidium laufen«, sagte Richter. »Heute erreichen wir da niemand mehr. Niemand, der das verantworten kann.«

»Ich verantworte das«, sagte Berger.

»Das geht nicht.«

»Doch, das geht. Das muss gehen. Das ist ein Notfall; das Kind ist in Gefahr, da müssen wir sofort handeln.«

Richter schüttelte den Kopf. »Ich versuche, den Chef zu erreichen. Darf ich mal telefonieren?«

Der Chef war nicht da. Daraufhin versuchte Richter, sich mit dem Polizeipräsidenten verbinden zu lassen. Auch das schlug fehl. Wilhelm Berger war nervös. Es war jetzt viertel vor acht am Abend. Die Meldung sollte in den Acht-Uhr-Nachrichten gebracht werden, um möglichst viele Hörer zu erreichen. Herbert Richter wählte die Nummer des Polizeisenators.

Berger tippte auf die Uhr. Richter nickte, wählte weiter. Es gab noch ein zweites Telefon. Berger ging um den Schreibtisch herum, nahm den Hörer ab, wählte die Nummer der Auskunft.

Richter lauschte in seinen Hörer. Niemand ging ran.

»Die Nummer der NORAG bitte«, sagte Berger. »Was? Reichssender Hamburg dann eben. Ist mir egal, wie das jetzt heißt! Die Nachrichtenredaktion bitte. Und zwar sofort. Hier ist die Kriminalpoli…« Die Dame am anderen Ende hatte aufgelegt.

»Bitte?« Richter hatte offenbar jemand erreicht. »Nicht zu Hause? – Nein, danke, ich möchte keine Nachricht für den Herrn Senator hinterlassen.«

»Verdammter Mist!« Berger war wütend.

»Lass mich das mal machen!« Herbert Richter rief bei der Auskunft an, ließ sich mit dem Sender verbinden und gab den

Text durch, der in den Nachrichten gebracht werden sollte. Für die »Ersten Nachrichten« um 20 Uhr war es zwar zu spät, aber um 22 Uhr würde die Meldung verlesen werden.

»Zu spät, zu spät!«, murmelte Fehlandt.

Aber es war immerhin ein Versuch. Herbert Richter würde morgen ein paar unangenehme Fragen zu beantworten haben. Überschreitung seiner Kompetenzen, dachte Berger. Aber Richter als SS-Mann der ersten Stunde – brauchte so einen das groß zu kümmern?

»Feierabend«, sagte Fehlandt. Er rieb sich die Augen.

Herbert Richter unterdrückte ein Gähnen. Es gab nichts mehr, was sie jetzt tun konnten. Oder doch?

Berger wollte noch nicht aufgeben. »Ich würde vorschlagen, wir gucken uns noch einmal die Umgebung der Altmann´schen Wohnung an. Fruchtallee.«

»Glaubst du nicht, dass die Schutzpolizei das schon getan hat?« Fehlandt wollte ins Bett.

»Darum geht es nicht. Nehmt doch einmal an, dass das Mädchen bloß weggelaufen ist. Dass irgendetwas passiert ist, weshalb die Anna glaubte, nicht nach Hause gehen zu können. Was uns die Mutter nicht erzählt hat, weil sie es entweder für unbedeutend oder für peinlich hält, oder weil sie es gar nicht weiß. Aber wenn das Kind wirklich weggelaufen ist, dann will es natürlich nicht nach Amerika auswandern, sondern dann will es gefunden werden. Und deshalb wird es ganz in der Nähe seiner Wohnung sein.«

»Wenn das so ist, dann hat ihre Mutter sie inzwischen längst gefunden. Und wenn sie sie nicht gefunden hat, dann wird sie jedenfalls heute Nacht nicht erfrieren. Einen so warmen Oktober haben wir lange nicht gehabt.«

»Nein, Wilhelm hat recht, wir gucken nach«, entschied

Richter. »Das dauert ja nicht lange. Einmal um den Block und durch die Gärten. Sicher ist sicher.«

Die Suche dauerte doch länger, als Berger gedacht hatte. Auf dem Weg zwischen Wohnung und Schule lag Wehbers Park. Ein idealer Platz, um sich im Dunkeln zu verstecken. Die Polizisten leuchteten das Planschbecken ab, aber darin lag nur Laub. Sie inspizierten Hauseingänge und Hinterhöfe. Alles umsonst: Anna Altmann fanden sie nicht.

»Könnt ihr mich auf dem Rückweg eben zu Hause absetzen?«, fragte Herbert Richter.

»Klar«, sagte Fehlandt. »Ich fahr euch alle nach Hause und bring dann den Wagen weg.«

Es läutete an der Haustür. Endlich, dachte Dagmar. »Das wird Papa sein«, sagte sie. »Machst du mal bitte auf, Horst?«

Horst ging zur Haustür.

»Guten Abend, kleiner Mann! Dürfen wir reinkommen?«

»Mama, da sind – da sind welche …«

Dagmar hatte die Stimmen gehört und war aus der Küche herbeigeeilt. Sie erschrak. Im Eingang standen vier Männer in SA-Uniformen.

»Dürfen wir reinkommen?«

»Ich weiß nicht …« Was hatte das zu bedeuten? »Mein Mann ist nicht zu Hause. Vielleicht wäre es besser, wenn sie ein anderes Mal …«

»Ach, das ist schon in Ordnung«, sagte derjenige, der offenbar ihr Anführer war. Er schob Dagmar zur Seite, und die Männer marschierten ins Wohnzimmer.

»Stiefel abputzen!«, empörte sich Horst.

»Ach, das ist schon in Ordnung«, wiederholte der SA-Mann. Die anderen lachten.

Dagmars Gedanken rasten. Was wollten die Männer? Was sollte dieser – dieser Überfall? »Darf ich fragen, was mir die Ehre Ihres Besuches verschafft?«

Derjenige der Männer, der am grobschlächtigsten aussah, lachte. »Die Ehre unseres Besuches! Habt ihr das gehört?«

Der Anführer ging nicht darauf ein. Er sagte: »Es handelt sich um einen reinen Freundschaftsbesuch. Ihr Mann – und vielleicht auch Sie, das weiß ich nicht – ist ja erst vor Kurzem in die Partei eingetreten. Und da wollten wir uns die neuen Parteimitglieder doch einmal ansehen und uns bekannt machen.«

»Ich bin nicht in der Partei«, sagte Dagmar.

»Dann wird es aber Zeit, dass Sie eintreten, junge Frau!«

»Ich werde es mir überlegen.« Was sollte das alles? Dagmar hoffte, dass Wilhelm bald nach Hause käme. Oder war es besser, dass er nicht da war? Galt dieser Besuch in Wirklichkeit ihm?

»Nein, wirklich, junge Frau! Da gibt es doch nicht viel zu überlegen! Alle Volksgenossen sind aufgerufen, am Aufbau des neuen Deutschland mitzuarbeiten. Und Sie als Volksgenossin bilden da keine Ausnahme.«

Die Männer hatten sich inzwischen im Wohnzimmer verteilt. Dagmar hoffte, dass sie bald wieder verschwinden würden. Und dass Susanne nicht herunterkäme. Susanne war oben in ihrem Zimmer und las.

Der Anführer setzte sich auf das Sofa. »Ich darf doch?«

»Bitte«, sagte Dagmar. Sie versuchte, aus den Abzeichen an seiner Uniform abzulesen, was für einen Dienstgrad er hatte. So etwas wie ein Leutnant? Oberleutnant? Sie kannte sich mit den Uniformen der SA nicht aus.

»Hübsch haben Sie es hier!« Der Mann ließ seinen Blick durch das Zimmer schweifen.

»Das ist das Elternhaus meines Mannes«, sagte Dagmar.

»Schade, dass er nicht da ist!«, sagte der SA-Mann. »Sonst hätte er uns sicher schon etwas zu trinken angeboten.«

»Etwas zu trinken?« Dagmar hatte keineswegs die Absicht, ihren ungebetenen Gästen irgendetwas anzubieten.

»Ja, das wäre nicht schlecht. Ein Bier vielleicht. Nein, halt, kein Bier. Wenn wir bei so vornehmen Leuten zu Besuch sind, dann sollten wir wahrscheinlich lieber ein Glas Wein trinken. Oder zwei. Was meint ihr?«

»Ich bin für Bier«, sagte der Grobschlächtige.

»Wer hat dich gefragt? – Nein, wir trinken Wein. Einen guten deutschen Weißwein. Vom Rhein natürlich. Und bemühen Sie sich nicht, Frau Berger, der Otto hier, der wird uns ein paar Flaschen aus dem Keller holen.«

»Wo ist die Kellertreppe?«, fragte Otto.

»Meine Herren, das geht nun aber wirklich nicht!« Dagmar bemühte sich um ein festes Auftreten.

Der Anführer lachte. »Ach, junge Frau, Sie glauben ja gar nicht, was alles geht! Aber das wollen wir heute überhaupt gar nicht unter Beweis stellen. Ich habe ja schon gesagt: Dies ist ein Freundschaftsbesuch. Und deswegen werden wir uns auch wie Freunde benehmen.«

Der Grobschlächtige lachte. Er ließ sich in den Sessel fallen, lehnte sich zurück, dass das Möbelstück ächzte, und legte seine Stiefel auf den Tisch.

»Wo ist die Kellertreppe?«, fragte Otto noch einmal. Er sprach ganz ruhig, aber dennoch klang es bedrohlich. Otto hatte eine hässliche Narbe auf der Stirn, und er sah aus wie jemand, der einer Schlägerei sicher nicht aus dem Wege ging.

Dagmar wies auf die Tür zum Keller.

»Wollen Sie nicht mitkommen?«, fragte Otto lauernd.

Die Männer lachten, aber der Anführer sagte: »Red keinen

Unsinn! Frau Berger bleibt hier. Du wirst doch wohl in der Lage sein, allein ein paar Flaschen aus dem Keller zu holen!«

Horst, der Achtjährige, der offenbar ebenfalls spürte, dass die Lage ziemlich angespannt war, wandte sich an den netten SA-Mann, mit dem er zuerst gesprochen hatte: »Möchtest du meine Briefmarken sehen?«

»Deine Briefmarken? – Ja, warum nicht. Zeig mir mal deine Briefmarken. Ich sammle nämlich auch Briefmarken, musst du wissen.«

»Du sammelst Briefmarken?«, lachte der Grobschlächtige.

»Ja, das tue ich. Hast du etwa was dagegen?«

Vom Keller her hörte man lautes Klirren, so als ob ein ganzes Regal umgestoßen worden wäre. Dagmar sprang auf. Der Anführer hielt sie zurück. »Kein Grund zur Beunruhigung«, sagte er. »Der Otto ist manchmal etwas ungeschickt, das muss man ihm nachsehen. Da geht schon mal was zu Bruch. Deswegen lassen wir ihn das ja üben.«

Der Wein, dachte Dagmar. Oder das Eingemachte. Egal – was auch immer da zu Bruch gegangen sein mochte, das war unwichtig. Hauptsache, keiner tat den Kindern etwas. Aber die SA-Männer ließen sich von Horst das Briefmarkenalbum zeigen, und von Susanne war nach wie vor nichts zu hören und zu sehen. Dabei musste sie doch mitbekommen haben, dass hier unten nicht alles mit rechten Dingen zuging.

Otto kam mit drei Flaschen Weißwein aus dem Keller. Eine davon rutschte ihm aus den Händen, aber der Teppich fing den Sturz auf, und die Flasche blieb heil. »Oh!«, sagte Otto. »Das wäre beinahe schiefgegangen!«

»Der Korkenzieher ist wahrscheinlich in der Küche«, sagte der Anführer.

»Das geht aber nun wirklich nicht!«, protestierte Dagmar noch einmal.

»Doch, doch, das geht!«, sagte einer der Männer, der inzwischen im Buffet nach Weingläsern suchte. »Sind das hier die richtigen?«

»Viel zu klein!«, befand der Anführer.

»Diese hier?« Er hielt einen der Römer aus dem bunten, böhmischen Kristallglas hoch.

»Ja, die sind besser.«

Horst, der sich unerschütterlich um Harmonie bemühte, zeigte seine Briefmarken.

»Das ist ja eine schöne Sammlung«, sagte der nette SA-Mann.

»Die meisten davon sind von seinem Großvater.« Dagmar strich ihrem Sohn über das Haar.

»Ja, das habe ich mir schon gedacht, dass die ziemlich alt sind. Von einem König Alfons habe ich noch nie etwas gehört.« Er wandte sich an seine Kameraden: »Oder habt ihr schon mal etwas von König Alfons gehört?«

»Alfonso«, verbesserte ihn Horst.

»Wie auch immer. Jedenfalls ist das eine ganz tolle Sammlung. Und so viele ausländische Marken! Bekommt ihr viel Post aus dem Ausland?«

»Nein«, sagte Dagmar.

»Doch, manchmal«, verbesserte sie Horst.

Die SA-Männer hatten inzwischen das ganze Erdgeschoss inspiziert und waren am Ende mit einem Korkenzieher zurückgekommen. Einer von ihnen entkorkte die drei Flaschen Weißwein. Die anderen hielten ihre Gläser hin, und Otto füllte sie bis zum Rand.

»Wo die wohl alle herkommen?«, fragte der freundliche SA-Mann. »Die hier zum Beispiel. Was steht da? *Correos* – was soll das denn heißen? Correos kenne ich nicht. Liegt das in Südamerika?«

»Das heißt bestimmt Korea«, mischte sich Otto ein.

Horst wusste es besser: »Die sind aus Spanien«, sagte er. »Hier, hier oben steht es doch: *República Española*!«

»Du kennst dich ja gut aus!«

Dagmar konnte nur hoffen, dass die SA-Männer sich nicht so gut auskannten. Zum Glück waren es auch nur wenige Marken aus Spanien, und die meisten waren in der Tat ziemlich alt. Wilhelms Vater hatte eine große Menge Briefmarken hinterlassen. Susanne hatte dagegen von ihren Marken nicht viele herausgerückt.

Dagmar wusste nicht, was sie tun sollte. Dass es sich nicht um einen reinen Freundschaftsbesuch handelte, das war offensichtlich. Aber worum ging es? Erst hatte sie befürchtet, dass Susanne irgendeine Dummheit begangen haben könnte, aber da die Männer bisher überhaupt noch nicht von Susanne gesprochen hatten, ging es offenbar nicht um ihre Tochter. Aber worum dann?

»Und was liest man denn so in gebildeten Kreisen?«, fragte einer der SA-Männer. Er öffnete den Bücherschrank. »Ah, ja, ich sehe schon!« Er nickte anerkennend mit dem Kopf. »Ernst Jünger und Ettighofer – das sind ja richtig gute Bücher! Die habe ich selbst gelesen. Oder wenigstens angefangen zu lesen.«

Das waren die Bücher, die Wilhelm damals eingesammelt hatte, als sein Kollege Kosinski sich erschoss. Der Vermieter hatte seinen Nachlass einfach auf die Straße gestellt.

»Und hier in der zweiten Reihe ...« Der SA-Mann machte sich daran, die Bücher aus dem Schrank zu räumen.

Dagmar wusste, was in der zweiten Reihe stand.

»Na ja, wenn ich mir das hier so ansehe, dann muss ich schon sagen, das ist nicht gerade die beste Literatur! Das haben Sie schon richtig gemacht, diese Dinger ganz in die hinterste Ecke zu verbannen. Da sind ja Sachen dabei, die hätten längst verbrannt werden müssen. Die haben Sie wohl vergessen damals. Ist auch kein Wunder, wo sie hinter all den anderen Büchern stehen. So war es doch, oder?«

Dagmar nickte. Was blieb ihr anderes übrig?

»Wissen Sie was«, sagte der Anführer, »wir nehmen den ganzen Krempel am besten gleich mit. Dann haben Sie da keinen Ärger mehr mit. Otto, geh doch noch mal in den Keller und bring einen ordentlichen Pappkarton mit; da packen wir dann das ganze Zeugs rein, und dann nehmen wir das nachher mit. Da brauchen Sie sich gar nicht drum zu kümmern.«

Otto machte sich auf den Weg.

In diesem Augenblick gab es im oberen Stockwerk ein Geräusch, so als ob jemand ein Fenster öffnete. Susanne! Mein Gott, dachte Dagmar, jetzt springt sie aus dem Fenster. Im nächsten Augenblick hörte man draußen tatsächlich einen dumpfen Aufschlag und dann einen unterdrückten Schrei.

»Was war das?«, fragte der Anführer der SA-Männer.

Er brauchte nicht lange auf die Antwort zu warten. Die Tür ging auf, und ein weiterer SA-Mann kam herein, der Susanne hereintrug.

»Loslassen!«, rief sie.

Der SA-Mann ließ sie los. Susanne schrie auf: »Mein Bein!«

Dagmar nahm ihre Tochter in den Arm. »Was ist passiert?«, fragte sie.

Der SA-Mann grinste. »Dieses kleine Vögelchen hier, das wollte davonfliegen«, sagte er. »Aber es ist nicht weit gekommen. Es ist noch nicht flügge. Es ist im Garten gelandet und hat sich das Bein verstaucht.«

Einer der Männer sagte: »Ich geh dann mal nach oben und mach das Fenster zu! – Nicht, dass es da am Ende noch reinregnet!«

Auch das noch! Das fehlte noch, dass die SA in ihren

Schlafzimmern herumwühlte. Aber Dagmar war machtlos. Der Mann verschwand nach oben.

Otto war inzwischen mit einem großen Pappkarton aus dem Keller zurückgekehrt. »So«, sagte er, »dann wollen wir mal alles hübsch einpacken!« Er machte sich daran, die Bücher aus der zweiten Reihe des Schrankes auszuräumen.

In dem Augenblick wurde die Haustür aufgerissen. Ein SA-Mann rief: »Da kommt ein Wagen!«

Der Anführer steckte zwei Finger in den Mund und pfiff gellend. Im Nu kam der Mann aus dem Obergeschoss zurück. Alle standen auf. Der Anführer nahm noch rasch einen Schluck Wein; dann sagte er: »Es war nett bei Ihnen, Frau Berger, aber ich glaube, jetzt müssen wir gehen! Wir haben ja schließlich noch andere …«

»Was ist hier denn los?« Berger und Fehlandt standen in der Tür.

»Nur ein kleiner Freundschaftsbesuch«, sagte der SA-Führer. »Wir wollten gerade gehen.« Die übrigen Männer drängten sich an ihm vorbei nach draußen.

»He, halt! Was bedeutet das alles?«

»Auf Wiedersehen!«, rief der SA-Mann. »Und Heil Hitler!« Im nächsten Moment war er verschwunden.

»Mistkerle!«, rief Fehlandt ihnen nach.

»Dagmar, was ist passiert?«, fragte Berger.

Horst war schneller: »Die Männer haben sich meine Briefmarken angeguckt!«, sagte er. »Und sie wollten die alten Bücher mitnehmen, die keiner mehr lesen will. Aber die haben sie nun doch vergessen.«

Susanne saß im Sessel und weinte.

»Ich weiß nicht, ob das so ohne Weiteres weggeht!« Fehlandt hatte die Gläser zur Seite geräumt, die Tischdecke über eine

Stuhllehne gehängt und war jetzt dabei, die Tischplatte mit einem Handtuch zu trocknen. Horst war auf dem Weg ins Bett.

»Immerhin«, sagte Wilhelm, »die Gläser haben sie heil gelassen.«

»Als ob es darauf ankommt!«, sagte Susanne böse. »Die SA war hier. Bei uns in der Wohnung! Begreift das doch endlich! Und die sind nicht hier gewesen, um Flecke auf dem Eichentisch zu machen oder um Gläser kaputt zu machen oder heil zu lassen, denen geht es um ganz etwas anderes!«

»Ja, das verstehen wir ja«, sagte Fehlandt rasch. »Aber um was?«

»Woher sollen wir das wissen?«

Berger zuckte mit den Schultern. »Was weiß ich? Bei mir im Dienst ist jedenfalls nichts vorgefallen, womit ich mir den Zorn der Braunhemden zugezogen haben könnte. Aber wie sieht es bei dir aus, Susanne?«

»Bei mir?«, fragte Susanne empört.

»Hast du irgendetwas getan oder gesagt, was die Herrschaften verärgert haben könnte?«

»Keiner von uns hat irgendetwas Derartiges getan«, mischte Dagmar sich ein.

»Schon gut, schon gut!« Es hatte keinen Sinn, diesen Punkt jetzt weiter zu vertiefen. Aber Wilhelm Berger wusste, dass seine Tochter zu unüberlegten Äußerungen neigte. Es bestand immer die Gefahr, dass sie irgendwo aneckte. »Ich meine ja nur, wir müssen alle vorsichtig sein. Und du ganz besonders, Susanne.«

»Warum ich ganz besonders? Glaubst du, ich bin jemand, der uns alle leichtfertig in Gefahr bringt?« Susanne war wirklich aufgebracht.

Dagmar legte ihr die Hand auf die Schulter. »Das behauptet niemand, Susanne. Was Papa sagen will, glaube ich, ist, dass du diejenige von uns bist, die unter den gegenwärtigen Umständen am stärksten gefährdet ist. Man kann es dir zwar nicht ansehen, Kind, aber du bist nun einmal zu drei Vierteln jüdisch. Und was das in der heutigen Zeit bedeutet, das brauche ich dir ja nicht erst zu sagen.«

»Es war schwierig genug, dafür zu sorgen, dass du in den BdM aufgenommen worden bist«, setzte Wilhelm Berger nach. Das war überhaupt nur gelungen, weil er Polizist war, und weil er damit gedroht hatte, seinen Chef einzuschalten. Das hatte gewirkt. Zum Glück. In Wirklichkeit hätte ihn sein Chef in dieser Angelegenheit sicher nicht unterstützt.

»Ich lege keinen Wert darauf, in diesem Bund deutscher Mädel mitzuspielen«, sagte Susanne. Sie massierte ihr Bein. Zum Glück war es nicht gebrochen.

Dagmar versuchte, sie zu beruhigen. »Es gibt Dinge«, sagte sie, »bei denen hat man einfach keine Wahl. Dazu gehört, dass Papa in die Partei eintreten musste, und dazu gehört auch deine BdM-Mitgliedschaft. Die Nazis haben wenig Verständnis für Leute, die sich nicht an ihre Regeln halten.«

Fehlandt sagte: »Es kommen auch wieder andere Zeiten. Aber wenn man die erleben will, dann muss man sehen, dass man vorher nicht ... ausscheidet.«

»Ihr ... lasst euch einfach alles gefallen!«

»Manchmal«, sagte Dagmar, »manchmal muss man sich einiges gefallen lassen. Du bist mutig gewesen, du bist aus dem Fenster gesprungen, um Hilfe zu holen, aber was hat es dir genützt: gar nichts! Das Einzige, was es eingebracht hat, ist ein verstauchter Fuß.«

»Mama hat recht«, sagte Berger. Aber er war keineswegs gewillt, sich alles gefallen zu lassen. Heute hatte er sich überrumpeln lassen, aber diesem Fatzke von der SA, dem würde er es heimzahlen!

»Horst, du wolltest doch ins Bett gehen!«, sagte Dagmar. Horst war im Schlafanzug auf der Treppe erschienen. Er ignorierte Dagmars Anweisung.

»Wer war das überhaupt, der die Gruppe angeführt hat?«, fragte Fehlandt.

Dagmar zog die Schultern hoch. »Der Mann hat sich nicht vorgestellt.«

»Irgendein Truppführer«, sagte Fehlandt. »Jedenfalls hatte er diese zwei Sterne am Kragenspiegel.«

Dagmar fragte: »Dieser SS-Mann, euer unmittelbarer Vorgesetzter, kann es sein, dass die ganze Aktion von dem ausging?«

»Von Herbert?« Fehlandt schüttelte den Kopf.

»Sehr unwahrscheinlich«, befand auch Berger. »Schutzstaffel und Sturmabteilung – die haben nichts miteinander zu tun. Das sind Konkurrenten, die sich gegenseitig nicht grün sind. Wenn diese Geschichte von der SS ausgehen würde, dann hätten sie ihre eigenen Leute geschickt. Dann wäre der Besuch wahrscheinlich deutlich unangenehmer ausgefallen.«

»Dies war unangenehm genug«, sagte Dagmar.

Horst widersprach: »Ich fand, die Männer waren ganz nett.«

Als ob die Erde sie verschluckt hätte

13. Oktober

Berger hatte schlecht geschlafen. Der Besuch der SA bei ihm zu Hause ging ihm nicht aus dem Kopf. Herbert Richter, den er gleich als Erstes darauf ansprach, wusste von nichts. »Du musst das zurückstellen«, sagte er. »So bedauerlich das für dich auch sein mag – im Augenblick hat Anna Altmann Vorrang. Wir müssen alle Energie da hineinstecken, das Kind zu finden.«

Das war eine Selbstverständlichkeit. Kaum hatten sie ein paar Worte miteinander gewechselt, da schrillte schon das Telefon.

Richter zum Chef!

Es gab also tatsächlich Ärger wegen der Eigenmächtigkeit gestern Abend. Hoffentlich nicht zu viel Ärger. Berger fühlte sich verantwortlich, aber er konnte seinen Vorgesetzten in dieser Angelegenheit nicht vertreten. Großen Aufwand hatten sie betrieben und nichts erreicht. Berger überflog die Niederschriften der Anrufe, die sie auf Grund der Radiodurchsage erhalten hatten. Drei Hinweise, denen die Schutzpolizei nachgegangen war. Alle drei Hinweise hatten sich als falsch erwiesen. Keiner der Anrufer hatte Anna Altmann gesehen.

Fehlandt war dabei, die Akten des alten Falles zusammenzuräumen, den er sich letzte Woche erneut vorgenommen hatte.

»Die kannst du jetzt vergessen«, sagte Berger. »Ist doch sowieso Schnee von gestern.«

Fehlandt schüttelte den Kopf. »Anna Altmann hat jetzt natürlich Vorrang, aber das hier – das nehme ich mir hinterher wieder vor. Das stimmt doch vorn und hinten nicht!«

»Immer noch dieser Anschlag auf den Gauleiter? Wann war das noch mal? Das muss doch inzwischen schon an die fünf Jahre her sein.«

»Ja, ziemlich genau fünf Jahre. Aber der Fall ist immer noch nicht gelöst. Und diese Vernehmungsprotokolle, die ergeben einfach keinen Sinn.«

»Das ist keine Seltenheit«, sagte Berger.

»Ja, ich weiß, weil die Polizisten, die die Vernehmung durchführen, keine Kurzschrift können und deshalb die Protokolle so knapp wie möglich gestalten. Aber in diesem Fall liegt das Problem woanders: Die Aussagen sind sich einfach zu ähnlich.«

»Du glaubst, da ist etwas abgesprochen worden?«

»Sieh doch selbst!« Fehlandt schob Berger die Akte zu.

Berger überflog die Aufzeichnungen. »Ich sehe, was du meinst«, sagte er.

»Ich muss die Beteiligten von damals noch einmal neu vernehmen.«

»Ja, aber nicht jetzt.« Berger dachte: So weit war es nun gekommen. Da saß sein Kollege Fehlandt, der sich noch vor wenigen Jahren gefreut hätte, wenn Karl Kaufmann wirklich bei diesem Anschlag in die Luft geflogen wäre, und der hatte nichts Besseres zu tun, als den Täter von damals zu jagen.

»Hier ist der Bericht aus Berlin!« Herbert Richter kam mit dem Fernschreiben.

Richtig. Die Vernehmung des Vaters. Berger las:

In den frühen Morgenstunden hat eine Durchsuchung der Altmann'schen Wohnung stattgefunden. Die Wohnung besteht aus einem größeren Schlafzimmer sowie einer Küche, Keller- und Bodengelass. Bei der Durchsuchung war die jetzige Ehefrau Alt-

mann sowie das Pflegekind Elsa Wanner zugegen, während Altmann selbst bereits um 5 Uhr seinen Dienst bei der Berliner Verkehrs-AG angetreten hatte. Die Altmann´sche Wohnung wurde in ihren sämtlichen Teilen wie Betten, Chaiselongue, Schränke, Kisten, Körbe usw. eingehend durchsucht, ohne dass das Geringste, das mit dem Verschwinden der Anna in Verbindung stehen könnte, gefunden wurde. Es fand sich lediglich eine einige Monate alte Postkarte, die Anna an ihren Vater geschrieben hatte. In der Bodenkammer und im Keller war die Durchsuchung gleichfalls ergebnislos. Es sind hier auch keine unbekannten Leichen als aufgefunden verzeichnet worden, auf die die Beschreibung der Anna passen könnte.

Gezeichnet Drager, Kriminalkommissar.

»Also Fehlanzeige«, sagte Fehlandt.

Berger nickte. Er hatte nichts anderes erwartet. »Das hört sich an, als hätten sie die ganze Wohnung auseinandergenommen!«

»Ja, ja! Polizei, dein Freund und Helfer! – Schön wär's ja!«

Berger hatte dafür gesorgt, dass alle Zeitungen benachrichtigt wurden. Außerdem ließ die Kriminalpolizei Handzettel drucken, die an allen Schulen der Umgebung und an die Bevölkerung verteilt wurden. *Gesucht wird Anna Altmann.* Der Reichssender Hamburg brachte noch immer in jeder Nachrichtensendung ausführliche Fahndungsmeldungen. Alles ohne Ergebnis.

»Die ist tot«, sagte Fehlandt.

»Wir dürfen die Hoffnung nicht aufgeben«, widersprach Berger. Aber in Wirklichkeit hatte auch er keine Hoffnung mehr.

»Ich hoffe, dass wir sie finden«, sagte Fehlandt. »Ich weiß, das klingt makaber, aber wenn wir sie nicht finden, dann ist alles noch viel furchtbarer. Dann müssen wir davon ausgehen, dass sie einem Verbrechen zum Opfer gefallen ist.«

Mussten sie das nicht längst, fragte sich Berger. »Paula Struck«, sagte er. »Allmählich müssen wir uns mit dem Gedanken vertraut machen, dass wir es mit einem zweiten Fall Struck zu tun haben.«

»Ja«, bestätigte Fehlandt. »Daran habe ich gleich gedacht. Wann war das noch mal?«

»25. September 1934. In Lokstedt war das. Paula Struck war sechs Jahre alt. Sie ist verschwunden und nie wieder aufgetaucht.«

»Als ob die Erde sie verschluckt hätte.«

»Es gibt ja Gegenden, wo so etwas möglich wäre«, sagte Fehlandt. »Dass jemand von der Erde verschluckt wird. Im Karst zum Beispiel. Da kann es vorkommen, dass sich im Untergrund eine Höhle bildet, und wenn man Pech hat, stürzt sie gerade ein, wenn man obendrüber steht.«

»Aber Karst – das ist irgendetwas, was im Erdkundebuch steht. Das gibt es vielleicht in Jugoslawien, oder wo noch? In der Schwäbischen Alb meinetwegen. Aber doch nicht hier bei uns.«

»Doch, auch hier bei uns. Du kennst doch den Bahrenfelder See. Das soll so ein Karstsee sein. Und dann gibt es alte Berichte, dass irgendwo da in Othmarschen einmal die Erde eingebrochen sei, und mehrere ausgewachsene Eichen sind im Boden versunken.«

»Ammenmärchen!«

»Nein, aber das ist eine sehr alte Geschichte. Über hundert Jahre alt. Und dennoch …«

Berger schüttelte den Kopf. »Wenn das gestern wirklich passiert wäre, dann würde man doch das Loch sehen und das Kind herausziehen. Das ist völlig unmöglich.«

»Die Anna? – Eine ganz normale Schülerin.« Die Lehrerin unterbrach sich und hustete. »Entschuldigung. Das kommt vom Rauchen. Wahrscheinlich sollte ich nicht rauchen ...«

Berger zuckte mit den Achseln. »Das tun wir alle«, sagte er. Sie saßen im Lehrerzimmer.

»Jedenfalls ist die Anna nicht besonders auffällig. Sie ist keine von den Dummen, das nicht, aber auch niemand, den ich für die Aufnahmeprüfung zum Gymnasium empfehlen würde. Fleißig natürlich, wie alle Mädchen in dem Alter, aber der Fleiß allein bringt es ja auch nicht.«

Berger nickte. »Und – als Mensch?«

»Als Mensch?«

»Na ja, im Umgang mit anderen.«

»Normal«, sagte die Lehrerin.

Das reichte Berger nicht. »Ist sie ein typisches Stadtkind? Ist sie das, was man als gewieft bezeichnen würde?«

»Nein, das nicht. Ich meine, man merkt natürlich, dass sie in der Stadt aufgewachsen ist. Aber gewieft ist sie nicht. Eher harmlos.«

»Naiv?«

»Vielleicht auch das. Jedenfalls ist sie eines der Kinder, das man nicht allzu oft ermahnen muss. In der Regel tut sie das, was man ihr sagt.«

Das ist schlecht, dachte Berger. Aber natürlich galt das in gewisser Weise für alle Kinder. Auch Horst und Susanne taten in der Regel, was man ihnen sagte. »Also waren Sie überrascht, dass sie heute nicht in der Schule war?«

»Nicht besonders. Fast jeden Tag fehlt irgendjemand. Und auch wenn der Herbst bis jetzt recht milde verlaufen ist, so ist dies doch eine Zeit, in der verstärkt Erkältungen auftreten.«

»Dann würde es also gar nicht besonders auffallen, wenn ein Kind fehlt? Ich meine, sind Sie sich überhaupt völlig sicher, dass die Anna Altmann nicht im Unterricht gewesen ist?«

Die Lehrerin lächelte. Sie legte ein Blatt Papier auf den Tisch. »Das ist die Milchliste«, sagte sie. »Die Kinder kriegen täglich ihre Milch. Und auf dieser Liste wird abgehakt, wer seine Milch bekommen hat. Damit sich niemand zweimal anstellt.«

Die Polizisten warfen einen Blick auf die Liste. Unter dem gestrigen Datum gab es keinen Haken hinter Annas Namen.

Die Polizisten waren gegangen. Die Lehrerin stand am Fenster und sah zu, wie sie wieder in ihr Auto stiegen. Sie zündete sich eine Zigarette an. Was für eine üble Geschichte, dachte sie. Die kleine Anna – das war eines der Mädchen, das man einfach gern haben musste. Auch wenn sie natürlich ihre kleinen Schwächen und Fehler hatte. Zum Beispiel hatte sie die letzten beiden Tage einfach keine Hausaufgaben gemacht. Und zu spät gekommen war sie auch. Aber wozu hätte sie den Polizisten das erzählen sollen?

Fehlandt und Richter waren zusammen losgezogen, um Anna Altmanns Klassenkameraden zu vernehmen. Und Fehlandt staunte. Richter, der im Kreise der Kollegen immer ein wenig gehemmt und unsicher wirkte, war hier offenbar in seinem Element.

»Guten Morgen, Kinder«, sagte Richter. »Ihr habt sicher alle gehört, dass die Anna verschwunden ist. Und ich, ich bin von der Polizei. Wir wollen die Anna finden und sie wieder nach Hause zu ihrer Mutti bringen.«

»Aber du siehst gar nicht aus wie ein Polizist!«, sagte einer der Jungen.

»Ich bin bei der Kriminalpolizei«, sagte Richter. »Wir tragen keine Uniform bei der Kriminalpolizei.«

»Nein, das meine ich nicht«, beharrte der Junge. »Ich meine, dass du so nett aussiehst!«

»Findest du? – Nun, ich finde dich auch nett. Ich finde euch alle nett. Ich mag Kinder. Und ich kann euch versichern, wir haben viele nette Kollegen bei der Kriminalpolizei.«

»Die meisten Polizisten, die ich kenne, die sind alt und böse«, sagte ein Mädchen zweifelnd.

»Dann kennst du die falschen Polizisten!«, behauptete Richter. »Ich glaube, ihr solltet uns alle mal im Präsidium besuchen, damit ihr sehen könnt, wie wir arbeiten, und dass die meisten von uns überhaupt gar nicht böse sind. – Aber zunächst einmal müssen wir gemeinsam ein kleines Rätsel lösen.«

»Was denn für ein Rätsel?«

»Das Rätsel, wie eure Anna verschwunden ist. Wir haben von ihrer Mutter gehört, dass sie gestern ganz normal zur Schule gegangen ist. Aber eure Lehrerin hat uns erzählt, dass sie hier nicht angekommen ist. Das stimmt doch, oder?«

»Ja«, sagten die Kinder.

»Hat denn vielleicht jemand von euch die Anna gestern Morgen noch gesehen?«

Ein Mädchen meldete sich.

»Hast du sie gesehen?«

»Ja.«

»Und wo ist das gewesen?«

»Beim Kino ist das gewesen. Ich hab noch gerufen: ›Anna, kommst du mit?‹ Denn es war schon ziemlich spät, und ich musste mich beeilen.«

»Und ist Anna gekommen?«

Das Mädchen schüttelte den Kopf. »›Gleich‹, hat sie gesagt. Ich hatte noch überlegt, ob ich auf sie warten sollte, aber ich bin dann doch lieber gerannt. Ich wollte ja nicht zu spät kommen.«

»Und die Anna, die hat einfach nur so da gestanden?«

»Nein, sie hat sich die Bilder von dem Film angeguckt.«

»Weißt du, was das für ein Film gewesen ist?«

»Ja, natürlich. *Lockenköpfchen* ist das gewesen. Mit Shirley Temple.«

»Den Film habe ich auch gesehen«, sagte Richter. »Was für ein niedlicher Film!«

»Ich auch«, rief ein anderes Mädchen, »ich auch!«

Fehlandt stellte sich vor, wie Richter in seiner furchteinflößenden SS-Uniform zwischen all den kleinen Mädchen im Kino gesessen und *Lockenköpfchen* geguckt hatte. Aber vermutlich war er in Zivil gewesen.

»Ich hab sie auch gesehen!«, meldete sich ein Junge zu Wort. »Die Anna meine ich. Nicht den Film.«

»Und wo ist das gewesen?«

»Das war bei diesem Vogelgeschäft. An der Ecke Sophienstraße/Eimsbüttler Chaussee.«

Fehlandt sagte nichts, aber er zog die Augenbrauen hoch. Die Kinder mussten doch ungefähr zur gleichen Zeit zur Schule gegangen sein. Und die Anna konnte nicht gut gleichzeitig an zwei Orten gewesen sein.

Richter fragte: »Und das war ganz bestimmt die Anna?«

»Ja, natürlich. Die kenne ich doch! Die hat doch diesen Pickel auf der Hand. Die kann man gar nicht verwechseln. Nach der Schule ist das gewesen, so zwischen elf und zwölf. Wir hatten ja gestern früher Schluss.«

»Und – hast du mit der Anna gesprochen?«

Nein, das hatte er nicht. Mit Mädchen sprach man doch nicht. Jedenfalls nicht, wenn man in der zweiten Klasse war.

»Und was hat sie da gemacht, die Anna?«

»Ins Schaufenster geguckt. Das tue ich auch manchmal. Die haben ganz viele bunte Vögel in dem Laden ...«

»Magst du gern Tiere?«

Der Junge nickte.

»Ich auch«, sagte Richter. »Aber ich durfte nie welche haben zu Hause.«

»Ich auch nicht. Papa will das nicht.«

»Glaubst du, dass die Anna da auf jemand gewartet hat?«

Das wusste der Junge nicht. Dann sagte er: »Kann ich dich etwas fragen?«

»Ja, natürlich.«

»Hast du eigentlich eine Pistole?«

»Ja klar, ich habe auch eine Pistole.«

»Hast du die dabei? Kann ich die mal sehen?«

Richter gab dem Jungen die Pistole.

Fehlandt verschlug es den Atem. Was tat der da?

»Eins musst du wissen«, sagte Richter. »Eine Pistole ist etwas sehr Gefährliches. Diese ist jetzt nicht geladen. Aber ganz gleich, ob sie geladen ist oder nicht, man zielt damit niemals auf andere Menschen.«

Der Junge legte die Waffe vorsichtig auf den Tisch.

»Darf ich auch mal?«, rief ein anderer Junge.

»Ich auch?«

»Ja, natürlich.« Richter tat so, als hätten sie alle Zeit der Welt.

Fehlandt gab ihm ein Zeichen; dann machte er sich auf den Weg.

Berger hatte sich die Akte Paula Struck vorgenommen. Es war eine dünne Akte. Unerledigt. Die sechsjährige Johanne Friederieke Paula Struck war am 25. September 1934 gegen 14.30 Uhr zum Spielen auf die Straße gegangen. Vor der elterlichen Wohnung war sie zuletzt um 16 Uhr gesehen worden. Danach war sie spurlos verschwunden. Um 19.30 Uhr hatten die

Eltern das Kind bei der Polizei in Lokstedt vermisst gemeldet. Die preußische Polizei hatte sofort reagiert – Lokstedt gehörte damals noch zu Preußen – und über den Sender Hamburg nach dem Kind suchen lassen. Ohne Ergebnis. Niemand hatte das Mädchen gesehen. In der Beschreibung hieß es: 1,20 Meter groß, schwächlich, dunkelblonder Pagenkopf, an beiden Knien Narben und – auf der beigefügten Fotografie deutlich erkennbar – ein Teil der rechten Augenbraue fehlte. Bekleidet war Paula mit einem hellblauen Seidenleinenkleid mit halblangen Ärmeln und Schulterkragen, blauweiß gemustertem, ärmellosem Kittel, Kragen dunkelblau, weißem Unterrock, langen, grauen Strümpfen mit weißen Strumpfbändern. Sie trug schwarze Schnürschuhe mit Einlagen.

Der Vater war Bauunternehmer, also nicht ganz mittellos. Die Hoffnung, dass vielleicht eine Lösegeldforderung eingehen könnte, hatte sich jedoch nicht erfüllt. Das Kind blieb verschwunden. Bei Wiedervorlage der Akte ein Jahr später hatte der zuständige Kriminal-Bezirkssekretär geschrieben:

Trotz aller Nachforschungen fehlt bisher jede Spur. Es besteht die Vermutung, dass das Kind entführt und festgehalten oder in der Umgebung von Lokstedt verunglückt ist, oder aber auch, dass es einem Sittlichkeitsverbrechen zum Opfer gefallen ist.

Berger schüttelte den Kopf über so viel Scharfsinn.

Paula Struck. Ein behütetes Kind. Etwas verlegen schaute sie in die Kamera. Unter den Zeitungsausschnitt mit der Fotografie hatte jemand ein großes Kreuz gemalt. Makaber, aber der Mann hatte recht. Was immer 1934 geschehen sein mochte – Paula Struck musste längst tot sein.

Auf dem Rückweg von der Schule ging Fehlandt noch rasch beim Eimsbüttler Park vorbei. Schon gestern Abend hatte die Polizei die Grünanlage durchsucht. Jetzt war die Feuerwehr dabei, im Schlamm des leerlaufenden Weihers nach Spuren zu suchen. Der Weiher war Teil der alten Ottersbek; sie hatten nur das Wehr öffnen und warten müssen.

Die Hoffnung, Anna Altmann noch lebend zu finden, war gering. Jetzt suchten sie nach einer Toten. Empörte Enten hatten sich an Land in Sicherheit gebracht, während Feuerwehrmänner in Gummistiefeln dabei waren, im Schlamm am Boden des Teiches herumzustochern. Fehlandt brauchte nicht zu fragen; bis jetzt hatten sie nichts gefunden.

Die Stimmung der Männer war schlecht. »So ein Blödsinn!«, schimpfte einer. »Warum sollte die dumme Pute ausgerechnet in diesem Tümpel ersoffen sein?«

Fehlandt wusste, dass Anna Altmann hier gelegentlich die Enten gefüttert hatte. Aber der Feuerwehrmann hatte recht: Der Teich war seicht, und es schien gar nicht so einfach zu sein, darin zu ertrinken.

»Wenn sie ins Wasser gefallen ist, dann doch jedenfalls nicht hier! Dann ist es doch viel wahrscheinlicher, dass sie in den Isebek-Kanal gestürzt und dort ertrunken ist. Wenn man da reinfällt, dann kommt man wirklich schlecht wieder raus.«

»Sicher werden die Klugscheißer von der Polizei da auch noch das Wasser ablassen!«, brummte ein anderer Feuerwehrmann.

»Nee, das machen sie nicht. Dann müssten sie ja die ganze Alster trockenlegen. Und wozu auch? Wenn die Göre wirklich ertrunken ist, dann taucht sie ja sowieso nach zwei bis drei Tagen wieder auf!«

Darauf konnten sie natürlich nicht warten. Fehlandt wusste, dass ein Polizeiboot seit den frühen Morgenstunden mit einer Leichenangel dabei war, den Isebek-Kanal abzufischen. Aber außer einem verrosteten Fahrrad hatten sie bisher nichts gefunden. Fehlandt glaubte ohnehin nicht, dass Anna

Altmann in einen Teich oder in den Isebek-Kanal gefallen war. Aber dass sie noch am Leben sein könnte, glaubte er auch nicht.

Den Großvater und die Bekannten hatten sie abgeklappert. Wilhelm Berger hatte erneut die Mutter aufgesucht. »Ich würde gern einmal Annas Zimmer sehen«, sagte er.

Anna Altmann hatte ein eigenes Zimmer, eine kleine Kammer unter dem Dach, durch eine Holzwand abgetrennt von dem Boden, auf dem die Wäsche getrocknet wurde. Durch das eiserne Dachfenster konnte ein Kind allenfalls den Himmel sehen. Selbst Berger musste sich auf die Zehenspitzen stellen, um das Dach des Nachbarhauses in den Blick zu bekommen.

»Das ist ihr eigenes Reich«, sagte die Mutter. »Ich versuche, dass sie es so schön wie möglich hat.« Es klang abwartend, so als ob die Frau mit einem Tadel rechnete. Warum?

Das Zimmer wirkte hell und freundlich. Die Holzwand war mit einer bunten Tapete beklebt; das Bett war ordentlich gemacht, die wenigen Puppen und Stofftiere auf dem kleinen Schrank aufgereiht. War das Annas oder Frau Altmanns Werk? So ordentlich hatte sein eigenes Zimmer nie ausgesehen. So ordentlich sah es auch heute nicht aus.

Berger öffnete den Schrank. Die Holztüren klemmten. Zwei Borde mit Spielsachen kamen zum Vorschein, *Mensch ärgere Dich nicht*, Bauklötze und Bücher. Berger ging in die Hocke, um die Bücher zu inspizieren.

»Sie liest gern«, sagte Frau Altmann. »Aber natürlich können wir uns nicht viel leisten. Das Meiste kommt aus der Leihbibliothek.«

Berger zog einen der Bände aus der Reihe. Er sah neuer aus als die anderen. *Försters Pucki*. Ein Geburtstagsgeschenk?

»Das ist nicht ihres«, sagte Frau Altmann. »Das kenne ich gar nicht. Wahrscheinlich hat sie sich das von irgendeiner Freundin ausgeliehen.«

Berger nickte. »Wenn es Ihnen recht ist, würde ich mich hier gern noch ein wenig umsehen.«

»Ja, gern. Natürlich.«

Wenn Frau Altmann das nicht recht war, so zeigte sie es jedenfalls nicht. Berger wartete, bis sie im Treppenhaus verschwunden war.

Was jetzt? Was wollte er hier? Einen Augenblick hatte er das Gefühl, die kleine Anna würde im nächsten Moment hereinkommen und ihn zur Rede stellen: Was machst du denn hier? Was machst du mit meinen Spielsachen? Aber Anna würde nicht hereinkommen. Jetzt nicht und wahrscheinlich nie mehr. Und der Bär, der die starken Gebrauchsspuren eines Lieblingsspielzeugs aufwies – wahrscheinlich würde er irgendwann im Müll landen.

Berger wischte diese Gedanken beiseite. In seiner Düsseldorfer Zeit, als er zum ersten Mal die Leiche eines ermordeten Kindes gesehen hatte, da hatte sein damaliger Chef Mombach ihn zur Seite genommen und gesagt: »Für Tränen ist jetzt keine Zeit. Hier ist ein Mord geschehen, und der muss aufgeklärt werden. Sofort, bevor noch ein weiteres Unglück geschieht. – Weinen können Sie hinterher ohne Ende, wenn alles vorbei ist.«

Berger hatte sich zusammengerissen, und er hatte getan, was er tun konnte, um den Mord aufzuklären. Und er hatte auch hinterher nicht um das tote Mädchen geweint.

Kinder haben oft irgendein Versteck, in dem sie Dinge aufbewahren, die die Eltern nicht sehen sollen. Einen getrockneten Frosch zum Beispiel, den hätte man bei ihm finden können. Was waren die Geheimnisse in Anna Altmanns Leben?

Berger machte sich daran, den kleinen Schrank auszuräumen.

Hinter den Büchern fand er Süßigkeiten. Verschiedene Bonbons und eine angebissene Tafel Schokolade. Die war nicht nur von einem Kind angebissen; die Mäuse hatten sie auch schon gefunden. Wenn man genau hinsah, entdeckte man auch anderswo im Zimmer, dort, wo Frau Altmann etwas zu nachlässig gefegt hatte, in den Ecken übersehene Mauseködel.

Berger nahm sich die Bücher vor, eines nach dem anderen. Aus dem Märchenbuch fiel ein Brief. Der Umschlag war in Berlin abgestempelt; das Datum konnte Berger nicht entziffern. Die Briefmarke zeigte den Reichspräsidenten Paul von Hindenburg, aber das besagte nicht viel; die Marken waren noch gültig. Der Brief war an Anna Altmann gerichtet, und geschickt hatte ihn ihr Vater. Das war es, wonach Wilhelm Berger gesucht hatte: Das Gegenstück zu dem Brief, den die Berliner Kollegen gefunden hatten.

Was schrieb er denn, der Vater? Berger zog den Brief aus dem Kuvert und las. Es waren nur wenige Zeilen, und auch die hätte der Mann sich eigentlich sparen können:

Liebe Anna! Ich habe deine Briefe bekommen. Schön, dass ihr euch in Hamburg so gut eingelebt habt. Mir geht es auch gut. Ja, ich denke auch noch manchmal an dich. Schreib nicht so viel, das ist so teuer. Viele Grüße, dein Papa.

Wilhelm Berger beschloss, den Brief mitzunehmen. Und was war nun mit dem Pucki-Buch? Berger hatte den Eindruck, dass es kaum gelesen war. Vielleicht noch gar nicht. Nein, das stimmte nicht. Die ersten Seiten gingen leichter auseinander als die übrigen. Wahrscheinlich hatte Anna angefangen, das Buch zu lesen. Aber von wem hatte sie es? Weder vorn noch hinten hatte jemand seinen Namen eingetragen, und den Stempel einer Leihbücherei fand Berger auch nicht. Das Buch würde er auch mitnehmen.

Er verabschiedete sich von Frau Altmann. Jetzt stand ihm eine unangenehmere Begegnung bevor. Herbert Richter hatte ihm mitgeteilt, dass Bruno Streckenbach ihn sehen wollte.

»Heil Hitler, Herr Oberführer!« Berger bemühte sich um ein möglichst zackiges Auftreten.

»Heil Hitler. – Setzen Sie sich doch.«

Berger nahm auf dem Besucherstuhl Platz. Er fühlte sich unbehaglich. Bruno Streckenbach war seit Februar dieses Jahres Inspekteur der Sicherheitspolizei und des SD im Wehrkreis X (Schleswig-Holstein, Hamburg und Bremen) und damit oberster Chef von Kripo, Gestapo und Sicherheitsdienst. Zuvor hatte er die Gestapo Hamburg geleitet. Berger kannte ihn nicht persönlich. Ein eitler Machtmensch, so hatte Fehlandt ihn charakterisiert. Und – nachdem er sich versichert hatte, dass niemand zuhörte – als arrogantes Arschloch.

»Herr Berger, Sie können sich sicher vorstellen, warum ich Sie habe kommen lassen.«

»Wegen Anna Altmann«, sagte Berger. Das war nicht schwer zu erraten.

Der SS-Oberführer nickte. »Das ist ein sehr ernster Fall, Berger, und ich erwarte von Ihnen, dass Sie ihn mit äußerstem Einsatz anpacken und lösen werden.«

»Ich werde mir Mühe geben«, sagte Berger.

»Das reicht nicht. Dieser Fall muss auf jeden Fall geklärt werden. Das gilt ganz besonders jetzt, wo Rundfunk und Presse so ausführlich berichtet haben.«

»Wir haben alles getan, um das Mädchen noch lebend zu finden«, sagte Berger. »Ich fürchte allerdings …«

»Niemand macht Ihnen einen Vorwurf. Aber nach diesem Auftakt ist ein Scheitern der Ermittlungen nicht mehr vorstellbar. Das Ansehen der Polizei steht auf dem Spiel. Alles Personal kann eingesetzt werden. Die SA, die SS – alles, was Sie brauchen, das steht zu Ihrer Verfügung. Und wenn Sie einen Verdächtigen haben, und Ihnen fehlen vielleicht die Mittel, ihn zu einer Aussage zu bringen, dann greifen Sie auf die Spezialisten der Gestapo zurück. Die haben bisher noch jeden zum Reden gebracht.«

»Ich denke, dass wir den Fall mit traditionellen Mitteln lösen können«, erwiderte Berger. »Wir sind dabei, alle Verwandten und Bekannten, alle Nachbarn und Freunde des Mädchens zu vernehmen. Darüber hinaus haben wir im Umkreis von zwei Kilometern um die Wohnung des Mädchens alle Läden aufgesucht, mit dem Personal gesprochen und Handzettel verteilt. Auf diese Weise …«

»Auf welche Weise Sie den Fall lösen, ist mir letzten Endes egal. Die Hauptsache ist, dass Sie ihn lösen. Dieses Ziel muss im Vordergrund Ihrer Überlegungen stehen. Ich will ja gar nicht bestreiten, dass man auch mit traditionellen Mittel zum Erfolg kommen kann. Aber dies ist ein Sonderfall, der Mord an einem kleinen Kind. Das ist ein Verbrechen, das die Bevölkerung in starkem Maße bewegt und beunruhigt. Da muss Abhilfe geschaffen werden. Und dafür, dass das geschieht, dafür sind Sie verantwortlich!

»Diese Verantwortung übernehme ich.«

»Ich habe nichts anderes von ihnen erwartet, Berger. Aber ich brauche Ihnen sicher nicht zu sagen, dass ein Scheitern Konsequenzen haben würde – Konsequenzen für Sie alle.«

Berger nickte. Das war eine unverhohlene Drohung. Berger fragte sich, ob womöglich dieser Fall ihm übertragen worden war, weil er unlösbar schien. Zum zweiten Mal innerhalb weniger Jahre war ein Mädchen spurlos verschwunden, und seine Vorgänger hatten es nicht geschafft, ihren Fall aufzuklären. Ging Streckenbach davon aus, dass auch er scheitern würde? War das womöglich beabsichtigt, um Fehlandt und ihn von ihren Posten zu entfernen und durch bewährte Parteimitglieder zu ersetzen?

»Wir sprechen uns wieder«, sagte Streckenbach. »Demnächst.«

»Heil Hitler«, sagte Berger.

Das Kino war aus. »Eigentlich ist es ein viel zu schöner Abend, um jetzt direkt nach Hause zu gehen«, sagte der Konsul.

»Ja, viel zu schade.«

»Aber Ihre Familie erwartet Sie bestimmt zum Abendessen. Doch, ich sehe es ganz deutlich vor mir, wie sie alle mit hungrigen Mägen um den Tisch herumsitzen und sich fragen: Wo bleibt Mama? Wo bleibt das Essen?«

»Das ist nicht das Problem. Ich weiß nur nicht, ob ich es schon wieder wagen darf, Seiner Majestät König Georg VI. zur Last zu fallen. Sicher wird er demnächst sagen: Die Ausgaben für diese Frau Berger sind einfach zu hoch. Und dann wird er sagen: Die bekommt kein Visum. Nicht für sich und nicht für ihren Mann und nicht für ihre beiden Kinder.«

Konsul Fletcher lächelte. »Seine Majestät ist in diesen Dingen sehr großzügig.«

»Aber nicht, wenn es um Visa geht?«

»Auch da kann er sehr großzügig sein. Ich weiß ja, wie sehr Sie darauf warten, aber es ist nicht so einfach, wie man vielleicht denken könnte.«

»Man könnte denken, dass einfach irgendjemand – sagen wir einmal: ein Konsul – einen Stempel zückt und damit den einen oder anderen Pass abstempelt, und dann wäre alles erledigt. – Wäre das nicht eine ganz wunderbare gute Tat?«

»Leider bin ich nicht in meiner Eigenschaft als Pfadfinder

hier nach Hamburg gekommen, sondern als Vertreter des Vereinigten Königreichs, und in dieser Eigenschaft muss ich mich an gewisse Spielregeln halten. Es stehen keine geschäftlichen Interessen auf dem Spiel, Sie haben keine Verwandten in England – da sind meine Möglichkeiten eingeschränkt. Aber brauchen Sie überhaupt meine Hilfe? Sie haben doch gute Kontakte zur Marine. Könnte Sie da nicht jemand einfach in einem Ihrer Unterseeboote nach England bringen? Und wenn Sie erst einmal da sind …«

»Spotten Sie nur! Der einzige Mann aus der Marine, den ich kenne, ist Kommandant eines Segelschiffs.«

»Schade. Um ehrlich zu sein: Ich finde die U-Boote viel interessanter. Pfeilschnell gleiten sie unter dem Wasser dahin und tauchen bald hier, bald dort auf, wo man sie gerade am allerwenigsten vermutet. Alles völlig nach Belieben ihres Kommandanten. Ich schätze, dass nicht einmal ihr oberster Befehlshaber weiß, wo sich seine Boote gerade befinden.«

»Das bezweifle ich. Das kann ich mir bei unserem Militär überhaupt gar nicht vorstellen.«

»Im Krieg vielleicht. Aber jetzt, im tiefsten Frieden, da ist doch jeder Kapitän mehr oder weniger Herr seines kleinen Reichs und fährt dahin, wonach ihm gerade der Sinn steht, und niemand, niemand weiß davon.«

Dagmar schüttelte den Kopf. »Sie haben da völlig falsche Vorstellungen, fürchte ich.«

»Machen wir doch einfach die Probe aufs Exempel, wie es so schön heißt. Ich wette mit Ihnen, dass es Ihren Militärs nicht gelingt herauszufinden, wo sich irgendein Schiff zu einer bestimmten Zeit befindet. Oder befunden hat. Mitte letzten Jahres zum Beispiel. Irgendeines Ihrer Unterseeboote vielleicht. Was nehmen wir da? U 50? Hat die Marine überhaupt so viele Boote? Sagen wir besser U 40 oder U 35. Ach, nein, nicht so eine runde Zahl. U 34 – was halten Sie davon? Ich glaube, das wäre ideal.«

»Und wenn ich es doch herausfinde?«

»Dann – dann lade ich Sie auf Kosten Ihrer Majestät ins Kino ein. Und zum Abendessen noch dazu.«

Dagmar lachte. »Ein Visum wäre mir lieber.«

»Vielleicht auch das.«

»Abgemacht?«

»Vielleicht.«

Dagmar gab Konsul Fletcher einen Kuss.

Er lächelte. Dagmar war eine schöne Frau, und wenn es allein nach der Zuneigung ginge, würde er ihr sofort ein Visum besorgen. Aber sie war auch bei allem Spiel und bei allem Herumgeflirte eine verzweifelte Frau und daher viel zu wertvoll, als dass man ihr ein Visum geben konnte.

Wahnsinn

14. Oktober

Vom Bauernhaus im Volkspark hatten sie angerufen, Berger möge sofort kommen: Bei ihnen sei eine hysterische Frau, die offenbar etwas mit dem Fall Anna Altmann zu tun habe.

Die Frau war Annas Mutter. Als Berger eintraf, hatte sie sich schon etwas beruhigt. Die Bedienung hatte ihr eine Tasse Kaffee gebracht; Frau Altmann nippte daran; ihre Hände zitterten. »Das ist mir peinlich, dass ich Ihnen diese Scherereien bereite«, sagte sie. »Aber ich hab es doch nicht gewusst. Ich habe es doch nicht wissen können! Und als ich hier hereingekommen bin und sie da stehen gesehen habe, direkt vor mir, stumm und starr, da habe ich nur noch geschrien.«

Die Polizei hatte hier in dem beliebten Ausflugslokal eine Puppe mit den Kleidern des verschwundenen Mädchens ausgestellt, in der Hoffnung, dass sich irgendwelche Zeugen finden würden, die Anna gesehen hatten. Bisher ohne Erfolg.

»Das ist nur verständlich«, sagte Berger sanft. Immerhin schien die Rekonstruktion gut gelungen zu sein, wenn es möglich war, die Mutter damit zu erschrecken. »Wir hätten es Ihnen sagen sollen, aber ehrlich gesagt habe ich nicht gedacht, dass sie hierher kommen würden.«

»Bis vor Kurzem hatte ich das auch nicht gedacht. Aber was soll ich denn machen? Ich gehe nicht zur Arbeit. Ich kann jetzt nicht arbeiten. Den ganzen Tag laufe ich herum und suche nach meiner kleinen Anna. Überall bin ich schon gewesen, immer weiter und weiter weg von zu Hause. Irgendwo muss sie doch sein!« Sie weinte.

»Frau Altmann, wir werden alles tun, was in unserer Kraft steht, um Ihr Mädchen zu finden«, versprach Berger.

»Das weiß ich ja. Aber wenn ich selbst nichts tue, dann habe ich das Gefühl, dass ich Anna im Stich lasse. Verstehen Sie das nicht? Ich muss einfach weitersuchen, bis ich sie gefunden habe.«

Berger rang mit sich selbst. Er wollte der Frau nicht wehtun, aber er wollte ihr auch nichts vormachen. »Es sind jetzt schon fast drei Tage«, sagte er. »Und es gibt kein Lebenszeichen von Ihrer Tochter.«

»Herr Kommissar, ich weiß ja selbst, dass die Wahrscheinlichkeit ziemlich klein ist, dass sie noch am Leben ist. Aber solange ich nicht sicher weiß, dass sie tot ist, solange ich ihre Leiche nicht gesehen habe, solange lebt sie für mich. Solange habe ich noch Hoffnung. Und daran halte ich mich fest.«

»Ich muss Ihnen sagen, auch wenn mir das jetzt schwerfällt, dass ich leider keinen einzigen Fall kenne, in dem ein Kind länger als zwei Tage verschwunden war und danach lebend wieder aufgetaucht ist.«

Die Frau schüttelte den Kopf. »Das kann ich nicht glauben. Und das stimmt auch nicht. Es hat ja selbst hier in Hamburg diesen Fall gegeben, wo ein Mann mit einem kleinen Mädchen um die ganze Welt gereist ist, jahrelang, und am Ende ist es wohlbehalten zu seinen Eltern zurückgekehrt.«

Einen solchen Fall kannte Berger nicht. »Das muss gewesen sein, bevor ich nach Hamburg gekommen bin«, sagte er. »Ich werde mich danach erkundigen.«

Richter kannte den Fall auch nicht, aber Fehlandt wusste sofort, worum es ging. »Dathe. Erwin Dathe. Klar, den Fall kenne ich. 1932 ist das gewesen. – Wann bist du nach Hamburg gekommen?«

»August 1932. Vorher war ich ja in Düsseldorf.«

»Dann hast du das nicht mitgekriegt. Das war kurz vorher.«

»Was ist denn das für eine Geschichte?« Berger konnte sich gar nicht vorstellen, dass er von einem so spektakulären Fall nichts gehört haben sollte.

»Ganz so, wie die Frau Altmann es dargestellt hat, war das nicht«, sagte Fehlandt. »Um mit dem wichtigsten Unterschied anzufangen: Dieser Erwin Dathe hatte das Kind nicht entführt. Er hatte es in Pflege genommen.«

»Was?«

»Jedenfalls hat er das behauptet. Er hat dem Vater erklärt, seine Frau und er würden gern ein Kind in Pflege nehmen. Er hat behauptet, er sei Schriftsteller, habe einiges an Vermögen, er habe länger im Ausland gelebt und seine Frau sei gerade dabei, in Buenos Aires ihren gemeinsamen Haushalt aufzulösen. Lügen konnte er gut. Und sehr fromm war er auch, der Erwin Dathe. Er hat doch tatsächlich zu den Eltern des Kindes gesagt: ›Sie machen nicht nur meiner lieben Frau, sondern auch dem Herrgott eine Freude, wenn Sie uns eine Ihrer Töchter geben.‹«

»Und diese Eltern haben ihm tatsächlich ein Kind mitgegeben?«

Fehlandt nickte. »Der Vater. Der Vater ist das gewesen. Und dass er dem Dathe das Kind mitgegeben hat, dafür gab es zwei Gründe: Armut und Naivität. Der Mann lebte von seiner Frau getrennt. Ursprünglich waren die beiden Töchter – wie üblich – bei der Mutter geblieben. Die wollte sie aber nicht mehr haben und hat sie dann eines Tages zum Vater geschickt. Der wollte sie dann in ein Kinderheim geben, aber das ging nicht, denn das Kinderheim kostete Geld, und Geld hatte er nicht. Daraufhin haben ihm dann offenbar die Schwestern in dem Kinderheim vorgeschlagen, sich nach einer Pflegestelle für die Mädchen umzusehen. Das wäre für alle Seiten das Beste, hatten sie gemeint. Und da hat dieser Mann – er war Arbeiter – dann die Anzeige gesehen, die der Dathe in die Zeitung gesetzt hatte, und der Vater hat sich darauf gemeldet.«

»Und dann?«

»Und dann haben sie sich getroffen, Erwin Dathe hat dem Vater alles Mögliche vorgeschwindelt, und der Vater hat ihm alles geglaubt, denn – wie gesagt – reden konnte der Mann. Da hat ihm schließlich der Vater das Mädchen übergeben. Hedwig hieß sie, glaube ich. Fünf Jahre alt. Und Erwin Dathe hat ihm darüber eine Quittung ausgestellt: *Ich bestätige hiermit, am heutigen Tag Ihre kleine Tochter Hedwig von Ihnen in Empfang genommen zu haben und verspreche, nach bestem Wissen und Gewissen des Kindes Wohlergehen zu fördern. Meine Gattin und meine Wenigkeit werden selbiges mit Gottesfurcht zu einem guten und gesunden Menschen erziehen. Erwin Dathe.* Oder so ähnlich.«

»Das ist ja grotesk«, sagte Berger.

»Mehr als grotesk. Offenbar hat der Vater geglaubt, dass damit alles seine Ordnung habe. Erwin Dathe hat ihm in der Folgezeit dann auch immer wieder Ansichtskarten geschrieben und kurze Briefe, in denen er behauptete, dem Kind gehe es gut. Er könne leider im Augenblick keine feste Adresse angeben, da sie sich bald an der Riviera, bald in Italien oder in Spanien aufhielten – er, seine frei erfundene Ehefrau und das Kind.«

»Wozu hat er das Kind überhaupt haben wollen?«, fragte Berger. »Das muss doch eine finanzielle Belastung für ihn gewesen sein.«

Fehlandt schüttelte den Kopf. »So ein kleines Kind, ein Mädchen noch dazu, das ist geradezu ideal, wenn man seinen Lebensunterhalt als Bettler, Betrüger oder Hochstapler verdienen will. Und genau das hat Erwin Dathe gemacht. Und wo er es nun schon einmal hatte, hat er das Kind auch missbraucht.«

»Und wie ist das Ganze aufgeflogen?«

»Durch einen ganz dummen Zufall. In Nordamerika ist das gewesen, in Los Angeles. Da ist der Besitzer eines Gasthauses auf ihn aufmerksam geworden. Das Kind hat wohl zu viel geweint. Der Mann fand das seltsam, dass Dathe allein mit dem weinenden Kind unterwegs war, und da hat er die Polizei eingeschaltet. Die hat dann sehr rasch herausbekommen, was da vorging. Dathe hat natürlich alles bestritten, aber an den Aussagen des Kindes bestand kein Zweifel. Da haben die Amerikaner die beiden kurzerhand abgeschoben.«

»Was? Etwa zusammen?«

»Nein, das nicht. Die beiden sind getrennt gereist, die kleine Hedwig unter der Aufsicht einer Stewardess.«

»Und dann?«, fragte Richter.

»Ja, dann hat man ihm natürlich den Prozess gemacht. Wegen Kindesentführung und fortgesetzter Unzucht mit Kindern. Im April 1934 ist das gewesen ...«

»Ach ja!« Doch, Berger hatte damals von dem Prozess gehört, aber die Einzelheiten längst vergessen. Der Fall hatte ihn ja nicht direkt betroffen.

»So lange haben sie gebraucht, um das ganze Material auszuwerten. Der gute Erwin Dathe war ja weltweit aktiv gewesen. Aber allzu viel haben sie ihm am Ende nicht anhängen können. Und was immer er mit dem Kind gemacht haben mag – jedenfalls hat er es ja nicht umgebracht. Er hatte einen milden Richter. Ich glaube, anderthalb Jahre hat er gekriegt dafür.«

»Anderthalb Jahre?«, rief Berger. »Soll das heißen, dass er jetzt wieder draußen ist?«

»Das weiß ich nicht«, musste Fehlandt zugeben. »Das war ja nicht unser Fall damals, und ich habe mich nicht weiter darum gekümmert.«

»Dann könnte dieser Kerl womöglich tatsächlich Anna Altmann entführt haben?«

»Vielleicht. Wahrscheinlich nicht. Ich werde das nachprüfen.«

»Und das Kind?«, wollte Richter wissen. »Was haben sie damals mit dem Kind gemacht?«

»Das weiß ich nicht«, sagte Fehlandt. »Wahrscheinlich wieder zum Vater zurückgebracht.«

»Und er hat es dann vermutlich ins Heim gesteckt. – Ist das nicht furchtbar? Ein kleines Mädchen, das keiner haben will, die Mutter nicht, der Vater nicht, und der einzige Mensch, der sich jemals für das Kind interessiert hat, ist ein Verbrecher!«

»Das wissen wir alles nicht«, sagte Fehlandt. »Vielleicht hat er ja am Ende richtig gute Pflegeeltern für das Mädchen gefunden. Gerade du solltest in dieser Frage doch eher optimistisch sein. Ich meine, dieses ganze Gerede von der Volksgemeinschaft – dies ist doch der Moment, wo diese Volksgemeinschaft nun wirklich mal ihre Solidarität zeigen und handeln muss. Glaubst du nicht, dass sie das vielleicht gemacht hat?«

»Ich kann es nur hoffen«, murmelte Richter.

Fehlandts Recherche bezüglich Erwin Dathe brachte ein rasches Ergebnis. Dathe hatte seine Strafe im Zuchthaus Fuhlsbüttel abgesessen und war direkt anschließend in die Irrenanstalt Langenhorn eingewiesen worden. Und dort saß er noch heute. Er würde nicht wieder in Freiheit kommen.

Susanne spielte Klavier. Sie sang ein trauriges Lied dazu, dessen Worte Wilhelm Berger nicht verstehen konnte. Leise öffnete er die Tür zum Wohnzimmer. Susanne sang:

Jetzt blüht wieder Mohn im Jarama-Tal.
Und blüht auch vor unseren Gräbern.
Wie ein blutiger Teppich bedeckt er das Land …

Wilhelm Berger trat ein. Susanne hörte sofort zu singen auf. Sie spielte noch ein paar Akkorde, dann klappte sie das Notenbuch zu.

»Ich wollte dich nicht stören«, sagte Berger.

»Du störst mich nicht.«

»Du kannst gern weiterspielen.«

»Ich wollte gerade aufhören!«

In dem Augenblick rief Dagmar aus der Küche: »Susanne, kannst du bitte mal eben kommen?«

»Ja, Mama!« Susanne eilte davon.

Das Buch hatte sie auf dem Klavier liegen lassen. Berger nahm es zur Hand. *Canciones de las Brigadas Internacionales.* Brigadas Internacionales? Berger erschrak. Was hatte Susanne mit den Internationalen Brigaden zu schaffen? Auf der ersten Seite des Buches stand: *In Liebe Dein Heinrich.*

»Oh, ich habe meine Noten vergessen!« Susanne nahm ihm das Buch aus der Hand.

»Susanne!«, rief Berger. Aber seine Tochter war schon auf dem Weg in ihr Zimmer.

Berger eilte ihr nach. »Susanne, bleib stehen!«

Susanne blieb am oberen Absatz der Treppe stehen und drehte sich zu ihrem Vater um.

»Was ist das für ein Buch? Was hast du mit den Internationalen Brigaden zu tun? Und wer ist Heinrich?«

»Was geht dich das an?«

»Ich bitte dich, Susanne! Das geht uns alle an. Und ich verbiete dir ...«

»Das lasse ich mir von dir nicht verbieten. Heinrich ist mein Freund. Und – ja, er ist bei den Internationalen Brigaden.«

»Warum weiß ich nichts davon?«

»Du bist ja nie da«, erwiderte Susanne patzig.

»Und – Dagmar?«

»Ich weiß davon.« Dagmar hatte den Lärm gehört; sie stand jetzt unten an der Treppe, Berger in der Mitte zwischen beiden.

»Mein Gott«, sagte Berger. »Ihr bringt uns in die größte Gefahr.« Kein Zweifel, das war die Ursache für den Besuch der SA gewesen. »Das muss aufhören. Sofort.«

»Das hat schon aufgehört«, sagte Susanne böse. »Jetzt und für immer!« Susanne schluchzte. »Er ist tot!« Sie heulte hemmungslos. Dagmar schob ihren Mann zur Seite und nahm die Tochter in den Arm. »Das wäre nicht nötig gewesen«, sagte sie, an Wilhelm gewandt.

»Das tut mir leid«, murmelte der.

Wilhelm erfuhr, dass Susanne und Heinrich sich schon in der Schule kennen gelernt hatten. Heinrich war drei Jahre älter als sie. Als der spanische Bürgerkrieg ausbrach, hatte Heinrich sich freiwillig gemeldet. Sie hatten sich regelmäßig geschrieben. Nichtssagende Briefe, denn mehr ließ die Zensur nicht zu. Aber aus der Zeitung wusste Susanne natürlich, dass es um die Sache der Republik schlecht stand. Am 26. Juli hatten die Republikaner in einem letzten, vergeblichen Großangriff den Ebro überschritten. Der letzte Brief von Heinrich war am 25. Juli in Spanien abgeschickt worden.

Berger stieg nach oben und nahm Susanne und Dagmar in den Arm. »Es tut mir sehr, sehr leid«, murmelte er. Er dachte: Warum haben sie das nicht gesagt? Ist es wirklich so, dass man nicht mit mir reden kann?

Er registrierte dankbar, dass Dagmar und Susanne ihn in ihre Umarmung aufnahmen. Gleichzeitig fühlte er eine ungeheure Erleichterung. Diese Krise war überstanden. Susanne hatte teuer dafür bezahlt, aber nun würde alles gut werden.

In Deinem schönen Leibe

15. Oktober

Schönen Gruß von der Sitte«, sagte Fehlandt.

»Was hat die Sitte zu bieten?«, fragte Berger. Er hatte keine große Hoffnung, dass die Kollegen wesentliche Erkenntnisse beisteuern könnten.

»Die Sitte möchte sich mit etwas Lyrik an der Verbrecherjagd beteiligen.«

»Lyrik?«

Fehlandt schob Berger ein Blatt Briefpapier hin. Darauf stand:

So von innen
So von außen
Siehst Du aus, Du schönes Weib.
Was ich möcht' mit Dir beginnen
Brächte Dir ganz großes Leid.
In Deinem schönen Leibe
Locken die Eingeweide.
Ich küss die stolzen Brüste
An Dir mit viel Gelüste.
Ich küss den schlanken Leib
An Dir, O schönes Weib,
Schneide mir aus Deinem Leibe
Die edlen Eingeweide.
Nicht eher als sie mein,
Werd je ich ruhig sein.

Inserieren Sie im Fremdenblatt Sonnabend »Meine E. sind Dein«. Dann bin ich glücklich. Der, der Ihre Brüste, Ihr Herz, Ihre Eingeweide und das Fleisch Ihres Leibes anbetet.

»Nicht gerade Eichendorff«, stellte Fehlandt fest, »aber auf seine Art auch recht eindrucksvoll.«

»An wen ist dieser Brief gegangen?«

»Eine junge Schauspielerin.«

»Und? Hat sie die Anzeige im Fremdenblatt aufgegeben?«

Fehlandt schüttelte den Kopf. »Wenn ich die Kollegen richtig verstanden habe, hat sie stattdessen lieber die Polizei eingeschaltet.«

»Und die hat nichts Besseres zu tun gehabt, als diesen Brief zu lochen und abzuheften? – Mensch, da muss doch reagiert werden! Die hätten doch auf jeden Fall versuchen müssen, mit diesem Burschen Kontakt aufzunehmen!«

»Und dann?«, fragte Fehlandt. »Selbst wenn das alles so gelungen wäre, wie du dir das vorstellst: Was wäre dann passiert? Ein Gedicht ist ein Gedicht – wie pervers es auch immer sein mag. Dafür kannst du niemand einsperren.«

»Einsperren nicht. Aber den Namen hätte ich schon gern gehabt. Wenn dieser Bursche jemals auf den Gedanken kommt, seinen Plan in die Tat umzusetzen, dann wissen wir jedenfalls, wer er ist.«

»Vielleicht hat er seinen Plan ja gerade in die Tat umgesetzt!«

»Du bist zynisch! Das glaube ich nicht. Dieser Brief ist jedenfalls nicht an ein Kind geschrieben ...«

»Nein, an eine junge Frau in diesem Fall.«

»In diesem Fall, sagst du? Es gibt also noch mehr?«

Fehlandt nickte. »Achtzehn Stück. Alle an verschiedene Leute adressiert. Nicht alles Gedichte, auch viel Prosa dabei. Dieses Schreiben hier zum Beispiel:

Werteste Dame!

Ich liebe Ihre goldgelben Eingeweide! Ich könnte mir nichts Schöneres vorstellen als: Sie mit ausgebreiteten Armen von unten bis oben aufgeschlitzt, der Inhalt Ihrer Brust und Ihre herrlichen Eingeweide ...

Und so weiter. Lauter ekliges Zeug. Jedes Mal persönlich zugestellt. Aber gesehen hat den Kerl niemand. Er hat es immer geschafft, die Briefe in den Kasten zu werfen und unauffällig wieder zu verschwinden.«

»Achtzehn Stück, sagst du? Wie viele weitere mag er noch geschrieben haben, von denen wir nie etwas erfahren haben?«

»Wahrscheinlich eine ganze Menge. Aber du hast natürlich recht: Diese ungewöhnliche Korrespondenz ist schon ziemlich alt. Der älteste Brief ist vom 31. Dezember 1931, der jüngste stammt vom 3. August 1935. Das sind auch schon mehr als drei Jahre.«

»Dann können wir das vergessen. Mit unsrem Fall hat das nichts zu tun.«

»Das weiß ich nicht. Dies hier, das hat er auch geschrieben: *Dieses Mal ist es mir nicht geglückt. Es ist nicht zum Clou meiner Absicht gekommen. Ich wollte dem Mädchen zum Schluss den hübschen Leib aufschlitzen, um sie zucken und ihre Eingeweide quellen zu sehen. Ich will ihr die herrlichen Eingeweide ausnehmen, um zu Hause kleine Schnitzel zum Andenken in Öl aufzubewahren. Dieses Mädchen wird mit den eingelegten Eingeweiden für mich so weiterleben.*

Später werde ich mir einen Jungen und ein Mädchen gleichzeitig nehmen, um ihre Eingeweide zu vergleichen und um den Inhalt zu besitzen. Ich habe 3 Mädchen schon im Visier. Sie wohnen in Wandsbek, Hamburg und Harburg.

Mädchen, haltet eure Leiber und Eingeweide für den Eingeweidejäger bereit!«

Der Brief trug einen amtlichen Eingangsstempel: *Der Polizei-Präsident Harburg-Wilhelmsburg, 22. Januar 1932, Wilhelmsburg.*

»Wandsbek – wohnst du nicht in Wandsbek?«, fragte Fehlandt überflüssigerweise.

»Ja.« Berger dachte an Susanne.

»Aber du brauchst dir keine Sorgen zu machen. Dieser Brief ist ja schon sechs Jahre alt, und weder in Wandsbek, noch in Harburg sind in der Zeit kleine Mädchen abhandengekommen.«

Aber in Hamburg. Paula Struck und jetzt Anna Altmann. Und dass der Eingeweidejäger es in diesem Fall auf kleine Kinder abgesehen hatte, ging aus den beigefügten Zeichnungen hervor. Der Junge trug einen Matrosenanzug – wie in Breslau damals. Aber der Doppelmord in Breslau war vor 1932 gewesen. Vielleicht hatte der Eingeweidejäger sich an den Berichten darüber orientiert.

»Und jetzt?«

Berger seufzte. »Weitermachen«, sagte er. »Ich nehme mir die Frau Altmann noch einmal vor. Aber vorher rufe ich noch bei Gennat an. Die Sache mit dem Brief aus Berlin. Seine Leute sollen da noch mal nachfassen.«

»Gennat«, sagte Fehlandt. »Warum rufst du nicht gleich bei Himmler an?«

»Ganz einfach: Weil ich Gennat gut kenne und zu ihm Vertrauen habe. Und Himmler kenne ich nicht persönlich, und Vertrauen habe ich auch nicht zu ihm.«

»Ach ja, richtig. Ich hatte vergessen, dass du Freunde unter den Göttern hast!«

»Frau Altmann«, sagte Berger, »wir müssen jeder Spur nachgehen. Dazu gehört auch, dass wir das Umfeld des Kindes so genau wie möglich ermitteln. Bekannte, Verwandte, Freunde – einfach alles.«

»Aber das habe ich Ihnen doch schon alles gesagt. Meine

Verwandten leben in Berlin, und ich habe keinen Kontakt mehr zu ihnen.«

»Was ist mit Freunden und Bekannten?«

»Arbeitskollegen natürlich.«

Sie weicht aus, dachte Berger. »Mehr nicht?«

»Was sollen all diese Fragen? Glauben Sie vielleicht, ich oder meine Freunde hätten Schuld am Verschwinden meiner Tochter!«

»Niemand behauptet das.« Aber auch Sexualmorde waren häufig Beziehungstaten. Noch ließ sich nicht ausschließen, dass der Täter im unmittelbaren Umfeld des Mädchens zu finden war. Und Berger war sich sicher, dass Helga Altmann ihm etwas verschwieg. »Sie haben also seit der Trennung von Ihrem Mann keine neuen Freunde kennen gelernt, keine neuen Bekanntschaften geschlossen?«

»Nein, nicht wirklich.«

»Also doch?«

»Doch. In gewisser Weise.« Helga Altmann hatte vor zehn Monaten einen Mann kennen gelernt. Beim Tanzen. Sie trafen sich regelmäßig.

»Und – wie hat Ihre Tochter die neue Beziehung aufgenommen?«

Helga Altmann zögerte. »Nun ja, daran muss sie sich erst gewöhnen. Ich meine, bis dahin sind wir ja immer allein gewesen die letzten Jahre, nur wir beide, und jetzt ist da plötzlich noch jemand anders …«

»Schläft Ihr neuer Bekannter bei Ihnen in der Wohnung?«

»Nein, das nicht. Was würden denn die Leute sagen?«

Berger sah Frau Altmann an. Stimmte das? Er sagte: »Würden Sie mir bitte seine Adresse geben?«

»Ich weiß nicht – das wäre Erich sicher nicht recht.«

»Frau Altmann, auf irgendwelche Empfindlichkeiten können wir keine Rücksicht nehmen. Jeder, der in irgendeiner Weise mit Ihrer Tochter zu tun hatte, muss vernommen werden. Das gilt auch für Ihren Bekannten.«

»Ja natürlich.« Frau Altmann kam sich gedemütigt vor. Ihr Kind hatte sie so gut wie sicher verloren, und jetzt wurde auch noch der Rest ihres Lebens in die Öffentlichkeit gezerrt, von Fremden diskutiert und zerredet, Stück für Stück. Aber sie konnte nichts dagegen tun. Sie gab dem Kommissar Erichs Visitenkarte.

»Danke. Das war eigentlich alles, was ich wissen wollte.« Berger erhob sich. »Ach, könnte ich vielleicht einmal Ihr Bad benutzen?«

»Bitte.« Frau Altmann wurde rot. Sie wusste, warum Berger in ihr Bad wollte. Und sie wusste, was er dort finden würde: Erichs Rasierzeug.

Berger berichtete. Anna war den Erwachsenen ganz offensichtlich im Weg gewesen. Sie hatte gestört bei Frau Altmanns neuer Beziehung. Sie hatte daraufhin ihr eigenes Zimmer bekommen, eine kleine Dachkammer, eine Art Abstellraum. Sie hatte versucht, zu ihrem Vater Kontakt zu halten, von dem sie glaubte, dass er sie besser verstand. Aber auch der Vater hatte sie enttäuscht. Sie war schrecklich einsam gewesen, und wer immer ihr versprochen haben mochte, sie aus dieser Einsamkeit zu befreien, der hatte leichtes Spiel gehabt.

»Gut«, sagte Fehlandt. »Also das wissen wir jetzt. Schade nur, dass es uns überhaupt nicht weiterhilft! Wir wissen eine Menge über das Opfer, aber nichts über den Täter«, sagte Berger.

»Wenn wir Paula Struck mit einbeziehen, dann wissen wir immerhin, dass wir es mit einer Serie zu tun haben.«

»Aber können wir das wirklich? Paula Struck mit einbeziehen, meine ich. Das ist immerhin vier Jahre her. Vier Jahre und einen Monat.«

»Sie ist genauso spurlos verschwunden wie Anna Altmann. Und sie ist nicht das erste Mädchen, das sich auf diese Weise in Luft aufgelöst hat. Ich habe noch ein bisschen weiter nachgeforscht. Es gab schon einen solchen Fall, 1925 war das.«

Den Fall kannte Wilhelm Berger nicht. »Das wäre ja eine noch größere Lücke. Neun Jahre bis zum Verschwinden der Paula Struck.«

»Ja, das scheint so zu sein. Ich weiß, das wäre der enthaltsamste Sexualmörder, den du je gesehen hast, und mir kommt das auch seltsam vor, aber dennoch bleibt die Tatsache bestehen, dass auch damals ein kleines Mädchen spurlos verschwunden ist. Clara Abicht, zehn Jahre alt. Im Stadtpark ist das gewesen.«

Berger schüttelte den Kopf. Das war einfach zu unwahrscheinlich. Paula Struck war in Lokstedt verschwunden, Anna Altmann in Eimsbüttel.

Fehlandt deutete auf die Wandkarte. »Siehst du die Punkte? Ich habe die Stellen, wo die Kinder verschwunden sind, mit farbigen Nadeln markiert. Die Orte sind jeweils etwa 4 km voneinander entfernt. Es sind die Eckpunkte eines gleichseitigen Dreiecks.«

»Nicht ganz«, sagte Berger.

»Aber fast!«

»Und du meinst, der Täter wohnt in der Mitte dieses Dreiecks?«

»So ungefähr. Hast du mir nicht selbst einmal erzählt, dass der große Gennat das bei euch in Düsseldorf genauso gemacht hat, damals, bei der Jagd auf Peter Kürten? Und hast du nicht gesagt, dass er dabei ziemlich genau auf den Punkt gekommen ist, an dem Kürten tatsächlich gewohnt hat?«

»Flingern, ja. – Aber Gennat hatte viel mehr Punkte zur Verfügung als wir.«

»Drei Punkte reichen«, behauptete Fehlandt. »Besonders bei dieser Verteilung. Ein gleichseitiges Dreieck. Was willst du mehr?«

»Das ist Unsinn. Da kannst du genauso gut einen Hellseher heranziehen.«

»Das ist keine Hellseherei. Die Verteilung der Tatorte deutet darauf hin, dass unser Täter in Eppendorf wohnt.«

»Ja, ein Arzt vermutlich, der am Universitätskrankenhaus nicht genug zu tun hat und in seiner Freizeit noch ein paar Kinder auseinanderschnippeln will!«

»In Eppendorf wohnen nicht nur Ärzte, Wilhelm! Und alle Punkte, an denen Anna Altmann am Tag ihres Verschwindens noch gesehen worden ist, die liegen nordöstlich von ihrer Wohnung. Die weisen alle in Richtung Eppendorf.«

Berger zuckte mit den Achseln. Er glaubte nicht an Fehlandts Theorie. Aber es konnte nichts schaden, die Befragungen in diese Richtung auszuweiten. Vielleicht fand sich ja doch noch eine Spur.

Quickbornstraße 23. Bücher und Zigarren. Bücher. Einer der Läden, in denen Anna vielleicht gewesen sein könnte. Berger trat ein. Zwischen Wänden voller Bücher thronte eine kräftig gebaute Frau auf einem Stuhl und las eine Geschichte vor. Ihr zu Füßen saßen oder hockten mehrere Kinder auf dem Boden und hörten andächtig zu.

»… ein Müller, der hatte eine schöne Tochter. Als die herangewachsen war, da wünschte er, sie wäre versorgt und gut verheiratet. Er dachte: ›Wenn ein ordentlicher Freier kommt und sich für sie interessiert, so will ich sie ihm geben.‹ Wenig später kam ein jun-

ger Mann zu ihm in die Mühle, der schien sehr reich zu sein. Er gefiel dem Müller, und deshalb versprach er ihm seine Tochter. Das Mädchen aber hatte ihn nicht so lieb, wie eine Braut ihren Bräutigam lieb haben soll, und es hatte kein Vertrauen zu ihm. Immer wenn sie ihn ansah oder an ihn dachte, dann fühlte sie ein leises Grauen in ihrem Herzen. Er aber schien es nicht zu merken ...«

Die Frau hatte wohl bemerkt, dass Berger eingetreten war, aber sie beachtete ihn nicht. Und die Kinder waren so sehr in das Zuhören vertieft, dass sie den Mann ignorierten. Was war das für eine Geschichte? Ein Märchen offenbar, daran bestand kein Zweifel. Aber eines, das Berger noch nie gehört hatte. Die Frau hatte keine schöne Stimme, aber sie las sehr eindringlich, und auch Berger wollte hören, wie es weiterging.

»Der Bräutigam sagte: ›Am nächsten Sonntag musst du hinaus zu mir kommen, da gebe ich ein großes Fest. Ich habe die Gäste schon eingeladen, und damit du den Weg durch den Wald findest, so will ich dir Asche streuen.‹ Als der Sonntag schließlich kam und das Mädchen sich auf den Weg machen sollte ...«

Berger fiel auf, dass die Frau kaum in das Buch sah, sondern ihren Blick auf die Zuhörer gerichtet hatte. Offenbar kannte sie die Geschichte so gut wie auswendig. Aber nun sah eines der Mädchen auf und entdeckte Berger. Die Frau unterbrach ihre Lesung und klappte das Buch zu.

»Kann ich Ihnen helfen?«, fragte sie. »Sehen Sie sich gern um. – Oder sind Sie wegen der Zigarren hier? Dafür ist mein Mann zuständig.«

»Ich wollte Sie nicht stören«, sagte Berger leise. »Aber ich würde gern einmal mit Ihrem Mann sprechen.«

»Er ist hinten.« Sie stand auf und rief in den Flur: »Hugo, da ist Kundschaft für dich!«

»Ja? Womit kann ich dienen?« Der Mann mochte etwa fünfzig Jahre alt sein.

»Kriminalpolizei«, sagte Berger. »Ich möchte mich gern mit Ihnen unterhalten.«

»Ja, selbstverständlich. Kommen Sie«, sagte der Buchhändler. »Wenn es Ihnen recht ist, können wir vielleicht besser in die Küche gehen. Da stören wir meine Frau nicht beim Vorlesen.«

Berger folgte dem Mann nach hinten. Die Küche war ordentlich aufgeräumt, Herd und Möbel ziemlich alt, aber nirgendwo Staub oder Ruß. Das Feuer im Herd brannte und verbreitete eine angenehme Wärme. In einem Vogelkäfig auf der Fensterbank saß eine Taube.

»Sie hat sich die Flügel gebrochen«, sagte der Buchhändler. »Kann nicht mehr fliegen. Da haben wir sie zu uns genommen. – Worum geht es denn?«

»Es geht um Anna Altmann«, sagte Berger.

»Anna Altmann«, sagte der Buchhändler. »Ich habe davon gehört. Eine furchtbare Geschichte. In Eimsbüttel ist das passiert, nicht wahr? Weiß man schon ...«

Berger schüttelte den Kopf. »Bis jetzt wissen wir gar nichts. Wir versuchen zunächst einmal herauszufinden, wo sich das Mädchen am 12. Oktober aufgehalten haben kann.«

»Ich fürchte, da kann ich Ihnen nicht weiterhelfen.«

»Ihre Klassenkameraden haben gesagt«, sagte Berger, »dass sie sich sehr für Bücher interessierte.«

»Hierher kommen viele Kinder. Sie können gern in den Büchern herumstöbern, und manchmal liest ihnen meine Frau etwas vor. Das haben sie ja gerade gesehen. Aber was das nun für Kinder sind, das weiß ich nicht. Und ob eins davon vielleicht Anna heißt oder nicht, das könnte ich nicht sagen.«

Berger zeigte dem Buchhändler die Fotografie der Puppe. Aber der schüttelte nur den Kopf. Nein, auch nach diesem Bild erkannte er das Mädchen nicht.

»Haben Sie schon mal in dem Zoo-Geschäft gefragt?«, fragte der Buchhändler. »An der Eimsbüttler Chaussee ist das, Ecke Sophienstraße. Oder bei einem der Spielzeugläden?«

Alle Geschäfte, die in der näheren Umgebung von Anna Altmanns Schulweg lagen, hatte die Polizei längst aufgesucht. Je weiter sie sich von der Wohnung des Mädchens entfernten, desto geringer war die Wahrscheinlichkeit, auf eine Spur zu treffen.

Berger bedankte sich für die Auskünfte und machte sich wieder auf den Weg. Im Laden las noch immer die Frau des Buchhändlers aus ihrem Märchen.

»... kaum war das Mädchen in seinem Versteck, da kam die gottlose Rotte nach Haus. Sie hatten eine Jungfrau mitgeschleppt, waren betrunken und hörten nicht auf ihr Schreien und Jammern. Sie gaben ihr Wein zu trinken, drei Gläser voll, ein Glas weißen, ein Glas roten, und ein Glas gelben Wein, davon zersprang ihr das Herz. Darauf rissen sie ihr die feinen Kleider vom Leib, legten sie auf einen Tisch, zerhackten ihren schönen Leib in Stücke und streuten Salz darüber ...«

Berger verließ den Laden und zündete sich eine Zigarette an. Die Geschichte hatte eine schockierende Ähnlichkeit mit den Briefen des Eingeweidejägers. Märchen waren grausam. Aber den kindlichen Zuhörern schien dieses nichts auszumachen.

Spielwarenläden hatte der Mann erwähnt. Der nächste größere Laden dieser Art war am Eppendorfer Baum. Noch etwas weiter weg von Anna Altmanns Wohnort, noch etwas weiter in Richtung Zentrum von Fehlandts gleichseitigem Dreieck. Berger betrachtete die Auslage im Schaufenster. Anker Steinbaukästen. Die hatte er nie bekommen. Er trat ein.

»Guten Tag, der Herr! Womit kann ich dienen?«

Berger hatte das Gefühl, dass der Verkäufer ihn von oben

herab behandelte. Offenbar hatte er sofort erkannt, dass sein Mantel billigste Konfektionsware war, und alt war er obendrein.

Berger nahm einen Stabil-Baukasten in die Hand.

Der Verkäufer nickte zustimmend: »Ja, der hier, der ist bei den Jungs immer sehr beliebt. Das ist der Kanonenbaukasten 46KM. Da gibt es dann auch noch den etwas größeren 47KM, der ist gerade ausverkauft. Kommt aber noch diese Woche wieder rein.«

Berger schüttelte den Kopf. Eine elektrische Eisenbahn von Märklin, das wäre vielleicht etwas für Horst zu Weihnachten. Spur 0, das war dieselbe Spurbreite wie Horsts Aufzieheisenbahn. 32 mm. Ob man die Wagen verwenden konnte? »Ist die auch sicher?«, fragte Berger.

»Ja, natürlich. Das ist keine Starkstrombahn, die ist schon seit gut zehn Jahren verboten. Da hat es ja eine Reihe von Unfällen gegeben. Nein, diese Eisenbahn fährt mit 20 Volt, damit können Kinder gefahrlos umgehen.«

Das käme tatsächlich infrage.

»Da hätte ich für Sie gerade etwas Besonderes: Dieses Modell einer schweren Schnellzuglokomotive – das ist die Baureihe 01 der Deutschen Reichsbahn – das ist 52,5 Zentimeter lang. Und völlig naturgetreu.«

»Beeindruckend«, musste Berger zugeben. Er nahm die schwere Lokomotive in die Hand.

»Sie kostet 75 Reichsmark.«

Nein, doch lieber nicht. Berger stellte die Lokomotive zurück. Als Kriminalkommissar verdiente er kaum mehr als 300 RM im Monat. Brutto.

»Dann hätten wir hier auch noch den neuen GAMA-Tank mit drehbarem Turm und vier Kanonen, von denen zwei richtig Funken sprühen können, wenn man sie einschaltet.

Sehen Sie hier die Feuersteine! Sehr preisgünstig. Oder ein Halbkettenfahrzeug, das hätte ich auch noch da.«

»Und für ein Mädchen? So sieben Jahre ungefähr?«

»Puppen natürlich. Da können Sie nichts falsch machen. Hier zum Beispiel, diese Käthe-Kruse-Puppe Hampelchen, die wird auch Glückskind genannt. Wenn das kein gutes Omen ist! Oder hier drüben, die Kathinka können Sie für 30 Reichsmark haben. Im Dirndl-Kleidchen 38,50. Kann man natürlich auch selbst nähen. Ihre Frau meine ich natürlich. Oder – ganz besonders günstig – Riekchen im Dirndlkleid für 31,50 Reichsmark. Alle 45 Zentimeter. Beinahe lebensgroß!«

Berger sah sich um. Außer ihm waren noch zwei Kundinnen im Laden. Dem Alter nach Großmütter, die Spielzeug für ihre Enkelkinder suchten.

»Sicher kommen auch viele Kinder zu Ihnen in den Laden?«

»Kinder? – Ja, natürlich. Meistens mit den Eltern.«

»Allein nicht?«

»Manchmal schon. Aber wir haben es nicht so gern, wenn Kinder hier allein herumstromern. Die Sachen sind ja sehr teuer, und wie leicht kann da etwas kaputtgehen, wenn man es falsch anfasst oder gar fallen lässt. Nein, wenn ein Kind in den Laden kommt, dann fragen wir es gleich nach seinen Wünschen, und wenn es dann gar nichts kaufen will, dann ist es ganz schnell wieder draußen.«

Berger beschloss, seine Spielsachen auf jeden Fall woanders zu kaufen.

»Haben Sie dieses Mädchen schon mal gesehen?« Er zeigte dem Mann die Fotografie der Puppe, die sie als Anna Altmann ausstaffiert hatten.

»Dieses Mädchen? Ist das nicht die Anna Altmann, nach der gesucht wird? – Sind Sie etwa von der Polizei?«

»Ja.«

Der Verkäufer sah Berger direkt ins Gesicht. »Nie gesehen«, behauptete er. Das fehlte ja noch, dass hier die Polizei ein- und ausging!

Herbert Richter hatte am Anfang nur mit dem Kopf geschüttelt. Ein Truppführer, das war ein ziemlich niedriger Rang in der SA. Diese Leute kannte er nicht. Aber natürlich war es ihm keineswegs gleichgültig, wenn die Familie eines Kollegen belästigt wurde. Herbert Richter hatte sich erkundigt, und heute hatte er Berger zur Seite genommen und gesagt: »Der Mann heißt Günter Strauch.« Die Adresse hatte er auch herausgesucht. Der Kerl wohnte in Barmbek. »Aber von mir hast du das nicht. – Und sei bitte vorsichtig!«

Berger hatte genickt, aber er hatte nicht die Absicht, besonders vorsichtig zu sein. Jetzt stieg er die Treppe zur Wohnung des Truppführers hinauf. Strauch wohnte im dritten Stock. Barmbek, dachte Berger. Arbeitergegend. Kilometerweit von seiner eigenen Wohnung entfernt. Wieso kann ein Truppführer aus Barmbek dazu, seine Familie in Wandsbek zu terrorisieren? Nun, das würde sich feststellen lassen.

Berger läutete. Eine Weile tat sich nichts. Berger hatte den Besuch extra auf den Abend gelegt, wo er sicher sein konnte, dass der Mann nicht auf der Arbeit war. Aber natürlich war es immer noch möglich, dass ausgerechnet heute irgendein Treffen seiner Truppe stattfand, und dass Strauch gar nicht zu Hause war.

Aber Strauch war zu Hause. Berger hörte Schritte auf dem Flur; einen Augenblick war alles still, dann wurde die Tür aufgerissen. In dem Augenblick ging das Licht im Treppenhaus aus, und Berger sah den Mann im Gegenlicht nur als eine große, dunkle Gestalt. War es wirklich der richtige?

Strauch konnte dagegen seinen Besucher in dem Licht, das

aus dem Flur drang, sehr gut erkennen. »Was wollen Sie?«, fragte er grob.

Es war der richtige. »Dies ist ein reiner Freundschaftsbesuch«, sagte Berger. Dann schlug er mit aller Kraft zu.

»Das wird Ihnen leid tun«, murmelte der Mann. »Das wird Ihnen leid tun!«

»Sie müssen schon etwas deutlicher sprechen«, sagte Berger. »Ich kann Sie schlecht verstehen!« Berger hatte mächtig zugelangt; Strauch lag in seinem Wohnzimmer am Boden blutete aus Mund und Nase. Auch Berger hatte Blut im Gesicht; der SA-Mann hatte sich heftig gewehrt, und Berger hatte in seiner Wut nicht genug auf seine Deckung geachtet.

»Das wird Ihnen leid tun«, wiederholte Strauch. Er machte keinen Versuch aufzustehen.

»Es wird Ihnen gleich noch viel mehr leid tun, sich mit der Polizei angelegt zu haben«, sagte Berger. Aber er brachte es nicht über sich, auf den am Boden liegenden Mann einzuprügeln.

»Ich habe nur meine Befehle ausgeführt.«

»Was denn für Befehle?«

»Das sage ich nicht.«

Berger packte den Mann am Kragen und zog ihn hoch. »Was – für – Befehle?«

Der Mann schwieg. Trotzig, dachte Berger. Aber er hatte das Gefühl, in den Augen seines Gegners nicht nur Trotz zu sehen, sondern auch Angst.

»Muss ich es denn erst aus dir herausprügeln?«

»Das schaffen Sie nicht.«

Berger verpasste dem Truppführer einen weiteren Kinnhaken; der Mann ging erneut zu Boden. Berger war sich darüber im Klaren, dass er nichts aus einem wehrlosen Menschen herausprügeln könnte, ganz gleich was für ein Schwein das war. Aber er konnte die Sache auch nicht auf sich beruhen lassen. »Ich werde den Vorfall melden. Ich habe morgen ein Gespräch mit dem Gauleiter. Mal sehen, was Karl Kaufmann dazu sagt.«

»Ja, da bin ich auch gespannt.« Strauch grinste.

Berger sah ihn überrascht an. Was sollte das heißen? War das nichts als ein Bluff, oder konnte es sein, dass der Überfall mit Billigung des Gauleiters durchgeführt worden war? Bevor Berger darüber nachdenken konnte, ging die Wohnungstür auf, und ein weiterer SA-Mann kam herein. Es war derjenige, den die anderen mit Otto angeredet hatten.

»Oh«, sagte er. Weiter kam er nicht. Da hatte Berger ihn schon gepackt und in die Wohnung gezerrt. Diesmal vergaß er nicht, hinter sich abzuschließen.

Susanne lag schon im Bett, als Dagmar zu ihr ins Zimmer kam. »Was gibt es denn?«

»Ich wollte noch einmal mit dir sprechen. – Du hast gehört, was Papa gemacht hat?«

Susanne nickte.

»Papa ist stolz darauf, dass er diese SA-Männer verprügelt hat.«

»Darauf kann er auch stolz sein!«, sagte Susanne.

Dagmar schüttelte den Kopf. »Nein, ich glaube, das ist nichts, worauf er stolz sein sollte. Ich fürchte, es war eine ziemliche Dummheit. Wenn es ums Prügeln geht, dann sind die Braunhemden letzten Endes doch die Stärkeren. Und dass Papa bei der Kriminalpolizei ist, das schützt uns auch nicht unbegrenzt. Ich habe Angst, Susanne. Ich habe einfach Angst.«

»Mama, du brauchst keine Angst zu haben! Papa wird alles

regeln. Er ist ein sehr guter Polizist, und sie brauchen ihn doch. Wenn einer dieses verschwundene Mädchen wiederfinden kann, dann ist er das.«

»Das mag alles sein, aber seine Macht hat Grenzen. Und du – du bist am stärksten gefährdet. Vor allem habe ich Angst um dich.«

»Deswegen bin ich ja schon im BdM, und außerdem habe ich diesen Termin in Kiel, wo nachgewiesen wird, dass ich arisch bin.«

»Das ist alles schön und gut, Susanne, aber seit diesem Überfall – anders kann ich es einfach nicht bezeichnen – seit diesem Überfall frage ich mich, ob du in Deutschland überhaupt sicher sein kannst. – Ich würde besser schlafen, wenn du im Ausland wärst.«

Susanne setzte sich mit einem Ruck im Bett auf. »Im Ausland?«

»Ja. England oder Amerika. – Ursprünglich hatte ich gedacht, es wäre am besten, wenn du zu deinem Vater nach New York gehen würdest, aber da er so wenig Neigung zeigt, dich bei sich aufzunehmen, da denke ich inzwischen, dass England vielleicht noch besser wäre ...«

»Aber ich kenne keine Menschenseele in England!«

»Aber wir. Wilhelms Vater hatte zahlreiche Kontakte in England; er war ja schließlich im Außenhandel tätig. Da könntest du bestimmt unterkommen. Das einzige Problem ist, dass wir ein Visum für dich brauchen ...«

»Für mich? – Soll das etwa heißen, dass ihr nicht mitkommt?«

»Ja.«

»Dann gehe ich auch nicht! Ich bleibe da, wo ihr alle seid. Wir sind eine Familie, wir gehören zusammen, und nichts und niemand kann uns trennen.«

Dagmar seufzte. »Es ist ja nicht für immer«, sagte sie. »Nur für kurze Zeit. Ein paar Jahre, bis dieser Wahnsinn hier ein Ende hat.«

Susanne schüttelte den Kopf.

An der Alster 27. Die Villa, in der Karl Kaufmann residierte, sah bei Tag prächtig aus. Jetzt im Dunkeln erschien sie Wilhelm Berger bedrohlich, so als färbe der Charakter des Gauleiters auf das Gebäude ab. Karl Kaufmann – seit der Machtübernahme regierte er Hamburg wie ein kleiner König. Krogmann, der eigentliche Bürgermeister, war praktisch ausgebootet. Aber Kaufmanns Einfluss auf die Polizei schien geringer geworden zu sein. Die Polizei unterstand seit zwei Jahren Heinrich Himmler, der jetzt nicht nur Reichsführer-SS, sondern obendrein auch Chef der Deutschen Polizei war. Von Kaufmann hieß es dagegen, dass er über gute Beziehungen zur SA verfüge.

Wilhelm Berger hatte seinen Besuch natürlich angemeldet. In dem protzig möblierten Zimmer, in dem Kaufmann ihn empfing, stank es nach Rauch. Im Aschenbecher gloste der Rest einer Zigarre vor sich hin.

»Na, Berger, was haben Sie für Probleme?«

»Ich habe eine Frage«, sagte Berger.

»Nur zu, fragen Sie!«

»Es ist ein etwas heikles Thema.« Berger war sich nicht sicher, wie Karl Kaufmann reagieren würde. Er wirkte zwar jovial, aber dadurch durfte man sich nicht täuschen lassen; er war ein gefährlicher Mann. »Wir hatten kürzlich einen überraschenden Besuch von der SA.«

»Ja, ich habe davon gehört«, sagte Kaufmann.

»Ich habe versucht herauszubekommen, was uns die Ehre dieses Besuches verschafft hat.«

»Auch davon habe ich gehört. Hut ab! Sie haben sich wacker geschlagen.«

»Man hat mir die Auskunft gegeben, dass Sie diesen Besuch angeregt hätten.«

»Ja, das habe ich. Da staunen Sie, was? – Aber ich will Ihnen auch gern sagen, warum. Dazu muss ich etwas weiter ausholen. Sie wissen natürlich, dass Ihr Herr Vater unsere Partei mit nicht ganz unerheblichen Geldmitteln unterstützt hat. Und mit guten Ratschlägen. Das ist zu der Zeit gewesen, als wir Geld und gute Ratschläge dringend brauchten. Und diese Hilfe werde ich Ihrem Herrn Vater nie vergessen. Leider ist er ja schon viel zu früh verstorben. Aber meine Dankbarkeit schließt auch seine Familie mit ein. Das heißt Sie, Ihre Frau, Ihre Kinder.«

»Das heißt, Sie sind uns so dankbar, dass Sie uns die SA ins Haus geschickt haben?«

»In gewisser Weise ja.«

»Wie soll ich das verstehen?«

»Betrachten Sie das Ganze als eine Art Freundschaftsbesuch.«

»Ja, so haben die Herrschaften das auch bezeichnet. Aber ich weiß nicht – von einem Freundschaftsbesuch erwarte ich eigentlich, dass er mir nicht den Bücherschrank ausräumt und den Weinkeller verwüstet.«

»Das mit dem Weinkeller, das tut mir leid. Einige der alten Kameraden aus der SA sind leider etwas ungehobelt. Sie haben zwar das Herz am rechten Fleck, aber sie haben keine Kultur. Sie trinken Bier statt Wein, und sie haben keine Ahnung, was ein guter Tropfen wert ist. – Was die Bücher angeht, so steht das auf einem anderen Blatt. Das war eine wohlgemeinte Warnung, dass es für Sie besser wäre, nicht allzu viele Bücher von der Art zu besitzen, die jetzt einfach nicht mehr zeitgemäß sind.«

»Ich habe sehr wohl begriffen, dass bestimmte Literatur nicht mehr erwünscht ist!«, entgegnete Berger.

»Aber Sie haben nicht entsprechend gehandelt!«

»Ich habe nicht geglaubt, dass das nötig wäre.«

»Herr Berger, man kann in der heutigen Zeit leicht in den Verdacht geraten, einer überkommenen Regierungsform anzuhängen. Das ist nicht gut. Und wenn man dann noch Kontakt hat zu Leuten, die mit der Waffe in der Hand versuchen, die neue Zeit aufzuhalten, dann wird es richtig gefährlich.«

»Mit der Waffe in der Hand? – Ich verstehe Sie nicht.«

»Herr Berger, ich glaube, dass Sie mich sehr gut verstehen. Wir sind hier unter uns, wir müssen uns hier nichts vorspielen. Mir ist gemeldet worden, dass Sie Post aus Rotspanien empfangen ...«

»Aus Rotspanien? Aus der Republik meinen Sie?«

»Republik! Eine schöne Republik ist das! Ein bolschewistischer Verbrecherstaat! – Das heißt natürlich nicht, dass es da keine anständigen Menschen gibt, mit denen man korrespondieren könnte. Aber darum geht es nicht. Sie empfangen Briefe von jemandem, der in den so genannten Internationalen Brigaden für die Bolschewisten kämpft.«

Berger schüttelte den Kopf. Susanne, dachte er.

»Das brauchen Sie nicht abzustreiten, Herr Berger, das weiß ich einfach. Und ich würde sagen, zum Glück weiß ich das! Zum Glück gibt es bei der Post anständige Menschen, die darauf achten, wer welche Briefe empfängt, und die der Partei Meldung machen, wenn da irgendetwas nicht stimmt. Und so ist es in diesem Fall geschehen. Und das ist Ihr Glück, Berger, denn eine Meldung bei der Gestapo hätte mit Sicherheit unangenehmere Folgen.«

Heinrich. Das kommunistische Liederbuch fiel ihm ein.

»Das bin ich nicht«, sagte Berger. »Das kann unsere Tochter gewesen sein, die diese Briefe bekommen hat. Ein Freund von ihr, der hatte sich offenbar für diese verlorene Sache gemeldet, und der hat ihr aus Spanien geschrieben.«

»Es wäre Ihre Pflicht als Vater gewesen, das zu unterbinden!«

»Ich habe erst jetzt davon erfahren.«

»Dann unterbinden sie es jetzt. Sofort. Mein Gott, Berger, machen Sie sich doch nicht unglücklich!«

»Zu spät. Der junge Mann ist offenbar im Sommer bei den Kämpfen am Ebro gefallen.«

»Dann ist das also alles vorbei? – Nichts als eine Art Jugendsünde sozusagen?«

»Ja. – Sie können sich doch wahrscheinlich vorstellen, dass ich als Polizist für die Kommunisten keine besonderen Sympathien hege?« Gut, dachte Berger, dass Susanne ihn jetzt nicht hören konnte.

»Das hätte mich auch gewundert«, sagte Kaufmann. »Wir erinnern uns ja alle nur zu gut an den Hamburger Aufstand und an den Altonaer Blutsonntag.«

Berger nickte.

»Ich denke, Sie sollten über diese Dinge einmal ernsthaft mit Ihrer Tochter sprechen. Das, was dieser junge Mann gemacht hat, ist keine Kleinigkeit. Darüber kann man nicht einfach zur Tagesordnung übergehen. Deshalb habe ich angeregt, dass die SA Ihnen diesen Besuch abstattet. Die Herrschaften sollten einmal ganz unverbindlich nachsehen, ob der Bursche sich womöglich bei Ihnen versteckt hielt. Denn nach unseren Informationen – ich habe auch meine Quellen bei der Gestapo! – nach unseren Informationen hieß es, der junge Mann sei desertiert und wolle sich vermutlich nach Deutschland durchschlagen.«

»Er ist tot«, versicherte Berger noch einmal.

»Umso besser. Ich wollte verhindern, dass die Gestapo diesen Landesverräter bei Ihnen findet. Offenbar habe ich mir umsonst Sorgen gemacht. – Herr Berger, wir sind sehr viel besser über das informiert, was da in Spanien abläuft, als die meisten Leute sich vorstellen. Unsere Abwehr hat eine ganze Reihe von Spitzeln eingeschleust, und daher kennen wir die Namen aller Deutschen, die in den Internationalen Brigaden auf der Seite der Roten kämpfen. Die Post der Internationalen Brigaden läuft zunächst über Albacete. Dort werden die Briefe von der Zensur kontrolliert und abgestempelt. Anfangs wurden sie dann direkt nach Deutschland geschickt. Aber als die Roten gemerkt haben, dass wir diese Briefe herausfischen, da haben sie angefangen, alles über Frankreich laufen zu lassen. Über das Büro der Internationalen Brigaden in Paris. Aber die Briefe von dort kennen wir auch inzwischen. Die werden immer vom selben Postamt aus abgeschickt. Wir sind also bestens informiert.«

Berger hatte bislang keine Vorstellung davon gehabt, in welchem Umfang der Staat seine Bürger bespitzelte. Ihm war klar, dass sie tatsächlich in Gefahr geschwebt hatten. »Ich glaube, da muss ich mich bei Ihnen bedanken.« Er konnte nur hoffen, dass Kaufmann nicht merkte, wie schwer ihm diese Worte über die Lippen kamen.

»Gern geschehen. – Ich habe Ihnen ja schon gesagt, dass ich versucht habe, Sie vor einer leichtsinnigen Aktion zu schützen. Vielleicht war das unnötig. Aber daran sehen Sie, dass ich großes Interesse an Ihnen habe. Und deshalb sage ich Ihnen jetzt etwas, was ich selbst erst seit Kurzem weiß, und was bisher nicht in der Zeitung stand: Unsere bisherigen Bemühungen, die Juden zur Auswanderung zu bewegen, haben nicht das gewünschte Ergebnis gebracht. Die Meisten sind noch hier. Deshalb wird in nächster Zeit der gesetzliche Rahmen dafür geschaffen, den Druck auf die Juden zu erhöhen. Und dann wird es möglicherweise für die Betroffenen ziemlich unangenehm. Das sollten Sie im Auge behalten. Es könnte nötig sein, Maßnahmen zum Schutz Ihrer Tochter zu ergreifen.«

»Was denn für Maßnahmen?«

»Der leibliche Vater lebt doch noch, oder?«

»Ja, wir haben noch lockeren Kontakt mit ihm. Er lebt in New York.«

»In New York? Das ist doch hervorragend. Dann schicken Sie das Mädchen doch zu ihm!«

»Wenn das so einfach wäre!«, sagte Berger. »Viele wollen auswandern, aber nur wenige schaffen es. Und darüber hinaus – Susanne will gar nicht weg von hier. Sie gehört zu uns. Wir sind eine Familie. Wir gehören zusammen.«

»Ja, das mag alles richtig sein. Ich wollte an dieser Stelle nur gesagt haben, wenn es wirklich notwendig werden sollte, dass Ihre Tochter das Land verlässt, dann kann ich dafür sorgen, dass sie die nötigen Papiere auch bekommt.«

Kaufmann machte eine Pause und ließ diese Worte auf Berger wirken. Der nickte schließlich. »Ich weiß das zu schätzen.«

»Ich gehe davon aus, dass wir uns gegenseitig helfen. Und in diesem Zusammenhang möchte ich Sie bitten, mir einen kleinen Gefallen zu tun. Ich habe gehört, dass Ihr Kollege Fehlandt sich noch immer mit jenem unglücklichen Bombenattentat auf mich beschäftigt. Das ist schlecht.«

»Das ruht im Augenblick alles«, sagte Berger. »All unsere Bemühungen sind darauf konzentriert, den Fall Anna Altmann vollständig aufzuklären ...«

»Vielleicht habe ich mich noch nicht klar genug ausgedrückt«, sagte Kaufmann. »Ich möchte, dass diese Untersuchungen auch nach dem Fall Altmann nicht wieder aufgenommen werden. Ich möchte, dass sie für immer ruhen, verstehen Sie mich?«

»Aber warum ...«, setzte Berger an.

»Ich wünsche es einfach, das ist alles.«

»Aber selbst wenn ich versuchen sollte, meinen Kollegen davon zu überzeugen, dass er den Fall ruhen lässt, dann glaube ich nicht ...«

»Ich habe nicht gesagt, dass Sie Ihren Kollegen von irgendetwas überzeugen sollen. Ich habe nur gesagt, dass Sie dafür sorgen sollen, dass dieser Fall für immer ruht. Haben Sie mich verstanden?«

»Ja«, sagte Berger. »Ich habe Sie verstanden.«

Herrenrasse

16. - 18. Oktober

Hören Sie mal!«, sagte der Mann.

Berger hörte nichts.

»Da, da drüben!«

Alarmiert sah Berger in die Richtung, in die der Mann zeigte. Aber er sah nichts. Er war mit Dagmar und den Kindern zum Volkspark hinausgefahren, angeblich, um spazieren zu gehen, in Wirklichkeit aber, um zu sehen, ob er nicht doch eine Spur von Anna Altmann finden könne. Vergeblich natürlich.

»Da drüben steckt sie! Da, da!«

»Wer? Wo?« Berger sah nichts als Fichten.

»Wo gucken Sie denn hin? Höher natürlich, nein, nicht so hoch, wie Sie jetzt gucken, sondern auf halber Höhe etwa, der Zweig da, sehen Sie den Zweig?«

Dagmar blickte fassungslos auf den aufgeregten Mann. Susanne lachte.

»Auf dem Zweig?«, fragte Berger. Was immer es sein mochte, das vermisste Mädchen konnte es jedenfalls nicht sein.

»Jetzt! Hören Sie denn nicht?«

»Was soll ich hören?«

»Tsi-i-i prülülüll tsi-i-i prülülüll! Das ist doch ganz eindeutig! Selbst wenn sie nicht da drüben sitzen würde, dann wüsste man doch mit absoluter Sicherheit, dass sie das ist, die da singt.«

»Wer singt da?«

»Die Haubenmeise natürlich. *Parus cristatus*. Schön, nicht? So singt sie immer! Tsi-i-i prülülüll tsi-i-i prülülüll! Und dann zur Abwechslung einmal Zi-zi gürrrl. Da, gerade jetzt! Hören Sie? Zi-zi gürrrl!«

»Ja, ganz deutlich«, sagte Dagmar sehr ernsthaft.

Susanne hatte Mühe, sich das Lachen zu verkneifen.

Horst fragte den Mann: »Wo ist denn die Meise?«

»Da drüben, da, wo ich jetzt hinzeige! Siehst du den etwas dickeren Baum mit dem abgebrochenen Ast auf halber Höhe? Der so nach rechts wegzeigt? Und da, auf dem Ast, da sitzt sie!«

Auch Berger hatte jetzt den kleinen Vogel entdeckt.

»Haubenmeise?«, fragte Horst. Von Haubenmeisen hat er noch nie etwas gehört.

»Ja, das ist eine Haubenmeise. Die kannst du daran erkennen, dass sie auf dem Kopf diese typische Haube hat. Daher nennt man sie Haubenmeise. Sonst ist sie eigentlich ziemlich unscheinbar. Auf der Oberseite so bräunlich-grau gefärbt. Meistens merkt man erst, dass sie da ist, wenn sie singt. Oder wenn sie ruft. Das ist dann so ein rollendes oder – ja, wie soll ich sagen? – klingelndes Gürrrrl oder manchmal auch Prülülüll. Oder auch Prülülülit.«

»Aha«, sagte Berger.

»Ja, natürlich ist das typisch, dass wir sie hier im Nadelwald finden. Im Mischwald ist sie auch manchmal, aber außerhalb der Wälder kriegt man sie kaum zu sehen. Deswegen kennen die meisten Menschen sie auch gar nicht. Also guckt sie euch gut an, Kinder, das ist eine Haubenmeise.«

Von »gut angucken« konnte keine Rede sein. Dazu war die Entfernung zu groß.

Dagmar fragte: »Sind Sie sich sicher, dass es nicht doch einfach nur eine Kohlmeise ist?«

Der Mann schüttelte entrüstet den Kopf. »Oh nein, junge Frau! Das ist im Leben keine Kohlmeise. Erstens sieht die ganz anders aus, und zweitens singt sie völlig anders. Viel kräftiger als die anderen Meisen. Das klingt dann ungefähr so: Zi-zi däh, zi-zi däh!«

»Ach«, sagte Susanne.

Berger warf ihr einen warnenden Blick zu. Er wollte nicht, dass sie den Vogelfreund auslachte. »Sie kennen sich wirklich gut aus hier mit der Vogelwelt«, sagte er.

»Oh, ja! Wenn man hier als Parkwärter beschäftigt ist, dann hat man ja reichlich Gelegenheit, sich draußen in der Natur zu bewegen, und dann kennt man all seine Tiere, nicht wahr?«

»Und den Wald, den kennen Sie natürlich auch ganz genau.«

»Selbstverständlich. Die meisten Besucher haben ja keine Ahnung, was das überhaupt für Bäume sind, die hier wachsen!«

»Tannen«, sagte Horst rasch. Das jedenfalls wusste er.

»Ja, in der Tat.« Der Parkwärter war verblüfft. »Das sind wirklich Tannen. Die meisten Menschen glauben natürlich, dass der Tannenbaum, den sie Weihnachten in ihrem Wohnzimmer haben, eine Tanne ist. Aber das stimmt nicht. Das ist eine Fichte. Die meisten Nadelbäume, die wir hier in Norddeutschland haben, das sind Fichten, keine Tannen. Oder Kiefern natürlich. Aber die kennt ja jeder.«

»Ah, das sind also wirklich Tannen!« Berger hätte eine Tanne nicht von einer Fichte unterscheiden können, und er war sich sicher, dass auch Horst das nicht konnte. Der kleine hatte einfach nur vom weihnachtlichen Tannenbaum auf den ähnlich aussehenden Nadelwald geschlossen.

»Ja. Das ganze Gehölz hier heißt ja schließlich ›Bahrenfelder Tannen‹. Die Tannen waren schon da, bevor dieser Park angelegt wurde. Das ist ein ziemlich armer Boden hier, und deshalb haben die Bauern hier Tannen gepflanzt.«

»Wenn Sie den ganzen Tag hier im Park spazieren gehen, dann haben sie doch wahrscheinlich …«

»Also als ›spazieren gehen‹ würde ich das eigentlich nicht bezeichnen!«

»Nein, natürlich nicht. Wenn Sie also hier Ihre Dienstgänge durchführen, dann haben Sie doch wahrscheinlich einen guten Überblick darüber, was hier im Park vorgeht?«

»Ja, das würde ich schon sagen.«

»Und wenn jetzt jemand hier in diesem Park irgendwo eine Leiche verbergen wollte ...«

»Eine Leiche? Was denn für eine Leiche?«

»Sagen wir einfach: irgendeine Leiche. Glauben Sie, dass Sie das bemerken würden?«

»Mein Mann ist nämlich bei der Kriminalpolizei«, erklärte Dagmar. »Natürlich ist er jetzt nicht im Dienst, und eigentlich hatte ich gedacht, dass das hier ein ganz normaler Spaziergang wäre. Aber offenbar ist das nicht der Fall.«

»Kriminalpolizei? – Ach, dann haben Sie womöglich etwas mit der Suche nach diesem verschwundenen Mädchen zu tun. Wie heißt die Kleine doch noch gleich? Magda irgendwas? Ja, davon habe ich natürlich in der Zeitung gelesen. Ist das Mädchen denn tot?«

»Das weiß keiner!«, sagte Dagmar rasch, die keine Diskussion des Falles wollte, solange Horst dabei war.

»Nein, natürlich nicht. Aber ich verstehe schon, man muss mit allem rechnen. Auch mit dem Schlimmsten. Aber hier ist die nicht. Nein, wenn die wirklich jemand umgebracht haben sollte, dann würde er sie doch sicher nicht hier versteckt haben. Sie sehen ja selbst, was hier los ist. Überall Spaziergänger. Das geht gar nicht. Da kann man niemanden einfach unbemerkt umbringen. Und verstecken erst recht nicht.«

Berger nickte. Der Park war tatsächlich belebter, als er ihn in der Erinnerung hatte. Aber die meisten Besucher hielten sich natürlich an die gut ausgebauten Wanderwege. Auf dem kleinen Nebenweg, auf dem sie den Parkwärter getroffen hatten, war sonst niemand vorbeigekommen, seit sie sich mit dem Mann unterhielten.

»Früher, da war das natürlich eine ziemlich verrufene Gegend hier«, sagte der Parkwärter.

»Verrufene Gegend?«, fragte Berger.

»Oh, ja. Die Bahrenfelder Tannen, das war der Wald der Selbstmörder. Ich kann Ihnen sagen, da ist früher so manche Leiche gefunden worden, die irgendwo von einem Ast hing.«

»Wie furchtbar!«, sagte Susanne.

Horst sah den Mann mit offenem Mund an.

»Ja. Ich bin hier in der Gegend aufgewachsen. Und als wir klein waren, wenn wir dann gehört hatten, dass sich jemand ...«

»Entschuldigen Sie«, unterbrach ihn Dagmar, »ich will Sie nicht unterbrechen, aber das, was da drüben jetzt singt, ist das auch eine Haubenmeise?«

»Wo? – Ich habe jetzt gar nichts gehört.«

Als Wilhelm Berger am Montag ins Stadthaus kam, erwartete ihn eine Überraschung.

»Ach, ihr habt das Zimmer neu dekoriert?«

Natürlich war es längst fällig, dass in ihrer Amtsstube ein Bild des Führers aufgehängt wurde. Sowohl Berger als auch Fehlandt hatten sich dem Drängen Richters lange widersetzt und sich damit herausgeredet, dass sie im Augenblick dringlichere Arbeiten zu erledigen hätten, als sich um Bilder zu kümmern. Richter hatte angeboten, das selbst zu tun. Diesen Vorschlag hatten die beiden freundlich aber entschieden abgelehnt. Das sei schließlich nicht seine Aufgabe.

Nun war Fehlandt anscheinend eingeknickt. Allerdings

hatte er nicht das übliche Foto des Führers und Reichskanzlers verwendet, das in den meisten Amtsstuben zu sehen war, sondern sich für den Holzschnitt von Georg Sluyterman von Langeweyde entschieden. Auch dagegen war behördlicherseits sicher nichts einzuwenden. Sluyterman von Langeweyde war einer der Lieblingskünstler der Nazis, und seine Bilder zierten – oder, wie Berger insgeheim dachte, verunzierten – auch die Schulbücher der Kinder.

Fehlandt hatte es allerdings nicht bei diesem einen Bild bewenden lassen, sondern er hatte obendrein einen zweiten Druck des Künstlers erworben und auf der anderen Seite der Tür aufgehängt, ein kleines bisschen höher als das Führerbild. Dieser Holzschnitt zeigte einen offenbar grimmig entschlossenen Helden, der soeben zur Keule griff. *Helf dir selber, dann helft dir auch unser Herrgott!* stand auf dem Bild. Der Recke blickte dabei nach rechts, und Berger konnte sich des Eindrucks nicht erwehren, dass der Mann im Begriffe stand, mit seiner Keule auf den Führer loszugehen.

»Ich wusste gar nicht, dass du so viel Kunstverstand besitzt«, sagte Berger.

Fehlandt zuckte mit den Achseln.

Berger trat näher an das Führerbild heran. Das Porträt war mit dem Führerwort verziert: *Wer leben will, der kämpfe also, und wer nicht streiten will in dieser Welt des ewigen Ringens, verdient das Leben nicht*. Adolf Hitlers Kopf schwebte gleichsam in der Luft, von einer Art Strahlenkranz vollständig umgeben.

Berger sah Fehlandt an: »Dieser Kopf hier – hast du nicht auch den Eindruck, dass dieser Kopf gar nicht mit dem Rumpf verbunden ist? So, als sei der Führer vielleicht soeben enthauptet worden?«

»In der Kunst sind immer verschiedene Deutungen möglich«, erwiderte Fehlandt vorsichtig. »Ich würde aber zu der

Ansicht neigen, dass die von dir vorgeschlagene Interpretation möglicherweise nicht mit der Deutung des Reichsministeriums für Volksaufklärung und Propaganda übereinstimmt.«

Berger grinste.

»Ein Ferngespräch aus Berlin!«

Ernst Gennat war in der Leitung: »Herr Berger, hier bei mir im Zimmer sitzt der Herr Altmann, der Vater der kleinen Anna. Ich habe ihm mitgeteilt, dass wir ihn noch einmal wegen der Vorgänge befragen möchten, die sich vor dem Verschwinden seiner Tochter abgespielt haben. Er hat sich damit einverstanden erklärt, dass Sie dieser Befragung per Telefon beiwohnen. Das heißt, wenn Sie selbst eingreifen möchten und irgendwelche Fragen stellen – bitte!«

Was bot die moderne Technik doch für Möglichkeiten! Natürlich hätte Berger gern selbst die Vernehmung durchgeführt, aber er wusste, dass er für eine Aktion, die den Fall nur am Rande berührte, niemals eine Dienstreise bewilligt bekommen hätte. Aber so – das war fast genauso gut. Aus dem Hörer drangen allerlei Geräusche; offenbar wurden Stühle zurechtgerückt, und dann Gennats klare, ruhige Stimme:

»Herr Altmann, wie ist das nun also genau gewesen?«

»Meine Frau und ich, wir hatten einfach zu früh geheiratet …«

Gennat unterbrach ihn. »Herr Altmann, Sie müssen bitte etwas lauter sprechen, damit man Sie in Hamburg auch hören kann.«

»Wir hatten einfach zu früh geheiratet. Unsere Interessen – die waren wohl einfach zu verschieden. Ich bin ja nur ein einfacher Mann, aber die Helga, die hat immer etwas Besseres sein wollen. Das ging aber nicht mit dem Geld, das ich verdient habe. Sie hat natürlich was dazuverdient, aber es hat trotzdem nicht gereicht. Und da haben wir uns dann scheiden lassen. 1935 war das. Wir wurden beide für schuldige Teile erklärt. Und unsere Anna ist dann natürlich bei ihrer Mutter geblieben.«

»Aber Sie hatten auch nach der Scheidung noch Kontakt zu Ihrer Tochter?«

»Ja, klar. Es ist doch schließlich auch mein Kind, oder? Einmal hab ich Anna sogar mit zu mir nach Hause genommen. Das war, als meine erste Frau damals ins Krankenhaus kam. Das Kind wäre sonst ja den ganzen Tag ohne Aufsicht gewesen. Aber als sie wieder entlassen wurde, da hat meine Frau die Anna wieder abgeholt.«

Gennat räusperte sich. »Herr Altmann, wenn Sie sagen, Sie haben das Mädchen zu sich nach Hause genommen, heißt das dann, dass das mit Ihrer Frau abgesprochen war?«

»Nein, abgesprochen war da gar nichts. Ich hatte erfahren, dass sie im Krankenhaus lag, da hab ich gedacht, es ist vielleicht besser, wenn ich mal nachsehen, wer jetzt auf die Anna aufpasste. Und das war gut so, denn da hat niemand auf die Anna aufgepasst. Das Kind war allein zu Hause.«

»Allein zu Hause? Wie alt war das Mädchen denn damals?«

»Vier Jahre.«

»Und da hat die Mutter sie allein zu Hause zurückgelassen?«

»Na ja, die Nachbarin, der hatte sie wohl gesagt, dass sie der Anna was zu essen geben sollte, aber das war auch alles. Die war ja auch berufstätig. Die konnte sich ja gar nicht um das Kind kümmern.«

»Und da sind Sie dann gekommen und haben die Anna mitgenommen.«

»Ja, das hab ich gemacht.«

»Aber Sie sind doch auch berufstätig, Herr Altmann!«

»Ich hab mir freigenommen. Erst einmal für zwei Wochen, aber dann musste ich natürlich auch wieder hin, und da hab ich dann meine Nachbarin gebeten, dass sie sich ein bisschen um die Anna kümmert. Das hat sie auch gemacht. Aber als meine Frau dann wieder aus dem Krankenhaus entlassen wurde, da hat sie das Mädchen abgepasst, wie es aus der Schule kam, und hat es wieder zu sich in die Wohnung genommen.«

»Ohne Ihnen etwas zu sagen?«

»Geredet hat sie nicht mit mir. Aber ich habe dann einen Zettel im Briefkasten gefunden, wo draufstand, dass sie die Anna wieder mitgenommen hat.«

»Und das war das letzte Mal, dass Sie die Anna gesehen haben?«

»Nein. Meine Frau ist dann ja umgezogen, zu ihrem damaligen Bekannten, in die Langestraße. Die Wohnung war aber ganz klein, und die Anna musste auf der Erde schlafen. Da hab ich sie dann wieder zu mir genommen.«

»Woher wussten Sie denn das?«

»Na ja, ich wusste doch, wo sie wohnte. Das musste ich doch wissen, weil sie doch das Geld kriegte, für die Anna. – Jedenfalls bin ich dann zu ihr in die Wohnung gegangen, und sie war auch zu Hause, und dann hab ich ihr gesagt, dass ich die Anna mitnehme.«

»Und Ihre Frau war damit einverstanden?«

»Ja, sie war damit einverstanden. Jedenfalls hat sie das gesagt. Aber wenig später hat sie das Mädchen dann doch wieder von der Schule abgeholt, und dann ist sie mit ihr gleich nach Hannover gefahren.«

»Nach Hannover?«

»Ja, nach Hannover. Mit ihrem damaligen Freund zusammen. Aber das hat wohl auch nicht lange gehalten. Geheiratet haben sie jedenfalls nicht. Ja und dann, von da aus ist sie dann wohl nach Hamburg gezogen. Ich habe dann nichts mehr von ihr gehört.«

»Und das hier?«, fragte Gennat.

Berger konnte nur vermuten, dass er dem Vater jetzt den Brief hinhielt.

Altmann schien nicht sonderlich beeindruckt. »Ja«, sagte er. »Diesen Brief hab ich an die Anna geschrieben.«

»Herr Altmann, aus dem Text des Briefes geht hervor, dass Anna auch an Sie geschrieben hat!«

»Ja, das hat sie. Sie hat geschrieben, dass sie jetzt in Hamburg wohnen, und dass es ihr gut geht, und sie hat mir ihre Adresse mitgeteilt.«

»Haben Sie sich regelmäßig geschrieben?«

»Nein, dieses war das einzige Mal, dass ich ihr geschrieben hab. Wissen Sie, ich bin ein einfacher Mensch. Ich schreibe nicht viel. Ich bin Busfahrer, und wenn man von morgens bis abends am Lenkrad sitzt, dann ist man todmüde, wann man nach Hause kommt, und hat keine Lust mehr, lange Briefe zu schreiben.«

»Aber sie, sie hat Ihnen öfter geschrieben?«

»Die Anna? Ja, öfter. Alle paar Wochen. Briefe und Postkarten.«

»Haben Sie die aufbewahrt?« Pause. Schließlich sagte Gennat: »Herr Altmann, das kann mein Kollege in Hamburg nicht hören, wenn Sie den Kopf schütteln. Ich wiederhole deshalb die Frage noch einmal: Haben Sie die Briefe und Postkarten Ihrer Tochter aufbewahrt?«

»Nein.«

»Anna hatte diesen Brief in ihrem Zimmer versteckt. Können Sie sich vorstellen, warum sie das gemacht hat?«

»Nun ja, ich nehme an, sie wollte nicht, dass ihre Mutter ihn findet.«

»Und warum nicht?«

»Ja, ich nehme an, die Helga wollte nicht, dass Anna noch Kontakt zu mir hat. Wir sind immer gut miteinander ausgekommen, die Anna und ich, und das hat meine Frau wahrscheinlich gestört.«

Gennat sagte: »Gut miteinander ausgekommen, sagen Sie. Was heißt das genau? Haben Sie oft mit der Kleinen gespielt? In der Wohnung herumgetobt?«

»Nein, herumgetobt haben wir nicht. Das wäre auch gar nicht gegangen, da hätten die Nachbarn sich gleich beschwert. Das Haus war ziemlich hellhörig. – Aber, was ich sagen wollte: Wenn meine Frau von der Arbeit nach Hause kam, dann war sie meistens müde und gereizt. Und wenn ich nach Hause kam, das war meistens ein bis zwei Stunden später, dann war ich nur müde. Das heißt, ich hab mich nicht mit der Anna gestritten. Nicht so wie meine Frau. Die konnte manchmal regelrecht aus der Haut fahren. Und dass ich immer ganz ruhig war, das fand die Anna wohl gut.«

Der Punkt war damit auch geklärt. Es gab keinerlei Anzeichen dafür, dass Altmann zu seinem Kind eine engere Beziehung als zulässig gehabt hatte.

»Aber Ihre Frau, die hat sich gestritten mit der Anna?«

»Ja, manchmal schon. Aber nicht übermäßig. Nein, das würde ich eigentlich nicht sagen ...«

Annas Vater hatte nichts mit dem Verschwinden seiner Tochter zu tun. Und auch der neue Freund der Mutter war aus dem Schneider. Fehlandt hatte ihn inzwischen vernommen. Er war dem Mädchen überhaupt nur ein einziges Mal begegnet. Das hatte gereicht. Anna hatte ihm unmissverständlich klargemacht, dass sie ihn nicht mochte. Daraufhin hatte Frau Altmann ihre Tochter in das Zimmer unter dem Dach verbannt, um sich ungestört mit ihrem neuen Freund in der Wohnung treffen zu können.

»Haben Sie eine Beziehung zueinander?«, hatte Fehlandt gefragt.

»Eine Beziehung? Was meinen Sie damit? Wir vögeln zusammen. Wenn das eine Beziehung ist, ja, dann haben wir eine Beziehung.«

»Dann können Sie jetzt ja völlig ungestört weiter vögeln«, hatte Fehlandt gesagt.

»Bitte?«

»Ich glaube, Sie haben mich sehr gut verstanden.« Anna war nicht der einzige Mensch auf dieser Welt, der den neuen Freund ihrer Mutter nicht ausstehen konnte. Armes Mädchen, dachte Fehlandt. Armes, armes Mädchen.

Keine Beziehungstat, dachte Berger. Also doch Teil einer Serie? Ärgerlich war, dass ihre Unterlagen über die früheren Fälle, in denen Kinder verschwunden waren, nicht viel hergaben. Wenn das alles war, was sich in den Akten fand, dann hatten die Kollegen damals nicht übertrieben viel Einsatz gezeigt. Der Mann, der die Ermittlungen im Fall Abicht geleitet hatte, war ein Sozi gewesen und daher zur Zeit nicht mehr greifbar. Berger wusste nicht, ob er verhaftet worden war oder sich ins Ausland abgesetzt hatte. Blieb nur noch die Möglichkeit, andere Kollegen zu fragen, die damals schon mit dabei gewesen waren. Und einer davon war Krohn.

»Clara Abicht – mein Gott, das ist lange her!« Krohn seufzte.

Es war das erste Mal, dass Berger den früheren Kollegen in seiner Wohnung aufsuchte. »Ja. Aber es ist einer der Fälle, die unserem jetzigen Fall ähnlich sind, und es ist einer der Fälle, die nicht aufgeklärt sind.«

Krohn schüttelte den Kopf. »Da kann ich auch nicht viel zu sagen. Bearbeitet habe ich den Fall nicht. Ich war mit dabei, damals, das ist schon richtig, aber die Leitung hatte dieser – wie hieß er doch noch gleich?«

»Schröder meinst du. Der ist nicht mehr greifbar. Du bist der Einzige, an den ich mich halten kann. – Erinnerst du dich noch an die Geschichte?«

»Ja, natürlich. Das war ganz übel. – Wann ist das noch mal gewesen?«

»Am 18. Juli 1925.« Berger hatte sich vorbereitet.

»1925! 13 Jahre ist das schon her, und du fragst mich jetzt nach Einzelheiten! Ohne die Akten. Was soll ich da sagen?«

»Alles, was dir in den Sinn kommt. Unsere Unterlagen sind so dürftig. Es ist ja damals alles wegen des Prozesses gegen Seefeld zusammengestellt worden, und die Akten sind dann nach Schwerin gegangen, aber nicht wieder zu uns zurückgekommen.«

»Wie dem auch sei, das Mädchen, das war neun oder zehn Jahre alt, das weiß ich noch. Ist in den Stadtpark zum Spielen gegangen und dann einfach verschwunden. Spurlos. Es war ein entsetzlich heißer Tag damals. Über 30 Grad. Und nachmittags dann Gewitter. Wir haben natürlich gedacht, das Kind ist vor dem drohenden Unwetter irgendwo hingegangen, hat sich untergestellt, was weiß ich. Aber dann hätte es ja spätestens am Abend wieder auftauchen müssen, und das hat es nicht gemacht.«

»Es hat sich also, wie man so schön sagt, in Luft aufgelöst.«

»Na ja, in Luft aufgelöst nun auch nicht gerade. Da war ja dieses Gewitter. Alle sind gerannt, und keines der anderen Kinder hat mitgekriegt, wohin die kleine Clara gelaufen ist.

Wir haben damals alles getan, was wir konnten. Alle nur denkbaren Zeugen befragt, aber das hat alles nirgendwo hingeführt, das Mädchen war weg, und niemand hat gesehen, wie es verschwunden ist.«

»Aber es hat damals einen Verdacht gegeben?«

»Seefeld, ja, das haben die Kollegen damals gedacht.« Krohn lachte.

»Was ist daran so komisch?«

»Entschuldige, Wilhelm, komisch ist das alles natürlich überhaupt nicht. Aber der Seefeld, der hat sich für Knaben interessiert, nicht für Mädchen. Oder vielleicht auch für Mädchen, so genau weiß ich das nicht. Aber die Toten – wie viele waren das noch gleich? Zehn oder zwölf? – Die Toten, die nachweislich auf sein Konto gehen, das waren jedenfalls alles Knaben. Und das war ja auch alles viel später. Wann haben sie den Seefeld geschnappt? Das kann doch noch gar nicht so lange her sein.«

»Vor drei oder vier Jahren, glaube ich. – Im Prozess war aber davon die Rede, dass er sich auch an Mädchen vergangen hat«, wusste Berger.

»So? – Stammt das aus diesem angeblichen Geständnis, das unsere Kollegen aus ihm herausgeprügelt haben? Ist das durch irgendwelche Fakten bestätigt worden? – Aber das mag natürlich sein, so genau weiß ich das nicht. Der Prozess war ja erst lange, nachdem ich schon im Ruhestand war. Und wie er die Kinder umgebracht hat, der Seefeld, das hat man nie herausgefunden. Sie lagen da, als ob sie schliefen, heißt es. Das war ja meistens im Winter, und die Kollegen haben zunächst gedacht, die Kinder seien vielleicht eingeschlafen und an Unterkühlung gestorben. Aber als sich die Fälle häuften, da ist man der Sache dann doch nachgegangen, und da hat man am Ende den Seefeld zu fassen gekriegt.«

»Aber das mit der Clara Abicht, das ist er nicht gewesen?«

»Woher soll ich das wissen? Wenn du sagst, dass er sich auch für Mädchen interessiert hat, dann muss ich sagen, ja, das kann gut sein, dass er auch die kleine Abicht auf dem Gewissen hat. Das heißt – nein, warte mal, das mit der Abicht, das kann er nicht gewesen sein. Da hat er im Gefängnis gesessen, glaube ich. Das kannst du sicher nachprüfen. Das können die dir in Schwerin sagen.«

»Wir fragen uns natürlich«, sagte Berger, »ob wir es nicht mit einer Serie zu tun haben. Clara Abicht im Juli 1925, und danach dann Paula Struck im September 1934, und jetzt Anna Altmann.«

Krohn kratzte sich den Kopf. »Wilhelm«, sagte er, »du musst aufpassen, dass du da keinen Fehler machst. So wie ich eben geglaubt habe, dass der Seefeld nur Jungen umgebracht hat, so gehst du davon aus, dass der Mann, hinter dem du jetzt her bist, nur kleine Mädchen umbringt. Das muss aber nicht so sein. Und ich erinnere mich, da war noch so ein Fall in Harburg, 1929 oder 1930 muss das gewesen sein, da sind zwei kleine Jungen verschwunden. Wir haben das nur so am Rande mitgekriegt damals; Harburg gehörte noch zu Preußen, das ging uns nichts an. Aber heute ist das ja anders, und du hast sicher keine Probleme, dir auch die Akten geben zu lassen.«

Den Fall kannte Berger nicht. Wenn das stimmte – das spräche in der Tat für eine Serie. Und 1929 oder 30 – das würde genau die Lücke zwischen dem Verschwinden von Clara Abicht und Paula Struck schließen. Womöglich hatten sie es mit einem Täter zu tun, der alle fünf Jahre zuschlug.

Das war ein Hinweis, dem Berger auf jeden Fall nachgehen musste. »Ich will dich nicht unnötig belästigen«, sagte er. »Aber wenn dir sonst noch etwas einfällt, was für unsere Nachforschungen wichtig sein könnte ...«

Krohn lachte. »Du belästigst mich nicht, Wilhelm. Du kannst gern wieder vorbeikommen. In meinem Alter gibt es keine Dinge mehr, die unverzüglich erledigt werden müssen. Und eigentlich, wenn ich es mir recht überlege, gibt es die überhaupt niemals im Leben. Auch wenn das manchmal nicht so aussieht, lass dir gesagt sein, es ist immer genug Zeit da, um das, was man tun will, gründlich zu tun.«

»Ich werde mir Mühe geben«, versprach Berger.

Zwei Jungen verschwunden? Vor fast zehn Jahren? Die Nachforschungen erwiesen sich als schwieriger, als Berger gedacht hatte. Eigentlich hätten nach der Zusammenlegung der Polizeidienststellen infolge des Großhamburg-Gesetzes die Unterlagen über diesen Fall direkt greifbar sein müssen. Aber die älteren Jahrgänge waren im Archiv noch nicht einsortiert; sie lagen ungeordnet in irgendwelchen Kisten im Keller, und es würde Wochen oder Monate dauern, bis das ganze Material gesichtet war.

Berger rief in Harburg an. Der Kollege, der seinerzeit den Fall bearbeitet hatte, war inzwischen im Ruhestand und telefonisch nicht erreichbar. Aber eine Auskunft konnte man ihm in Harburg immerhin geben: Die Kinder waren im Januar oder Februar 1929 verschwunden, und Krohn hatte recht, der Fall war bis heute ungeklärt.

»Die Zeitung«, schlug Herbert Richter vor. »Zumindest die Dinge, die wir im Augenblick am dringendsten wissen müssen, die müssten in der Zeitung gestanden haben.«

Richter wusste, dass die Staatsbibliothek nicht nur Bücher, sondern auch Zeitungen aus dem Hamburger Raum archivierte. Kurz entschlossen stieg Berger in die Straßenbahn und fuhr zur Staatsbibliothek. Die Herrschaften waren sehr hilfreich. Aber Berger musste feststellen, dass weder das *Ham-*

burger Fremdenblatt noch die *Hamburger Nachrichten* über den Fall berichtet hatten. Der Lokalteil der beiden Zeitungen konzentrierte sich auf Hamburg – und Harburg hatte damals nicht mit dazugehört.

»Wir hätten dann natürlich noch die *Harburger Anzeigen und Nachrichten*«, schlug der Bibliothekar vor.

Warum haben Sie das nicht gleich gesagt, dachte Berger. Er wartete ungeduldig, bis der Mann endlich mit den Stapeln der Monate Januar und Februar 1929 zurückkam. Berger blätterte die Zeitungen durch. Nichts. Jedenfalls nichts, was sofort ins Auge sprang. Die Zeitung hatte vom 70. Geburtstag des ehemaligen Kaisers berichtet, mit Foto, auf der ersten Seite. Und auch der Besuch des Reichspräsidenten Hindenburg auf der Grünen Woche in Berlin war einen ausführlichen Bericht auf der Titelseite wert gewesen.

Es konnte doch nicht angehen, dass zwei Kinder verschwanden, und die Zeitung berichtete nicht darüber! Berger fing noch einmal von vorne an. Seite für Seite ging er von oben bis unten durch. Er erfuhr, dass der Kronprinz von Afghanistan sich verpflichtet hatte, keinerlei Reformen durchzuführen. Außerdem waren wegen des Hochwassers der Oste große Teile des Kreises Bremervörde überschwemmt. Und außerdem könnte er gesundes Haar haben, wenn er sich Dr. Dralles Birkenwasser kaufte, den Liter zu 10,50 RM.

Der Text, auf den es ihm ankam, war in der Ausgabe von Freitag, dem 25. Januar 1929 gegen Ende der Lokalnachrichten auf der dritten Seite erwähnt, nach der Taubenausstellung im *Berliner Hof*:

***Vermisst werden seit gestern** 14.00 Uhr die sechs Jahre alten Günther Jahncke, Bennigsenstraße 28, und Heinz Voß, Brunnenstraße 1, beide bei den Eltern wohnhaft. Die Knaben haben um die* *genannte Zeit die elterlichen Wohnungen verlassen und sind bald darauf von einer in der Nachbarschaft wohnenden Schülerin in der Schulstraße gesehen worden. Von da ab fehlt von ihnen jede Spur. Es wird vermutet, dass die Kinder sich verirrt haben oder dass ihnen ein Unglück zugestoßen ist. Jahncke hat hellblondes Haar, ist bekleidet mit blauer Hose, blauem Kittel, hellbraunem Überzieher, hellgrauer Wollmütze, langen, schwarzen Strümpfen und schwarzen Stiefeln. Voß hat rötlich-blondes Haar. Er trägt dunkelgraue Hose mit Leibchen, grünen Sweater, braunen Krimmermantel, braune Strickmütze, lange, schwarze Strümpfe und schwarze Stiefel. Wer Angaben über den Verbleib der Kinder machen kann, wird ersucht, sich umgehend bei der Kriminalpolizei, Marienstraße 10, zu melden.*

Und wie ging es weiter? Die Fortsetzung fand sich in der Zeitung des nächsten Tages, ebenfalls auf der dritten Seite.

Die vermissten Kinder noch nicht aufgefunden. – Vergebliche Nachforschungen. *Von den Knaben Günther Jahncke und Heinz Voß, die seit dem 24. dieses Monats vermisst werden, fehlt noch jede Spur. In der Annahme, dass die Kinder sich im Walde verirrt und dort infolge Entkräftung niedergelegt haben könnten, suchten gestern Kriminalbeamte einen Teil der Haake erfolglos ab. Auch bei Zigeunern, die sich in der Stadt mit ihren Wohnwagen aufhalten, wurden die Kinder nicht gefunden. – Heute wird die Suche mit einem größeren Aufgebot von Schutz- und Kriminalpolizei wiederholt. Die Bevölkerung wird um Mitwirkung bei der Ermittlung der Kinder gebeten. Nachrichten nehmen alle Polizeiposten, -wachen und die Kriminalpolizei, Marienstraße 10, Fernsprecher 5-9, 1100, entgegen.*

Das klang alles schon ziemlich verzweifelt. Berger konnte sich gut vorstellen, wie den Kollegen zumute gewesen sein mochte. Ihm ging es jetzt nicht viel anders. Und die Strohhalme, nach denen die Harburger gegriffen hatten, standen ihm bei der Suche nach Anna Altmann nicht zur Verfügung. Im weiteren Umkreis der Fruchtallee gab es keine ausgedehnten Waldgebiete, die er durchsuchen lassen konnte, und die Nachfrage bei Zigeunern konnte er sich auch schenken. Es gab keine mehr. Jedenfalls hatte er die letzten Jahre keine mehr in Hamburg gesehen. Und dass sie kleine Kinder klauten, glaubte er sowieso nicht.

Am Sonntag gab es in Harburg keine Zeitung. Die letzte Erwähnung der verschwundenen Kinder fand sich am Montag, dem 28. Januar 1929 zwischen einer Notiz über den Einsatz der Harburger Eisbrecher auf der Elbe und dem Bericht über die alljährliche Vertreterversammlung des Schützenbundes Harburg und Umgebung.

Die vergeblichen Nachforschungen nach den vermissten Kindern. *Über den Verbleib der seit dem 24. dieses Monats vermissten Knaben Jahncke und Voß hat bisher noch nichts ermittelt werden können. Am Sonnabend wurde die Haake von einem größeren Aufgebot von Schutz- und Kriminalpolizei ohne Erfolg abgesucht. Am Sonnabendnachmittag machte ein Arbeiter die Mitteilung, dass er am Donnerstag, gegen 15 ein Viertel Uhr, in der Haake, auf einer Anhöhe in der Nähe des Vereinsweges, zwei Knaben getroffen habe, auf die die Beschreibung der vermissten Jungen passe. Er habe angenommen, dass die Kinder zu Waldarbeitern gehörten, die in der Nähe Holz schlugen. Der infrage kommende Teil der Haake ist noch am Sonnabend abgesucht worden, doch wurden die Kinder nicht gefunden. Die Suche nach den Kindern wurde gestern Vormittag erfolglos wiederholt. Die Besitzer von Schrebergärten werden ersucht, ihre Gartenbuden und Geräteschuppen durchzusehen, da mit der Möglichkeit gerechnet werden muss, dass die Kinder bei hereinbrechender Dunkelheit in einer Bude Unterschlupf suchten. Wenn die bisherigen kriminalpolizeilichen Ermittlungen auch keinerlei Verdacht des Vorliegens eines Verbrechens* *ergeben haben, so werden doch die Nachforschungen nach allen Richtungen weiter energisch betrieben. Die Bevölkerung wird nochmals ersucht, bei der Ermittlung der Knaben mitzuwirken, und es wird nochmals die Beschreibung der Vermissten bekanntgegeben …*

Es folgten jene Angaben über Kleider und Aussehen der Kinder, die bereits am 25. Januar abgedruckt worden waren. Und das war das Letzte, was man jemals von den Kindern gehört hatte. Es war bitter kalt gewesen Ende Januar 1929, auch tagsüber unter null Grad, und am Montag hatte es angefangen zu schneien.

»Das passt genau«, sagte Berger. »Es ist ganz genau dasselbe wie schon bei der Abicht 1925 und bei der Struck 1934. Und jetzt wieder bei Anna Altmann. Alle Kinder verschwunden, als ob sie sich in Luft aufgelöst hätten.«

Berger hatte großmaßstäbige Karten von Harburg auf seinem Schreibtisch ausgebreitet. Die Karten hatten sie jedenfalls, auch wenn die Akten noch nicht verfügbar waren. Berger hatte die Wohnungen der beiden Jungen mit dicken, roten Kreisen markiert. Bennigsenstraße, das lag beinahe mitten in Harburg. Die Brunnenstraße hieß jetzt »Zweite Twiete« und war eine Querstraße zur Bennigsenstraße. Und die Schulstraße – eine Schulstraße gab es nicht mehr. Berger konsultierte die Liste der nach dem Großhamburg-Gesetz umbenannten Straßen. Die Schulstraße hieß jetzt »Bei der Bühne«.

»Das ist alles mitten in der Stadt«, sagte Fehlandt. »Was haben sie im Wald gesucht? Haben die Kinder öfter im Wald gespielt, oder stützt sich das alles nur auf diese Zeugenaussage?«

Berger zuckte mit den Achseln. »Weiß ich nicht. Aber dieser – dieser Vereinsweg, von dem hier die Rede ist, das ist ja mehrere Kilometer von der Bennigsenstraße entfernt. Da sind sie ja schon fast in Ehestorf. Ziemlich ungewöhnlich für so kleine Kinder, dass sie so weit von zu Hause weglaufen.«

»Es sind halt nicht alle so brav wie deine! – Aber, du hattest recht: Die Idee mit dem gleichseitigen Dreieck, die ist jetzt nichts mehr wert.«

»Das sieht in der Tat so aus, als hätten wir es mit einer Serie zu tun«, sagte Herbert Richter.

Wilhelm Berger schrieb die Namen und Daten der verschwundenen Kinder untereinander:

Clara Abicht, 10 Jahre, 1925

Günther Jahncke und Heinz Voß, 6 Jahre, 1929

Paula Struck, 6 Jahre, 1934

Anna Altmann, 7 Jahre, 1938

»Das sieht gut aus, aber das muss trotzdem nicht stimmen.« Berger hatte plötzlich Zweifel. »Wie viele Kinder verschwinden in Deutschland in einem Jahr? Und wie viele davon sind wirklich einem Verbrechen zum Opfer gefallen?«

»Das wissen wir nicht. Aber diese vier Fälle haben natürlich gemeinsam, dass die Kinder in der Tat regelrecht verschwunden sind. Nicht etwa entführt. Es ist ja nicht so, dass irgendjemand sie gemeinsam mit irgendwelchen verdächtigen Männern gesehen hätte. Nein, als sie zuletzt gesehen worden sind, da waren sie jeweils allein.«

»Ja, wenn die Zeugenaussagen stimmen, dann sind zumindest die Knaben allein in den großen, finsteren Wald marschiert. Und die Haake ist ein großer, finsterer Wald – vor allem, wenn man erst sechs Jahr alt ist. Drei Kilometer in jeder Richtung. Man könnte fast meinen, jemand habe die Kinder dort hinbestellt, um sie zu ermorden.«

Fehlandt witzelte: »Mord ist doch inzwischen abgeschafft!«

»Red keinen Unsinn! Er ist nur bei der Neugliederung der Aufgabenbereiche eine Klasse tiefer gerutscht. Innerhalb der *Kriminalgruppe II Gewerbs- und gemeingefährliche Straftaten* haben wir weiterhin die *Kriminalinspektion II A: Mord, Leichen- und Vermisstensachen Abtreibung, Raub, Erpressung, Brandstiftung, Betriebs-, Eisenbahnunfälle und Transportgefährdung.*«

»Gemischtwaren«, sagte Fehlandt. »Zu einer reinen Gemischtwarenhandlung hat man uns degradiert!«

»Zurück zum Thema«, verlangte Richter. Die Sticheleien Fehlandts gingen ihm auf die Nerven.

Berger fuhr fort: »Was mich stört an dieser Geschichte, ist, dass die Taten so wenige Gemeinsamkeiten aufweisen. Die Opfer sind zwei Jungen und drei Mädchen. Sie sind einzeln oder zu zweit verschwunden. Sie sind zwischen sechs und zehn Jahren alt. Das ist eine ziemlich große Spanne. Und was die Witterung angeht, so scheint der Täter ja geradezu ein Allwettermörder zu sein. Ich habe mir die Daten vom Reichsamt für Wetterdienst geben lassen.«

Berger schrieb auf den Zettel:

Clara Abicht, schwülheißer Julitag, über 30 Grad, Gewitter
Günther Jahncke und Heinz Voß, Januar, klirrender Frost
Paula Struck, regnerischer Herbsttag, 16 Grad
Anna Altmann, später Herbst, Schauerwetter, etwas Sonne, 14 Grad

»Und was bringt uns das?«, fragte Herbert Richter.

»Das weiß ich auch nicht. Aber wenn dies eine Serie ist, und wenn wir also nach einem Täter suchen, der im Abstand von ungefähr fünf Jahren immer wieder Kinder in seine Gewalt bringt und anschließend verschwinden lässt, dann kann ich nicht glauben, dass wir den Mann nicht irgendwo in unseren Akten haben. Das, was wir ihm hier unterstellen, ist ja keine Kleinigkeit. Ich denke, bevor er damit angefangen hat, Kinder verschwinden zu lassen, muss er schon irgendetwas anderes angestellt haben, was bei uns aktenkundig ist.«

»Wir haben inzwischen die Akten bezüglich aller Sexualstraftaten, die sich innerhalb der letzten fünf Jahre abgespielt haben, überprüft. Wir haben keinen Hinweis darauf gefunden, dass einer dieser Leute Anna Altmann entführt haben könnte. Oder getötet.«

»Der Zeitraum ist zu kurz. Was er die letzten Jahre gemacht hat, das wissen wir ja. Oder das glauben wir zumindest zu wissen. Wir müssen viel weiter zurückblicken. Ich denke, entscheidend ist die Zeit vor 1925. Was hat er da gemacht? Das müssen wir herausfinden.«

»Das sind sehr alte Vorgänge.«

Berger nickte. Ja, das waren sehr alte Vorgänge. Aber dennoch, es musste versucht werden.

Was hatten sie sonst noch für Ansatzpunkte? Das Buch. Berger hatte es inzwischen gelesen; es hatte ihn nicht weitergebracht. *Försters Pucki* war ein wildes Mädchen, das immer wieder in Schwierigkeiten geriet, weil es nicht tat, was die Erwachsenen sagten. Und als Pucki einmal über Nacht nicht nach Hause kam, bekam ihre Mutti zur Strafe ein neues Baby – jedenfalls wurde Pucki das so erzählt.

Und dann war da noch der Film. Anna hatte sich die Bilder von *Lockenköpfchen* angesehen. Ein Zufall? Berger beschloss, am Nachmittag mit Dagmar ins Kino zu gehen.

Die *Deulig-Tonwoche* begann mit einem Rückblick auf die Sudetenkrise. Erst jetzt, beim Betrachten der Wochenschau, wurde Wilhelm Berger bewusst, dass Europa am Rande eines Krieges gestanden hatte.

In England sicherte man die wichtigsten Plätze des Landes.

Die Bilder zeigten, wie in einer Stadt, wahrscheinlich London, Gräben ausgehoben wurden. Schützengräben? Nein, das ergab keinen Sinn. Wahrscheinlich sollten diese Gräben vor Bombensplittern schützen.

Da rief Adolf Hitler die Regierungschefs Mussolini, Daladier und Chamberlain nach München zu einer letzten Aussprache, die dann endlich den Sudetendeutschen die Freiheit brachte.

Man sah die Staats- und Regierungschefs beim Unterzeichnen des Abkommens.

Aus übervollen Herzen dankte die Münchner Bevölkerung dem großen Freunde Deutschlands, Benito Mussolini, bei seiner Abreise.

Ja, der Frieden schien zunächst einmal gesichert. Rom, Paris, London – und natürlich Berlin. Die Wochenschau zeigte in aller Ausführlichkeit den Jubel der Menschen. Und danach dann noch mehr Jubel im Sudetenland beim Einmarsch der deutschen Truppen.

Kirchenglocken läuten den denkwürdigsten Tag in der Geschichte des Egerlandes ein: Das Eintreffen des Führers in Eger.

Begeisterte Menschen säumten die Straßen, schwenkten Hakenkreuz-Fähnchen, winkten Adolf Hitler zu. Dann sprach Konrad Henlein, der Vorsitzende der Sudetendeutschen Partei:

»Mein Führer! Meine Egerländer! Unser Führer ist zu uns gekommen und hat uns heimgeholt ins Reich!«

Danach dann Jubel ohne Ende.

Lockenköpfchen. Jetzt begann der Film. Lakehurst-Waisenhaus in Amerika. Kleine Kinder wurden die Treppe hinaufgeführt und ins Bett gebracht. Sie beteten gemeinsam mit den Schwestern.

Jetzt leg ich mich zum Schlafen nieder,
vertrau dir meine Seele an.
Sterb ich, eh der Tag kommt wieder,
nimm meine Seele bei der Hand.

Kaum waren die Schwestern aus dem Zimmer, sprang Lockenköpfchen Elizabeth Blair wieder aus dem Bett und betete:

Und Gott schütze meine Schwester Mary. Amen.

Und Gott schütze Anna Altmann, dachte Berger. Wenn sie noch lebte. Und wenn es einen Gott gab. Aber dann kehrten seine Gedanken wieder zu den Bildern der Wochenschau zurück. Es waren beängstigende Bilder. Und auch wenn viel vom Frieden und Friedenswillen die Rede war, so deutete doch vieles darauf hin, dass der Frieden bald zu Ende sein könnte.

Berger bekam nicht mit, dass das kleine Mädchen auch noch dafür betete, dass der liebe Gott gut auf seine Ente und auf sein Pony achten sollte. Das Nächste, was er mitbekam, war, dass das Pony neben Lockenköpfchen im Bett lag. Eine Schwester rüttelte das Kind wach: »Elizabeth Blair, was hast du dazu zu sagen?« – »Ach du meine Güte!«, sagte Elizabeth. Natürlich gab es Ärger. Das Pony und die Ente sollten verkauft werden. Aber die ganze Stimmung des Films deutete darauf hin, dass das nicht passieren würde.

Beim Frühstück spielte Elizabeths Schwester Mary auf dem Klavier, und Elizabeth stieg auf einen Stuhl und sang dazu. Mary war vielleicht zwanzig Jahre alt, Elizabeth war sieben Jahre alt – genau wie Anna. Berger wunderte sich, dass in dem Film alle amerikanischen Waisenkinder so wohlerzogen und intelligent aussehen, und dass sie alle weiß waren.

Natürlich gab es wieder Ärger. Mr. Wyckoff, einer der Treuhänder des Waisenhauses, ein ekelhafter, alter Kerl, regte sich darüber auf, dass im Speisesaal gesungen wurde. Aber zum Glück gab es noch Mr. Morgan, den jungen, gut aussehenden Millionär. Er war beeindruckt von Mary, die dem Alten widersprach, und er war erst recht beeindruckt von Elizabeth. Morgan sagte: »Ich würde mich gern einmal mit diesen kleinen Mädchen privat unterhalten. Am besten in Ihrem Büro, Mrs. Higgins.«

»Natürlich, Mr. Morgan!«

In der nächsten Szene saß Elizabeth bei Mr. Morgan auf

dem Schoß, und der Mann sagte: »Mädchen, ich habe eine großartige Idee. Soll ich sie dir verraten?«

»Mmmh – ja?« Sie zögerte ein wenig.

»Elizabeth«, ermahnte sie Mrs. Higgins.

»Oh, entschuldigen Sie, ja gern«, korrigierte sich das Mädchen.

»So ist es brav!«, sagte Mrs. Higgins.

»Nun hör zu. Dies ist die Idee: Wie würdest du es finden, wenn du und ich sehr, sehr gute Freunde würden?«

»Ich glaube, das würde mir nicht gefallen, Sir!«

»Aber Elizabeth!«, empörte sich Mrs. Higgins.

Mr. Morgan sagte: »Könnte ich wohl mit Elizabeth allein sprechen?«

»Ja natürlich!«

»Danke!«

Und Mrs. Higgins ließ den Mann mit dem kleinen Mädchen auf dem Schoß allein zurück.

Mr. Morgan wartete, bis sie die Tür hinter sich geschlossen hatte. Dann fragte er Elizabeth: »Sag mir, warum möchtest du nicht meine Freundin sein?«

»Darum!« Elizabeth war offensichtlich verlegen.

»Darum? – Na, komm, da musst du mir schon einen besseren Grund nennen!«

»Nun gut. Also es ist, weil immer, wenn Erwachsene zu Besuch kommen, wir die ganze Zeit artig ›Ja, Madam‹ und ›Nein, Sir‹ sagen und die ganze Zeit freundlich sein müssen.«

Mr. Morgan lachte. Zu mir musst du all diese Dinge nicht sagen. – Sag mal, wie heißt du eigentlich, Kleine?«

»Elizabeth Blair.«

»Ich hätte da einen viel besseren Namen für dich! Wenn es nach mir ginge, würde ich dich Lockenköpfchen nennen.« Er spielte mit ihren Locken.

»So hat mich Papa immer genannt. Und meine Mama auch!«

»Wirklich? – Ich wette, du bist schlauer als die meisten Leute.«

Die kleine Elizabeth war für solches Lob empfänglich. »Nun ja, ich kann Gedichte machen.«

»Was denn für Gedichte?«

»Eh ich ein kleines Mädchen war,
war ich ein Vögelein.
Ich konnt nicht lachen und nicht tanzen,
nicht sprechen obendrein!
Im ganzen Wald flog ich umher,
und in den Himmel dann,
Ist es nicht jammerschade,
dass ich jetzt nicht mehr fliegen kann?«

Mr. Morgan behauptete: »Das ist das schönste Gedicht, das ich jemals gehört habe!«

Wilhelm Berger dachte: Das ist die unheimlichste Liebeserklärung, die ich jemals gehört habe.

Mr. Morgan nahm Elizabeth fest in den Arm. Er log ihr vor, er habe einen guten Freund, der ihr gerne ein Zuhause geben, ihr schöne Kleider und Puppen schenken würde. Aber es war klar, dass er sie selbst haben wollte. Und die große Schwester als Zugabe.

Wilhelm Berger hatte plötzlich das Gefühl, dass er ganz genau wusste, wie sich alles abgespielt hatte. Irgendein Mann hatte für die kleine Anna Altmann die Rolle des Mr. Morgan übernommen. Wahrscheinlich war er sogar mit ihr in diesen Film gegangen. Er hatte ihr alles Mögliche versprochen, genau wie Mr. Morgan, und er hatte sie zum Stillschweigen verpflichtet, genau wie Mr. Morgan, nur dass er seine Versprechungen später nicht erfüllt hatte, sondern ganz andere Dinge mit dem Mädchen gemacht hatte.

Wilhelm Berger sah zu Dagmar hinüber. Aber die war völlig auf den Film konzentriert. Sie lachte über Elizabeth, die nun plötzlich in einem vornehmen Haushalt wohnen musste, die aber keineswegs daran dachte, sich an die neue Umgebung anzupassen. Es drohte Ungemach. Mary hatte einen Verehrer gefunden. Mr. Morgans Tante stellte ihren Neffen zur Rede. Er müsse selbst aktiv werden.

Aber der Neffe sagte: »Glaubst du, dass ich mir irgendetwas aus Mary Blair mache? Der einzige Grund, warum sie hier ist, ist, dass ich Elizabeth nicht bekommen konnte, ohne sie auch mitzunehmen.«

Wilhelm Berger ballte seine Hände zu Fäusten. Sag das noch einmal, dachte er. Sag das noch einmal! Das darf doch nicht wahr sein!

Aber es war auch nicht wahr. Der schüchterne Mr. Morgan traute sich nur nicht zuzugeben, dass er in Mary verliebt war. Und am Ende ging natürlich alles gut aus. Mr. Morgan heiratete Mary, und die kleine Elizabeth lebte glücklich mit ihren Tieren und all ihren Spielsachen bis an ihr Lebensende. Oder so ähnlich.

Als sie nach draußen gingen, stieß Wilhelm Berger seine Frau an: »Hast du dasselbe gesehen, was ich auch gesehen habe?«

»Ich weiß nicht, was du gesehen hast, aber ich habe jedenfalls ein sehr niedliches, kleines Mädchen gesehen«, sagte Dagmar.

»Und ich habe gesehen«, sagte Berger, »wie man ein niedliches, kleines Mädchen verführt!«

Dagmar sah ihn an. »Eigentlich mag ich es nicht gerne, wenn wir uns zusammen einen Film angucken, und du sitzt da nur in deiner Eigenschaft als Polizist und denkst: Was könnte hier wohl für ein schreckliches Verbrechen ablaufen?

– Mr. Morgan ist vollkommen harmlos. Er mag das kleine Mädchen. Und er mag die große Schwester. Das ist doch kein Verbrechen!«

»Nein, das ist kein Verbrechen. Und im Film geht ja auch alles gut aus, aber wenn sich so etwas im wirklichen Leben abspielt, dann sehe ich das Kind in Gefahr.«

»Wilhelm, ich habe das Gefühl, allmählich siehst du überall nur noch das Böse, weil du jeden Tag damit zu tun hast. Aber in diesem Film ist nichts Böses. Es ist alles niedlich und harmlos, und wenn du es anders siehst, dann sagt das etwas über dich aus und nicht über den Film.«

»Tut mir leid«, sagte Berger. Er fühlte sich missverstanden. Warum konnte Dagmar nicht begreifen, dass dieser Film gefährlich war?

Auf dem Weg nach Hause fasste Dagmar die Hand ihres Mannes. »Wilhelm, du bist immer noch in Gedanken bei dem verschwundenen Mädchen!«

Berger nickte.

»Ihr werdet sie doch finden, oder?«

»Ich kann es nur hoffen«, sagte Berger. »Die letzten vier Kinder, die davor verschwunden sind, haben wir nicht gefunden.«

Susanne war mit der Bahn nach Kiel gefahren. Ob sie das alleine schaffe, hatte Dagmar gefragt, und Susanne hatte genickt. Sie war 17 Jahre alt; sie würde doch wohl allein nach Kiel fahren können! Und diese Begutachtung – das war doch schließlich nichts anderes als ein Besuch beim Arzt. Natürlich konnte sie da allein hingehen! Die Adresse hatte Mama aus dem Telefonbuch herausgesucht. Tirpitzstraße 100. Das lag weit weg vom Bahnhof; Susanne musste die Straßenbahn nehmen. Linie 9, wie man ihr sagte.

Eigentlich sah sie gar nicht ein, warum das Ganze nötig war. Denn Gutachten oder nicht – es ließ sich nicht bestreiten, dass ihr Vater Jude war. Und es ließ sich auch nicht bestreiten, dass ihre Mutter zur Hälfte Jüdin war, und damit war nach Adam Riese eindeutig klar, dass sie selbst zu drei Vierteln Jüdin war. Dagegen konnte man gutachten, so viel man wollte.

Da war schon das Institut. Ohne zu zögern ging Susanne hinein. Sie erschrak ein wenig, als die schwere Eichentür hinter ihr zufiel.

Susanne brauchte nicht lange zu warten. »Ah, Sie sind das Fräulein Berger aus Hamburg«, sagte der Professor. Er blätterte in seinen Unterlagen. »Wie alt sind Sie nochmal? 17 Jahre? Da darf ich doch sicher Du sagen, oder?«

Susanne nickte. Professor Wiechert mochte vielleicht fünfzig Jahre alt sein. Er hatte ein gewinnendes Lächeln. Aber Susanne konnte er damit nicht gewinnen; sie blieb misstrauisch. Irgendetwas schien ihr falsch an seinem Lächeln.

»Komm doch rein! – So, und nun setze dich hier erst einmal hin.«

Susanne setzte sich. Er redete mit ihr wie mit einem kleinen Kind, dachte sie.

»Bevor wir mit deiner Untersuchung anfangen, muss ich zunächst einmal ein paar Punkte klarstellen. Die Rassenlehre ist keine so exakte Wissenschaft wie zum Beispiel die Physik. Überall gibt es Übergänge und unscharfe Grenzen. Und im Grunde kann man davon ausgehen, dass es heute gar keine rein arischen Familien mehr gibt und reine Juden natürlich auch nicht. Und es ist völlig unsinnig, irgendwelche Regeln und Gesetze aufzustellen, bei denen man von klaren Unterschieden zwischen den Rassen ausgeht. Für mich jedenfalls sind die Juden hier in Deutschland überhaupt keine Rasse, sondern nichts als eine Religionszugehörigkeit.«

Das klang gut. Susanne sagte: »Wir sind keine Juden. Wir sind überhaupt nicht religiös.«

»Das habe ich mir schon gedacht. Ich denke, du bist ein intelligentes Mädchen, und von intelligenten Menschen kann man eigentlich voraussetzen, dass sie nicht an irgendeinen Hokuspokus glauben.«

Susanne beschloss, das so hinzunehmen, obwohl ihr die Einstufung jedweder Religion als Hokuspokus eigentlich zu weit ging.

»Nun ist es aber andererseits so, dass ich natürlich an meine Vorschriften gebunden bin. Und wenn dieses Gutachten den staatlichen Anforderungen genügen soll, dann muss ich eine gründliche Untersuchung vornehmen, die einer späteren Überprüfung auch standhält.« Wiechert sah ihr dabei nicht ins Gesicht, sondern hielt den Blick gesenkt.

Susanne hatte den Eindruck, dass er ihr auf den Busen sah. »Ich verstehe«, sagte sie.

»Ich kann diese Untersuchung natürlich nur durchführen, wenn du damit einverstanden bist. Es ist gut möglich, dass Teile der Untersuchung dir ungewöhnlich vorkommen, oder dass dir irgendwelche Fragen peinlich sind. Ich muss übrigens auch Fotos machen, um die Ergebnisse meiner Untersuchung belegen zu können. Bist du damit einverstanden?«

Susanne nickte.

»Das ist gut«, sagte der Professor. »Aber das reicht mir noch nicht aus. Du musst verstehen, dass ich mich mit der Erstellung eines positiven Gutachtens immer auch selbst in Gefahr begebe. Deshalb möchte ich, dass du ganz deutlich sagst: Ja, ich bin mit der Untersuchung einverstanden. Und außerdem möchte ich, dass du mir dieses Einverständnis schriftlich gibst. Ich habe hier einen entsprechenden Vordruck; den kannst du bitte durchlesen und dann unterschreiben.«

Was sollte der Unfug? »Ich bin mit der Untersuchung einverstanden!«, sagte Susanne. Sie überflog das Formular und unterschrieb.

»Sehr gut«, sagte Wiechert, »sehr gut.« Er lächelte. »Und jetzt zieh dich bitte aus!«

Damit hatte Susanne nicht gerechnet. Der Professor erklärte ihr, dass er die Rassenmerkmale ihres Körpers ja nur beurteilen könne, wenn er sie tatsächlich gesehen habe. Susanne fragte sich, ob das wirklich nötig war, wenn er ohnehin nicht an die Aussagen seiner eigenen Wissenschaft glaubte.

»Die Unterhose auch bitte!«

Susanne gehorchte.

Wiechert machte sich zunächst daran, ihre Haare zu untersuchen. Dazu brauchte der Wissenschaftler ein ganzes Büschel Haare, bei denen er dann sorgfältig feststellte, welche davon arisch waren und welche nicht. Wiechert verwandte große Mühe darauf, ihr zu erläutern, wie er die verschiedenen Typen unterschied. Susanne musste sich über das Mikroskop beugen und ihre Haare in hundertfacher Vergrößerung ansehen. Sie betrachtete die Haare, und der Professor betrachtete Susanne.

»Nun die Nase.«

Der Wissenschaftler vermaß alles genau und notierte: Nase: 5,5 cm lang, 3,3 cm breit, leicht gebogen. Nüstern wenig entwickelt. Nasenlöcher lang und schmal, auf der rechten Seite 1,5 zu 0,5, links 1,5 zu 0,6. Nasenwurzel mittelhoch und mittelschmal. Susanne, die davon überzeugt war, dass ihre Nase zu groß sei, war beruhigt, dass der Professor daran keinen Anstoß nahm.

»Und die Ohren.«

Die Ohren wurden als etwas abstehend registriert, aber, wie der Professor schrieb, nicht in jüdischer Weise. Er warf noch einmal einen Blick auf seine Aufzeichnungen.

»Ja, das ist gut«, behauptete der Professor. »Sehr gut.«

»Was wollen Sie damit sagen?«

»Nun, alles was ich bisher gesehen habe, das spricht dafür, dass du ein nordischer Typ bist. Du weißt sicher, dass etwa 50 Prozent des deutschen Volkes überwiegend nordische Rassemerkmale aufweist.«

»Nordisch.« Soweit Susanne wusste, kamen ihre Vorfahren nicht aus dem Norden.

»Den nordischen Menschen sagt man nach, dass sie erfinderisch sind. Es sind schöpferische Menschen, große Staatsmänner, Führernaturen.«

»Ist Hitler auch nordisch?«, wollte Susanne wissen.

Der Professor sah sie tadelnd an: »Zweifelst du etwa daran?«

Susanne schüttelte den Kopf. Hier war Zweifel nicht angebracht.

»Der nordische Mensch ist tierlieb«, sagte der Professor. »Und Hans Günther, auf dessen *Rassenkunde des deutschen Volkes* ich mich hierbei berufe, der hat festgestellt, dass dieser Menschenschlag zum Beispiel gute Pferdezüchter gibt.«

Susanne hatte nicht die Absicht, Pferdezüchterin zu werden.

»Der nordische Mensch liebt Gesang, Musik, Leibesübungen, er ist ausdauernd, fleißig offen, ehrlich, verantwortungsbewusst. Verbrechen begehen die nordischen Menschen ausgesprochen selten.«

Susanne war sich sicher, dass der Mann Unsinn redete.

»Und jetzt die Augen!«

Mundgeruch hatte er auch.

Für die Beurteilung der Augen griff der Professor auf eine ganze Sammlung verschiedenfarbiger Glasaugen zurück, mit denen er Susannes Augen verglich. Professor Wiechert erklärte, dass die Anthropologen mit dieser Sammlung von Glasaugen auch durch den Urwald zogen und die Augen der Naturvölker erfassten. Susanne fragte sich, was die Naturvölker wohl sagen würden, wenn ein deutscher Forscher zu ihnen kam und sein Köfferchen mit den Glasaugen aufklappte. Siegfried Passarge zum Beispiel. Das war auch so ein Spinner.

»Für den nordischen Menschen wären eigentlich strahlend hellblaue Augen typisch, die wach in die Welt hinausblicken. Deine Augen sind aber eigentlich eher braun. Das wäre nun wieder ein Hinweis auf einen ostischen Einfluss. Oder jüdisch. Aber für die ostischen Menschen ist es auch typisch, dass sie einen mürrischen, dumpfen Blick haben, und den kann ich bei dir nicht feststellen. Und jüdisch – also vorderasiatisch und orientalisch geprägt – sind deine Augen eigentlich auch nicht. Wenn man genau hinsieht, dann merkt man, dass dem Braun deiner Augen ein ganz deutlicher Anteil Blau beigemengt ist. Ich würde sagen, die Augen sind auch nordisch.«

Der Rassenanthropologe trat jetzt dicht an Susanne heran. »Ich hoffe, es ist dir nicht unangenehm, wenn ich dich jetzt anfasse«, sagte er. Er griff nach ihrem Busen.

Als Dagmar nach Hause kam, war im Wohnzimmer alles dunkel.

»Susanne?«, rief sie.

Susanne lag auf dem Sofa und weinte.

»Kind!«, rief Dagmar. Sie nahm ihre Tochter in den Arm. Ein heißer Schreck durchfuhr sie. Es ist schiefgegangen, dachte sie. Oh Gott, es ist schiefgegangen! »Was ist passiert?«, fragte sie.

Susanne schluchzte nur. Dagmar setzte sich zu ihr und streichelte ihre Tochter, bis sie sich wieder ein wenig beruhigt hatte.

»Es war furchtbar«, sagte sie. »Es war einfach zu furchtbar.

Ich habe es nicht ausgehalten. Ich bin weggelaufen.«

Susanne erzählte, wie der Anthropologe sie am ganzen Körper betastet hatte. Wie er mit seinen Händen sehr gründlich nach dem Mongolenfleck über ihrem Po gesucht hatte, den es nicht gab. Und wie er ihr über den Bauch gestrichen hatte, vom Nabel abwärts. Jeder Mensch habe hier so eine Art Narbe, hatte er gesagt. Die reiche vom Nabel bis zur Scham. Das sei eine Art Geburtsnarbe, und da seien Haare drauf. Das sei ein typisch jüdisches Merkmal, hatte er gesagt.

»So ein Blödsinn!«, sagte Dagmar. »Jeder Mensch hat dort Haare. Der eine mehr, der andere weniger.«

Ja, das hatte der Professor zugegeben. Und er hatte gesagt, jeder Mensch sei eben mehr oder weniger jüdisch. »Und dann, dann sollte ich mich breitbeinig hinstellen, und er wollte mir zwischen die Beine fassen. Aber das habe ich nicht zugelassen.«

»So ein Schwein!«

»Da hat er gesagt, er versteht ja, dass es mir unangenehm sei. Aber es sei nun einmal für die Untersuchung erforderlich. Und ich hätte doch schließlich unterschrieben, dass ich mit allem einverstanden sei.«

»Und dann?«

»Dann bin ich zu seinem Schreibtisch gegangen und habe das Formular zerrissen, auf dem ich mein Einverständnis erklärt hatte. Und dann habe ich mich angezogen und bin gegangen.«

»Das hast du gut gemacht«, sagte Dagmar.

»Ja. – Und der Professor hat gesagt, dass ihm das noch nie passiert wäre. – Mama, das ist doch einfach ungeheuerlich! Das heißt nichts anderes, als dass diese Leute glauben, man kann heute alles mit uns machen. Sie lassen uns unterschreiben, dass wir nichts dagegen haben, wenn man uns vergewaltigt, und dann tun sie es. So weit ist es gekommen. Aber das lasse ich mit mir nicht machen. Das lasse ich mir nicht gefallen. Das darf sich niemand gefallen lassen!«

Dagmar seufzte. »Nein«, sagte sie, »das darf sich niemand gefallen lassen.«

Und jetzt? Was sollte sie jetzt tun?

Sekt und Sahnetorte

19. – 21. Oktober

Papa, der Mann fragt, was wir denn eigentlich feiern heute.«

»Was wir feiern? – Mamas Geburtstag natürlich.« Im Grunde war es Dagmars Idee gewesen, einmal wieder Freunde und Bekannte einzuladen. Wilhelm hatte den Gedanken aufgegriffen. Er hoffte, auf diese Weise nach den Monaten äußerster Anspannung, die sie durchlebt hatten, Susanne etwas aufzumuntern und wieder etwas Normalität in ihr Leben zu bringen.

Horst zog ab.

»Hier bist du ja!« Dagmar trat auf die Terrasse, ein Sektglas in der Hand.

Wilhelm Berger gab seiner Frau einen Kuss. »Ich wollte ein wenig frische Luft schnappen«, sagte er. »Da drinnen riecht es mir einfach zu sehr nach Rauch.«

»Früher warst du nicht so empfindlich«, sagte Dagmar. »Wenn du länger hier draußen stehen willst, solltest du dir besser etwas überziehen.«

»Nein, ich komme wieder nach drinnen.« Berger wusste, dass er sich nicht einfach davonstehlen konnte. Im Grunde war es nicht viel anders als damals, als sein Vater diese Feiern organisiert hatte. Alle amüsierten sich, nur er fühlte sich isoliert. Der einzige Unterschied zu früher war, dass es diesmal keine Livemusik gab. Aber viele der Gäste von damals waren auch heute anwesend. Dagmar hatte sogar Hjalmar Schacht angeschrieben, aber der Reichsbankpräsident hatte höflich abgelehnt. Zwar sei er jetzt nicht mehr Wirtschaftsminister, schrieb er, aber seine zahlreichen anderweitigen Verpflichtungen ließen ihm keinen Raum für einen privaten Ausflug nach Hamburg.

Richter war in seiner SS-Uniform gekommen. Er unterhielt sich gerade mit dem emeritierten Geographie-Professor.

»... wenn Sie das gelesen haben? *Anilin* heißt das Buch. Sehr aufschlussreich! Da wird haarklein dargestellt, wie die Engländer und Franzosen sich unsere Forschungsergebnisse unter den Nagel gerissen haben, aber davon darf man sich nicht unterkriegen lassen ...«

Der Professor Passarge hatte das nicht gelesen. Er sagte: »Nein, man darf sich nicht unterkriegen lassen. Die Engländer damals, bei meinem ersten Aufenthalt in Afrika. Einfach ungeheuerlich! Die haben unsere Anständigkeit als Dummheit ausgelegt. Aber ich habe denen gesagt, dass unser Anstand eine Dummheit ist, auf die wir stolz sind.«

»Genau.«

»Natürlich müssen wir dafür sorgen, dass wir wieder zu Kolonien kommen. Die Rohstoffbasis des Deutschen Reiches ist einfach zu schmal. Das bisschen Eisen, das wir haben, und das bisschen Kohle! – Wussten Sie, dass wir selbst hier in Hamburg nach Kohle gegraben haben?«

»Tatsächlich?«

»Doch. Damals, als das Ruhrgebiet von den Franzosen besetzt war ...«

»Wollt ihr meine Briefmarkensammlung sehen?«, fragte Horst.

Der Professor und sein Gesprächspartner hatten kein Interesse. Aber die Protzes von nebenan, die ließen sich das Album zeigen.

Wilhelm wandte sich Bernhard Rogge zu. Der Marineoffizier war der Einzige aus dem Bekanntenkreis seines Vaters, mit dem sie sich gelegentlich trafen. Er war zwei Jahre jünger als Wilhelm. Er begrüßte ihn mit Handschlag: »Die Segelschiffe lassen dich nicht los, was?«

Rogge lachte. »Das hast du also gehört, dass ich jetzt die *Schlageter* übernommen habe!«

»Und? Ist bei dem Schiff nun alles anders?«

»Nein, ganz und gar nicht. Die *Schlageter* ist ja ein Schwesterschiff der *Gorch Fock*, die ich vorher kommandiert habe. Diese beiden und die *Horst Wessel* sind praktisch baugleich.«

»Weißt du, manchmal beneide ich dich, wenn du so mit deinen Segelschiffen durch die Weltmeere ziehst, ohne dass du dich um irgendwelche politischen Verrücktheiten kümmern müsstest ...«

»Warum schmeißt du nicht einfach den Kram hin und kommst mit?«

»Als was denn? Als blinder Passagier vielleicht?«

»Nein, im Ernst. Du bist doch Reserveoffizier, hast also Erfahrung mit der Menschenführung, und ob das nun an Land oder auf See stattfindet, das ist kein so großer Unterschied.«

»Vielleicht sollte ich es wirklich tun.«

Rogge stellte sein Glas ab. »Wilhelm, wenn du zu uns kommen möchtest, dann bist du mir herzlich willkommen. Aber du musst wissen, dass auch meine Segelschiffe, wie du sie nennst, Teile der Kriegsmarine sind. Und wenn auch auf See alles nicht so genau genommen wird, so sind wir doch immer noch Marine. Und damit bist du der Politik nicht vollständig entronnen.«

»Du willst zu See fahren, Papa?« Susanne lachte.

Rogge sah sie an: »Dich habe ich ja lange nicht gesehen! Du bist ja eine richtige junge Dame geworden!«

Berger sah seine Tochter amüsiert an. »Dame? – Ich würde sagen, dazu fehlt noch ein bisschen!«

»Das scheint mir nicht so, Wilhelm.«

Der Professor war inzwischen wieder bei seinem Lieblingsthema angelangt. Er belehrte einen von Dagmars Arbeitskollegen: »... eine merkwürdige Rasse, diese Neger. Ohne aktive Energie, ohne positive Schaffenskraft, von unglaublicher körperlicher und geistiger Passivität. Wehe dem Volk, das sich mit ihnen vermischt. Es geht rettungslos unter in dem trägen, unfruchtbaren Morast der Negerrasse. Und was nun gar die Juden angeht ...«

Wilhelm wandte sich lieber unverfänglicheren Themen zu. Fehlandt war wieder bei seinem Steckenpferd, der Bergsteigerei, angelangt. »Nein«, sagte er, »das Elbsandsteingebirge, das ist mir einfach zu überlaufen. Und der Sandstein ist so empfindlich; überall sieht man die Schäden, die von ungeübten Kletterern verursacht werden. Das müsste alles gesperrt werden. Nein, ich gehe lieber weiter in den Süden. In die Alpen am liebsten.«

»Kletterst du richtig mit Seil und Spitzhacke und so?«, wollte Horst wissen.

Fehlandt lachte. »Ohne Spitzhacke. Das sind Eispickel, was du meinst. Die brauche ich nur, wenn ich über einen Gletscher will. Aber mit Seil klettere ich schon.«

»Mit diesen neuen Dingern aus Kunstseide?«, fragte Richter.

»Nein. Ich weiß, die sollen besser sein, aber das kann ich mir nicht leisten. Hanf tut's auch.«

Aber ein großes Auto konnte er sich leisten, dachte Wilhelm.

Dagmar legte ihm die Hand auf die Schulter. »Eigentlich ist es genauso wie damals«, sagte sie. »Das Einzige, was fehlt, ist die Musik.«

»Was hast du gegen meine Schallplatten?«, fragte Susanne.

Wilhelm Berger hatte nichts gegen Susannes Schallplatten.

Herbert Richter räusperte sich und sagte: »Wenn es Ihnen

recht ist, und Sie mich an Ihr Klavier lassen, könnte ich ein paar Lieder vorspielen.«

»Das wäre nett«, sagte Dagmar.

Wilhelm Berger runzelte die Stirn. Er befürchtete, sein junger Vorgesetzter würde womöglich irgendwelche Nazilieder zum Besten geben. Doch er spielte *Wenn hier een Pott mit Bohnen steiht* und *Lütt Anna Susanna, stah op un böt Füer*. Wenn er sich allerdings vorgestellt hatte, dass die steifen Hamburger dazu tanzen würden, dann hatte er sich geirrt.

Danach kam die *Klare Nacht der hohen Sterne*, und auch dagegen hatte Berger nicht viel einzuwenden. Er war seinem jungen Chef dankbar, dass er das berühmtere von Hans Baumanns Liedern freundlicherweise ausließ. Herbert Richter spielte nicht nur Klavier, er sang auch dazu; er hatte eine überraschend wohlklingende Stimme. Berger registrierte, dass Susanne leise mitsummte.

»Unser Chef ist ein Mann mit vielen Talenten«, raunte Fehlandt Berger zu.

Wilhelm Berger nickte. Er hatte nicht gewusst, dass Richter Klavier spielte, und dass er obendrein singen konnte. Und nicht nur Volkslieder. Nachdem er ein weiteres Weinglas mit einem Zug geleert hatte, setzte er an:

»Eine Frau wird erst schön durch die Liebe ...«

Susanne lachte. Wilhelm Berger musste zugeben, dass der Sänger, wenn er auch mit Zarah Leander bezüglich der Stimme nicht ganz mithalten konnte, so doch ihre Gestik überzeugend nachahmte.

»Wann macht er das alles?«, fragte Fehlandt. »Wann übt er das? Er hat doch genauso viel Dienst wie wir!«

Der Professor schüttelte missbilligend den Kopf. »Der Kerl ist ja sturzbetrunken!«

In der Tat hätte man diesen Eindruck gewinnen können,

aber Berger war sich sicher, dass Richter die Trunkenheit nur spielte. Und in dem Glas, das er mit einem Zug geleert hatte, war nur Saft gewesen.

Fehlandt ging im Dienstzimmer auf und ab.

»Lass das!«, sagte Berger. »Du machst mich nervös.«

»Ich versuche nachzudenken. – Sicher, er ist sehr kinderlieb ...«

»Von wem redest du?«

»Von Richter natürlich, von wem denn sonst? – Aber was heißt das schon. Er mag Kinder, und die Kinder mögen ihn.«

»Das ist doch kein Verbrechen.«

»Aber natürlich ist auch klar, dass er unverheiratet ist, und dass sein Liebesleben daher gewisse Defizite aufweist.«

Berger dachte: Fehlandt, du bist auch unverheiratet!

»Außerdem wissen wir, dass er sich für ziemlich junge Mädchen interessiert.«

»Wissen wir das?«, fragte Berger überrascht. »Und wenn schon. Er ist mehr als zehn Jahre jünger als wir.«

»Ja aber – hast du das denn nicht bemerkt? Diese Gesangseinlage bei euch im Garten gestern – das hat er doch alles nur für Susanne gemacht. Und dann dieses Lied – *Eine Frau wird erst schön durch die Liebe* – dabei hat er Susanne angesehen. Er hat das für sie gesungen.«

Das hatte Berger nicht bemerkt, und das konnte er auch kaum glauben. Wenn es wirklich so war, hatte Susanne jedenfalls nicht darauf reagiert. Oder hatte er das etwa auch nicht mitbekommen? »Herbert Richter ist nicht der Eingeweidejäger«, sagte er.

»Das habe ich auch nicht gesagt. Richter kommt eigentlich sowieso nicht infrage. Er ist polizeilich bisher nicht in Erscheinung getreten, in keiner Weise.«

»Woher weißt du das?«

»Weil ich im Archiv nachgeforscht habe.«

Berger zog die Augenbrauen hoch. Er war überrascht, dass sein Kollege so weit gegangen war. Er sagte: »Das heißt nun allerdings gar nichts. Wir wissen doch alle, dass Herbert Richter mit dem Polizeisenator in irgendeiner Weise verwandt ist. Und wenn es in seiner Vergangenheit den einen oder anderen dunklen Fleck geben sollte, dann wird der Senator sicher dafür gesorgt haben, dass der inzwischen nicht mehr in den Akten steht.«

Dass jemand die Akten manipuliert haben könnte, hatte Fehlandt bisher nicht in Betracht gezogen. »Wahrscheinlich ist das alles Unsinn«, sagte er. »Wir dürfen uns nicht gegenseitig verrückt machen.«

»Nein, natürlich nicht.« Nichts deutete darauf hin, dass der Täter etwa Polizist war. Und es gab nicht den leisesten Hinweis darauf, dass Herbert Richter als Täter infrage käme.

Es war leichter gewesen, in das Archiv zu kommen, als er gedacht hatte. Berger hatte sich eine Akte geschnappt, die er angeblich zurückbringen wollte. Er war spät gegangen, kurz vor Dienstschluss. Er hatte geglaubt, dem alten Meyer III irgendein Märchen erzählen zu müssen, warum er selbst auf den Dachboden wollte, aber das war überhaupt nicht nötig. Meyer III war krank, und sein Vertreter machte sich nicht einmal die Mühe, von seinem Kreuzworträtsel aufzusehen.

»Hier ist der Schlüssel. Legen Sie es man eben selbst zurück, das Ding. Sie wissen ja Bescheid, oder?«

»Ja«, sagte Berger.

Schon war er auf dem Dachboden. Die Akten waren nach Jahren geordnet, das war oft hinderlich, aber in diesem Fall von Vorteil. 1933 war das Attentat gewesen, am 30. Oktober.

Berger erinnerte sich nur zu gut. Das war kurz nach dem Selbstmord des Lords von Barmbek gewesen. Der Reichsstatthalter Hamburgs und Gauleiter Karl Kaufmann hatte auf einer Wahlversammlung der NSDAP eine Rede halten wollen. Im Lokal *Zur Rennbahn* am Bauerberg war das gewesen. Die Zeitung hatte damals geschrieben, Polizeibeamte hätten gegen 21 Uhr, kurz nach Beginn der Versammlung, bemerkt, wie ein Mann mit einem Paket durch den Garten auf der Rückseite des Lokals in den Versammlungsraum eindringen wollte. Als sie den Mann anriefen, warf der das Paket fort und begann, auf die Beamten zu schießen. Einer wurde dabei durch einen Streifschuss verletzt. Die Polizei schoss zurück; der Attentäter warf seine Waffe weg und floh. Es gelang ihm, in der Dunkelheit durch die Gärten zu entkommen.

Die Bombe war natürlich eingehend untersucht worden. Es handelte sich um eine Konservendose, die mit gepresster Zellulose gefüllt war. Wäre sie explodiert, hätte das eine gewaltige Stichflamme gegeben. Fehlandt ging davon aus, dass der Attentäter aufs Dach klettern und die Bombe von oben durch eine der Dachluken werfen wollte. Das wäre möglich gewesen, und das hätte funktioniert.

Es hatte natürlich geheißen, das seien die Kommunisten gewesen. John Trettin, der Kassierer der KPD in Horn, hatte im Verdacht gestanden. Die Nazis hatten ihn im KZ zu Tode gefoltert; er hatte kein Geständnis abgelegt. Fehlandt bezweifelte, dass der Mann irgendetwas mit dem Anschlag zu tun hatte. Inzwischen waren fast alle Anführer der Kommunisten verhaftet und nach allen Regeln der Kunst verhört worden. Wenn einer von denen etwas von diesem Bombenanschlag gewusst hätte, dann hätte er es wohl gesagt. Fehlandt vermutete die Täter ganz woanders. Damit war er offenbar der Wahrheit bedrohlich nahe gekommen. Ein feiger Mordanschlag auf den Gauleiter – das hatte Stimmung für die Nazis und gegen die Kommunisten gemacht. Dass ein Polizist dabei angeschossen worden war, das hatte man in Kauf genommen.

Da war die Akte. Berger zögerte einen Moment lang. Aber hatte er eine Wahl? Wem war damit gedient, wenn er den Auftrag nicht ausführte? Den Anstifter dieses Attentats würde Fehlandt sowieso nicht vor Gericht bringen können. Also weg damit! Kurz entschlossen entnahm Berger den Inhalt des Pappordners und legte den leeren Ordner wieder ins Regal zurück. Wohin jetzt mit den Papieren? In einen der älteren Ordner! Berger griff sich eine der dicken Mappen aus den Zwanziger Jahren, irgendeine ungeklärte Einbruchserie, und legte die Seiten dort hinein. Das war ein ganz klares Dienstvergehen. Aber selbst wenn es jemals herauskommen sollte – niemand würde es ihm nachweisen können.

»Ach du Scheiße«, sagte Fehlandt, »ach du Scheiße.«

Berger schluckte. Die Fotografie, die Richter vor ihnen auf den Tisch gelegt hatte, zeigte ein wunderhübsches, kleines Mädchen mit lockigen, blonden Haaren. Sein Gesicht sah aus, als ob es schliefe. Aber das Mädchen schlief nicht; jemand hatte ihm den Bauch aufgeschnitten und die Därme herausgezerrt.

»Margarethe Garber ist das«, sagte Richter. »Sechs Jahre alt.« Seine Stimme verriet, dass auch er von diesem Anblick erschüttert war.

Berger wusste, dass Herbert Richter sich die alten Akten vornehmen wollte. Er hatte nicht geglaubt, dass dabei irgendetwas herauskommen würde.

»Am 23. Februar 1906 ist das gewesen. In den Akten steht, dass die Leiche in dem Bassin unter den Aborten des königlichen

lichen Realgymnasiums Altona gefunden wurde. Und zwar so, wie wir sie hier auf dieser Fotografie sehen. Der Leib aufgeschnitten, die Därme trieben neben der Leiche im Wasser.«

»Was für ein Tod«, flüsterte Fehlandt.

»Das Kind ist erstickt worden. Die Schnitte sind erst ausgeführt worden, als es schon tot war. Es gibt da noch zwei Besonderheiten, die vielleicht von Wichtigkeit sind: Der Täter hat das Kind nicht nur aufgeschnitten, sondern er hat Herz, Milz und eine Niere entnommen.«

»Wie war das doch noch? – *In Deinem schönen Leibe ...*«, murmelte Fehlandt.

»Fehlandt, halt den Mund!«, sagte Berger scharf.

»Neben dem großen Schnitt, der die Leibeshöhle geöffnet hat, gibt es links und rechts mehrere kleinere Einschnitte, insgesamt 13 Stück, offenbar von einer Messerspitze. Sie sind vermutlich gemacht worden, bevor der große Schnitt erfolgte. Und ob das Kind da noch lebte, das steht nicht in den Akten.«

Berger schwieg. Natürlich hatte das Kind noch gelebt, sonst hatten die Schnitte ja keinen Sinn. In diesen Zusammenhang gehörte auch die auffällige Einschnürung am rechten Unterschenkel. Dort war das Mädchen festgebunden gewesen. Offenbar hatte es verzweifelt versucht loszukommen; der Strick hatte eine tiefe Spur hinterlassen.

»Der Eingeweidejäger«, sagte Fehlandt, »kein Zweifel, das war er.« Dann sah Fehlandt Berger an: »Hat nicht jemand vor einiger Zeit gesagt: diese Täter, das seien auch nur Menschen?«

Berger zögerte nur kurz. »Das gilt immer noch«, sagte er.

Der Mord an Margarethe Garber war nicht der einzige Fall, den Richter zutage gefördert hatte, wenn auch der spektakulärste. Es war auch der älteste ungeklärte Kindermord, den er gefunden hatte.

Der zweite Fall hatte sich am 12. Juli 1912 ereignet. Damals wurde die Leiche des zwölfjährigen Hermann Dordowsky aus Griesenwerder in der Nähe des Ferienbadeplatzes Waltershof im Schilf aufgefunden. Der Junge war durch einen Schnitt in den Hals getötet worden. Der Täter hatte ihm den Leib aufgetrennt und außerdem das Geschlechtsteil herausgeschnitten. Dieses Mal war der Mörder gesehen worden. Mehrere Kinder hatten beobachtet, dass ein etwa zwanzigjähriger Mann den Jungen in einem Ruderboot mitgenommen hatte. Auch hier gab es in Übereinstimmung mit dem Fall Garber mehrere Stichwunden im Brust- und Bauchbereich des Kindes.

Ein gutes Jahr später, am 3. November 1913, wurde die sechsjährige Gertrud Siefert in den Wallanlagen ermordet. Auch ihr wurde der Bauch aufgeschnitten, als sie schon tot war. Aber zuvor hatte der Täter sie auf unglaubliche Weise verletzt, und da lebte sie noch.

»Alles derselbe Täter«, sagte Berger. »Das kann doch nur alles derselbe Täter sein!«

Herbert Richter schüttelte den Kopf. »Nicht unbedingt.« Er hatte feststellen müssen, dass diese Verbrechen keine Einzelfälle waren. Ebenfalls im Jahre 1913 wurde in Harburg ein 29-jähriger Barbier verhaftet, der ein fünfjähriges Mädchen ermordet hatte. Die Leiche wurde unter seinen Fußbodenbrettern gefunden. Der Mann hatte dem lebenden Kind den Bauch aufgeschnitten, ihm die Organe entnommen und ihm die Nase regelrecht abgebissen. Der Barbier legte ein Teilgeständnis ab; er wurde ein Jahr später hingerichtet.

»Kann das nicht in allen vier Fällen derselbe Täter gewesen sein?«, fragte Fehlandt. »Die Art des Vorgehens ist doch außerordentlich ähnlich, und die Brutalität hat von Fall zu Fall weiter zugenommen. Da wäre es doch naheliegend ...«

Richter schüttelte den Kopf. »Leider nicht«, sagte er. »Im Jahre 1906 war der Mann gar nicht in Hamburg, im Falle Dordowsky passt er nicht zur Beschreibung des Mannes im Boot, und als Gertrud Siefert ermordet wurde, da saß er schon im Gefängnis. Nein, der Mörder der drei Kinder ist noch auf freiem Fuß.«

»Der Mörder oder die Mörder«, sagte Berger.

»Wisst ihr, was das Perverse ist?«, sagte Fehlandt. »Was das wirklich Perverse ist? – Wenn der Täter jetzt in diesem Moment hier fröhlich zur Tür hereinkäme und ein volles Geständnis ablegte, dann könnten wir überhaupt nichts machen. Er würde genauso fröhlich wieder zur Tür hinausmarschieren. Denn Mord verjährt nach zwanzig Jahren.«

»Das ist früher so gewesen«, sagte Richter.

»Das Gesetz gilt immer noch.«

»Ja, schon. Aber im Gegensatz zur Systemzeit haben wir im Dritten Reich Mittel und Wege, dafür zu sorgen, dass der Täter trotzdem nicht wieder zur Tür hinausmarschiert, und besonders fröhlich wird er hinterher dann auch nicht mehr sein.«

Berger schüttelte den Kopf. »Was der Täter denkt, ist nicht entscheidend. Ob er fröhlich ist oder traurig ist, das ist völlig unwesentlich. Er muss unschädlich gemacht werden, und um das zu bewirken, reichten die Gesetze auch vor dem Dritten Reich schon vollständig aus. Der entscheidende Punkt ist, dass wir ihn zunächst einmal haben müssen.«

»Wenn ich mir dies alles so anhöre«, sagte Fehlandt, »dann frage ich mich, ob wir nicht ein bisschen weiter über den Tellerrand hinausblicken sollten. Wilhelm, wir haben kürzlich gesagt, das sei ja ein ungewöhnlich enthaltsamer Lustmörder, der nur alle vier oder fünf Jahre zuschlägt. Vielleicht liegen wir da aber völlig falsch. Zwischen dem Mord an dem Knaben Dordowsky und der Gertrud Siefert lag nur ein Jahr. Und wer sagt uns, dass der Eingeweidejäger sich auf den Hamburger Raum beschränkt? Er kann genauso gut zwischendurch mal ein Kind in Bremen oder in Berlin aufschlitzen. Oder in Breslau zum Beispiel.«

»Du denkst an die Fehse-Kinder?«, fragte Herbert Richter.

An die hatte Wilhelm Berger auch schon gedacht.

Richter widersprach. »Ich glaube, da gibt es keinen Zusammenhang«, sagte er. »Der Mord an den Kindern in Breslau, das soll doch ein jüdischer Ritualmord gewesen sein.«

Berger und Fehlandt starrten ihren jungen Chef an. »Wie kommst du denn darauf?«, fragte Berger.

»Das habe ich gelesen. Ist schon etwas länger her, aber ich kann mich noch genau daran erinnern. Vielleicht 1934 oder ´35 ist das gewesen.«

»Und wo hast du das gelesen?«

»Im *Stürmer*, glaube ich.«

Fehlandt lachte.

Berger sagte: »Herbert, bei diesen Fragen würde ich mich an deiner Stelle nicht auf den *Stürmer* verlassen. Bezüglich der Parteilinie mag es ja das richtige Blatt sein, aber wenn es um Probleme der Kriminalistik geht, dann würde ich mich eher an die Fachliteratur halten.«

»Ich wollte es wenigstens gesagt haben.« Richter war rot geworden.

Berger sagte: »Das ist völlig in Ordnung. Und vielleicht ist ja wirklich etwas dran an der Geschichte. Kannst du uns den Artikel besorgen?«

Der *Stürmer* ließ nicht lange auf sich warten.

»Ah, da haben wir ja unsere Fachliteratur!« Berger wies auf Richters Schreibtisch. Dort lag die Sondernummer des *Stürmer*. Richter war nicht anwesend.

»Na, gucken wir doch mal, was da so drinsteht. Der Kollege Richter wird doch sicher nichts dagegen haben, wenn wir uns auf eigene Faust ein bisschen weiterbilden. *Der Stürmer. Deutsches Wochenblatt zum Kampf um die Wahrheit. Ritualmord-Nummer. Nürnberg, im Mai 1934.* Das ist ja nun wirklich Scheiße pur!«

»Sei doch still, Mensch! Wenn der Richter das nun hört!«

»Er ist nicht da!«, sagte Fehlandt. Er nahm das Blatt zur Hand und überflog den Inhalt. »*Das Menschenschächtgesetz – jüdische Geständnisse – die Schächtung des Pater Thomas – die Schächtung der Agnes Hrudza* – hm, ob die auch wirklich arisch gewesen ist? – *die Schächtung des Helmuth Daube – die Schächtung der Martha Kaspar* … und so weiter. Und sehr anschaulich illustriert. Hast du das hier gesehen? Diese vier Juden, die einem nackten, kleinen Mädchen das Blut mit Strohhalmen aus den Adern saugen?«

»Ich glaube, das ist nichts, worüber man sich lustig machen sollte!«

»Nein, Wilhelm, natürlich nicht. Aber es ist so absurd, dass man wirklich kaum ernst bleiben kann. Ich jedenfalls nicht. Wie lange bin ich jetzt bei der Polizei? Das sind schon fast zwanzig Jahre. Und ich kann dir versichern, Wilhelm, mir ist kein einziger Fall untergekommen, von dem man annehmen könnte, dass es sich um einen jüdischen Ritualmord handelte. Und ich habe auch von keinem einzigen Fall gehört. Dieses ganze Machwerk ist ein Witz!«

»Du weißt, dass es kein Witz ist.«

Fehlandt nickte. »Nein, es ist kein Witz, ich weiß. Aber solange niemand verlangt, dass ich dieses Zeug ernst nehmen und bei meinen Ermittlungen berücksichtigen muss, solange kann ich damit noch leben. – Aber was schreiben sie nun über die Fehse-Kinder?«

Berger blätterte den *Stürmer* noch einmal von vorn bis hinten durch. Der entscheidende Absatz steckte im Kleingedruckten, in einem langen Artikel mit der Überschrift *Zusammenstellung der jüdischen Ritualmorde von der Zeit vor Christus bis 1932.* Der Text lautete: *Die Leichenteile der Kinder Hans und Erika Fehse finden sich in einem Paket auf öffentlichem Platz in Breslau. Die Kinder sind geschächtet. Die Leichen sind entblutet. Ein jüdischer Metzger wird als Täter verfolgt. Er verschwindet spurlos.*

Fehlandt schüttelte den Kopf. »Das glaube ich nicht.«

»Ich auch nicht. Aber das ist ein Fall, in dem Gennat ermittelt hat. Ich werde mit unseren Unterlagen nach Berlin fahren. Ich werde Gennat fragen.«

»Ich habe schon gedacht, dass Sie danach fragen würden«, sagte Gennat. »Ja, ich bin damals eingeschaltet gewesen. Aber das ist einer der Fälle, an den ich mich nur sehr ungern erinnere. Ich bin spät eingeschaltet worden, vielleicht zu spät, das weiß ich nicht, aber jedenfalls haben wir den Täter nicht ermitteln können. Die einzige positive Erinnerung, die ich an den Fall habe, das war der Flug. Ich bin von Tempelhof nach Breslau geflogen. 1926 war das noch eine Sensation. Und ich habe jede Minute dieses Fluges genossen. – Nehmen Sie noch ein Stück Kuchen, Herr Berger!«

»Danke!« Berger war nicht nach Kuchen zumute, aber aus Höflichkeit nahm er ein Stück Topfkuchen.

»Nicht so zurückhaltend, Mensch! Hier, die Erdbeertorte oder hier – Schwarzwälder Kirsch!«

Berger lehnte dankend ab.

»Schade. – Wir haben zunächst einmal versucht, den Weg der Kinder genau zu rekonstruieren.« Ernst Gennat breitete einen Stadtplan von Breslau aus. »Die Kinder sind damals von hier losgegangen.« Er deutete auf einen Punkt auf der Karte. »Das ist die Wohnung der Großeltern. Sie sollten zum Paketpostamt gehen und nachfragen, ob ein Paket für Frau Fehse angekommen sei. Auf dem Weg dorthin haben sie vor dem Hause des Fotografen Robert Lüttgen eine Pause eingelegt, weil dort gerade zwei Hochzeitskutschen vorgefahren waren und die Brautpaare sich fotografieren lassen wollten. Der Laden dieses Fotografen ist …«, Gennat hob den Kuchenteller kurz an, »hier in der Taschenstraße. Dort sind die Kinder zum letzten Mal lebend gesehen worden. Zwar gibt es Zeugen, die sie später noch an verschiedenen Orten in der Nähe der Post gesehen haben wollen, aber diese Aussagen sind alle unsicher, da keiner der Zeugen die Kinder persönlich kannte. Ob die Kinder dann wirklich in der Post angekommen sind, ist nicht ganz sicher. Zwar hat sich ein Postbeamter gefunden, der ausgesagt hat, an dem Nachmittag hätten zwei Kinder bei ihm nach einem Paket für ihre Mutter gefragt, aber er hat sich erst sehr spät gemeldet, und er war sich auch keineswegs sicher, ob es sich wirklich um die Fehse-Kinder handelte. Und von diesem Zeitpunkt an waren die Kinder endgültig verschwunden.«

»Und das Paket?«

»Das Paket war nicht angekommen.«

»Aber die Kinder sind dann, wenn ich mich recht entsinne, sehr rasch wieder aufgetaucht.«

Gennat nickte. »Wieder aufgetaucht, ja, so könnte man es nennen. Am Abend wurde gegen 10.45 Uhr an der Mauer der Technischen Hochschule in der Uferzeile direkt neben einem Eingang ein Paket entdeckt, das dort an der Wand lehnte.

Dieses Paket enthielt die Leiche des Mädchens und den Kopf des Jungen. Außerdem war darin noch die Kleidung der Kinder mit bemerkenswerten Ausnahmen: der Schlüpfer des Mädchens fehlte und die Matrosenbluse des Jungen sowie sein Hemd und seine Hosenträger.«

»Die Matrosenbluse?«

»Ja, die Matrosenbluse. Warum fragen Sie?«

»Ach, wir haben da in Hamburg dieses Problem mit den Sadistenbriefen. Darin wird davon fantasiert, dass jemand einen Jungen und ein Mädchen töten möchte. Und die Kleidung der Kinder wird beschrieben. Der Junge trägt einen Matrosenanzug.«

»Interessant. Aber ich würde diesen Punkt nicht überbewerten. Matrosenanzüge sind zwar nicht mehr ganz so beliebt wie in der Kaiserzeit, aber sie werden immer noch ganz gern getragen.«

»Ja, das ist mir bewusst.« Aber – Berger war sich nicht mehr ganz sicher – hatte es nicht auch in diesen Briefen einen Hinweis auf Breslau gegeben?

»Jedenfalls wurde dann zwei Tage später, Montag, am 7. Juni 1926 frühmorgens, sehr früh morgens, kurz nach Mitternacht, auf einem Weg im Scheitnigerpark der Rumpf des Knaben gefunden. Er war in Sackleinen eingehüllt. Und am Nachmittag des 7. Juni bekam der Großvater der Kinder ein Päckchen zugestellt, das die Geschlechtsteile der beiden Kinder enthielt.«

»Unfassbar!«, entfuhr es Berger.

»Ja, unfassbar.« Gennat nahm sich den letzten Bissen Erdbeertorte. Rote Soße tropfte auf sein Jackett. Gennat nahm die Serviette und wischte sie weg. »Die Untersuchung der Leichen hat gezeigt, dass beide Kinder gefesselt worden waren. Das Mädchen ist dann durch einen Halsschnitt getötet worden.

Der Täter hat sie anschließend in drei Teile zerlegt: Kopf, Rumpf bis zum Nabel und Unterleib. Er hat den Kopf skalpiert, Brust und Bauchhöhle geöffnet und sämtliche Bauchorgane mit Ausnahme der Blase und der inneren Geschlechtsteile entfernt. Außerdem hat er noch die linke Gesäßbacke herausgeschnitten. In der Scheide fanden sich Verletzungen, die wahrscheinlich durch den Finger des Täters verursacht worden sind. Auffällig sind außerdem zahlreiche oberflächliche Längsschnitte auf der Brust sowie horizontal verlaufende Schnitte am linken Knie. Auch die beiden Fußgelenke sind scharfrandig verletzt worden.« Gennat legte eine Reihe von Fotografien auf den Tisch, die sich Berger pflichtgemäß ansah. Gennat deutete mit der Kuchengabel auf eine der Aufnahmen: »Beim Knaben ist der Rumpf nicht zerlegt worden. Kopf und Beine wurden abgetrennt, und die Unterschenkel wurden von den Oberschenkeln getrennt. Der Täter hat die Bauchhöhle geöffnet und dabei den größten Teil des Darmes und den Magen herausgerissen beziehungsweise herausgetrennt. Er hat beide Kniescheiben mitgenommen. Hier sind die Fotos.« Gennat schob ihm außerdem den Kuchenteller hin.

»Nein, danke«, sagte Berger.

»Wenn Sie keinen Kuchen mögen, nehme ich das letzte Stück auch noch. – Wir haben natürlich ins Auge gefasst, dass der Täter aus dem Ausland gekommen sein könnte. Breslau liegt ja nicht weit von der polnischen Grenze. Ich habe einen ausführlichen Bericht über die Tat in das Publikationsorgan der Internationalen kriminalpolizeilichen Kommission setzen lassen. *Deux enfants assassinés à Breslau* und so weiter. Alles umsonst.«

Die internationale Zusammenarbeit zwischen den Polizeidirektionen der verschiedenen Länder steckte 1926 noch in den Kinderschuhen.

»Die Gerichtsmediziner sind der Ansicht, dass man bei einer solch brutalen Tat davon ausgehen muss, dass der Täter in ähnlicher Weise bereits früher in Erscheinung getreten sein dürfte. Und wir sind da auf zwei Fälle gestoßen, die ähnlich gelagert sind. Das eine ist der Mord an der fünfjährigen Hildegard Wildhagen am 12. Januar 1914 in Hannover. Bei dem Mädchen war der Bauch durch einen Längs- und Querschnitt bis zum Nabel aufgeschlitzt, und es fehlten die Leber sowie die beiden Gesäßbacken. Hier wie auch in Breslau ist das Mädchen vor der Tat entkleidet worden.«

»Das sieht in der Tat so aus, als ob hier ein Zusammenhang bestehen könnte.«

Gennat nickte. »Es ist aber nicht der einzige Fall. Und der zweite Fall, der ist für Sie viel interessanter: Am 23. Februar 1906 verschwand ein sechs Jahre altes Mädchen vor dem Haus seiner Eltern. Die Leiche wurde drei Tage später gefunden. Sie war aufgeschlitzt, und die Därme waren herausgerissen worden. Und die Todesart ...«

»Die Todesart weiß ich«, sagte Berger. »Den Fall kenne ich. Das ist Margarethe Garber aus Altona. Und sie ist erstickt worden.«

»Ja«, bestätigte Gennat, »sie ist erstickt worden.«

Operation Donnerschlag

22. Oktober

Berger saß an seinem Schreibtisch im Stadthaus und wartete. »Operation Donnerschlag« war angelaufen. Mit diesem bombastischen Namen hatte die Polizeiführung eine Aktion bezeichnet, die nach dem offenkundigen Versagen der traditionellen Polizeiarbeit den endgültigen Durchbruch bringen sollte. Großeinsatz. Einhundert bekannte Sittenverbrecher wurden frühmorgens aus den Betten geholt, Alibis überprüft, Wohnungen durchsucht. Es würde Tage dauern, bis diese Leute alle verhört waren. Und die Durchsuchung der Wohnungen – sie hatten bei Weitem nicht genug geschulte Mitarbeiter, um hundert Wohnungen gleichzeitig systematisch zu durchsuchen.

»Was für ein treffender Name«, hatte Fehlandt gewitzelt. »Donnerschlag. Bei einem Gewitter ist es eigentlich der Blitz, auf den es ankommt. Der Donner tut nichts. Wenn man den Donner grollen hört, dann ist sowieso schon alles zu spät!«

Berger war sich darüber im Klaren, dass diese Aktion in erster Linie dazu gut war, der Bevölkerung zu zeigen, dass alle Möglichkeiten ausgeschöpft wurden, den Täter zu fassen. Da konnte der Aufwand gar nicht groß genug sein. Zu diesem Zweck hatten die Kollegen von der Sitte in den letzten Tagen ihre Kartei durchgeforstet und alle Personen herausgefischt, die in den letzten fünf Jahren wegen irgendwelcher tatsächlicher oder angeblicher Sexualdelikte aufgefallen waren. Bei mehr als der Hälfte der Fälle ging es um den Verdacht der Homosexualität.

Der Mann, den Fehlandt jetzt verhörte, war kein Homosexueller. Der Maurer Erhard Klein hatte eine ganz andere sexuelle Vorliebe. »Was war das noch mal genau?«, fragte Fehlandt. Er hatte die Akte vor sich liegen, aber er wollte es noch einmal aus dem Mund des Mannes hören.

»Kälbchenschlachten.«

Berger blickte auf. »Was?«

Fehlandt grinste.

»Kälbchenschlachten«, wiederholte der Mann ungerührt.

»Könnten Sie das etwas näher erläutern?«

»Na ja, das Mädchen ...«

»Was für ein Mädchen?«, unterbrach ihn Fehlandt.

»Eine Prostituierte natürlich. Eine andere lässt so was ja wahrscheinlich nicht mit sich machen. Meine Frau jedenfalls nicht. – Also, das Mädchen muss sich für das Kälbchenschlachten nackt ausziehen, und dann hänge ich es über Kopf auf, Arme und Beine festgebunden natürlich, und dann nehme ich mein Messer und tue so, als ob ich ein Kalb schlachte.«

»Mit dem Küchenmesser?«

»Mit dem Brotmesser, ja. Ich mache das natürlich alles mit dem Messerrücken, damit mein Kälbchen sich nicht verletzt, und dann tue ich so, als ob ich all die Schnitte durchführe, die der Schlachter auch machen würde, um das Kalb zu schlachten, auszuweiden und auseinanderzunehmen.«

»Und das befriedigt Sie?«, fragte Berger verblüfft.

»Würde ich es sonst machen?«

Fehlandt sagte, dass dagegen im Prinzip ja eigentlich gar nichts einzuwenden sei. Aber im Eifer der simulierten Schlachtung war der Maurer irgendwann ein bisschen zu weit gegangen und hatte die Prostituierte durch einen Schnitt in den After erheblich verletzt. Da hatte sie ihn angezeigt.

»Aber das war ein Versehen«, rief der Maurer. »Das müssen Sie mir glauben. Das wäre ja alles nicht passiert, wenn sie nicht plötzlich gezappelt hätte!«

»Ja, ja, schon gut! Im Moment will ich von Ihnen etwas anderes wissen. – Wie alt sind denn die Mädchen so, mit denen Sie das machen?«

»Möglichst zwischen zwanzig und dreißig. Aber die sind natürlich am teuersten. Ich nehme zur Not auch ältere.«

»Und – jüngere?«

»Die wären ja noch teurer!«

»Kinder?«

»Nee, das würde ja überhaupt keinen Spaß machen. Also – erwachsen müssen die schon sein, sonst bringt das nichts.«

Der Mann konnte gehen.

»Es ist schon erstaunlich«, sagte Fehlandt, »welche Vielfalt an unterschiedlichen Sexualpraktiken die biederen Hamburger so an den Tag legen, wenn man genauer nachfragt. Vorhin hatte ich einen, der hat einer Dirne lauter Stecknadeln in den Hintern gepiekt. Ihm hat das gefallen, aber sie mochte das nicht so gerne. Dabei, sagt er, war das alles vorher vereinbart …«

Das Telefon klingelte. »Ein Moment mal bitte, Fehlandt. – Berger?«

Eine aufgeregte Männerstimme. »Hör zu, Wilhelm, ich muss sofort mit dir sprechen!«

War das Rogge? »Bernhard, bist du das?«

»Keine Namen. Wann können wir uns sehen?«

»Bernhard, das ist im Augenblick ganz schwierig. Wir stecken mitten in einem komplizierten Fall, und ich kann hier unmöglich weg. Vielleicht morgen? Oder am Wochenende?«

»Das geht nicht, das ist viel zu spät! Du musst sofort kommen, hörst du?«

»Mein Gott, du bist ja ganz außer dir! Was ist denn passiert?«

»Das kann ich nicht am Telefon besprechen. Nur so viel: Es ist eine absolute Katastrophe, und wir müssen sofort handeln!«

»Bernhard ...«

»Hör zu, ich bin in einer Stunde beim 76er Denkmal.«

»Bei was für einem Denkmal?«

»Beim 76er Denkmal. Bei *Planten un Blomen*. Das neue Kriegerdenkmal, Mensch, das kennst du doch!«

Ja, das kannte Berger tatsächlich. Der Bildhauer Richard Kuöhl war Mitglied der Hamburgischen Sezession gewesen. Seine avantgardistischen Arbeiten zierten die Backsteinbauten Schumachers. Und jetzt hatte er diesen monströsen Klotz produziert. Erstaunlich, wie mühelos sich manche an die neue Zeit angepasst hatten.

»Ich kann jetzt wirklich nicht ...«, sagte Berger, aber da hatte Rogge schon aufgelegt.

»Was gibt's denn?«, fragte Richter.

»Ärger«, sagte Berger. »So viel steht jedenfalls fest.«

»Dienstlich?«

Berger schüttelte den Kopf.

»Wenn es wichtig ist, dann geh einfach hin. Ich kann dich hier schon vertreten. Wenn du eine Stunde weg bist oder zwei, was macht das schon?«

»Danke.« Berger hatte keine Ahnung, was Rogge von ihm wollte.

Planten un Blomen. Den Namen hatte der Park erhalten, als hier 1934/35 die Niederdeutsche Gartenschau stattfand. Ursprünglich war hier der Hamburger Zoologische Garten gewesen. Für die Niederdeutsche Gartenschau hatte man die exotischen Gewächse durch einheimische Pflanzen ersetzt. Eine Verarmung, wie Berger fand, aber natürlich konsequent im Rahmen der Besinnung auf die nationalen Werte.

Berger war mit der Straßenbahn gekommen und am Stephansplatz ausgestiegen. Da stand das 76er Denkmal. Auch Berger hatte im Ersten Weltkrieg dem Infanterieregiment 76 angehört. Den kürzlich aufgestellten Klotz aus Muschelkalk mit seinen im Kreis marschierenden Soldaten empfand er aber als Monstrosität. Vor dem Denkmal stand ein Mann in Zivil und rauchte. Rogge.

»Hallo Bernhard!«

Rogge fuhr herum. »Hallo!«

Berger sah sofort, dass etwas Außergewöhnliches vorgefallen sein musste. So ernst hatte er den Freund seines Vaters noch nie gesehen. »Was gibt es denn?«

»Eine Katastrophe, Wilhelm! Eine absolute Katastrophe. Und ich weiß nicht, was wir tun können.«

»Für alle Probleme gibt es eine Lösung!«

Rogge schüttelte den Kopf. »Komm, lass uns durch den Park gehen. Hier fallen wir noch auf. Ich will nicht, dass man uns jetzt zusammen sieht.«

»Du spinnst«, sagte Berger.

»Leider nicht. – Wilhelm, deine Frau hat mich gefragt, wo eines unserer Unterseeboote im letzten Sommer gewesen ist.«

»Ein Unterseeboot?« Berger lachte. »Da musst du etwas missverstanden haben, Bernhard. Dagmar interessiert sich überhaupt nicht für Unterseeboote.«

»Ich fürchte, du bist nicht auf dem Laufenden, Wilhelm! Sie interessiert sich sehr wohl für Unterseeboote. Für ein ganz bestimmtes Unterseeboot. Sie hat mich gefragt, wo U 34 im letzten Jahr gewesen ist.«

»U 34? – Das kann doch nur ein Scherz gewesen sein!«

»Ich habe so getan, als ob es ein Scherz ist. Ich habe gesagt, dass das Boot vermutlich in Kiel gewesen ist. Ich hoffe, deine Frau hat es geglaubt. Aber das Ganze ist kein Scherz, Wilhelm!«

»Nimmst du deine Marine nicht ein bisschen zu wichtig? Ist es nicht völlig egal, wo irgendein Unterseeboot sich aufhält? Die meiste Zeit ist es ja wahrscheinlich sowieso unter Wasser!« Berger lachte. »Und ob es nun in Kiel oder Wilhelmshaven oder von mir aus auch in Hamburg gewesen ist, das spielt überhaupt keine Rolle!«

»Du hast keine Ahnung, Wilhelm!«

»Nein, ich habe keine Ahnung, das gebe ich gern zu. – Worum geht es also?«

»Es geht um Spanien.«

»Um Spanien? Was haben wir mit Spanien zu tun? Ich denke, Deutschland ist Mitglied der Nichteinmischungskommission, und in dieser Eigenschaft sehen wir nur zu, wie die Spanier sich gegenseitig abschlachten.«

»Wilhelm, du hast wirklich keine Ahnung. Es ist zwar richtig, dass Deutschland Mitglied der Nichteinmischungskommission ist, und es auch richtig, dass wir in diesem Zusammenhang viele schöne Erklärungen und Appelle unterschrieben haben, aber es ist nicht richtig, dass wir uns nicht einmischen.«

»Nun ja, es gibt da sicher ein paar Fanatiker, die bei diesen Internationalen Brigaden mitmachen, auf der Seite der Roten, das mag schon angehen ...«

»Ja, das ist so. Aber das meine ich nicht. Das Deutsche Reich hat sich in viel stärkerem Maße auf der Seite General Francos engagiert. Es ist ein offenes Geheimnis, dass unsere Luftwaffe Franco in starkem Maße unterstützt.«

»Davon habe ich noch nie etwas gehört!«

»Dann hörst du es jetzt. Das ist jedenfalls ein Punkt, der sich gar nicht geheim halten lässt, und über den auch die Engländer und Franzosen und Amerikaner sehr genau Bescheid wissen, obwohl sie es nicht zugeben, um das Märchen von der Nichteinmischung aufrechterhalten zu können.«

»Das kann ich gar nicht glauben. Aber wenn Deutschland sich wirklich einmischt – warum lassen sich dann die anderen Großmächte das gefallen?«

»Weil sie auch kein Rotspanien wollen. Weil sie noch mehr Angst haben, dass Spanien kommunistisch werden könnte, als dass es nationalsozialistisch werden könnte. Und weil sie keinen Krieg wollen, das ist die Hauptsache. Die Engländer und Amerikaner wollen keinen großen Krieg in Europa.«

»Aber den wollen wir doch auch nicht!«

Rogge zögerte kurz. Dann sagte er: »Eben. Den wollen wir auch nicht. Aber natürlich müssen wir für alle Eventualitäten gerüstet sein. Du weißt ja, dass die Kommunisten überall versuchen, an die Macht zu kommen. Nicht nur in Spanien. Denk an die Volksfrontregierung in Frankreich. Das könnte uns in eine schwierige Lage bringen, und deshalb müssen wir gerüstet sein.«

»Und deshalb – habe ich dich da richtig verstanden? – und deshalb mischen wir in Spanien mit?«

»Ja. Das ist eine einmalige Gelegenheit, unsere Waffen auszuprobieren. Und diese Gelegenheit hat natürlich auch die Marine genutzt.«

»Ich habe gehört, dass einige unserer Schiffe zum Schutz des deutschen Handels vor rotspanischen Übergriffen ins Mittelmeer entsandt worden sind«, sagte Berger.

»Es ist mehr als nur ein Schutz vor Übergriffen, Wilhelm! Unsere U-Boote sind auch im Spiel! Und das nicht zum

Schutz irgendwelcher Handelsschiffe. Sie haben die Aufgabe, rotspanische Schiffe anzugreifen und zu versenken.«

»Und eines dieser Boote ist U 34?«

Rogge nickte. »Aber das ist so geheim, dass du es nicht wissen darfst. Nicht einmal ich darf es wissen. Und die Engländer und Amerikaner schon gar nicht.«

»Aber – warum um alles in der Welt soll meine Frau nach diesem U-Boot gefragt haben? Hast du da nicht am Ende doch irgendetwas missverstanden?«

»Ich habe nichts missverstanden, Wilhelm. Deine Frau interessiert sich nicht für Unterseeboote, hast du gesagt. Und das glaube ich auch ohne Weiteres. Aber es gibt offenbar jemand anderes, der sich dafür interessiert, und der hat deine Frau darauf angesprochen.«

»Das kann ich mir gar nicht vorstellen!« Aber während er das sagte, dachte Wilhelm Berger: Doch, das kann ich mir vorstellen. Dagmar hatte Kontakt mit den Engländern aufgenommen. Oder mit den Amerikanern. Und die hatten ihr diese Fragen gestellt.

»Wilhelm, diese Aktivitäten deiner Frau, die müssen sofort aufhören. Sonst geschieht ein Unglück!«

»Ich werde Dagmar darauf ansprechen«, versprach Wilhelm. »Noch heute.«

Die Villa war hell erleuchtet. Der frisch geharkte Kies in der Einfahrt knirschte unter Bergers Schuhen. Berger eilte die Stufen zum Eingang empor und läutete. Er war noch immer erregt nach der Auseinandersetzung mit Dagmar. Er hatte kurz erwogen, zunächst einmal 24 Stunden zu warten, bevor er den Konsul zur Rede stellte. So war es beim Militär üblich gewesen. Aber Berger hatte diesen Gedanken verworfen. Dafür war jetzt keine Zeit.

»Einen Moment bitte!«, rief jemand von drinnen.

Der Herr Konsul ließ sich Zeit. Aber schließlich wurde die Tür dann doch geöffnet. Berger registrierte, dass der Konsul ein paar Jahre jünger war als er selbst, dass er größer war als er und dass er besser aussah.

»Womit kann ich dienen?«

»Berger, Kriminalpolizei. – Ich hätte Sie gerne in einer persönlichen Angelegenheit gesprochen.«

»In einer persönlichen Angelegenheit? – Bitte, kommen Sie doch herein!«

Der Konsul führte Berger in ein großzügig eingerichtetes Wohnzimmer. Berger ärgerte sich über die Arroganz dieses Mannes. Konsul Fletcher wusste sehr genau, was dieser Besuch zu bedeuten hatte, aber er tat so, als handele es sich um einen reinen Höflichkeitsbesuch.

»Bitte nehmen Sie doch Platz!«

Sie setzten sich. Der Sessel, auf den der Konsul gedeutet hatte, war für Bergers Geschmack zu weich und zu tief. Die Pistole drückte. Berger sagte: »Ich bin gekommen, Herr Fletcher, um mich mit Ihnen über meine Frau zu unterhalten.«

»Über Ihre Frau?«

»Ja. Über Ihre heimlichen Treffen mit meiner Frau.«

Der Konsul lächelte. »Mein lieber Herr Berger! Da gibt es nichts Heimliches. Ich kenne Ihre Frau seit vielen Jahren. Ich habe sie damals auf einer der Feiern bei Ihrem Herrn Vater kennen gelernt, und ich schätze sie sehr. Und von Zeit zu Zeit genieße ich es, einmal mit einem Menschen zu reden, der nicht in das diplomatische Geschäft eingebunden ist, und der sich für Dinge interessiert, die sich im wirklichen Leben abspielen. Dinge wie Kunst zum Beispiel. Oder Filme. – Sie spielen wahrscheinlich darauf an, dass wir zusammen im Kino gewesen sind. Ja, das ist richtig, wir haben uns zusammen den neuen Film mit Zarah Leander angesehen. Und danach haben wir noch eine Tasse Kaffee zusammen getrunken. Wenn es das ist, was Sie meinen, dann muss ich zugeben: Ja, ich bekenne mich schuldig im Sinne der Anklage.«

»Sie haben über Dinge gesprochen, die nichts mit Kunst oder mit dem Film zu tun haben. Sie haben meine Frau über Unterseeboote ausgefragt.«

»Ausgefragt? – Ich habe sie nicht ausgefragt. Aber ich habe über Unterseeboote geredet. Das will ich gern zugeben. Ich rede viel über U-Boote. Unterseeboote interessieren mich wahnsinnig. Sie sind sozusagen mein Hobby.«

»Ihr Hobby!« Bergers Blick fiel auf das Bild, das die Wand hinter dem Sofa zierte, auf dem der Konsul saß. Es war ein großformatiger Druck, der ein britisches U-Boot auf hoher See zeigte. Wirklich Fletchers Hobby? Berger hatte das Gefühl, dass dieses Bild noch nicht lange hier hing. Womöglich hatte Fletcher es gerade erst aufgehängt, als er Berger kommen sah.

Fletcher bemerkte Bergers Blick. Er deutete mit dem Daumen auf das Bild. »Ja, das ist eines von unseren. T-Klasse. Der Künstler hat sich natürlich einige Freiheiten genommen. Normalerweise wäre es ziemlich unpraktisch für ein Unterseeboot, mit einer so großen Flagge am Turm herumzufahren.«

Berger erhob sich. »Herr Fletcher, ich lasse mich von Ihnen nicht für dumm verkaufen!«

Der Konsul stand ebenfalls auf. Er sah Berger mit einem spöttischen Grinsen an.

Berger rief: »Das, was Sie hier betreiben, das ist Spionage! Das lasse ich nicht zu. Schon gar nicht, dass Sie meine Frau in diese Aktivitäten verwickeln. Ich untersage Ihnen jeden weiteren Kontakt zu meiner Frau!«

»Herr Berger, Sie sind im Irrtum. Das ist keine Spionage.

Und was den Kontakt zu Ihrer Frau angeht, so können Sie mir gar nichts untersagen. Das ist eine Angelegenheit zwischen Ihrer Frau und mir. Und um eines klarzustellen: Dagmar ist zwar Ihre Frau, aber wir sind beide erwachsene Menschen, und wir können tun und lassen, was wir wollen. Ihre Frau hat mir erzählt, dass Sie ihr einmal das Leben gerettet haben, und das ist sicherlich sehr schön, aber das heißt noch lange nicht, dass Dagmar damit Ihr Eigentum ist.«

»Herr Fletcher, ich meine es ernst.«

»Ich auch. – Lassen Sie mich ein paar Dinge klarstellen: Dagmar macht sich große Sorgen um die Zukunft ihrer Familie. Nicht ganz unbegründet, wie Sie wissen. Und ein Grund dafür, dass sie Kontakt mit mir aufgenommen hat, besteht darin, dass sie ins Auge gefasst hat, mit Ihnen und den Kindern nach Großbritannien auszuwandern. Dafür braucht sie ein Visum, und wenn wir der Meinung sind, dass dieses Ansinnen berechtigt ist, dann kann das britische Konsulat ein solches Visum ausstellen.«

»Sie nutzen die Angst meiner Frau schamlos aus, um zu spionieren ...«

»Ich spioniere nicht. – Aber selbst wenn es so wäre, was wäre dann? Sie sind doch kein Nazi! Sie sind Polizist, sie jagen Verbrecher. Aber dass Sie in dieser Eigenschaft Heinrich Himmler unterstellt sind, der selbst einer der größten Verbrecher ist, das gefällt Ihnen nicht. Und was Ihnen aus dieser Unterstellung für Aufgaben erwachsen, das gefällt Ihnen schon gar nicht. Ihre Frau sagt: ›Mein Mann schläft schlecht. Seit einigen Monaten.‹ – Herr Berger, ich weiß, warum Sie schlecht schlafen. Ich weiß sehr gut, was im Sommer passiert ist.«

Berger war erschrocken, was seine Frau diesem Mann alles erzählt hatte.

»Herr Berger, wenn Sie wieder gut schlafen wollen, dann gibt es dazu eine ganz einfache Möglichkeit. Wechseln Sie die Seite. Helfen Sie denen, die dafür sorgen wollen, dass dieser Spuk ein Ende hat.«

Berger schüttelte den Kopf. »Das kann ich nicht. Gerade Sie als Engländer sollten wissen, dass man seinem eigenen Land auf vielfältige Weise verbunden ist. Wie sagt man bei Ihnen so zutreffend? – *Right or wrong, my country!*«

»Ja, den Spruch habe ich auch schon gehört. Aber komischerweise sind es immer Deutsche, die mir damit kommen. Wir Engländer kennen dieses Zitat in einer etwas anderen Form. In einer Form, die viel mehr Sinn hat. Bei uns heißt es nämlich: *My country, right or wrong; if right, to be kept right; and if wrong, to be set right!* Carl Schurz hat das gesagt, und der war gar kein Engländer, sondern ein deutscher Revolutionär, der für die Freiheit seines Landes – Ihres Landes, Herr Berger! – sein Leben riskiert hat. In der Märzrevolution 1848, in der Badischen Revolution ein paar Monate später, und dann 1850 noch einmal, als er seinen Professor aus dem Gefängnis in Spandau befreit hat. Und später, als er nach Amerika ausgewandert war, hat er sich dort als Innenminister zum Beispiel für die Rechte und den Schutz der Indianer eingesetzt. – Was tun Sie eigentlich, um Ihr Land auf den richtigen Weg zu bringen?«

Der Konsul sah Berger nach, als dieser das Haus verließ, bis er im Dunkel verschwunden war. Dann setzte er sich an die Schreibmaschine.

Unsere Vermutung bezüglich der Beteiligung deutscher Unterseeboote am Spanischen Bürgerkrieg scheint sich zu bestätigen. Auf meine diesbezügliche Anfrage haben meine Informanten sehr empfindlich reagiert ...

Schade eigentlich. Er würde den Kontakt zu Dagmar Berger vorerst einstellen müssen. Aber sie würde sich wieder melden, da war er sich sicher. Er wusste, dass sich die Lage der Juden weiter verschlechtern würde.

Auf den »Donnerschlag« folgte die »Gartenarbeit«. Die Polizei hatte angekündet, dass in einer beispiellosen Aktion 3000 SA-Männer der Gruppe Hansa sowie Arbeitsdienstmänner und Schutzpolizei an diesem Wochenende die Grünanlagen und sonstigen Freiflächen im Westen Hamburgs auf der Suche nach Anna Altmann durchkämmen würden. Berger, Fehlandt und Herbert Richter waren mit draußen. Richter bemühte sich in einer dramatischen Ansprache, die Männer zu motivieren. Er sprach von der ehrenvollen Aufgabe, einen feigen Anschlag auf die Volksgemeinschaft aufzuklären. Es half nicht viel. Die Männer sahen in dieser »Gartenarbeit« eine unwillkommene Streichung ihres freien Sonntags und machten sich lustlos auf die Suche nach etwas, was sie wahrscheinlich sowieso nicht finden würden.

John Kling greift ein

23. – 28. Oktober

»Wenn ich groß bin, werde ich Detektiv!« Da war sich Horst ganz sicher.

»Ich auch«, sagte sein Freund Günther.

Horst Berger und Günther Roland waren mit der Straßenbahn in den Westen Hamburgs gefahren. Natürlich hatten ihre Eltern keine Ahnung, wo sie steckten. Horst hatte Dagmar erzählt, dass er bei Günther spielen wollte, und Günther hatte seinen Eltern erzählt, er würde zu Horst zum Spielen gehen. In Wirklichkeit hatten beide ihre Schaufeln genommen und sich auf den Weg zum Volkspark gemacht.

Günther hatte zunächst gezögert, als Horst mit dem Vorschlag gekommen war. Die Fahrt mit der Straßenbahn würde einen erheblichen Teil seines knappen Taschengeldes verschlingen. Aber »Sand ohne Ende« hatte Horst versprochen. Da konnte Günther nicht widerstehen. Den Sand hatte Horst neulich beim Spaziergang mit seinen Eltern gesehen. »Wir müssen nur durch diesen Park durchgehen, und dann sieht man es. Eine richtige Wüste.«

»Und du bist dir sicher, dass dies der richtige Weg ist?«

Horst war sich sicher. Aber nicht nur des Sandes wegen hatte er diesen Ausflug geplant. Zu Hause hatte es Streit gegeben. Seine Eltern hatten sich gestern angeschrien, was er überhaupt noch nie erlebt hatte. Aber er hoffte, dass der Ärger spätestens heute Abend vorbei sein würde. Die einzige konkrete Sorge, die er im Augenblick hatte, war, dass sie einem der Parkwächter begegnen könnten, und dass der sie fragte, was um alles in der Welt sie mit ihren Schaufeln im Volkspark wollten. Aber sie trafen keinen Parkwächter. Einige Spaziergänger sahen ihnen verwundert nach, aber niemand sprach sie an.

»Ist es noch weit?«, wollte Günther wissen.

»Nein.« Es war Horst völlig unbegreiflich, dass seine Eltern am letzten Wochenende nicht mit ihm in diese Wüste hineingegangen waren. Aber selbst Susanne, die sonst an allen möglichen Spielen interessiert war, hatte dem Sand nichts abgewinnen können.

»Da vorn!«, sagte Horst.

Und da war es. »Donnerwetter«, rief Günther begeistert. Das Gelände war größer, als er erwartet hatte. In Wandsbek, wo sie wohnten, wurde nirgendwo Sand abgebaut. Und dies hier, das war eine riesige Grube. Horst hatte nicht übertrieben: es war eine regelrechte Sandwüste. Günther hatte das unbestimmte Gefühl, dass sie hier vielleicht nicht spielen dürften. Aber das Gelände war nicht eingezäunt.

»Was ist das für eine Fabrik da hinten?«, fragte Günther.

»Keine Ahnung«, sagte Horst. Die Fabrik sah nicht so aus, als ob dort noch irgendetwas produziert würde. Die Fensterscheiben waren eingeschmissen. Von dort würde niemand kommen und sie vertreiben. »Komm!«

Die beiden Kinder rannten bis zur Kante der Sandgrube und sprangen gleichzeitig den Abhang hinunter. Sie sanken tief ein in dem lockeren Sand, und weiterer feiner Sand rieselte in breiten Bahnen nach.

»Los, noch einmal!« Horst zog Schuhe und Strümpfe aus, warf seine Schaufel weg und kletterte wieder nach oben. Günther folgte ihm. Der Anstieg war mühsamer, als er gedacht hatte, weil der lockere Sand ständig nachrutschte. Aber der Abhang war nicht besonders steil; hier war schon seit längerer Zeit nichts mehr abgebaut worden.

Horst und Günther sprangen viele Male in die Sandgrube,

bis sie keine Lust mehr hatten. Horst zog seine Schuhe wieder an.

Günther warf eine Handvoll Sand in die Luft. »Genauso muss es in der Sahara sein!«

Horst nickte. »Stell dir vor, du bist Weltdetektiv, wie dieser John Kling!«

»Das darf ich nicht lesen!«, sagte Günther.

»Ich eigentlich auch nicht«, gestand Horst. »Aber ich habe es mir trotzdem besorgt. Die Hefte kosten ja nicht viel.«

»Dreißig Pfennige, ja, ich weiß. – Kannst du mir mal welche ausleihen?«, fragte Günther.

Horst nickte. »Klar. – Komm, wir spielen jetzt John Kling. Ich bin wohl John Kling, und du bist Jones Burthe ...«

»Jones was?«

»Jones Burthe. Das ist der Freund von John Kling, der ihm hilft bei seinen Abenteuern. Das bist du jetzt wohl, und wir sind in der Wüste, und irgendwo hier ist ein Schatz vergraben, den wir jetzt finden müssen.«

»Ein Schatz?«, fragte Günther zweifelnd. Natürlich hätte er gern einen Schatz gefunden, aber er konnte sich nicht vorstellen, dass hier auf diesem Gelände irgendwo einer vergraben sein könnte.

»Klar! Du glaubst ja gar nicht, wie viele vergrabene Schätze es gibt auf der Welt! Man muss nur losziehen und danach suchen!«

»Hier in Hamburg?« Günther war skeptisch.

»Ja, auch hier in Hamburg«, behauptete Horst. »Vielleicht nicht ganz so viele wie in Afrika oder in Südamerika, aber auf jeden Fall auch ziemlich viele.« Er begann, am Fuß des Hanges zu graben.

Auch Günther begann zu graben. »Da ist etwas!«

Günther legte seinen Fund frei. Aber es war nur ein Stein.

Auch Horst stieß jetzt auf ein Hindernis im weichen Sand. Was mochte das sein? Kein Stein jedenfalls, so viel stand fest. Was er gefunden hatte, das gab nach. Ein bisschen jedenfalls. Er grub danach, aber wieder rutschte der Sand von oben nach, sodass er nicht recht vorankam. »Hier ist etwas!«, sagte er. »Etwas Größeres.«

»Auch ein Stein«, vermutete Günther.

Horst schüttelte den Kopf. »Kein Stein. Hilf mir mal graben!«

Günther half. »Das ist Gummi«, sagte er. »Bestimmt ein alter Autoreifen!«

Aber es war kein Gummi. Es war Leder. »Eine Tasche!« Die beiden Kinder zerrten daran, und es gelang ihnen schließlich, ihren Schatz aus dem Sand herauszuziehen.

»Das ist ja eine Schultasche!«

Ja, es war ein Schulranzen. »Wer hat den denn weggeworfen?«

»Jemand, der keine Lust mehr hatte zur Schule«, meinte Horst. Aber eigentlich glaubte er das nicht. Wahrscheinlich war das ein alter, kaputter Ranzen, den keiner mehr gebrauchen konnte.

Als Horst den Ranzen anhob, spürte er, dass er ziemlich schwer war. »Da ist noch was drin«, sagte er verwundert.

Neugierig öffnete er die Schnallen und klappte den Ranzen auf. Schulbücher waren da drin, ziemlich eingesandet und feucht. Die Lehrerin würde schimpfen, wenn man damit in den Unterricht kam! Wer mochte die Tasche weggeworfen haben? – Da stand es ja: In den Deckel hatte jemand mit ungelenken Buchstaben einen Namen geschrieben. *Anna Altmann.*

»So, nun zeigt mir mal, wo ihr die Tasche genau gefunden habt!« Die Kinder waren mit der Schultasche zur nächsten Polizeiwache gelaufen. Nachdem die Polizisten sich überzeugt hatten, dass das der Ranzen des vermissten Mädchens sein musste, waren zwei Beamte sofort mit den Kindern hinausgefahren zum ehemaligen Hartenstein-Werk Altona. Das Gelände war schon vorher abgesucht worden, aber diese alten Sandgruben waren riesig, und niemand hatte sich bisher die Mühe gemacht, irgendwo zu graben.

»Da drüben!«

Die Polizisten folgten den beiden Kindern. Horst erinnerte sich genau, wo sie gespielt hatten. Er hatte ein vorzügliches Ortsgedächtnis. Und wenn irgendwelche Zweifel daran bestehen sollten, so wurden diese dadurch ausgeräumt, dass dort noch immer ihre Schaufeln im Sand lagen.

Wachtmeister Düwel seufzte. Das wurde jetzt sehr, sehr ernst. »Alles Weitere ist nichts mehr für euch, Kinder! Am besten nehmt ihr jetzt eure Sachen und geht nach Hause.«

Widerspruchslos machten sich die Jungen auf den Weg. Aber als sie oben am Rand der Grube angekommen waren, hielt Horst seinen Freund zurück: »Warte!«, raunte er.

»Was willst du denn machen?«

»Na, gucken natürlich, was hier weiter passiert!«

»Aber die Polizisten haben doch gesagt ...«

»Na, hör mal, willst du nun Detektiv werden oder nicht? Und wenn man Weltdetektiv sein will, wie John Kling, dann kann man nicht immer das tun, was die Polizei sagt. Dann muss man selbst entscheiden, was richtig ist. Ich jedenfalls – ich werde hierbleiben.«

»Ich auch«, sagte Günther. Es klang etwas ängstlich.

Die beiden Kinder hockten sich hinter ein Gebüsch am Rande der Grube und beobachteten, was weiter geschah.

Es dauerte eine gute halbe Stunde, bis die Kriminalpolizei eintraf.

»Seid bloß vorsichtig!«, sagte Düwel.

»Da kannst du Gift drauf nehmen.«

Jeder der Polizisten rechnete damit, im nächsten Moment auf die Leiche des vermissten Mädchens zu stoßen. Behutsam setzten sie ihre Spaten ein und entfernten den Sand in der Umgebung der Stelle, wo die Schultasche gesteckt hatte. Zentimeter um Zentimeter musste abgetragen werden. Einer der Männer fluchte, weil immer wieder Sand von oben nachrutschte. Aber allmählich kamen sie doch tiefer.

»Hier!«, sagte einer. »Hier ist etwas.«

Der Polizist warf den Spaten zur Seite und fing an, mit den Händen zu graben. Seine Kollegen halfen ihm. Der Wachtmeister Düwel, der aus einigen Metern Entfernung zusah, hatte Schweiß auf der Stirn. Doch es war keine Leiche, die sie gefunden hatten, sondern ein ziemlich kleiner Gegenstand. Als sie ihn schließlich freigelegt hatten, sahen sie, dass es eine Brottasche war. Leer.

»Wir brauchen Verstärkung«, befand Düwel. Sein Kollege nickte.

Nach kurzer Zeit kamen weitere Polizisten und SA-Männer herbeigeeilt, die ihnen beim Graben halfen.

»Seid bloß vorsichtig, seid bloß vorsichtig!«, beschwor sie Düwel.

Im Gegensatz zur Kripo kümmerten sich die SA-Männer nicht darum. Sie gruben zügig und systematisch. In kürzester Zeit hatten sie eine Fläche von mehreren Quadratmetern freigelegt. Doch alle Mühe war umsonst. Anna Altmann fanden sie nicht. Sie fanden überhaupt gar nichts.

Anna Altmann hatte inzwischen ein anderer gefunden. Als die Nachricht im Stadthaus einging, ließ Berger sich sofort zum Volkspark chauffieren.

»Hier! Hier drüben ist es!« Der Parkwärter Rudolf Gliemann deutete auf einen schmalen Pfad, der in ein Tannendickicht hineinführte.

An dieser Stelle sind wir doch gewesen, dachte Berger.

»Hier längs! Und passen Sie auf, dass Sie nicht über die Baumwurzeln fallen!«

Berger fiel nicht über die Baumwurzeln. Nach wenigen Metern gelangte er auf eine kleine Lichtung, auf der ein einsamer Mann Wache hielt.

»Das ist mein Kollege Holsten«, sagte Gliemann.

Berger stellte sich vor.

Holsten hatte schlechte Laune »Er wird auch Zeit, dass ihr kommt!«, begrüßte er den Kommissar. »Für so was werde ich nicht bezahlt. Eklig das Ganze. Und hier friert man sich ja den Arsch ab!«

»Tut mir leid, schneller ging es nicht«, erwiderte Berger ärgerlich. »Wo ist denn ...«

»Da drüben! Da, unter dem Haufen.«

Eine Wolke von Fliegen erhob sich, als die Polizisten näher traten. Zwischen Laub und Tannennadeln waren deutlich die Umrisse eines Kinderkopfes erkennbar.

»Nicht näher herangehen«, sagte Berger. »Erst kommt die Spurensicherung, dann kommen wir.« Und an die beiden Parkwärter gewandt: »Haben Sie irgendetwas angefasst oder verändert?«

Die beiden Männer schüttelten den Kopf. Die Leiche war fast vollständig mit Tannennadeln bedeckt. Aber nicht vollständig genug, dass die Fliegen sie nicht gefunden hätten. Niemand fasste so etwas an, wenn er nicht unbedingt musste.

»Die Absperrung steht?«, fragte Berger einen der Schutzpolizisten, die ihm gefolgt waren.

»Ja, natürlich.«

Einer der Herren von der Spurensicherung, die gerade eingetroffen waren, sagte knapp: »Na, dann wollen wir mal!«

Als Berger am späten Nachmittag wieder im Stadthaus eintraf, hatte Herbert Richter bereits die Presse informiert.

»Die Presse?« Berger war entgeistert.

»Unser oberster Chef hat das angeordnet. – Ist doch klar, dass er diesen Erfolg so schnell wie möglich bekannt machen wollte. Und ich habe, ehrlich gesagt, auch nicht gewusst, was ich dagegen einwenden sollte. War das falsch?«

»Ja, Herbert, das war falsch.«

»Ich verstehe deine Aufregung auch nicht«, musste Fehlandt zugeben. »Das Mädchen ist tot. Das kannst du doch nicht geheim halten. Wir sind gleich zur Mutter rausgefahren. Die ist natürlich völlig fertig. – Dann haben wir die Presse informiert. Die Öffentlichkeit hat doch schließlich auch ein Recht darauf, informiert zu werden. Stell dir vor, die SA sucht alle Hecken und Gebüsche in ganz Hamburg ab. Das wäre doch das Nächste, was passieren würde. Und wir, wir halten still und sagen nichts. Sollen sie doch ruhig suchen ...«

Berger schüttelte den Kopf. »Es wäre so einfach gewesen. Die Zeitungen hätten morgen berichtet: 3000 SA-Männer haben den Volkspark abgesucht. Ohne Ergebnis. Was hätte der Mörder dann getan?«

»Wenn ich der Mörder wäre: gar nichts«, behauptete Fehlandt.

»Du bist aber nicht der Mörder. Wenn du nämlich der Mörder wärest, würdest du nachsehen wollen, ob die Leiche wirklich noch da ist. Das war bei Peter Kürten so, und das wäre hier auch nicht anders. Die Leiche der Anna Altmann liegt an einer ganz speziellen Stelle im Volkspark, an einer Stelle, an der normalerweise niemand vorbeikommt. Sonst hätte sie ja schon längst jemand gefunden. Morgen oder spätestens übermorgen wäre der Täter gekommen, um nachzusehen. Und dann hätten wir ihn gehabt.«

»Du kannst niemand festnehmen, nur weil er an einer ungewöhnlichen Stelle durch den Wald geht«, widersprach Fehlandt.

»Wer redet denn von festnehmen? Den Mann verfolgen, feststellen, wer er ist, wo er wohnt. Und dann kann man weiter sehen. Der Mann hat Vorstrafen. Da muss es Vorstrafen geben. Es ist doch ganz unwahrscheinlich, dass er mit einem Mord anfängt. Da sind sicher andere Sexualdelikte vorausgegangen.«

»Na schön«, sagte Fehlandt. »Das machen wir dann beim nächsten Mal.«

»Ein nächstes Mal darf es nicht geben.«

Berger und Fehlandt saßen zusammen beim Bier, und die Lage zu besprechen. Richter hatte angeboten, für sie die Stellung zu halten. Sie wussten alle drei, dass dies auf absehbare Zeit der letzte ruhige Abend sein würde. Für die Abendzeitungen war die Nachricht zu spät gekommen, aber nach dem Erscheinen der Morgenblätter würden sie jede Menge Anrufe bekommen. Hunderte von »guten Hinweisen«, die wahrscheinlich alle nichts wert waren, aber nachgehen mussten sie jedem einzelnen.

»Es ist schon kurios«, sagte Berger, »dass ausgerechnet Horst und sein Freund die Schultasche gefunden haben.«

»Na ja, wenn man Weltdetektiv werden will …« sagte Fehlandt. Berger hatte ihm alles erzählt.

»Aber ich hätte nie gedacht, dass er so weit weg von zu Hause spielen würde. Am Rande des Volksparks! Das ist ja ganz am anderen Ende der Stadt.«

»Was hat denn Dagmar dazu gesagt?«

»Geschimpft hat sie natürlich, was denkst du denn! – Aber das heißt natürlich, dass ich meine Aussage von neulich revidieren muss: Kinder sind abenteuerlustiger, als ich gedacht habe. Einige zumindest. Und in diesem Fall ist das auch gut so. Die Schultasche hätten wir jahrelang nicht gefunden.«

»Und?«, fragte Fehlandt noch einmal. »Ist es nun Teil einer Serie?«

»Ich weiß es nicht«, sagte Berger. »Ich weiß es wirklich nicht.«

Berger leerte sein Bierglas, gab dem Wirt ein Zeichen, dass er ein neues bringen möge. »Um ehrlich zu sein: Ich hatte gehofft, dass es eine Serie ist. Ich hatte gehofft, dass wir den Kerl fassen würden und damit endlich auch das Verschwinden der anderen Kinder aufklären könnten. Aber jetzt – inzwischen hast du die Leiche ja selbst gesehen.«

»Aufgeschlitzt hat er sie jedenfalls nicht.«

»Sie war vollständig angezogen. Das könnte bedeuten, dass es sich um eine spontane Tat gehandelt hat. Das Kind hat geschrien, er hat ihm den Mund zugehalten, und dann ...«

Fehlandt schüttelte den Kopf. »So spontan nun auch wieder nicht. Die Schnur«, sagte er. »Vergiss nicht die Schnur. Die hat er nicht zufällig bei sich gehabt. Und vergiss nicht, wo die Leiche gefunden wurde. Der Volkspark ist viele Kilometer weit von Anna Altmanns Schulweg entfernt. Die Sache war geplant und ziemlich gut vorbereitet.«

Der nächste Morgen begann noch schlimmer als erwartet.

»Hier, das hat die Frau Altmann vorhin bei uns abgegeben!« Fehlandt reichte Berger einen Briefumschlag, adressiert an Frau Altmann, Fruchtallee 75. Der Umschlag war unfrankiert; wahrscheinlich hatte ihn der unbekannte Absender der

Frau in den Briefkasten geworfen. Berger faltete das Schreiben auseinander.

Frau Altmann.

Ich bin in Hamburg denn die Polizei ist zu dumm und doof, denn die findet mir doch nicht. Ich habe meine Freude damit gehabt und habe das Kind gebraucht, bis es gestorben ist, dann habe ich es nach den Tannen gebracht und es dort verscharrt, denn ich habe die beiden Kinder auch umgebracht. Ich habe dasselbe auch damit gemacht sein sie so gut und geben Sie diesen Zettel der Polizei damit sie sich auch freuen können dass sie so dumm sind und zu faul zu suchen. Mit deutschem Gruß

Der Kindermörder.

»Sauerei«, sagte Berger.

Fehlandt nickte. »Und das ist nicht der einzige Brief dieser Art, den die Frau gekriegt hat. Man könnte glauben, dass ganze Horden von Kindermördern durch die Stadt streifen, die jetzt darin wetteifern, in dieser Angelegenheit verhaftet zu werden!«

»Wichtigtuer«, sagte Berger. »Aller Wahrscheinlichkeit nach ist keiner von diesen Briefschreibern der Täter.«

»Aber jedem dieser Schreiben müssen wir nachgehen. Jeder einzelne Brief hält uns auf.«

»Jedenfalls hat sich der Fund der Leiche schnell herumgesprochen«, sagte Berger.

»Ja, die Macht der Presse! – Das Nächste wird nun sein, dass wir jede Menge anonymer Anrufe bekommen, dass dieser oder jener brave Bürger in Wirklichkeit der Mörder sei.«

Bevor Berger darauf antworten konnte, klingelte das Telefon.

»Da ist schon der erste«, sagte Fehlandt.

Berger nahm den Hörer ab. »Berger?«

»Kommissar Berger? Sind Sie der Mann, der den Mord an Anna Altmann bearbeitet?«

»Ja, der bin ich.« Berger gab Fehlandt ein Zeichen; der nahm den zweiten Hörer auf und hörte mit.

»Und ich – ich bin der Mörder.«

Berger schwieg einen Augenblick. Als nichts weiter kam, sagte er: »Aha!«

»Ja, da staunen Sie wahrscheinlich. Aber es ist wahr. Ich bin der Mörder. Ich musste es einfach tun. Es ist furchtbar, aber ich musste es tun. Es ging nicht anders, verstehen Sie?«

»Ja«, sagte Berger. »Das verstehe ich.« Er musste jetzt trotz allem vorsichtig vorgehen, er durfte den Mann nicht verschrecken.

»Es ist furchtbar«, sagte der Mann. »Es ist furchtbar, wenn man so etwas tun muss. Wenn man einfach nicht anders kann, verstehen Sie? – Aber das muss nun ein Ende haben. Das muss aufhören. Ich begehe Selbstmord, verstehen Sie? Ich bringe mich um. Dann ist es vorbei.«

»Das ist der falsche Weg«, sagte Berger.

»Ich bringe mich um«, beharrte der Mann am Telefon. »Es gibt keinen Ausweg. Ich werde ja sowieso gefasst, und dann werde ich hingerichtet. Da ist es schon besser, wenn ich mich gleich umbringe.«

»Dass Sie hingerichtet werden, das steht überhaupt nicht fest«, behauptete Berger.

»Doch, doch! Das steht absolut fest. Ich bin ein Mörder, ich werde hingerichtet.«

»Glauben Sie mir, das ist nicht so! Zunächst einmal muss festgestellt werden, ob Sie nicht vielleicht krank sind. Ob Sie nicht vielleicht gar nichts dafür können, dass Sie zum Mörder geworden sind. Dann gibt es die Möglichkeit, dass Sie nicht hingerichtet werden, dass Sie nicht einmal in ein Gefängnis kommen, sondern in ein Krankenhaus, wo Sie behandelt werden.«

In diesem Augenblick war Richter hereingekommen. Er hatte die letzten Sätze Bergers mitgehört. »Hoffentlich nicht!«, sagte er.

Berger konnte nur hoffen, dass der Mann am Telefon das nicht hören konnte. Er legte den Finger auf die Lippen. Richter sollte den Mund halten.

»Ich bin doch vorbestraft«, sagte der Mann. »Ich bin doch schon wegen solcher Geschichten vorbestraft. Es wäre besser gewesen, wenn man mich nicht wieder freigelassen hätte. Es wäre besser gewesen, wenn man mich entmannt hätte. Aber dazu ist es jetzt zu spät. Ich habe das kleine Mädchen umgebracht.«

»Für die Reue ist es nie zu spät«, sagte Berger. »Es ist am besten, wenn Sie sich der Polizei stellen. Das ist für Sie am besten.«

Der Mann antwortete nicht. Er tat einen tiefen Atemzug. Berger wartete ab.

»Gut«, sagte der Mann schließlich. »Ja, ich bin bereit, mich zu stellen. Ich bin bereit, die Verantwortung zu übernehmen.«

»Dann ist es am besten, wenn Sie einfach zur nächsten Polizeiwache gehen ...«

»Nein, nein! Das ist nicht gut. – Ich habe Angst.«

»Sie brauchen keine Angst zu haben«, log Berger.

»Ich habe aber Angst. Ich gehe nicht zur Polizei. Ich gehe jedenfalls nicht zur nächsten Polizeiwache, nein, das tue ich nicht. – Kann ich mich nicht irgendwo mit Ihnen treffen? Sie haben Verständnis für mich, das spüre ich. Sie sind der Einzige, zu dem ich Vertrauen habe. Ich will mich mit Ihnen treffen; Sie sollen derjenige sein, der mich festnimmt.«

»Von mir aus«, sagte Berger. »Wo sind Sie denn jetzt?«

»Das spielt keine Rolle!«

»Hauptbahnhof!«, flüsterte Richter. »Das haben wir inzwischen ermittelt. Er spricht von einer Telefonzelle beim Hauptbahnhof aus.«

Berger winkte ab. Die Chance, den Mann jetzt irgendwo festzunehmen, war zu gering.

»Morgen«, sagte der Mann. »Wir treffen uns morgen!«

»Warum nicht gleich heute?«

»Nein, nicht heute. Das geht mir zu rasch. Es gibt noch ein paar Dinge, die ich vorher erledigen muss. Zu denen ich nicht mehr komme, wenn ich erst einmal verhaftet bin. Das müssen Sie verstehen.«

Richter schüttelte den Kopf.

»Es wäre besser, wenn Sie sich sofort stellen würden«, sagte Berger. »Wir können über alles reden, und wenn Sie mit irgendwem sprechen möchten, mit Ihrer Frau, Ihren Eltern, oder sonst irgendjemanden – das lässt sich alles einrichten.« Er wollte nicht, dass der Mann sich die Sache noch einmal anders überlegte.

»Nein, darum geht es nicht. Es ist etwas anderes. Etwas, was ich selbst erledigen muss. Und dann – dann können Sie mich von mir aus verhaften.«

»Na schön«, sagte Berger. »Wann und wo soll das sein?«

»In Altona. Kennen Sie die Barnerstraße?«

»Ja natürlich«, log Berger.

Während er mit dem Mann verhandelte, suchte Fehlandt auf dem Stadtplan an der Wand die Barnerstraße.

»Gut. Dort treffen wir uns. Morgen um 22 Uhr.«

»Barnerstraße, 22 Uhr. Ja, das habe ich. Und – woran erkenne ich Sie?«

»Ich werde Sie erkennen, Herr Berger. Wenn Sie dort ganz langsam auf und ab gehen, dann werde ich auf Sie zutreten und sagen: Ich bin der Mörder!«

»Gut«, sagte Berger. »So machen wir das.«

»Aber kommen Sie allein! Ich will dort sonst niemanden sehen. Wenn ich merke, dass außer Ihnen noch mehr Polizei da ist, dann komme ich nicht. Dann verschwinde ich sofort, und Sie finden mich nie.«

»Ich werde allein kommen«, versprach Berger.

Der Mann legte auf.

Einen Augenblick lang war es still im Raum. Dann sagte Richter: »Echt oder nicht?«

»Keine Ahnung. – Es klang jedenfalls echt genug, um es zu versuchen.«

»Und du willst da wirklich allein morgen hingehen?«

»Natürlich nicht«, sagte Berger. »Bis morgen Abend haben wir reichlich Gelegenheit überall unsere Leute zu postieren. Wenn der Mann wirklich kommt, dann fassen wir ihn.«

»Eines steht jedenfalls fest«, sagte Fehlandt. »Es war nicht der Eingeweidejäger.«

»So sieht es zumindest aus«, sagte Berger. Die Tote hatte auf dem Rücken gelegen, das Kleidchen war etwas hochgeschoben, aber Anna Altmann trug noch ihren Schlüpfer, und offenbar hatte der Mörder sich nicht an der Kleinen vergangen. Er hatte sie einfach nur in den Wald geführt und umgebracht.

»Enttäuscht?«, fragte Fehlandt.

Berger schüttelte den Kopf. »Aber damit steht wohl fest, dass wir es nicht mit irgendeiner größeren Serie zu tun haben. Und der anonyme Briefeschreiber, wer immer das gewesen sein mag, der hat auch nichts damit zu tun.«

»Das Mädchen ist erstickt worden«, sagte Fehlandt.

Berger nickte. Erstickt und erwürgt. Anna Altmann hatte ein Taschentuch im Mund, vermutlich als Knebel, und das Taschentuch steckte tief im Hals, offenbar hatte das Mädchen es bei dem verzweifelten Versuch, Luft zu bekommen, mit eingeatmet. Das Kind war außerdem mit einer Schnur stranguliert worden. Die Schnur hatte sich tief in den Hals eingeschnitten, und der Täter hatte sie am Tatort zurückgelassen. Es handelte sich um eine sechsfach gedrehte Hanfschnur. Das Labor hatte gesagt, dass es sich um eine so genannte Sechsdraht-Zimmermannsschnur handelte. Zwei Millimeter dick, 77 Zentimeter lang. Vielleicht hieß das, dass der Täter ein Bauhandwerker war, aber vielleicht auch nicht. Es war keine Schwierigkeit, eine solche Schnur im Handel zu bekommen.

»Sie muss sofort tot gewesen sein«, hatte Berger der Mutter gesagt. Aber wahrscheinlich war das gelogen. Es schien Berger, als sei das Gesicht der Kleinen grauenhaft verzerrt, doch wusste er, dass dies zum Teil am Insektenfraß lag. Die Leiche hatte immerhin fast 14 Tage draußen im Wald gelegen. Dass sie überhaupt noch so gut erhalten war, lag daran, dass es schon so spät im Jahr war, und dass in der Kälte die Entwicklung von Maden sehr langsam voranging.

Es war ziemlich sicher, dass Anna Altmann schon tot gewesen war, bevor überhaupt jemand das Kind vermisst hatte. Die Untersuchung des Mageninhalts hatte ergeben, dass ihre letzte Mahlzeit aus Weißbrot mit Käse und Leberwurst bestanden hatte. Das war ihr Schulbrot gewesen.

»Und was machen wir jetzt?«, fragte Richter.

Fehlandt zuckte mit den Achseln. »Dieser Fall mag völlig anders gelagert sein, aber ich fürchte, wir stehen nicht viel besser da als unsere Kollegen nach dem Verschwinden der anderen vier Kinder.«

Berger widersprach. »Diesmal haben wir jedenfalls die Leiche gefunden. Das ist ein Anfang. Und der Täter hat Spuren hinterlassen. Wir haben die Schnur, und wir haben das Taschentuch.«

»Das ist nicht viel«, sagte Fehlandt.

»Das ist eine ganze Menge. Diese Schnur ist sehr charakteristisch. Die wird natürlich nicht in Stücken von 77 Zentimetern Länge verkauft, sondern in größeren Abschnitten. Das heißt, wir haben eine gute Chance, dass sich eine solche Schnur in der Wohnung des Täters findet. Und wir haben das Taschentuch. Das Taschentuch mit dem Monogramm.«

»C.B. soll das wohl heißen«, sagte Fehlandt.

»C.B. oder E.B.«, bestätigte Berger. »Welchen Sinn hat eigentlich ein Monogramm, wenn man das nicht lesen kann? – Das Taschentuch ist übrigens nicht fertig gekauft, sondern selbst gemacht worden. 40 mal 43 Zentimeter – das ist jedenfalls kein handelsübliches Maß.«

»Eine merkwürdige Geschichte ist das schon«, sagte Fehlandt. »Warum ermordet jemand ein kleines Kind? Natürlich gibt es irgendwelche Männer, die sich an Kindern sexuell vergehen, und die dann hinterher ihr Opfer umbringen, damit es sie nicht verraten kann. Aber in diesem Fall hat der Täter das Kind überhaupt gar nicht angerührt ...«

»Na ja«, sagte Berger. »So genau wissen wir das natürlich nicht. Er kann ihr sehr wohl unter den Rock gefasst haben. Das hinterlässt keine Spuren.«

»Das hinterlässt keine Spuren, aber das ist doch auch kein so schweres Verbrechen, dass man deswegen jemanden umbringen müsste. Ich meine, das sind doch Dinge, bei denen man bei der Polizei oder vor Gericht immer noch versuchen könnte, sich herauszureden. Aber bei einem Mord – da kann sich niemand mehr herausreden!«

Berger nickte. »Da hast du natürlich recht. Übrigens – du hast den Tatort ja nicht gesehen; da gibt es noch eine Sache, die ich einfach nicht verstehe.«

»Ich verstehe manches nicht«, sagte Fehlandt.

»Ja, natürlich. Aber was ich meine, das ist der Kiefernzweig. Das Mädchen hatte in der rechten Hand einen kleinen Kiefernzweig. Wieso? Ich meine, wenn mich jemand erwürgt, oder mir eine Schnur um den Hals legt und die zuzieht, dann würde ich doch meine Hände einsetzen, um freizukommen. Aber ich würde nicht irgendeinen lächerlichen Kiefernzweig festhalten, bis ich tot bin!«

»Schwer zu sagen, was man tun würde, wenn es einem ans Leben geht«, sagte Fehlandt. »Aber du hast recht. Die Geschichte mit dem Kiefernzweig ist schon seltsam.«

Wilhelm Berger stand in der Barnerstraße und rauchte. Er war nervös. War es wirklich eine gute Idee gewesen, sich mit dem vermeintlichen Mörder hier zu verabreden? Sicher, die Barnerstraße war nicht die schlechteste Wohngegend, da gab es ganz andere. Aber er wusste, dass er sich hier am äußersten Rande von Ottensen befand, einem Stadtteil, in dem Industriebetriebe und alte, schlechte Wohnungen eng benachbart waren, und wenn er in Gefahr geriete, würde es hier kaum jemand geben, der bereit wäre, einem Polizisten zu helfen.

Allein sollte er kommen, das hatte der Anrufer gefordert. Warum? Wenn er sich sowieso festnehmen lassen wollte, hatte das eigentlich keinen Sinn. Dennoch hatte sich Berger schließlich entschlossen, auf die Forderung des Mannes so weit wie möglich einzugehen. Ganz gleich, ob es nun tatsächlich der Mörder war, oder ob es sich um einen Trittbrettfahrer handelte, der sich wichtig tun wollte – er wollte den Mann haben. Und natürlich war Berger nicht wirklich allein. Fehlandt wartete im Auto am Altonaer Bahnhof. Das waren nur knappe 300 Meter.

Berger sah auf die Uhr. Noch zehn Minuten. Die Straße war

menschenleer. Berger hatte das Bahngelände im Rücken; ihm gegenüber mehrgeschossige Mietshäuser, die um die Jahrhundertwende gebaut worden waren. Hinter vielen Fenstern war noch Licht. Die meisten Mieter hatten die Vorhänge zugezogen, selbst in den oberen Stockwerken. Wahrscheinlich weil man von der Bahn aus in die Wohnungen hineinsehen konnte. Und die elektrische S-Bahn nach Blankenese fuhr in kurzen Abständen vorbei.

Wo blieb der Mann? Wenn es ihnen gelänge, den Mörder jetzt zu fassen, dann wäre er eine große Sorge los. Sie hatten sich weit aus dem Fenster gelehnt, indem sie das Verschwinden Anna Altmanns so publik gemacht hatten. Es war nicht im Sinne der Nazis, die Bevölkerung mit Nachrichten über Verbrechen zu beunruhigen. Das Leben in Hamburg war so sicher wie nie zuvor. Jeder konnte sich unbesorgt auf die Straßen wagen, auch Frauen, auch nachts. Und dieses schöne Bild sollte durch nichts gestört werden. Dass Berger und Richter es dennoch gewagt hatten, ließ sich nur rechtfertigen, wenn man auf diese Weise den Mörder schnell fasste.

Wieder sah Berger auf die Uhr. Jetzt könnte der Mann allmählich kommen! Aber er hatte den Treffpunkt ja nur sehr vage definiert. Die Barnerstraße war einen halben Kilometer lang. Sie reichte von hier bis zur Friedensallee, und den westlichen Teil konnte Berger von seinem Standort aus nicht einsehen. Er fragte sich, ob er sich auf den Weg machen und die Straße abgehen sollte. Er entschied sich dagegen. Der Mann hatte schließlich gesagt, er werde Berger schon finden.

Es war jetzt fünf Minuten nach zehn. Berger hatte sich gerade entschlossen, noch eine Zigarette zu rauchen, da sah er den Mann. Ein einzelner Fußgänger kam vom Bahnhof Altona her und bog jetzt in die Barnerstraße ein. Berger steckte die Zigaretten zurück in die Manteltasche. Er ging ein paar

Schritte nach rechts. Jetzt stand er voll im Licht der Straßenlaterne, sodass der Mann ihn sehen musste. Aber der Unbekannte guckte weder nach rechts noch links, sondern ging langsamen Schrittes an Berger vorbei.

Was jetzt? War das der Mann, oder war er es nicht? Während Berger noch überlegte, ob er ihm folgen sollte, sah er aus den Augenwinkeln, dass ein Wagen die Straße entlangkam. Fehlandt? Ja, das war Fehlandt. Der Unbekannte war inzwischen weitergegangen und verschwand gerade in die Linkskurve, sodass Berger ihn nicht mehr sehen konnte.

Fehlandt hielt. »War er das?«

»Weiß ich nicht!«

»Und was jetzt?«

Egal, dachte Berger. Wenn er das nicht war, dann war das Treffen sowieso geplatzt. So stark verspätet würde er nicht sein, und wenn er ihn jetzt hier zusammen mit Fehlandt sah, dann wusste er ohnehin, dass Berger nicht allein war, und dann würde er sich nicht mehr hervorwagen. »Fahr ihm nach! Wir müssen sehen, wo er abbleibt.«

Fehlandt fuhr los. Berger rannte hinter dem Mann her. Als er um die Kurve bog, sah er gerade noch, wie Fehlandt an dem Unbekannten vorbeifuhr. Der hatte inzwischen die Lagerstraße überquert und ging unbeirrt weiter. Berger hatte keine Mühe, zu ihm aufzuschließen. Der Mann schien ihn nicht zu bemerken. Berger hielt einen Abstand von etwa fünfzig Metern und folgte ihm. Weit voraus sah er, wie die Lichter von Fehlandts Wagen an der nächsten Kreuzung nach rechts verschwanden.

Der Mann bog nach links ab. Das ist unser Mann, dachte Berger. Er geht im Kreis. Den schnappen wir uns. Aber als er an der Straßenecke ankam, war der Mann verschwunden. Wo konnte er hin sein? In einen der Hauseingänge? Oder drüben in dem Fabrikgelände? Karl Zeise. Schiffsschrauben wurden hier hergestellt.

Da kam Fehlandt mit dem Wagen!

»Wo ist er?«

»Irgendwo hier verschwunden. Fahr du geradeaus, ist geh da rechts rein. Wenn du ihn siehst, sofort festnehmen!«

Fehlandt fuhr los, und Berger rannte. Vergeblich. Die nächste Straße, in die er einbog, war leer. Links und rechts Fabrikgebäude, von hohen Backsteinmauern umgeben. Konnte es sein, dass der Mann da rüber war? Unwahrscheinlich. Die Mauern waren zu hoch. Berger war sich nicht sicher, ob er selbst sie bezwingen könnte. Er hastete weiter. Große Brunnenstraße. Weitere Industriegebäude. Menck & Hambrock. Bagger bauten die, glaubte sich Berger zu erinnern. Sollte er jetzt nach rechts oder nach links laufen? Berger entschied sich für links.

Doch ganz gleich, in welche Richtung er sich wandte, die Straße vor ihm war leer. Nein, doch nicht. Da vorne ging jemand! Wieder rannte Berger los, schräg über die Straße, geriet ins Stolpern, fing sich wieder. Verfluchtes Kopfsteinpflaster! Er rannte weiter. Doch der Mann, der sich jetzt verwundert umdrehte, war nicht derjenige, den sie suchten. Dieser hier war viel älter, und er trug einen Vollbart.

Da kam Fehlandt mit dem Wagen von vorn. Auch er hatte niemand gesehen. »Komm, steig ein!«, rief er. »Wir fahren noch einmal die ganze Gegend ab. Irgendwo muss er ja stecken!«

Berger stieg ein. Der war vermutlich längst in seiner Wohnung verschwunden, und jede weitere Suche war sinnlos. Aber natürlich gab es noch eine winzige Chance, dass er nicht hier wohnte. »Los!«, rief Berger.

Sie fuhren die Friedensallee runter und die Große Rainstraße wieder rauf. Nichts. Fehlandt bog nach links ab, in die

Große Karlstraße. Plötzlich löste sich ein Schatten aus einem der Hauseingänge und eilte in die Gegenrichtung.

»Da ist er!«

»Wo?« Fehlandt hatte nichts bemerkt.

»Hinter uns!«

Fehlandt bemühte sich, den Wagen zu wenden. Berger sprang aus dem Auto, stolperte über den Kantstein und schlug lang hin. Er war sofort wieder auf den Beinen, aber er hatte sich verletzt. An Rennen war gar nicht zu denken. Fehlandt hatte inzwischen den Wagen gewendet und sammelte Berger wieder ein.

»Was ist passiert?«, fragte er.

»Fuß verstaucht.« Wo war der Kerl? Da vorne! Er verschwand nach links.

Fehlandt gab Gas. Schon waren sie an der Stelle, wo der Mann verschwunden war. Fehlandt bremste scharf, und die beiden Polizisten sprangen aus dem Wagen. Da war ein Durchgang zwischen den Häusern und eine Treppe, die zur Nachbarstraße nach unten führte.

»Ich fahr außen rum!«, schrie Fehlandt.

Das war verkehrt, aber bevor Berger ihn stoppen konnte, war der Kollege schon zurück in seinen Wagen gesprungen und gestartet. Berger blieb nichts anderes übrig, als so schnell er konnte die Treppe hinunterzuhumpeln. Natürlich kam er zu spät. Als er unten war, war von dem Mann nichts mehr zu sehen. Und wo blieb Fehlandt?

Berger wartete voller Ungeduld. Endlich kam der Kollege.

»Verdammter Mist! Da war alles vollgestellt mit Fahrzeugen! Ich bin da nicht durchgekommen!«

Das war jetzt sowieso egal. Der Mann war weg.

»Das hier vor uns ist der Lessing-Tunnel«, sagte Fehlandt. »Wenn er da durch ist, dann kriegen wir ihn sowieso nicht mehr. Auf der anderen Seite gehen Straßen in alle Richtungen.«

»Komm«, sagte Berger. »Wir fahren da jetzt durch. Das liegt ohnehin in unserer Richtung. Wenn wir ihn sehen, nehmen wir fest. Und wenn nicht, fahren wir nach Hause.«

Sie durchquerten den schlecht erleuchteten Tunnel. Sie sahen niemanden.

Späte Zeugen

29. Oktober - 3. November

Die Beerdigung von Anna Altmann fand am Sonnabend statt. Die Zeitungen hatten es angekündigt: Ohlsdorfer Friedhof, Kapelle 12, 10.30 Uhr. Dieser Aufruf hatte seine Wirkung nicht verfehlt; die Kapelle war bis zum letzten Platz gefüllt, und draußen drängten sich Hunderte, die hofften, einen Blick auf die Beerdigung zu erhaschen. Kein Zweifel, dachte Berger, es war so, wie die Zeitung es angekündigt hatte: Die Volksgemeinschaft hatte sich zum Abschied von Anna Altmann versammelt. Aus welchen Motiven die Volksgenossen hier waren, das wollte Berger lieber gar nicht wissen.

Vorn stand der kleine, schwarze Sarg, über und über mit Blumen und Kränzen bedeckt. Bevor die Halle geöffnet wurde, hatten die Polizisten die Schleifen und Abschiedsgrüße inspiziert. Die Kränze stammten von den Eltern, den Hausgenossen, dem Kollegium der Schule Tornquiststraße, den Mitschülerinnen und der NS-Frauenschaft. Keine Überraschungen also.

Von den Menschen, die in der Halle saßen, kannte Berger nur die Mutter, die Lehrerin und einige der Mädchen aus Annas Klasse. Der Mann neben der Mutter, das musste der Vater sein. Er war aus Berlin angereist. Der ältere Herr auf der anderen Seite der Mutter war wahrscheinlich der Großvater.

Pastor Eske sprach: »Vor der furchtbaren Tat und dem furchtbaren Leid, das sie nach sich zog, fehlen uns Menschen die Worte. Eine ganze Stadt, das ganze Land hat es miterlebt und mit erlitten. Wir alle haben gehofft und gebangt bis zum letzten Augenblick. Wir alle waren erschüttert bis ins tiefste

Herz, als wir die Kunde lasen: Anna Altmann ist gefunden!«

Links neben Berger schrieb jemand jedes Wort mit. Berger erinnerte sich, woher er den Mann kannte. Es war ein Reporter vom *Hamburger Anzeiger*.

»Wir fühlten mit den Eltern, den Verwandten. Doch was ist das alles vor dem Schmerz der Mutter, die Tag und Nacht gebetet und gerungen hat! In diesem Letzten, Schwersten kann niemand helfen und niemand trösten. Nur einer ist da, zu dem sie gehen kann, an den auch die Menschen die Hand gelegt haben: Jesus Christus! Wehe dem aber, der dies tat, dem sagen wir dies eine: Es lebt ein Gott, zu strafen und zu rächen! Unstet und flüchtig soll der Mörder sein! Quälend soll allezeit das Antlitz des Kindes vor ihm stehen, nie soll er Ruhe finden!«

Berger schluckte. Auch vor ihm stand nur allzu deutlich und quälend das Antlitz des ermordeten Kindes.

»Und wenn ihn dereinst die irdische Gerechtigkeit erreicht, dann wird die Strafe viel zu gering sein für das Leid, das er anderen zugefügt hat.«

Fehlandt raunte: »Hat nicht mal irgendjemand gesagt: ›In diesen heil´gen Hallen kennt man der Rache nicht‹? – Aber das waren wohl keine christlichen Hallen.«

Berger gab Fehlandt einen heftigen Stoß; er sollte still sein.

»Du aber, kleine Anna, du lebst in den Herzen der deinen. Du bleibst mit ihnen verbunden für ewig.«

Der Chor sang:

So nimm denn meine Hände
Und führe mich
Bis an mein selig Ende
Und ewiglich!

Berger standen die Tränen in den Augen, als die Türen der Kapelle geöffnet wurden und sich der Trauerzug formierte.

Nur einen Augenblick lang, dann wischte er sie weg. Für Tränen war jetzt keine Zeit. Jetzt ging es darum, festzustellen, wer anwesend war und wer nicht. Gut möglich, dass auch der Täter hier war. Aber so sehr er sich auch mühte; unter den weit über 3000 Schaulustigen vermochte er niemand zu erkennen, der sich in irgendeiner Weise verdächtig machte. Nicht verdächtiger als die anderen jedenfalls.

Am Montag früh hastete Berger die Stufen zum Stadthaus hinauf. Es war schon kurz nach neun Uhr.

Richter erwartete ihn schon auf dem Flur. »Es wird Zeit, dass du kommst, Wilhelm!«

»Tut mir leid, ich habe mich verspätet ...«

»Es ist nicht deswegen. Aber drinnen bei Fehlandt sitzt eine Zeugin, die darauf brennt, ihre Informationen loszuwerden.«

»Jetzt noch?«

Richter nickte.

Die Zeugin hieß Barbara Rumpelmayer. Eine resolute Frau, die vielleicht fünfzig Jahre alt sein mochte.

»Ich habe sie gesehen«, sagte sie.

»Wen haben Sie gesehen?« Berger stellte seine Aktentasche neben den Schreibtisch und setzte sich.

»Den Täter und sein Opfer. Den Mörder und die Anna.«

»Und wann ist das gewesen?«

»Na, am 12. Oktober natürlich. An dem Tag, wo das Mädchen verschwunden ist. Ich erinnere mich noch ganz genau. Da bin ich nämlich mit der Straßenbahn vom Holstenplatz in Richtung Diebsteich gefahren, mit der Linie 25. So gegen 10.45 Uhr ist das gewesen. Und da ist er mir gleich aufgefallen.«

»Wer ist ihnen aufgefallen?«, fragte Berger. Er registrierte, dass Fehlandt sich einen Block genommen hatte und mitschrieb.

»Dieser Mann. Der hatte ein kleines Mädchen dabei, vielleicht so sieben Jahre alt. Und beim Friedhof Diebsteich, da sind sie ausgestiegen.«

Und das erzählte sie ihm jetzt, mehr als 14 Tage nach der Tat! Er sagte: »Können Sie das Kind beschreiben?«

»Das Kind? Ja, natürlich. Das hatte so einen beigefarbenen Mantel an und eine weiße Mütze auf. Und es hatte seinen Schulranzen auf dem Rücken.«

Mantel und Mütze stimmten, aber das konnte die Frau natürlich auch in der Zeitung gelesen haben. »Und der Mann? Wie sah der aus?«

»Der Mann, ja, der ist mir gleich verdächtig vorgekommen. Das ist ja an sich schon auffällig, dass ein Mann mit einem kleinen Mädchen vormittags unterwegs ist. Dass er nicht auf der Arbeit ist. Und das Kind, das hätte doch in der Schule sein müssen. Das Mädchen hat einen ängstlichen Eindruck gemacht, das ist mir auch gleich aufgefallen.«

»Können Sie den Mann beschreiben? Wie alt war er?«

»Ja, ich hab ihn natürlich nicht nach dem Alter gefragt, aber so dreißig Jahre würde ich schätzen. Als Frau hat man da ja einen Blick für. Er war vielleicht 1,70 Meter groß. Und kräftig war er, ja, das würde ich sagen. Und sehr gesund sah er aus, so als ob er viel draußen arbeitet.«

»Und was hatte er an?«

»Einen Mantel, einen blauen Sommermantel, und darunter trug er einen dunklen Anzug.«

»Hatte er eine Kopfbedeckung?«

»Ja, er trug so einen dunklen Filzhut.«

»Brillenträger?«

Die Frau schüttelte den Kopf. Mehr wusste sie nicht. Das waren alle Einzelheiten, an die sie sich erinnerte.

»Warten Sie mal bitte einen Moment«, sagte Berger. Er

nickte Fehlandt zu, und die beiden gingen nach draußen.

Richter folgte ihnen. »Endlich einmal eine brauchbare Zeugenaussage!«

»Vielleicht«, sagte Berger. »Aber ich bin mir nicht sicher. Zeugenaussagen sind immer problematisch. Ganz besonders, wenn jemand damit so spät kommt, und sich dann plötzlich ganz genau an alles erinnert.«

»Vielleicht ist sie sich erst jetzt darüber klar geworden, dass sie einen Mörder gesehen hat!«

»Ja, vielleicht. Aber die Geschichte wirft einige neue Fragen auf. Wenn die Frau recht hat, dann ist die Aussage des Jungen falsch, der Anna zwischen elf und zwölf vor dem Schaufenster des Vogelgeschäfts gesehen haben will. Und der kleine Junge, der hat die Anna jedenfalls gekannt. Die Frau Rumpelmayer dagegen hat die Anna nicht gekannt. Außerdem frage ich mich, warum der Unbekannte mit Anna erst von Eimsbüttel raus zum Holstenplatz gelaufen oder gefahren ist und dann von dort aus mit der Straßenbahn zum Friedhof Diebsteich.«

»Und was machen wir jetzt?«

»Nachprüfen. So weit wie möglich nachprüfen.«

Berger fuhr mit der Frau zum Holstenplatz und von dort aus mit der Straßenbahn zum Friedhof Diebsteich. Die Frau erklärte ihm, wo sie gesessen hatte, und wo der Unbekannte mit Anna gesessen hatte. Das hörte sich alles ganz glaubwürdig an. Berger wusste dennoch nicht, was er von ihr halten sollte. Entweder hatte sie ein besonders gutes Gedächtnis, oder das war alles gesponnen.

Berger ging mit Frau Rumpelmayer weiter zum Volkspark.

»Ist das der Weg, den der Mörder mit dem Kind genommen hat?«, fragte Frau Rumpelmayer.

»Ja, vermutlich.« Aber darum ging es nicht, Berger wollte auf etwas ganz anderes hinaus. Er hoffte, dass noch alles an seinem Platz war.

»Lassen Sie uns einen Kaffee trinken«, schlug er vor. Er öffnete die Tür zum Bauernhaus. Er hatte Glück; die Puppe war noch da.

Da rief auch schon die Frau Rumpelmayer: »Das ist sie ja! Die kleine Anna, das ist sie ja!«

»Sind Sie sich sicher?«, fragte Berger.

»Ganz sicher! Das sind die Sachen, die das Kind anhatte!«

Berger nickte. Das hatte alles spontan und echt ausgesehen, aber er war sich noch immer nicht sicher. Vielleicht war die Frau schon einmal hier gewesen. Oder sie hatte das Foto der Puppe in der Zeitung gesehen. Der *Hamburger Anzeiger* hatte das Bild abgedruckt. Berger war gespannt, ob der Schaffner die Angaben der Frau bestätigen würde.

»Sie sind also am 12. Oktober mit der Linie 25 zum Bornkamp gefahren?«

Der Schaffner nickte. »Ja, das steht ja hier in meinem Dienstplan.«

»Können Sie sich daran erinnern, dass am späten Vormittag so ein Mann mit einem kleinen Mädchen mit ihnen bis zum Friedhof Diebsteich gefahren ist?«

»Am späten Vormittag? – Ja, das kann schon sein.«

»Das Mädchen soll ein bisschen ängstlich ausgesehen haben«, half Fehlandt nach.

Berger warf ihm einen warnenden Blick zu. Er sollte den Zeugen nicht beeinflussen.

»Ängstlich? – Doch, ja, jetzt erinnere ich mich, da war so ein kleines Mädchen. Und der Mann – Ja, ich hatte natürlich gedacht, dass das der Vater ist.«

»Können Sie den Mann vielleicht beschreiben?«

»Nicht genau. – Hm. Wenn ich darüber nachdenke, dann glaube ich, dass er einen Mantel angehabt hat. Einen blauen Mantel, ja, da bin ich mir jetzt fast sicher. Und einen blauen Hut.«

»Wie alt ist der Mann gewesen?«

»Das weiß ich nicht mehr. Nicht auffällig alt und nicht auffällig jung jedenfalls. Aber ein bisschen unheimlich hat er ausgesehen. So ein Raubvogelgesicht, wissen Sie?«

Raubvogelgesicht notierte Fehlandt.

Berger seufzte leise. Als der Mann schließlich gegangen war, sagte er: »Heute ist der Tag der extrem guten Zeugen!«

Fehlandt lachte.

Der Aufmarsch der guten Zeugen war aber noch nicht zu Ende. Auf dem Gang wartete bereits der nächste, der darauf brannte, seine Aussage zu machen.

»Ich hätte da eine wichtige Mitteilung zu machen!« Der alte Herr pochte dabei zur Unterstützung dieser Ankündigung mit seinem Krückstock auf den Fußboden.

»Ja, das haben wir schon verstanden«, sagte Fehlandt.

»Wegen dem Mord an diesem kleinen Mädchen. Ich bin nämlich dabei gewesen ...«

»Was?«, sagten Berger und Fehlandt gleichzeitig.

»Nicht bei dem Mord natürlich, das ist ja klar. Aber ich bin dabei gewesen, wie der Kerl sich aus dem Staub gemacht hat.«

»Nun mal der Reihe nach«, sagte Berger. »Zunächst einmal brauchen wir Ihre Personalien.«

»Die habe ich nicht dabei«, erwiderte der Alte aufgeregt. »Meine Kennkarte, die meinen Sie doch sicher? Die habe ich zu Hause vergessen ...«

»Das macht nichts«, versicherte Berger. »Zunächst einmal müssen wir nur wissen, wie Sie heißen.«

»Seibold heiße ich. Gottfried Eberhard Seibold. Und ich bin am 1. September 1870 geboren. Genau bei der Schlacht von Sedan.«

»Aber nicht auf dem Schlachtfeld«, stellte Fehlandt fest.

Berger warf seinem Kollegen einen warnenden Blick zu. Die Situation hatte zwar eine gewisse Komik, aber der alte Herr sollte nicht etwa den Eindruck gewinnen, dass er hier veralbert wurde. »Herr Seibold, wo sind Sie geboren?«

»In Deutsch-Evern, in der Lüneburger Heide.«

»Aber Sie wohnen jetzt in Hamburg?«

»Ja, natürlich. Ich habe ja mein ganzes Leben in Hamburg gewohnt. Das heißt, seit ich aus der Schule bin. Und nicht eigentlich in Hamburg, sondern in Altona. Aber das gehört jetzt ja zu Hamburg.«

»Straße?«, fragte Berger.

»Ja, das auch!«, sagte Herr Seibold.

Berger begriff, dass der Alte schwerhörig war. Er bemühte sich, etwas lauter zu sprechen. Es dauerte noch einige Minuten, bis er ihm die Informationen entlockt hatte, die sie zum Ausfüllen des Vernehmungsprotokolls benötigten.

»Und was haben Sie nun genau gesehen?«, fragte Fehlandt.

»Na, diesen Mann natürlich!«

»Und was hat dieser Mann gemacht?«

»Er ist weggegangen.«

»Von wo ist er weggegangen, und wo waren Sie zu dem Zeitpunkt?«

»Von wo er weggegangen ist? Na, von dem Wald natürlich. Von dem Wald, wo er das Mädchen ermordet hat. Ich war auf dieser großen Wiese da im Volkspark, da, wo immer die Kinder spielen. Ich habe auf der Bank gesessen und mich einen Augenblick ausgeruht. Ja, und dann ist dieser Mann gekommen. Aus dem Wald ist er gekommen, und er hat sich erst einmal umgeguckt, ob ihm vielleicht jemand nachkommt, aber ihm ist keiner nachgekommen, und dann ist er weggegangen.«

»Und wann ist das gewesen?«

»Na, am 12. Oktober. An dem Tag, wo das passiert ist. Das mit dem kleinen Mädchen.«

»Nachmittags oder vormittags?«

»Nachmittags natürlich. Nach dem Mittagessen. Ich lege mich nach dem Mittagessen immer erst eine halbe Stunde hin, und dann mache ich meinen Spaziergang. Und da ist es dann passiert. Da habe ich dann diesen Mann gesehen.«

Berger dachte: Das bringt nichts. Er hatte irgendeinen Mann gesehen, aber ob das nun der Mörder gewesen ist oder einfach irgendjemand, der zufällig vorbeikam, das konnte niemand mit Bestimmtheit sagen.

Fehlandt fragte: »Können Sie den Mann beschreiben?«

»Beschreiben?« Über diese Frage hatte Herr Seibold offensichtlich noch nicht nachgedacht.

»Können Sie sagen, ob er groß oder klein war?«

»Mittel, würde ich sagen. Nein, groß war er nicht. Und klein eigentlich auch nicht. Mittelgroß. Das ist der richtige Ausdruck.«

»War er alt oder jung?«

»Das weiß ich nicht genau. Jünger als ich wahrscheinlich, aber selbst das kann ich nicht mit Sicherheit sagen. Darauf habe ich nicht geachtet.«

»Und seine Kleidung?«, fragte Berger. Er hatte kaum noch Hoffnung, dass bei dieser Vernehmung irgendetwas herauskommen würde.

Erwartungsgemäß schüttelte Herr Seibold den Kopf.

»Nein, was er angehabt hat, das kann ich nun wirklich nicht sagen. Einen Mantel wahrscheinlich. Aber die Schuhe, die sind mir aufgefallen. Eigentlich gar nicht zuerst, als ich ihn gesehen habe, aber dann später. Er hatte so alte braune Schuhe an, mit ganz schiefen Absätzen.«

»Und da sind Sie sicher?«

»Ja, ganz sicher. Da habe ich genau drauf geachtet, als er am nächsten Tag wieder gekommen ist.«

»Was?«

»Ja, hab ich das noch nicht gesagt? Ich hab den Mann zweimal gesehen. Einmal an dem Tag, wo der Mord passiert ist, und dann noch einmal am nächsten Tag. Da ist er wieder denselben Weg gegangen, und er hat sich wieder so komisch umgeguckt.«

Das ist er, dachte Berger. Kein Zweifel, das ist er. Der Mann hat tatsächlich den Mörder gesehen.

»Und da habe ich dann auch gesehen, dass er so ein bisschen seltsam ging. Eine Kriegsverletzung, habe ich erst gedacht. Aber das mit dem komischen Gang, das lag wahrscheinlich nur daran, dass seine Absätze so schief waren. Da kann man ja nicht vernünftig auftreten, wenn die Absätze ganz schief sind.«

»Aber danach haben Sie ihn dann nicht mehr gesehen?«

»Nein. – Aber danach bin ich dann auch einige Tage nicht mehr im Volkspark gewesen. Es war ja so schlechtes Wetter, und da bin ich zu Haus geblieben. Das muss man sich ja nicht zumuten, dass man bei jedem Wetter rausgeht, nicht wahr?«

»Nein, das muss man nicht.« Schade, dachte Berger. Was wäre wohl passiert, wenn der Herr Seibold diesen Mann damals angesprochen hätte? Aber das konnte er ja nicht wissen, dass dieser Mann wichtig werden würde.

»Gibt es sonst noch irgendwelche Dinge, die Sie beobachtet haben?«, fragte Fehlandt.

»Nein, eigentlich nicht. – Das heißt, ja, eine Frage wäre da natürlich noch. Wegen der Belohnung. Gibt es in diesem Fall eigentlich eine Belohnung?«

Ja, es gab eine Belohnung. 500 RM waren ausgesetzt worden für sachdienliche Hinweise, die zur Ergreifung des Täters führten. Berger sagte: »Herr Seibold; bei einem solchen Verbrechen sollte es eine Selbstverständlichkeit sein, dass jeder Volksgenosse, der irgendetwas beobachtet hat, mit seinem Wissen zur Polizei geht. Und zwar auch, wenn es keine Belohnung gibt.«

»Ja, das habe ich ja auch gemacht!«

»Das ist auch gut so. Herr Seibold. Es kann durchaus sein, dass wir Sie noch einmal brauchen, wenn es darum geht, den Täter einwandfrei zu identifizieren. Dann werden wir uns wieder an Sie wenden. Und wenn Ihnen noch etwas einfallen sollte, was Sie uns mitteilen möchten, dann kann ich Ihnen gern unsere Telefonnummer ...«

»Nein, das brauchen Sie nicht. Ich habe kein Telefon. Wenn mir noch was einfällt, dann komm ich wieder vorbei und sage es Ihnen.«

Als einen Augenblick Ruhe herrschte, nahm Berger sich noch einmal die Sadistenbriefe vor. Er verglich die Handschriften mit denen der Bekennerschreiben, die inzwischen eingegangen waren. Aber er fand keine Übereinstimmung. Die Briefe waren von zwei verschiedenen Personen geschrieben worden, so viel wusste er inzwischen. Die Schriftsachverständigen waren der Ansicht, dass es sich dabei um einen Mann und eine Frau handelte. Aber Berger hielt nicht viel von der Schriftdeutung. Der Anrufer, der Berger nach Altona bestellt hatte, hatte sich nicht wieder gemeldet. Auch das dürfte eine falsche Fährte gewesen sein.

»Krohn ist tot«, sagte Fehlandt plötzlich.

»Was?« Berger legte die Briefe zur Seite. »Mit dem habe ich doch gerade vor wenigen Tagen noch gesprochen! – So alt war der doch noch gar nicht.«

Fehlandt zuckte mit den Achseln. »Irgendwann erwischt es jeden von uns. Den einen früher, den anderen später. Und was Krohn angeht, so spielt vermutlich eine Rolle, dass er zu viel gegessen und vor allem zu viel getrunken hat.«

Zu viel getrunken? Davon hatte Berger nichts bemerkt.

»Man könnte sagen, dass er sich totgesoffen hat.«

»Und – woher weißt du das?«

»Dass er tot ist? – Das hat Richter mir gesagt. Ich bin da gewesen, in seiner Wohnung. Er hat ja keine nahen Angehörigen. Und da habe ich vorsichtshalber mal nachgesehen, dass da nichts herumliegt, was besser keiner finden sollte.«

»Das hast du gut gemacht«, sagte Berger. Darauf wäre er gar nicht gekommen, aber natürlich wussten alle, dass Krohn jedweder Obrigkeit sehr kritisch gegenübergestanden hatte. Und niemand konnte wissen, ob er nicht womöglich seine Gedanken auch aufgeschrieben hatte. Das brauchte nicht nachträglich noch bekannt zu werden.

»Ich habe das hier mitgebracht«, sagte Fehlandt. Er warf ein zerfleddertes, schwarzes Notizbuch auf den Tisch.

»Ein Tagebuch?«

»So könnte man es nennen. – Lies es durch, und dann schmeiß es weg. Es ist nicht für die Öffentlichkeit bestimmt. Sehr private Notizen. Ich denke, du wirst sehen, warum diese Aufzeichnungen besser sonst niemand in die Hände bekommen sollte.«

Das Tagebuch – es umfasste die gesamte Zeit nach dem Weltkrieg. Krohn hatte es nicht kontinuierlich geführt, sondern nur gelegentlich Dinge eingetragen, die ihm wichtig erschienen.

1919. Was stand da? *Wir haben einen Neuen. Wilhelm Berger heißt er. Kollege Jastorf murrt, aber er scheint ganz in Ordnung.* Das war also sein Einstieg bei der Kripo in Hamburg gewesen. Dann viele Seiten über die Polizeiarbeit, einige Details zu den Ermittlungen gegen die Barmbeker Verbrechergesellschaft des Adolf Petersen, keine Einträge bezüglich Bergers Protest gegen das unfaire Vorgehen der Polizei, aber dann schließlich der abschließende Kommentar: *Berger hat die Schnauze voll; er lässt sich nach Düsseldorf versetzen.*

Kein besonderer Eintrag bezüglich seiner Rückkehr 1932. Aber von da ab tauchte sein Name häufiger in den Notizen auf. Jastorf war da schon im Ruhestand; Fehlandt hatte ihn ersetzt.

Berger überflog die Notizen. Die Jagd auf Hannack, die Jagd auf den Lord von Barmbek, die Festnahme Adolf Petersens. Und dann schließlich die Notiz: *Der Lord von Barmbek hat sich in seiner Zelle umgebracht. So heißt es jedenfalls. Ich glaube nicht daran, aber Berger äußert keine Zweifel.*

Davon hatte Krohn damals nichts gesagt. Hatte er geglaubt, dass die Nazis diesen Serientäter ein für allemal hatten unschädlich machen wollen? Möglich. Auch Berger hatte sich damals gewundert, dass Adolf Petersen so überraschend abgetreten war. Aber er hatte diese Verwunderung nicht zum Ausdruck gebracht, weder gegenüber seinen Vorgesetzten noch gegenüber Krohn.

Dann schließlich die Pensionierung Krohns. Der letzte Eintrag, der sich auf die Polizeiarbeit bezog, galt ihm, Wilhelm Berger. Krohn hatte geschrieben: *Es ist Zeit, dass ich abtrete. Die Nazis haben alles in der Hand. Berger und Fehlandt haben sich angepasst. Von Berger hätte ich mehr erwartet; von ihm bin ich enttäuscht.*

Berger ärgerte sich. Und du, dachte er. Wie weit bist du gegangen mit deiner Opposition? Du hast ein Bild auf dem Schreibtisch aufgestellt, das deinen Vorgesetzten nicht gepasst hat. Und du hast aufsässige Reden geführt, wenn wir unter uns waren. Ein Held bist du auch nicht gewesen. – Aber dann dachte er, dass es völlig egal war, was Krohn gewesen ist. Wichtig war nur, was er selber war. Nur das war entscheidend. Verhielt er sich richtig?

Darüber konnte man streiten. Die Kritik aus seiner eigenen Familie hatte ihn schwer getroffen. Aber dennoch war er nach wie vor überzeugt, sich richtig zu verhalten. Es kam vor allem darauf an, Susanne in Sicherheit zu bringen, Dagmar zu schützen und dabei seine eigene Arbeit so gut wie möglich fortzuführen. Und dieses Buch – Berger wog es einen Augenblick in der Hand – dieses Buch, das würde er verbrennen.

Verpfuscht

4. - 6. November

Kennst du den?«, fragte Fehlandt. Er hielt eine Fotografie hoch.

»Zeig mal – wer soll das sein?« Berger hatte wie immer große Schwierigkeiten, Personen wiederzuerkennen. Aber dieser Mann kam ihm bekannt vor.

»Das ist unsere Spur 2240«, sagte Fehlandt.

Richter wusste es sofort: »Der Buchhändler«, sagte er.

»Richtig, das ist der Buchhändler.«

»Und wie kommt der in unsere Kartei?«

»Er hat irgendetwas mit einem zwölfjährigen Mädchen gemacht.«

»Irgendetwas? Mensch, Fehlandt, was hat er gemacht mit der Kleinen?«

»Hier steht, er hat sie unter einem Vorwand vom Laden nach hinten in die Küche gelockt. Dann hat er sie auf den Schoß genommen, am Hals gewürgt und auf den Boden gedrückt.«

»Gewürgt?«

»Ja, gewürgt. Das Mädchen hat sich befreien können und ist geflüchtet. Und die Eltern haben den Mann dann angezeigt. 1932 ist das gewesen.«

»Und dann?«

»Nichts. Es war ja nichts passiert. Man hat ihn ermahnt und wieder laufen gelassen.«

»Und weshalb ist er dann in unserer Kartei?«

»Wegen älterer Sachen. Deshalb haben wir ihn ja auch erst so spät gefunden. Er ist früher einmal wegen eines Sexualdelikts verurteilt worden. 1923 ist das gewesen – vor 15 Jahren.«

»Deshalb ist er uns bei der Aktion Donnerschlag durch die Lappen gegangen.«

Berger überlegte. Das konnte er sein, der Täter. Aber der Mann – er hatte ihn doch selbst gesehen! Er sah nicht aus wie jemand, der viel im Freien arbeitete. Der Mann passte überhaupt nicht zu der Personenbeschreibung, die die Frau Rumpelmayer abgegeben hatte. »Gib mal her, die Akte!«

Hugo Blanck hieß der Mann. Er war 1886 in Altona geboren. Das hieß also, er war nicht dreißig Jahre alt, sondern 52. Und er sah auch nicht aus wie dreißig. Aber natürlich konnte er der Täter sein. Die Größe stimmte jedenfalls ungefähr: 1,73 Meter. Was wussten sie sonst noch über den Mann? Blanck hatte in Altona die Volksschule bis zur zweiten Klasse besucht, und anschließend war er bei einem Schneider in die Lehre gegangen. Altona! Und 1886 geboren! Er konnte sehr wohl der Mörder Margarethe Garbers sein und all der anderen Kinder! Nein, wahrscheinlich doch nicht. Von 1905-1907 hatte er seinen Militärdienst abgeleistet. Da war er also nicht zu Hause gewesen. Im Ersten Weltkrieg arbeitete er auf dem Bekleidungsamt. Kein schlechter Posten – da flogen jedenfalls keine Kugeln! 1914 hatte er geheiratet. Die Ehe wurde 1923 durch sein Verschulden geschieden. 1925 heiratete er zum zweiten Mal.

Er hatte zunächst eine kleine Schneiderei betrieben. Seit 1913 hatte er zusätzlich angefangen, mit Büchern zu handeln. Zuerst hatte er sein Geschäft in der Adolfstraße in Altona, dann am Herrengraben.

»Herrengraben«, fragte Berger, »wo ist das noch mal?«

Fehlandt zeigt es ihm auf dem Stadtplan: keine 100 Meter vom Stadthaus entfernt. Richtig, das hätte er wissen müssen!

Danach war Blanck nach Barmbek gezogen, und im Jahre 1932 hatte er schließlich das Geschäft in der Quickbornstraße übernommen.

Und die Vorstrafe? Es waren zwei Vorstrafen. 1920 hatte sich ein Mädchen an Frau Blanck gewandt und ihr geschrieben, was ihr Mann mit ihr gemacht hatte. Daraufhin zeigte seine Frau ihn an; er wurde zu einer Geldstrafe verurteilt. 1923 wurde er zum zweiten Mal angezeigt. Diesmal hatte er ein 14-jähriges Mädchen gezwungen, sein Geschlechtsteil anzufassen. Er wurde zu sechs Monaten Gefängnis verurteilt; seine Frau ließ sich scheiden.

»Das passt«, sagte Berger. »Unzucht mit Kindern, und ein Kind gewürgt hat er auch. Den schnappen wir uns.«

»Vorsicht«, sagte Fehlandt. »Das sieht alles ganz gut aus, aber es kann durchaus eine falsche Spur sein. Denk an das Taschentuch mit dem Monogramm.«

Berger nickte. E.B. hatte da gestanden. Oder C.B. Aber wenn das Blancks Taschentuch gewesen war, dann hätte da natürlich H.B. stehen müssen. Und ein Handwerker war Blanck auch nicht.

»Heute ist es zu spät«, sagte Berger. »Aber morgen früh, da schlagen wir zu. Durchsuchung von Laden und Wohnung. Und feststellen, wo Blancks erste Frau wohnt. Die kann uns wahrscheinlich noch einiges erzählen, was nicht in den Akten steht.«

Um acht Uhr standen sie vor der Wohnung. Blanck öffnete im Schlafanzug. »Ja, mein Gott, was ist denn los? Was wollen Sie denn?«

»Haussuchung!«, sagte Berger. »Ziehen Sie sich an, Herr Blanck.«

Sie waren zu fünft. Sie verteilten sich auf die verschiedenen Räume. Berger eilte ins Schlafzimmer, Blanck ihm nach. »Das geht doch nicht, das können Sie doch nicht einfach ...«

»Doch, wir können. – Herr Blanck, wo ist Ihre Frau?«

»Die ist nicht da.«

»Das sehe ich.«

»Sie ist zu Besuch bei ihrer Schwester. In Harburg. – Was wollen Sie denn überhaupt?«

»Das wissen Sie doch!«, sagte Berger. Er zeigte ihm den Durchsuchungsbefehl.

Der Buchhändler schüttelte den Kopf. Die Polizisten machten sich daran, den Inhalt der Schränke zu inspizieren. Ein paar Mäntel, mehrere Kleider, die offenbar Frau Blanck gehörten, ein ziemlich abgetragener Anzug. Sie warfen alles auf das Bett.

Berger war unzufrieden. »Haben Sie sonst noch irgendwo Kleidung?«

Blanck schüttelte den Kopf.

Das sah nicht gut aus. Blanck besaß weder einen blauen Mantel noch einen blauen Filzhut. Bis jetzt hatten sie nur einen vagen Verdacht aufgrund der Vorstrafen. Berger wurde langsam nervös. Wenn sie dem Mann nichts nachweisen konnten, dann hatten sie ihn jetzt gewarnt. Und wenn es doch noch irgendetwas gab, das ihn belasten könnte, dann würde er es nun bestimmt verschwinden lassen. Wenn sie es nicht vorher fanden.

Blanck hatte sich inzwischen wieder etwas gefasst. Er zündete sich eine Zigarette an. Wenn nun doch alles ein Irrtum war? Berger musste sich eingestehen, dass die Wahrscheinlichkeit, dass der Mann all die Kinder getötet hatte, äußerst gering war. 1925 war die Abicht verschwunden. 1925 hatte Blanck aber frisch geheiratet. Man sollte nicht annehmen, dass er ausgerechnet dann einen Sexualmord beging.

»Wilhelm, komm mal bitte!« Fehlandt hatte die Kommode auf dem Flur ausgeräumt.

Berger warf einen raschen Blick auf das, was sein Kollege gefunden hatte. »Ihre Privatbibliothek?«, fragte er.

Blanck schüttelte den Kopf. »Es gibt Kunden«, sagte er, »die solche Bücher bestellen. Die kann ich natürlich nicht in den Regalen im Laden lagern, das ist ja verboten. Denken Sie nur, wenn Kinder in den Büchern stöbern und dann dies hier finden!«

»Kinder sind Ihnen offenbar sehr wichtig«, stellte Berger fest. Er war überzeugt, dass diese erotischen Bände die Privatbibliothek des Buchhändlers waren.

»Natürlich. Das sind die Kunden der Zukunft. Um die muss ich werben.«

»Und wie machen Sie das, wenn ich fragen darf?«

»Aber bitte doch. Das ist kein Geheimnis. Das Wichtigste ist zunächst einmal, dass ich die Kinder bei mir in den Laden lasse. Sie dürfen sich gern alles ansehen. Manchmal liest ihnen meine Frau auch etwas vor, das haben Sie ja neulich gesehen. Und wenn ich Glück habe, dann kommen sie später mit ihren Eltern wieder und kaufen das eine oder andere Buch. Oder sie wünschen es sich zum Geburtstag oder zu Weihnachten.«

»Und diese Bonbons hier, die gehören auch zu ihren Werbemaßnahmen?« Berger wies auf das Glasgefäß, das in der Buchhandlung auf dem Tresen stand.

»Ja, die gehören auch dazu. Die Kinder sollen schließlich gern kommen. Und sie sollen wiederkommen.«

»Besonders die Mädchen?«

»Ich mache da keinen Unterschied. Mädchen lesen allerdings in der Regel mehr.«

»Und wie war das nun 1932?«, fragte Berger.

»Ach, deshalb sind Sie hier! Das hätte ich mir natürlich denken können, dass die Polizei so etwas nicht vergisst. Dabei ist gar nichts passiert. Ich habe nichts getan. Ich bin ja auch freigesprochen worden. Das Ganze war nichts als ein Missverständnis.«

»Missverständnis?«, fragte Berger.

»Ja, natürlich. Die Kleine hatte geweint, weil ihre Klassenkameraden sie geärgert hatten. Hatten sie an den Zöpfen gezogen. Sie hatte noch Zöpfe; die anderen hatten wohl alle schon einen Bubikopf. Und da habe ich sie mit nach hinten genommen. Ich wollte nicht, dass sie im Laden weint; das ist schlecht für die Kundschaft. Und dann habe ich sie auf den Schoß genommen, um sie zu trösten. Das wollte sie nicht. Ich weiß nicht, was sie gedacht hat, was ich vorhätte. Jedenfalls ist sie hastig aufgesprungen, und dabei ist sie hingefallen. Sie hat sich gleich wieder aufgerappelt und ist weggelaufen. – Ja und nachher, da ist dann ihre Mutter gekommen und hat sich aufgeregt.«

»Sie haben sie also nicht gewürgt?«

»Nein, natürlich nicht. Ich würde doch kein kleines Kind würgen!«

»Das wäre dann also eine regelrechte Verleumdung, wenn die Mutter das behauptet hat.«

Der Buchhändler nickte. »Ja. Aber ich konnte dagegen nichts machen. Ich hatte ja früher schon einmal eine Anzeige bekommen, weil ich ein Mädchen angefasst hatte. Das war natürlich eine Dummheit gewesen. Dass das Mädchen erst 14 war, das habe ich erst hinterher erfahren. Sie tun ja immer so erwachsen, und man sieht es ihnen nicht an, wie jung sie wirklich sind.«

Das mochte stimmen oder nicht. Berger glaubte dem Mann kein Wort. Aber was half es? Solange sie nichts Konkretes in der Hand hielten, konnten sie wenig ausrichten.

»Ich hoffe nur«, sagte Blanck, »dass nicht allzu viele Leute Ihren Besuch hier mitbekommen. Das wäre schlecht für das Geschäft.«

»Deswegen brauchen Sie sich keine Sorgen zu machen«,

sagte Berger. Sie hatten die Wagen in einer Nebenstraße geparkt. Von draußen war kaum zu erkennen, dass sie hier waren.

Ein junger Polizist hatte inzwischen im Schlafzimmer sämtliche Wäschestücke auseinandergefaltet und flach auf das Bett gelegt. Jetzt rief er: »Herr Berger, ich glaube, ich habe hier etwas.«

Berger trat rasch hinzu, Blanck ihm nach.

»Diese Taschentücher hier«, sagte der Mann, »einige davon haben ein Monogramm.«

Tatsächlich. Auch diese Monogramme waren unordentlich gestickt, genau wie das auf dem Taschentuch, dass sie im Mund der Anna Altmann gefunden hatten. Aber all diese Taschentücher waren mit H.B. gekennzeichnet, was auch nicht verwunderlich war, denn der Mann hieß schließlich Hugo Blanck. Warum hätte er Taschentücher mit E.B. besitzen sollen?

»Wie heißt eigentlich Ihre Frau mit Vornamen?«, fragte Berger.

»Sophie. – Warum?«

»Nur so.« Schade. Aber ganz gleich, wie die Frau heißen mochte, es war ein Herrentaschentuch gewesen, das sie am Tatort gefunden hatten. »Und Ihr Vater? Wie hat der geheißen?«

»Der hieß auch Hugo.«

In diesem Augenblick kam Fehlandt mit einer kleinen Blechkiste aus der Küche. Gummibänder und Bindfäden waren darin. Und ein kurzes Ende einer Schnur, die zumindest ähnlich aussah wie die Sechsdraht-Zimmermannsschnur, mit der Anna Altmann erdrosselt worden war.

»Wo haben Sie diese Schnur her?«, fragte Berger.

Das wusste Blanck nicht. »Die Bänder in dieser Kiste, das sind alles irgendwelche Reste. Wenn ich Bücherpakete bekomme, dann sind die häufig mit irgendeinem Band verschnürt. Und wenn das Band noch zu gebrauchen ist, dann bewahre ich es auf. Wir können es uns nicht leisten, Dinge wegzuwerfen, die man möglicherweise noch verwenden könnte!«

Der Mann hatte auf alles eine Antwort.

»Wir nehmen dieses Band mit«, entschied Berger. Wie würde Blanck reagieren?

»Warum das denn? Dieses Band – ach so, mein Gott, ist das am Ende so eine Art Band, wie das, mit dem das Mädchen im Volkspark erwürgt worden ist? Das ist ja furchtbar!«

»Das werden wir feststellen«, sagte Berger.

Der Buchhändler hatte sich keine Blöße gegeben.

Bevor sie sich wieder auf den Weg machten, warf Berger noch einen raschen Blick in den Laden. Er hatte bei seinem früheren Besuch schon gemerkt, dass Kinderbücher einen relativ großen Raum im Sortiment des Buchhändlers ausmachten. Und die Werke von Magda Trott waren auch dabei. *Goldköpfchen* natürlich. Und *Pommerle, ein deutsches Mädel.* Und jede Menge Pucki. *Puckis erstes Schuljahr, Pucki und ihre Freunde, Pucki kommt in die höhere Schule, Puckis neue Streiche* und *Pucki wird eine glückliche Braut*. Der erste Band aus der Reihe, *Försters Pucki*, fehlte allerdings. Ob Hugo Blanck den Anna Altmann gegeben hatte?

»Da hat er Ihnen ja einen schönen Bären aufgebunden!« Berger hatte die geschiedene Frau Blanck aufgesucht. Und die nahm kein Blatt vor den Mund: »Gemerkt habe ich das Ganze ja erst so um 1920 rum, als dann plötzlich Briefe von Kindern gekommen sind.«

»Briefe von Kindern?«, fragte Berger. »Die Kinder haben Ihnen geschrieben?«

»Nein, natürlich nicht! Die Kinder haben ihm geschrieben. Aber mir ist das dann plötzlich aufgefallen, dass er lauter Briefe von Kindern gekriegt hat. Und da habe ich dann die Post abgefangen und diese Briefe aufgemacht. Und da drin haben dann die Kinder beschrieben, was mein Mann mit ihnen gemacht hat. Er hat ihnen wohl gesagt, dass sie das aufschreiben sollen. Und die Kinder haben das dann mit ihren Worten versucht auszudrücken. Er hat diese Briefe gesammelt und sich daran aufgegeilt.«

»Und Sie haben ihn zur Rede gestellt?«

Die Frau nickte. »Aber das hat nichts genützt. Er hat immer weitergemacht. Schließlich habe ich ihn dann angezeigt. Aber das hat auch nichts gebracht. Er wurde bloß zu einer Geldstrafe verurteilt. Da habe ich ihm gesagt, wenn das jetzt nicht aufhört, dann lass ich mich scheiden.«

»Und dann hat es aufgehört?«

»Ja. Jedenfalls hatte ich gedacht, dass es aufgehört hätte. Aber dann habe ich ihn schließlich mit einem zwölfjährigen Mädchen überrascht. Er hatte sie mit in die Küche genommen und sie nackicht ausgezogen. Da habe ich ihm die Bratpfanne über den Schädel gehauen, und das Mädchen ist aus dem Laden gerannt, so wie es war.«

»Und er hat immer noch weitergemacht?«

»Ja er hat immer weitergemacht. Heute glaube ich, dass es etwas ist, was man überhaupt gar nicht stoppen kann. Es sei denn, man erschlägt den Kerl. Das hätte ich tun sollen damals. Nahe dran war ich ja. Ich bin kräftiger als er. Aber dazu ist es jedenfalls nicht gekommen.«

»Dann kam die Sache mit der Anzeige«, sagte Berger.

»Ja. Mir ist es unverständlich, warum ihn nicht viel früher jemand angezeigt hat. Dieses Mädchen jedenfalls, das hatte ihn angezeigt. Als er sie gezwungen hat, sein Geschlechtsteil anzufassen, da ist sie direkt zur Polizei gegangen. Und die haben auch nicht lange gefackelt, sondern den Hugo sofort abgeholt. Sechs Monate hat er gekriegt. Und damit war das Maß voll. Ich habe mich scheiden lassen.«

»Verständlich«, sagte Berger.

»Ja. Als er wieder aus dem Gefängnis raus war, ist er umgezogen. Hat das Geschäft am Herrengraben aufgegeben und ist irgendwo anders hingegangen.«

»Nach Barmbek«, sagte Berger.

»Ja, das mag sein. Ich habe ihn jedenfalls nie wiedergesehen. Und ich will ihn auch nie wiedersehen.«

»Sagen Sie, ist er eigentlich jemals gewalttätig geworden?«

»Gewalttätig? Der? – Das hätte er mal versuchen sollen! Da hätte er aber Dresche bekommen, das können Sie glauben!«

Kein Zweifel, vor der Frau musste man sich in Acht nehmen. »Ich dachte eher an Gewalt gegenüber den Kindern«, sagte Berger.

Die Frau überlegte. »Zuzutrauen wäre es ihm«, sagte sie. »Ja, das traue ich ihm ohne Weiteres zu. Aber davon weiß ich nichts.«

»Aber es wäre möglich?«

»Wahrscheinlich nicht. Wahrscheinlich hätte ich das irgendwie erfahren.«

»Ich habe mich umgehört«, sagte Richter. »Bei den Leuten, die im Haus wohnen und in den Nachbarhäusern. Ihr könnt gar nicht glauben, was da alles geschludert wird. Ich weiß jetzt ganz genau, wer früher mal in der KPD war, und wer wann irgendetwas gegen die Nazis gesagt hat. Aber nebenbei habe ich auch eine ganze Menge über unseren Buchhändler erfahren.«

»Und – was sagen die Leute?«

»Nun, der Mann steht offensichtlich in dem Ruf, sich stärker als erlaubt für Kinder zu interessieren. Zwei der Frauen haben mir rundheraus erklärt, dass sie ihren Mädchen verboten haben, jemals den Buchladen zu betreten.«

»Aber warum das konkret passiert ist, das haben sie nicht gesagt?«

»Nein, das haben sie nicht gesagt. Aber ich bin überzeugt, wenn wir da weiter nachfassen und die Eltern und die Kinder in der Nachbarschaft gezielt befragen, dann werden sie schon damit herauskommen.«

Berger nickte. »Das machen wir«, sagte er. »Beziehungsweise, das lassen wir machen. Dafür haben wir ja schließlich die weibliche Kriminalpolizei. Aber so weit ist es noch nicht. Das kommt alles erst, wenn wir den Mann haben.«

Das Dumme war nur, dass der Mann jetzt gewarnt war. Es würde schwierig sein, ihn zu überführen.

Bei ihrem nächsten Besuch in der Quickbornstraße war auch die Frau Blanck anwesend. Berger stellte fest, dass der Buchhändler sich in seiner zweiten Ehe wieder denselben Typ Frau ausgesucht hatte wie in der ersten: einen regelrechten Drachen.

»Es geht noch einmal um die Taschentücher«, sagte er. »Wir fragen uns, ob Sie nicht vielleicht doch auch welche haben, die mit E.B. gekennzeichnet sind.«

Der Buchhändler schüttelte den Kopf. Aber bevor er irgendetwas sagen konnte, rief seine Frau: »Klar haben wir solche Taschentücher! Die stammen von seiner verstorbenen Schwester. Emmy hat die geheißen.«

»Herrentaschentücher?«

»Ja, auch Herrentaschentücher.«

»Du spinnst wohl«, fuhr Blanck wütend dazwischen. »Du

dummme Liese! Was redest du denn für Sachen? Das sind alles nur Damentaschentücher, die die Emmy gehabt hat. Nur Damentaschentücher!«

Was für eine harmonische Ehe, dachte Berger. »Wir würden uns diese Taschentücher gern einmal ansehen«, sagte er.

»Bitte«, sagte Frau Blanck. »Tun Sie sich nur keinen Zwang an!«

»Das waren alles Damentaschentücher, wirklich!«, wiederholte Blanck.

Berger packte die Wäschefächer des Kleiderschrankes zum zweiten Mal aus. Das Ergebnis war dasselbe wie beim ersten Mal. Es fanden sich keine Taschentücher mit E.B., weder Herrentaschentücher noch Damentaschentücher.

Frau Blanck zuckte mit den Schultern. »Dann sind die wahrscheinlich inzwischen alle kaputt.«

»Es gibt keine Herrentaschentücher von meiner Schwester! Aber meine Frau, die nimmt auch Taschentücher mit, wenn sie mal welche auf der Straße findet! Und was da dann für Monogramme mit drin sind, das kann ich natürlich nicht sagen ...«

»Na ja, Herr Kommissar, das Schwein hier, das braucht ja jeden Tag eine neue Rotzfahne, der Kerl leidet ja an chronischer Nasenentzündung!«

Gut, dass er unter diesen Bedingungen nicht auf Papiertaschentücher umgestiegen war, dachte Berger. Aber wahrscheinlich waren ihm diese neumodischen Tempo-Taschentücher zu teuer.

»Die beiden haben wir aber gewaltig aus der Fassung gebracht«, stellte Fehlandt fest. »Die Frau war ja völlig von der Rolle.«

»Kein Wunder, wenn man plötzlich erkennen muss, dass

man womöglich mit einem Kindsmörder verheiratet ist. Am besten wäre es, den Buchhändler jetzt zu verhaften und die beiden dann getrennt zu vernehmen. Aber dazu haben wir nicht genug in der Hand. Das macht die Staatsanwaltschaft nicht mit.«

»Und jetzt?«, fragte Fehlandt.

»Jetzt kommt die Mutter dran«, sagte Berger. »Blancks Mutter lebt noch. Muss inzwischen über achtzig sein, die alte Dame. Sie wohnt in Eppendorf. Roonstraße.«

»Roonstraße?«, fragte Fehlandt. »Generalsviertel. Vornehme Gegend.«

Ganz so vornehm war es dann aber doch nicht. Blancks Mutter bewohnte eine Dachkammer im obersten Stockwerk eines der alten Häuser.

»Polizei?«, fragte die alte Dame. »Polizei habe ich noch nie hier im Haus gehabt! Stehen Sie doch nicht hier auf dem Flur herum, kommen Sie doch rein! – Worum geht es denn?«

Berger zeigte ihr das Taschentuch, das Anna Altmann im Hals gesteckt hatte. Sie hatten es gewaschen und gebügelt.

»Ob ich das Taschentuch kenne? Aber ja, natürlich, das kenne ich. Das ist eines von unseren. Die Stickerei hier, das Monogramm, das hat meine Emmi gemacht. Das war unsere Tochter. Die ist ja nun leider auch schon tot, genau wie mein Mann. – Aber das wollen Sie sicher alles gar nicht wissen.«

»Und mit diesem Taschentuch, da sind Sie sich ganz sicher?«

»Absolut sicher. Unsere Emmi, die war ja eine ganz liebe, aber sticken, das konnte sie nicht. Dazu war sie einfach zu flusig. Sie hat immer gestickt wie ein kleines Kind. Nicht einmal ein richtiges E hat sie hingekriegt. Sehen Sie hier! Und das B, das kann auch alles Mögliche heißen. Man könnte glauben, dass es ein R sein soll, oder ein H!«

»Aber Sie sind sich sicher, dass das E.B. heißt?«, fragte Berger.

»Ja natürlich, ganz sicher. Sie hieß doch Emmi. Sie hat auch welche für den Hugo gemacht, da steht dann H.B. drin, aber dies ist eines von ihren. Eins von denen, die sie bestickt hat.«

»Solche Taschentücher mit einem blauen Rand?«

»Ja, solche Taschentücher. – Wo haben Sie das denn gefunden?«

»Im Wald«, sagte Berger.

»Im Wald? Wahrscheinlich hat Hugo das verloren. Der ist immer so nachlässig mit seinen Sachen. Dauernd verliert er irgendetwas!«

»Und wie kommt Hugo Blanck zu diesem Taschentuch?«

»Als die Emmi gestorben ist, da hat er ihre Sachen gekriegt. Und die Taschentücher, die konnte er gut gebrauchen. Er ist ja immer so häufig erkältet. Schon als Kind. Ganz furchtbar. Manchmal habe ich gedacht: Wenn das man keine Lungenentzündung ist! Aber es ist immer alles gutgegangen.«

Berger kam eine Idee: »Frau Blanck, haben Sie vielleicht noch andere Wäschestücke, die Emmi bestickt hat?«

»Ja, viel wird das nicht mehr sein – das ist ja schon eine ganze Weile her, und ich habe damals das Meiste weggegeben. Aber ich will mal nachsehen, vielleicht finde ich noch etwas.«

Die alte Dame ging an ihre Kommode und suchte darin herum. Nach einer Weile kam sie mit einer kleinen Tischdecke wieder. »Sehen Sie hier, das hat Emmi auch gemacht.«

Und richtig, da war es wieder, genau dasselbe unsauber gestickte Monogramm E.B.

»Könnten Sie mir diese Decke ausleihen?«, fragte Berger.

»Ausleihen? Wieso denn das?«

»Wir fragen uns, ob dieses Taschentuch womöglich bei einem Verbrechen benutzt worden ist«, sagte Berger vage. »Und der Vergleich mit dem Monogramm …«

»Ach richtig, Sie sind ja bei der Polizei! Das hatte ich ganz vergessen. Ja, natürlich können Sie die Decke mitnehmen. Die benutze ich sowieso nicht.«

Berger rief im Präsidium an. Wo in Hamburg gab es einen Spezialisten, der sich mit Stickerei auskannte? Es dauerte eine Viertelstunde, bis die Antwort kam: das Spezialstickereigeschäft Kulow in der Hamburger Straße.

Wilhelm Berger legte der Inhaberin das Taschentuch und die Tischdecke vor.

»Können Sie mir sagen, ob die Stickerei auf dem Taschentuch von der gleichen Person hergestellt worden ist, wie diese hier auf der Tischdecke?«

Die Frau breitete die Sachen vor sich aus und betrachtete sie sorgfältig mit einer Leselupe. »Das ist alles Stilstich«, erklärte sie den Beamten. »Oder das soll jedenfalls Stilstich sein. Ziemlich stümperhaft gemacht.«

»Ja, das sehe ich auch«, sagte Berger. »Aber was uns interessiert, ist vor allem die Frage, ob die beiden Monogramme von derselben Person gestickt worden sind.«

Die Frau nahm noch einmal die Lupe zur Hand.

»Die Buchstaben sind von ein und derselben Person gemacht worden, da bin ich mir ganz sicher. Und – so viel steht fest – eine Künstlerin ist es gerade nicht gewesen!«

Das reicht, dachte Berger. Das musste reichen. Jetzt hatten sie den Blanck in der Falle.

»Ich weiß nicht«, sagte der Staatsanwalt. »Sicher, das klingt alles sehr gut und überzeugend, wenn Sie das so vortragen. Aber eine Stickerei ist schließlich etwas anderes als eine normale Schriftprobe. Bei einem geschriebenen Text, da kann man die Handschriften vergleichen und feststellen, ob die

Vorlagen identisch sind oder nicht. Aber hierbei? Was wir haben, das sind ja schließlich nur zwei Buchstaben! Damit kommen wir vor Gericht nicht durch. – Nein, meine Herren, richtig in der Falle sitzt der Buchhändler erst, wenn Sie ein zweites Taschentuch mit dem Monogramm E.B. in seiner Wohnung finden.«

»Da haben wir doch schon alles auf den Kopf gestellt«, wandte Berger ein.

»Ja, ich weiß. Dennoch möchte ich gern, dass Sie sich die Wohnung morgen früh noch einmal vornehmen. Diesmal nehmen Sie bitte alles auseinander. Wenn das seine Taschentücher sind, dann muss es einfach noch mehr davon geben.«

Berger schüttelte den Kopf. »Wir verlieren Zeit«, sagte er. »Jetzt sind die Verdächtigen erschüttert, wenn wir jetzt nachfassen, dann bin ich mir sicher, dass wir ein Geständnis bekommen ...«

»Fakten sind mir lieber als ein Geständnis.«

»Aber ich bin dennoch der Meinung ...«

»Herr Berger, die Staatsanwaltschaft bestimmt, was gemacht wird. Sie ist Herr des Verfahrens.«

Diesmal gingen sie die Sache noch gründlicher an. Richter stürmte in den Laden und ging gleich ganz nach hinten in die Küche durch. Da saß Blanck und las. Rasch klappte er das Buch zu.

»Darf ich mal?«, sagte Richter.

Das Buch hatte einen unauffälligen Leineneinband, aber umso auffälliger war der Inhalt. Es handelte sich um sadistische Fotos. Richter sah den Buchhändler an. Der war rot geworden. Aber was brachte das schon? Das war peinlich aber nicht wirklich strafbar.

»Wo ist Ihre Frau?«, fragte Richter.

»Beim Friseur«, sagte Hugo Blanck.

Richter sagte: »Wir müssen noch einmal in Ihre Wohnung.«

»Bitte!« Blanck blieb in der Küche sitzen.

Sie machten sich daran, die Wohnung noch einmal zu durchsuchen. Sie beschränkten sich nicht darauf, die Wäsche aus den Schränken zu nehmen. Sie rückten auch die Schränke von den Wänden, zogen die Schubladen heraus, kontrollierten ihre Unterseiten, nahmen die Betten auseinander, rollten den Sisalteppich ein, überprüften die Fußbodenbretter. Fehlandt nahm in der Küche alle Gläser, Teller und Tassen aus dem Schrank und schüttete Mehl, Zucker und Salz aus, um zu überprüfen, ob darin etwas verborgen war. Berger schüttelte die Gläser mit dem Eingemachten, hielt sie gegen das Licht. Die Gläser enthielten nur Birnen. Berger öffnete eines der Weckgläser und schüttete den Inhalt in eine Schüssel. Es blieben Birnen. Blanck protestierte nicht; er starrte vor sich hin und ließ alles mit sich geschehen. Die Taube gurrte leise. Sie flatterte ängstlich, als Berger ihren Käfig anhob, um die Unterseite zu inspizieren. Nichts. So sehr sie sich auch bemühten, all ihre Anstrengungen waren vergebens. Es fand sich kein zweites Taschentuch mit dem Monogramm E.B.; es fand sich auch sonst kein belastendes Material.

Wenige Minuten nach der Durchsuchung verließ Blanck eilig das Geschäft. Berger folgte ihm in großem Abstand. Als der Mann den Eppendorfer Weg überquerte, war klar, wohin er ging. Blanck wollte zur Wohnung seiner Mutter.

Was jetzt? Sollte Berger ihm nachgehen? Und dann? Es war ein Fehler gewesen, eindeutig ein Fehler, Blanck nicht sofort zu verhaften. Aber gegen den Willen der Staatsanwaltschaft konnten sie nichts machen. Richter hing irgendwo am Telefon und versuchte, den Staatsanwalt trotz des Sonntages zu erreichen und ihn doch noch zu überreden. Fehlandt war Berger ein Stück weit gefolgt, um die Verbindung zwischen ihnen nicht abreißen zu lassen. Berger folgte dem Herrn Blanck in die Roonstraße. Er sah zu, wie der Mann im Haus seiner Mutter verschwand. Berger stellte sich in einen Hauseingang. Zeit für eine Zigarette!

Da kam Fehlandt gelaufen, Herbert Richter dicht hinter ihm.

»Wir dürfen!«, rief Fehlandt.

Aber es war zu spät. In diesem Moment hatte Hugo Blanck den Besuch bei seiner Mutter beendet und trat zurück auf die Straße. Wenn er Fehlandt und Richter bemerkte, gab er dies jedenfalls nicht zu erkennen. Ohne sich umzusehen, ging er gemächlichen Schrittes in Richtung Quickbornstraße zurück.

Die Polizisten warteten, bis er um die nächste Ecke verschwunden war.

»Los!« Richter stieg die Treppe nach oben und klingelte bei der alten Dame. Berger und Fehlandt standen hinter ihm, als Blancks Mutter öffnete.

»Polizei«, fragte sie, »schon wieder? Ihr Kollege ist doch gestern erst – ach, da steht er ja! Ihr Kollege ist doch gestern erst bei mir gewesen.«

»Wir würden Sie gern noch einmal wegen des Taschentuchs sprechen.«

»Wegen des Taschentuchs? – Ach ja, das ist gut, dass Sie gekommen sind. Wegen des Taschentuchs hat mich ja auch Ihr Kollege gestern schon gefragt. Er wollte wissen, ob die Stickerei auf dem Taschentuch, das Monogramm also, ob das von meiner Tochter ist. Ich hatte gesagt, ja, das sei so. Aber da hatte ich mich geirrt.«

»Geirrt?«

Die Alte nickte. »Wissen Sie, wenn man in mein Alter kommt, dann vergisst man manchmal Dinge. Oder man kriegt Sachen durcheinander. Aber jetzt bin ich mir ganz sicher: so ein Taschentuch, auf dem E.B. draufsteht, das habe ich noch niemals gesehen.«

»Aber Ihre Tochter, die hieß doch Emmi. Hat die denn keine Monogramme in ihre Taschentücher gestickt?«

»Die Emmi? Doch, das hat sie gemacht. Aber sie hat nicht E.B. gestickt, sondern immer H.B.!«

»H.B.? – Obwohl sie doch E.B. hieß? Warum das denn?«

Die Alte überlegte einen Augenblick. »Weil die Taschentücher für ihren Bruder gedacht waren. Den Hugo. Der hatte ja immer solchen Schnupfen.«

Berger schüttelte den Kopf.

Richter sagte: »Frau Blanck, vorhin ist doch der Hugo bei ihnen zu Besuch gewesen. Und da haben Sie vermutlich mit ihm über die Taschentücher gesprochen.«

»Über Taschentücher? Warum sollte ich mit ihm über Taschentücher sprechen? – Nein, darüber haben wir nicht gesprochen.«

»Worüber dann?«

»Ach, über dies und das. Der Hugo, der ist so ein guter Junge, der hat mich einfach nur so besucht.«

Das war schiefgelaufen! Was jetzt?

»Festnehmen«, sagte Richter. »Trotzdem festnehmen. – Ich weiß ja, ihr haltet nicht viel davon, aber in der neuen Zeit hat die Polizei doch wesentlich bessere Methoden, um von Verdächtigen ein Geständnis zu erzwingen als früher.«

»Herbert«, sagte Berger. »Lass uns bei den alten Methoden bleiben! Du weißt doch, was solche erzwungenen Geständnisse wert sind!«

Fehlandt widersprach. »Wilhelm, deine Humanität in allen Ehren, aber dieser Mann tanzt uns doch auf der Nase herum!

Hast du irgendeinen Zweifel daran, dass er der Mörder von Anna Altmann ist?«

Berger schüttelte den Kopf.

»Na also!«, sagte Richter. »Festnehmen kann nicht verkehrt sein. Dann richtet er jedenfalls keinen Schaden mehr an.«

Dagegen konnte Wilhelm Berger nicht viel einwenden.

Hugo Blanck war nicht im Laden, aber stattdessen war seine Frau da. Wo ihr Mann war und wann er zurückkäme, wusste sie nicht. Auch gut, dachte Berger. Machen wir es ganz anders.

»Frau Blanck«, sagte er, »wir hätten auch an Sie einige Fragen. Vielleicht können Sie uns da weiterhelfen. Wissen Sie, wo Ihr Mann am 12. Oktober gewesen ist?«

»Am 12. Oktober? – Warten Sie, ja, am 12. Oktober, da bin ich beim Friseur gewesen. Wegen der Dauerwellen. Ich habe mir neue Dauerwellen legen lassen. Und mein Mann, der war im Laden. Nehme ich jedenfalls an.« Die Gewitterhexe aus ihrer letzten Begegnung hatte sich wieder in die gute Märchentante zurückverwandelt; nur die raue Stimme war geblieben.

»Wie lange hat das gedauert mit der Dauerwelle?«

»Lange. So etwas dauert immer lange. Ich schätze, das muss so von acht bis eins gedauert haben.«

»Und Ihr Mann ist die ganze Zeit im Laden gewesen?«

»Das nehme ich an. Aber das weiß ich natürlich nicht. Ich war ja nicht da.«

»Aber der Laden – musste nicht irgendjemand da sein, um auf den Laden aufzupassen?«

Frau Blanck schüttelte den Kopf. »Der Hugo, der macht manchmal den Laden einfach zu.«

»Warum?«

»Warum? – Das weiß ich nicht. Er sagt mir dann, er sei auf Arbeitssuche.«

»Arbeitssuche? – Aber er hat doch Arbeit!«

»Ja, das schon. Aber Sie sehen ja selbst, wie schlecht der Laden läuft. Wenn er etwas Besseres finden könnte, wäre uns allen gedient.«

Berger beschloss, die Frau noch einmal auf die Taschentücher anzusprechen.

»Ach ja, die Sache mit dem Monogramm. E.B., ja, das habe ich gesagt. Ich verstehe gar nicht, dass die Tücher alle weg sein sollen. Das muss mindestens ein Dutzend gewesen sein. Schöne Leinentücher mit blauem Rand. Aber – ich habe auch schon danach gesucht. Ich kann sie nicht finden.«

Berger sah die Frau an. Sie wich seinem Blick nicht aus. Was sie sagte, das mochte stimmen oder auch nicht. »Frau Blanck – wissen Sie eigentlich, dass Ihr Mann ...«

»Dass er vorbestraft ist, meinen Sie? Ja, natürlich, das hat er mir erzählt. Ich weiß das alles. Er hat früher irgendwelche Sachen mit Kindern gemacht, ziemlich viel sogar, mehr als seine damalige Frau gewusst hat. Aber das ist alles Vergangenheit. Er ist dafür bestraft worden, und er hat seine Strafe abgesessen. Und seitdem hat er nichts mehr gemacht.«

»Darüber müssen wir uns einmal eingehend mit Ihrem Mann unterhalten«, sagte Berger. »Wir werden hier im Laden auf ihn warten.«

Doch die Geduld der Polizisten wurde auf eine harte Probe gestellt. Es dauerte fast vier Stunden, bis Blanck endlich kam. Er gab keine Auskunft darüber, was er gemacht hatte und wo er gewesen war. Er ließ sich widerstandslos festnehmen.

Kaum war Berger zu Hause angelangt, da läutete es auch schon an der Tür. Wer mochte das noch sein? Wilhelm Berger schätzte es nicht, wenn man seinen Feierabend störte.

Ärgerlich öffnete er. Aber mit diesem Besucher hatte er nicht gerechnet. »Kommen Sie doch herein!«

»Gern.« Karl Kaufmann putzte sich die Stiefel ab.

Berger nahm ihm den Mantel ab und führte ihn ins Wohnzimmer. »Dagmar, Besuch!«, rief er in Richtung Küche.

»Oh, der Herr Gauleiter! Das ist eine Überraschung!« Dagmar strahlte, als handele es sich um eine positive Überraschung. Susanne war zum Glück beim BdM. »Nehmen Sie doch Platz! – Offen gestanden, mit Ihrem Besuch habe ich nicht gerechnet. Wir können Ihnen höchstens Brot und Käse anbieten ...«

»Nein, danke! Ich esse nachher mit Herrn Streckenbach. Ich will Sie auch gar nicht lange aufhalten. Aber ich wollte doch die Gelegenheit nutzen, Ihrem Mann zu seinem hervorragenden Erfolg zu gratulieren.«

»Das ist sehr liebenswürdig.«

»Danke«, sagte auch Wilhelm Berger. »Ja, es ist richtig, wir haben den Mann verhaftet, von dem wir glauben, dass er die Anna Altmann ermordet hat.«

»Das ist ein sehr großer Erfolg. Sie können sich sicher vorstellen, wie wichtig das für uns ist. Eines unserer Ziele ist ja, die Kriminalität zu bekämpfen und die Straßen sicher zu machen. Da ist ein Mord an einem kleinen Kind natürlich ein böser Rückschritt.«

»Bei der Aufklärung hat es uns sehr geholfen«, sagte Wilhelm, »dass die Presse ausführlich über den Fall berichtet hat.«

»Diese Berichterstattung der Presse, die hat uns natürlich einige Bauchschmerzen bereitet. Es gab durchaus Stimmen, die gesagt haben, solche Berichte gehören nicht in die Zeitung. Aber ich habe mich davon nicht beirren lassen. Ich habe gesagt, unsere Hamburger Polizei wird diesen Fall in kürzester Frist aufklären, und so ist es dann ja auch geschehen.«

»Die Ermittlungen sind noch nicht abgeschlossen«, sagte Berger.

»Nun, darüber wird die Staatsanwaltschaft entscheiden. Ich weiß natürlich nicht, zu welchem Schluss die Herrschaften kommen werden, aber mein Gefühl sagt mir, dass genügend belastendes Material gegen den Verdächtigen vorliegt.«

»Wir werden sehen«, sagte Berger. Der Gauleiter konnte kaum wissen, was an belastendem Material vorlag. Ihm ging es offensichtlich nur darum, den Fall so rasch wie möglich abzuschließen.

Dagmar war nervös. »Ich glaube, ich muss die Herren jetzt einmal ein Weilchen allein lassen. Horst ist bei seinen Freunden zum Spielen; ich habe versprochen, dass ich ihn bis 19 Uhr abhole.«

»Ich bedaure sehr«, sagte Kaufmann, »dass ich dann auf die Anwesenheit unserer charmanten Gastgeberin verzichten muss.« Er strahlte Dagmar an.

Dagmar lächelte zurück.

Als sie die Tür hinter sich geschlossen hatte, sagte Kaufmann: »Warum lassen Sie sich nicht einfach scheiden?«

Wilhelm Berger war wie vom Donner gerührt.

Kaufmann lachte. »Das überrascht Sie jetzt«, sagte er. »Aber genau deshalb habe ich es gesagt. Auf das Naheliegendste kommt man ja manchmal zuletzt.«

»Warum sollte ich mich scheiden lassen? Meine Frau und ich – wir lieben uns!«

»Ach, die Liebe! Lassen Sie uns die jetzt mal außen vor lassen. Betrachten wir die Geschichte einmal ganz nüchtern. Es gibt klare Anweisungen, dass die deutsche Polizei darauf zu achten hat, dass sie nicht jüdisch versippt ist. Ihre Frau ist Halbjüdin. Ihre Tochter ist Jüdin ...«

»Susanne ist nur zu drei Vierteln Jüdin«, widersprach Berger.

Kaufmann schüttelte den Kopf. »Sie haben das Reichsbürgergesetz nicht gründlich genug gelesen. In der Ersten Verordnung vom 14. November 1935 heißt es ausdrücklich: *Jude ist, wer von mindestens drei der Rasse nach volljüdischen Großeltern abstammt.* § 5 ist das. Können Sie gern nachlesen.«

Berger schluckte.

»Über Frau und Tochter sind damit Sie jedenfalls jüdisch versippt.«

»Was soll das heißen?«

»Dass Sie reagieren müssen. – Ich halte große Stücke auf Sie, Berger. Männer wie Sie brauchen wir in unserer Polizei. Sie sind in die Partei eingetreten – wenn auch reichlich spät – das ist ein erster Schritt. Aber dem müssen weitere Schritte folgen, wenn Sie wirklich Karriere machen wollen. Und – seien Sie ehrlich – Sie wollen Karriere machen. Sie sind ein außerordentlich fähiger Polizeibeamter, und das wissen Sie auch. Aber wenn Sie Ihre Fähigkeiten voll zum Einsatz bringen wollen, dann müssen Sie weiter aufsteigen. Und das geht nur, wenn Sie die Bereitschaft zeigen, Ihr Leben den Idealen des Dritten Reiches anzupassen. Die Polizei muss Vorbild sein. Das gilt nicht nur im Dienst, sondern das gilt im ganzen Leben. Und deshalb noch einmal mein Vorschlag: Lassen Sie sich scheiden!«

Berger schüttelte den Kopf.

»Ihr Freund Schacht hat sich übrigens auch gerade von seiner Frau getrennt. Aber sagen Sie jetzt nichts. – Ich weiß, das kommt jetzt alles überraschend für Sie, und Sie müssen über diese Dinge erst nachdenken. Ich kann viel für Sie tun, aber ich kann es auch lassen.«

Berger musste sich zusammennehmen, um dem Gauleiter nicht ins Gesicht zu schreien, was das für eine unglaubliche Unverschämtheit sei, die er sich hier herausnahm.

»Lassen Sie uns diesen Punkt zunächst einmal ausklammern. Es gibt andere Dinge, über die wir uns unterhalten müssen. Zum Beispiel das Attentat von 1933. – Ich habe gehört, Sie haben auch in dieser Beziehung gute Arbeit geleistet.«

Wie hatte der Gauleiter das so schnell erfahren?

»Sie wundern sich, dass ich davon weiß? Gute Nachrichten sprechen sich immer schnell herum. Und in diesem Fall kommt die Nachricht sogar aus Ihren Reihen: Ihr Kollege Fehlandt hat trotz gegenteiliger Anweisungen die Akte wieder aus dem Archiv holen wollen. Er hat wohl gemeint, jetzt, wo der Kindesmörder verhaftet ist, könne er da weitermachen, wo er aufgehört hat. Aber die Akte war weg. Das hat einen ziemlichen Wirbel gegeben. Interne Untersuchungen und so weiter.« Kaufmann lachte.

Berger war rot geworden.

»Sie können sich sicher vorstellen, wie ich den Kerl zusammengestaucht habe, der mir den Vorfall gemeldet hat! – Er hat irgendwelche Entschuldigungen gestammelt, aber ich habe gesagt, das sei völlig unentschuldbar. Dabei habe ich mich natürlich köstlich amüsiert. Berger, unsere Zusammenarbeit hat hervorragend geklappt. Vielleicht wäre jetzt die Gelegenheit für ein Gläschen Wein, vorausgesetzt, dass der unsanfte Besuch neulich noch ein paar Flaschen übrig gelassen hat.«

»Ja, das hat er«, sagte Berger. »Warten Sie, ich bin gleich wieder zurück.«

Berger machte sich auf den Weg in den Keller. Das Licht funktionierte nicht. Offenbar war die Glühbirne defekt. Berger nahm die Taschenlampe aus dem Küchenschrank und ging nach unten. Als er die Kellertür öffnete, hörte er ein Geräusch. Eine Maus, dachte er. Aber es war keine Maus. Im

Strahl der Taschenlampe sah er, dass jemand hinter dem Regal mit den Weinflaschen eine Art Lager aus Matratzen aufgetürmt hatte. Und auf diesem provisorischen Bett lag ein Mensch, ein junger Mann, der ihn erschrocken ansah.

»Ganz ruhig«, sagte Berger. Er war selbst zutiefst erschrocken. Ihm war sofort klar, das musste Susannes Freund sein. Offenbar war dieser Heinrich nicht tot. Offenbar hatte er es doch geschafft, sich bis nach Hamburg durchzuschlagen.

»Entschuldigen Sie«, sagte der Junge. »Ich wollte hier nicht heimlich bei Ihnen eindringen, aber Susanne hat gemeint …«

»Später«, sagte Berger. »Das können wir alles später diskutieren. Ich habe Besuch; niemand darf wissen, dass Sie hier sind. Also keinen Laut.«

Der junge Mann nickte.

Berger griff eine beliebige Weinflasche, und sah zu, dass er wieder nach oben kam.

»Ah, ich sehe, Sie haben einen ganz besonderen Tropfen ausgesucht!« Der Gauleiter wies auf die verstaubte Flasche.

»Das ist ein ...«, Berger wischte den Staub vom Etikett, »ein 1933er Château Haut-Brion. Ein Bordeaux.« Er hatte keine Ahnung, ob das nun ein besonders guter Tropfen oder billiger Fusel war. Sein Vater hatte stets beides auf Vorrat gehabt.

»Ein guter Jahrgang!«, behauptete Kaufmann.

Ein besonders schlechter Jahrgang, dachte Wilhelm Berger. In dem Jahr hatten nicht nur die Nazis die Macht ergriffen, sondern in dem Jahr war auch sein Vater gestorben.

»Lassen Sie uns anstoßen auf unseren Führer und auf den Erfolg des Dritten Reiches! – Sie gucken so skeptisch, Berger, sehen Sie denn nicht, wie um Sie herum alles vorangeht? Die Wirtschaft blüht! Nehmen Sie als Beispiel einmal den Hamburger Hafen. Die Einfuhren aus Südamerika zum Beispiel. Die haben sich seit 1933 verdoppelt. Von 2 Millionen Tonnen auf 4 Millionen Tonnen. Und vor 1933? Da ging es abwärts, abwärts, abwärts!«

»Eindrucksvoll«, musste Berger zugeben. Er zwang sich, mit Kaufmann anzustoßen und auf das Wohl des Führers zu trinken. Er dachte an den Jungen im Keller. Nun waren sie wirklich in Schwierigkeiten.

»Der Aufbau Hamburgs zur Führerstadt – genau wie Berlin werden wir diesen Ehrentitel tragen – dieser Aufbau wird ein Stadtbild schaffen, das sich mit dem von New York und anderen Weltstädten messen kann. Denken Sie an die Elbe-Hochbrücke. Die Probebohrungen sind demnächst abgeschlossen. Eine Hängebrücke mit 180 Meter hohen Pfeilern! Oder das geplante Gauhochhaus. 250 Meter hoch wird es werden! Und die Volkshalle für Veranstaltungen mit 150.000 Teilnehmern. Und die neue Universität in Flottbek. Wahrhaft gigantische Projekte. Der Führer hat bei seinem Besuch im März seine Zustimmung gegeben; wir werden sie verwirklichen. Das Großhamburg-Gesetz war der erste Schritt in diese Richtung.«

»Ich will nicht bestreiten, dass das gegenwärtige System auch seine Vorteile hat. Und für uns in der Polizei bietet natürlich das Großhamburg-Gesetz eine enorme Erleichterung. Andererseits ...«

»Es gibt kein andererseits! Sie sind gedanklich noch immer in der Systemzeit verhaftet, Berger. In der Weimarer Republik mit all ihrem Chaos. Machen Sie sich frei davon! Das kann ich Ihnen nur raten: Machen Sie sich endlich frei!«

»Die Demokratie hat auch ihre Vorteile ...«, beharrte Berger. Gleichzeitig ärgerte er sich über sich selbst. Er hatte sich provozieren lassen!

»Vorteile? Welche denn?« Kaufmann lachte. »Denken Sie nur an das klassische Altertum. Die alten Griechen – wie lange haben die sich mit der Demokratie abgegeben? Ein paar Jahrzehnte. Und heute? Heute ist Griechenland eine moderne Diktatur. – Und das alte Rom? Das kam auch erst zur Blüte, als die Demokratie endlich abgeschafft war. Denken Sie nur an Cäsar, an Augustus. Und das moderne Italien – eine faschistische Regierung, die dem Dritten Reich in vielen Dingen sehr stark ähnelt. Und nicht ohne Grund ist der Duce ein großer Freund und Verehrer Deutschlands.«

»Aber Sie müssen doch zugeben, dass England und Amerika zum Beispiel ...«

»Kommen Sie mir nicht damit! Die Vereinigten Staaten haben sicherlich im Laufe ihrer Geschichte Erstaunliches geleistet. England auch. Mit Abstrichen. Aber das sind keine Demokratien, Berger, das sind Plutokratien. Dr. Goebbels hat völlig recht, wenn er immer wieder darauf hinweist, dass in diesen Ländern im Gegensatz zum Deutschen Reich eben nicht das Volk regiert, sondern eine ganz kleine Clique von Superreichen. Präsident Roosevelt zum Beispiel ist einer der reichsten Männer Amerikas. Aber auf die Dauer kann man so nicht regieren. Von oben herab, ohne die berechtigten Wünsche der Bevölkerung zu berücksichtigen. Wir haben das klar erkannt. Wir handeln entsprechend. Es geht um das Wohl aller, um die Volksgemeinschaft.«

»Wenn man allerdings nicht dazugehört ...«

»Sie gehören dazu, Berger. Wenn Sie nur wollen. Und wenn da jemals Probleme auftauchen sollten, so kann man die mit Sicherheit aus dem Weg räumen. Auf welche Weise auch immer.«

Ja, dachte Berger, auf welche Weise auch immer.

In der Falle

7. November

Susanne hatte die Nacht im Keller verbracht. Als alles still war im Haus, war sie nach unten geschlichen. Wilhelm Berger hatte die Treppe knarren gehört, und Dagmar hatte vermutlich auch nur so getan, als schliefe sie. Jetzt saßen die beiden Eltern allein am Frühstückstisch. Alles schien wie immer. Außer dass Dagmars Hand leicht zitterte, als sie den Tee eingoss. Und dass Susanne plötzlich eine Jüdin war. Und dass im Keller ein untergetauchter, verwundeter Kommunist lag. Und dass beide vermutlich letzte Nacht gegen das *Gesetz zum Schutze des deutschen Blutes und der deutschen Ehre* verstoßen hatten. Aber darauf kam es nun auch nicht mehr an.

Susanne kam aus dem Keller. »Heinrich will sich nicht stellen«, sagte sie.

»Das wäre auch keine gute Idee.« Wenn der junge Mann sich stellte, dann würden sie ihn ins KZ stecken, und wann er da jemals wieder herauskam, das wusste niemand. Berger hatte selbst keines dieser Konzentrationslager gesehen, aber aus den Erzählungen der Kollegen wusste er, dass es dort übel zuging.

»Aber was dann?«

Ja, was dann? Eines stand fest: Bei ihnen im Keller konnte der junge Mann nicht bleiben. Das war der erste Ort, in dem sie nach ihm suchen würden. Und außerdem musste seine Verletzung behandelt werden.

»Wir müssen sehen, dass wir irgendeinen Arzt finden, der die Wunde versorgt. Mit so einer Schussverletzung ist nicht zu spaßen.«

»Dr. Einhorn?«, schlug Dagmar vor.

Wilhelm Berger nickte. Der Hausarzt, zu dem er früher gegangen war, durfte als Jude zwar nicht mehr praktizieren, aber was hieß das schon? Damit war er ja immer noch Arzt, und er würde wissen, was in einem solchen Fall zu tun war.

»Ich glaube«, sagte Dagmar, »es wäre am besten, wenn wir den jungen Mann ins Ausland bringen könnten. Ganz gleich, wo wir ihn hier verstecken, in Deutschland ist er nirgendwo sicher.«

»Dänemark?«, fragte Susanne.

Dänemark wäre eine Möglichkeit. Es war jedenfalls das Land, das man von Hamburg aus am schnellsten erreichen konnte.

»Habt ihr denn keine Verbindungen nach Dänemark?«, fragte Dagmar. »Es muss doch eine Zusammenarbeit mit der dänischen Polizei geben. Haben die Dänen nicht diese Berliner Tresorknacker – wie hießen die doch noch gleich? – nach Deutschland ausgeliefert?«

Ja, das hatten die Dänen getan. Die Brüder Saß saßen seit März dieses Jahres in Berlin im Gefängnis. Aber das hieß noch lange nicht, dass es eine wunderbare Zusammenarbeit zwischen den deutschen und den dänischen Dienststellen gab. Es bedeutete nichts weiter, als dass die Dänen wollten, dass die deutschen Verbrecher in Deutschland blieben. Berger erinnerte sich, einmal auf einer Tagung mit dänischen Kollegen zusammengetroffen zu sein. Man war sich mit gegenseitigem Misstrauen begegnet. Die Abtrennung Nordschleswigs nach dem Ersten Weltkrieg hatte auf deutscher Seite für böses Blut gesorgt, und die Dänen argwöhnten, dass die Nazis diesen Teil Deutschlands ebenso heim ins Reich holen würden, wie sie das mit dem Saarland, mit Österreich und jetzt mit dem Sudetenland gemacht hatten.

»Ich glaube, Fehlandt hat mal mit den Dänen zusammengearbeitet«, sagte Berger.

»Fehlandt ist jedenfalls jemand, bei dem wir keine Angst zu haben brauchen, dass er uns an die Nazis verpfeift«, sagte Dagmar.

»Nein.« Aber Wilhelm Berger hatte ein unbehagliches Gefühl dabei, seinen Kollegen in diese Angelegenheit mit hineinzuziehen. Fehlandt war früher SPD-Mitglied gewesen. Er war noch gerade rechtzeitig ausgetreten, aber natürlich wussten die Kollegen von seiner politischen Vergangenheit, und dass er deswegen bisher nicht behelligt worden war, das hieß nicht, dass es nicht noch passierte.

Ein anderer Punkt war, dass Berger nicht viel über Fehlandts Beziehungen nach Dänemark wusste. Er hatte einmal wegen einer Falschgeldgeschichte die dänischen Kollegen zurate gezogen. Aber das war inzwischen auch schon mehr als fünf Jahre her, und Berger hatte keine Ahnung, ob da noch Kontakte bestanden.

»Ich spreche Fehlandt an«, sagte Berger.

Doch am nächsten Morgen gab es zunächst keine Gelegenheit, den Kollegen auf das heikle Thema anzusprechen; Fehlandts Gedanken kreisten um ganz etwas anderes: »Es ist unglaublich! Das hätte ich nie für möglich gehalten!« Fehlandt war empört.

»Und die Unterlagen sind wirklich weg?« Berger tat so, als sei er völlig fassungslos.

»Alle verschwunden! Der Ordner ist vollständig leer. – Ich habe nicht geglaubt, dass so etwas möglich ist. Wir haben ja neulich schon mal darüber gesprochen, und ich habe das nicht glauben wollen. Aber es ist eine Tatsache. Diese Nazis schrecken vor nichts zurück.«

»Du wirst ganz von vorn anfangen müssen«, sagte Berger.

»Das geht nicht. Ich habe ja nicht einmal mehr die Namen der Beteiligten. Wo soll ich da anfangen?«

»Nicht aufgeben«, sagte Berger. »Irgendwie findet sich immer ein Weg ...«

Fehlandt nickte. »So leicht gebe ich nicht auf. Ich habe den Fall natürlich gemeldet und die Spurensicherung darauf angesetzt. Die haben den Ordner nach Fingerabdrücken untersucht.«

»Nach Fingerabdrücken?«, fragte Berger entgeistert. »Und – liegt schon ein Ergebnis vor?«

»Ja. Die Jungs haben wirklich schnell gearbeitet.«

»Und?« Berger hielt den Atem an.

»Fehlanzeige! Außer deinen und meinen Abdrücken haben sie nichts gefunden. Der Kerl muss Handschuhe angehabt haben.«

»Ja, wahrscheinlich.« An Fingerabdrücke und Handschuhe hatte Berger überhaupt nicht gedacht.

»Der Fall wird weiter untersucht«, versprach Richter. »Aber im Augenblick müssen wir natürlich erst einmal sehen, dass wir den Mordfall Altmann vom Tisch bekommen.«

Der Mordfall Altmann. Berger hatte Mühe, sich zu konzentrieren. Die Sache war verfahren. Der Gauleiter hatte ihn zwar zu seinem raschen Erfolg beglückwünscht, aber Berger war unzufrieden. Irgendetwas stimmte nicht. Das Einzige, was sich bisher klar nachweisen ließ, war die Tatsache, dass Blanck sich an kleinen Mädchen vergangen hatte. Inzwischen hatten sie zahlreiche Namen, inzwischen hatten sie auch Aussagen von Kindern, die den Mann belasteten. Aber reichte das?

Richter war bei einigen der Vernehmungen dabei gewesen. Die Kinder hatten zugegeben, dass Blanck sie unten angefasst habe.

Fehlandt schüttelte den Kopf. »Unten angefasst? Was soll das denn heißen? Unter den Fußsohlen gekitzelt? – Mein Gott, Herbert, bei allem Respekt, aber damit können wir dem Gericht doch nicht kommen! Etwas konkreter muss das bitte schon sein.«

Richter wurde rot. »Wir tun, was wir können. – Aber ich glaube, ihr könnt euch gar nicht vorstellen, was so eine Vernehmung für die kleinen Kinder bedeutet. Das ist eine ganz schlimme Belastung. Viel schlimmer noch als das, was der Blanck mit ihnen gemacht hat. Denn dabei haben die Mädchen gedacht, der Mann spielt irgendwie mit ihnen, und eigentlich wollten sie das nicht. Aber so was gibt es beim Spielen immer mal, dass man irgendetwas nicht haben will. Aber jetzt, wo darüber gesprochen wird, da haben sie plötzlich das Gefühl, dass das etwas ganz Schlimmes ist, was sie gemacht haben, so schlimm, dass man nicht einmal darüber reden darf. Und unsere Aufgabe ist es, ihnen klar zu machen, dass das nicht stimmt. Dass sie überhaupt nichts Schlimmes gemacht haben, dass alles in Ordnung war – nur der Blanck, der hat Sachen gemacht, die er nicht tun durfte.«

»Du hast ja recht«, murmelte Fehlandt.

»Das ist ein sehr schwieriges Feld, das Vernehmen von Kindern, und das wird natürlich jetzt in der Regel von unseren weiblichen Kollegen durchgeführt. Es heißt ja, die seien besser darin. Sensibler als wir. Bei einigen stimmt das sicher. Aber andere sind auch ganz entsetzliche Zicken. Leider. – Jedenfalls müssen wir froh sein, wenn wir überhaupt irgendwelche verwertbaren Aussagen bekommen. Die Kinder fühlen sich allein gelassen, in die Ecke gedrängt, und die beste Art, sich selbst zu schützen, die scheint zunächst einmal darin zu bestehen, dass man alles abstreitet.«

»Aber wir haben jedenfalls genügend Aussagen, um dem

Blanck diese Geschichte nachweisen zu können?«

»Ja, daran besteht gar kein Zweifel. Blanck war offenbar erstaunlich aktiv.«

»Na schön«, sagte Berger. »Das ist wenigstens etwas.« Aber den Mord an Anna Altmann hatten sie ihm damit noch nicht nachgewiesen.

Auch die Gegenüberstellung der Frau Rumpelmayer konnten Bergers Zweifel nicht ausräumen. Die Frau Rumpelmayer hatte Hugo Blanck aus einer Reihe von fünf Personen eindeutig identifiziert. Ja, das sei der Mann, der damals mit dem Kind in der Straßenbahn gesessen habe. Sie ließen Blanck auf und ab gehen, und Frau Rumpelmayer bestätigte, dass er das sein müsse. Sie habe noch nie jemanden gesehen, der auf diese eigenartige Weise gehe.

Berger fand nicht, dass Hugo Blanck einen irgendwie besonders auffälligen Gang hatte. Seine Schuhe waren neu besohlt.

Es gab aber noch eine weitere Möglichkeit, den Mörder zu überführen. »Lokaltermin!«, sagte Berger.

»Herr Kommissar«, sagte Blanck, »ich weiß nicht, was das alles hier soll! Ich habe das Mädchen nicht ermordet. Und schon gar nicht hier im Volkspark. Ich kenne den Volkspark überhaupt gar nicht.«

Es war früh am Morgen. Sie standen bei dem Rondell. Das Gras war noch feucht; Berger bemerkte, dass er nasse Füße bekam. »Kommen Sie«, sagte er.

Sie setzten sich in Bewegung.

Blanck beteuerte weiterhin seine Unschuld. »Ich würde doch niemals ein kleines Kind umbringen!«

Berger, der direkt neben Blanck ging, achtete darauf, dass er nicht die Führung übernahm. Blanck sollte sie selbst zum

Tatort führen. Aber dazu war es wichtig, dass er abgelenkt war. Würde er sich ablenken lassen?

»Ich würde Ihnen ja gern glauben«, behauptete Berger. »Es ist ja nicht so, dass wir von der Polizei nun auf Teufel komm raus darauf aus sind, irgendeinem unschuldigen Menschen irgendein Verbrechen anzuhängen. Ganz gewiss nicht.«

»Ich habe noch nie einem Kind weh getan, das können Sie alles nachlesen, das muss doch in den Protokollen stehen!«

Aber gewürgt hast du eins, dachte Berger. Doch das war jetzt unwichtig. »Herr Blanck, da können Sie ganz beruhigt sein. Wir werden alle Zeugen befragen, die wir nur auftreiben können. Und wir werden nichts unberücksichtigt lassen, das Sie entlasten kann.«

»Das ist ja gerade das Problem«, sagte Blanck. »Wer soll mich denn entlasten? Einen Zeugen dafür, dass man irgendetwas getan hat, den mag es ja vielleicht geben, aber dafür, dass man irgendetwas nicht getan hat, dafür kann man auch keinen Zeugen haben.«

Sie hatten jetzt den Bereich der Spielwiese verlassen und bewegten sich in Richtung Bahrenfelder Tannen. Blanck wandte sich zunächst nach rechts. Soweit war alles richtig.

»Herr Blanck, denken Sie doch noch einmal nach! Sie sagen, dass Sie an dem Morgen die ganze Zeit in ihrem Laden gewesen sind. Eigentlich ist das ja auch logisch, denn Ihre Frau war ja nicht da, und irgendjemand musste doch schließlich bedienen.«

»Das sage ich ja die ganze Zeit! – Habe ich das nicht schon die ganze Zeit gesagt?« Blanck wandte sich an die Polizisten, die sie begleiteten. Die Männer nickten. Berger hatte sie vorher instruiert. Noch hatte niemand einen Fehler gemacht. Aber Hugo Blanck ging unglaublich langsam. Berger hatte Sorge, dass ihnen der Gesprächsstoff ausgehen könnte.

»Ich hoffe«, sagte er, »dass Sie im Gefängnis wenigstens anständig behandelt werden.«

»Was heißt schon anständig? Wenn man im Gefängnis sitzt, dann wird man nie wirklich anständig behandelt. Dann ist man gar kein Mensch mehr. Nur noch Insasse. Häftling.«

»Ja, das verstehe ich. – Aber ich hoffe, dass es wenigstens warm ist in Ihrer Zelle, und dass Sie genug zu essen bekommen.«

»Ja, warm ist es.«

Hugo Blanck bog jetzt nach links ab.

»Und das Essen?«, hakte Berger nach.

»Ach, darüber kann ich eigentlich nicht klagen.«

»Wahrscheinlich ist es besser als bei uns in der Kantine«, mutmaßte Berger. »Gestern hatten wir zum Beispiel Steckrüben-Eintopf.«

»Bei uns gab es Fisch.«

Blanck bog jetzt wieder nach links ab, auf einen schmalen Weg, den Berger noch nicht kannte. Aber die generelle Richtung stimmte, so viel stand fest.

»Das wäre nichts für mich gewesen«, behauptete Berger. »Ich mag nämlich keinen Fisch.«

»Ich schon. Aber der Fisch, den wir gestern gehabt haben, der hatte reichlich viele Gräten. Wenn meine Frau für uns Fisch macht, dann achtet sie immer darauf, dass sie Filet bekommt; da hat man keine Probleme.«

»Ja, die Gräten! Das ist einer der Gründe, weswegen ich keinen Fisch mag. Als Kind musste ich immer Fisch essen, und einmal ist mir eine Gräte im Hals stecken geblieben. Der Arzt hat sie mir dann nachher wieder herausgenommen. Mit der Pinzette. Aber seit der Zeit mag ich keinen Fisch mehr.« Das war alles gelogen, aber Hugo Blanck nickte verständnisvoll und führte sie weiter in den Wald hinein.

»Das Einzige, was ich nicht mag, ist Spinat«, sagte er.

»Ja, den finde ich auch furchtbar«, bestätigte Berger. Rechts sah er jetzt den Platz, an dem im Winter die Vögel gefüttert wurden. Blanck wandte sich nach links, in die Richtung, in der die Leiche gelegen hatte.

»Und Sauerkraut. Wenn das gut zubereitet ist, dann mag ich es ja, aber das, was die uns im Präsidium vorsetzen, das ist wirklich kaum genießbar.«

Aber nun half alles Reden nicht mehr weiter. Hugo Blanck blieb stehen. »Wie weit soll ich denn noch gehen?«, fragte er.

»Na ja, bis dahin, wo die Leiche gelegen hat.«

Blanck schüttelte den Kopf. »Ich weiß nichts von einer Leiche.«

»Und doch haben Sie uns genau dahin geführt, wo sie gelegen hat!«, erwiderte Berger.

»Ich weiß nichts von einer Leiche, ich habe es nicht getan!«

Berger wurde ärgerlich: »Herr Blanck, es gibt überhaupt gar keinen Zweifel: Sie haben die Leiche hier verscharrt! Keine zehn Meter von dem Punkt, an dem wir jetzt stehen!«

Blanck war blass geworden. Er schrie: »Ich habe das Kind nicht ermordet! Und wenn 10.000 Zeugen kommen und das Gegenteil behaupten, so bleibe ich doch dabei, dass ich es nicht gewesen bin. Ich bin unschuldig! Das alles ist nur ein Irrtum!«

Als sie wieder im Präsidium waren, rief Berger zu Hause an. Zu seiner Erleichterung kam Susanne sofort ans Telefon. »Alles in Ordnung«, sagte sie. »Dr. Einhorn war hier und hat Heinrich neu verbunden. Er meint, dass die Wunde nicht so schlecht aussieht. In ein paar Tagen dürfte Heinrich wieder soweit hergestellt sein, dass er sich ohne allzu große Schmerzen bewegen kann.«

»Gut.«

»Was sagt Fehlandt?«

»Ich hatte noch keine Gelegenheit, mit ihm darüber zu sprechen.«

Am liebsten würde er es ganz vermeiden. Rogge fiel ihm ein. Einen Augenblick lang hegte er die verzweifelte Hoffnung, die *Schlageter* könne vielleicht in Hamburg oder Kiel liegen, und der Kommandant würde irgendeinen Weg finden, Heinrich als blinden Passagier mit dem Segelschulschiff ins Ausland zu schaffen. Aber ein Anruf bei der Marine stellte rasch klar: Die *Schlageter* war auf Auslandsreise und würde in den nächsten Monaten nicht nach Deutschland zurückkommen. Nein, seine einzige Hoffnung war Fehlandt.

Erst am Nachmittag, als Richter zu einer Besprechung musste, war Berger mit Fehlandt allein. Die Laune seines Kollegen hatte sich noch weiter verschlechtert.

»Ich habe es versucht«, sagte Fehlandt.

»Was hast du versucht?«

»Die Frau. Ich habe versucht, Frau Blanck dazu zu bewegen, ihre Aussage noch einmal zu überdenken.«

»Und – was ist dabei herausgekommen?«

»Fehlanzeige. – Ich habe versucht, ihr die Geschichte schmackhaft zu machen. Ich habe ihr gesagt, es müsse ihr doch unangenehm sein, in diese Angelegenheit mit hineingezogen zu werden. Dass ihr Name in der Presse genannt werde. Ich habe gesagt, das könne alles ganz rasch vorbei sein, wenn sie gegen ihren Mann aussagen würde.«

»Aber sie hat doch gesagt, dass sie nichts von den Aktivitäten ihres Mannes gewusst hat!«

»Nun – ich habe versucht, ihr klarzumachen, dass es darauf eigentlich gar nicht ankommt. Dass es völlig egal ist, ob sie etwas gewusst hat oder nicht. Wir wissen doch, dass er es getan hat. Und sie weiß es jetzt auch. Und wenn sie ihn belastet, dann ist sie alle Sorgen auf einen Streich los. Keine Schwierigkeiten bei der Scheidung, und ihr Ansehen ist auch wieder hergestellt. Ich habe ihr gesagt, dass wir dafür sorgen würden, dass in der Presse jedenfalls nichts Negatives über sie berichtet würde.«

Berger war fassungslos. »Du hast ihr – du hast ihr quasi vorgeschlagen, dass sie eine Falschaussage machen soll, und dass wir ihr dann weiterhelfen?«

»So krass würde ich das nicht ausdrücken ...«

»Aber ich. Mein Gott, Fehlandt, bist du denn von allen guten Geistern verlassen? Wir stehen hier für Recht und Gesetz, und du schlägst dieser Frau vor, sie soll durch einen Meineid ...«

»Ich habe nur gesagt, sie soll doch bitte noch einmal genau nachdenken, ob ihr nicht doch noch irgendetwas einfällt.«

»Das ist für mich Anstiftung zum Meineid!«

»Das ist doch Haarspalterei, Wilhelm! Denk an die Vorstrafen, denk an all die Zeugenaussagen! Der Mann hat sich an zahlreichen Mädchen vergangen. Wie viele sind es inzwischen? Zwanzig? Dreißig? Ich hab den Überblick verloren. Das muss aufhören. Der Mann muss aus dem Verkehr gezogen werden!«

»Darin stimme ich dir zu, aber doch nicht auf diese Weise!«

»Du bist naiv, Wilhelm!«

»Aber sie hat sich jedenfalls nicht auf deinen Vorschlag eingelassen?«

»Nein.«

»Dann ist es ja gut«, sagte Berger, obwohl damit keineswegs alles gut war. »Fehlandt – ich habe ein Problem. Ich brauche deine Hilfe.«

Fehlandt zog die Stirn kraus. »Das ist eine beschissene Geschichte«, sagte er. »Entschuldigung, Susanne, solche Ausdrücke sollte ich wohl besser nicht verwenden, aber so ist es jedenfalls.«

»Du musst das nicht machen«, sagte Berger. »Diese Angelegenheit ist gefährlich. Vielleicht ist sie sogar lebensgefährlich. Juden und Kommunisten sind im Spiel, da machen die Nazis gern kurzen Prozess. Zwar sind es keine richtigen Juden – Susanne ist höchstens eine Dreivierteljüdin – und auch keine richtigen Kommunisten, denn der junge Mann hat von den Roten inzwischen die Schnauze voll, aber ob uns das viel hilft, das wage ich zu bezweifeln.«

»Also um das gleich klarzustellen, ich kann Heinrich nicht auf Dauer bei mir verstecken«, sagte Fehlandt. »Das geht nicht, das ist zu auffällig.«

»Es geht nur um ein, zwei Nächte«, sagte Berger. »Bis der junge Mann sich etwas erholt hat. So bald wie möglich schaffen wir ihn über die Grenze.«

»Über die Grenze! Warum ist er nicht in Frankreich geblieben?«, fragte Fehlandt. »Da war er doch in Sicherheit!«

»Er wollte zu mir«, sagte Susanne.

»Das war dumm. Entschuldige, Mädchen, aber anders kann man das nicht bezeichnen. Hättest du nicht zu ihm nach Paris fahren können, oder nach Marseille, was weiß ich? Ihr hättet euch überall in Frankreich treffen können, an jedem beliebigen Ort, und niemand hätte irgendwelche dummen Fragen gestellt.«

»Hätte ist aber längst gestorben«, sagte Berger. »Der junge Mann ist hier, bei mir im Keller, und wir müssen eine Lösung finden.«

»Und da hast du an Dänemark gedacht.«

»Du hast da doch Kontakte!«

»Meine Kontakte zu Dänemark sind ein Witz«, sagte Fehlandt. »Dieser dänische Kommissar, oder was immer er gewesen sein mag, der hat mir zwar in der Falschgeldgeschichte geholfen, aber deswegen sind wir noch lange keine Freunde. Und das Ganze ist ewig lange her; seitdem haben wir nichts mehr voneinander gehört. Wenn wir den jungen Mann zu ihm schicken, dann ist das genauso riskant, als wenn er in Dänemark an irgendeiner beliebigen Haustür klingelt und sagt: Bitte helft mir!«

»Das klingt nicht gut«, sagte Berger.

»Nein. Wahrscheinlich wäre es sogar besser, wenn er an irgendeiner beliebigen Haustür klingelte. Wenn man untertauchen muss, ist es auch in Dänemark keine gute Idee, dass man sich an die Polizei wendet.«

Das war übel. Berger sah, dass Susanne den Tränen nahe war.

»Wie kommt ihr überhaupt auf Dänemark? Das Land ist doch viel zu klein. Wenn ich auf der Flucht wäre – ich würde jedenfalls nicht in Dänemark bleiben«, sagte Fehlandt. »Ich würde sehen, das ich weiterkomme, nach Amerika am besten, oder wenn das nicht geht wenigstens bis nach Schweden. Dazu würde man allerdings Geld brauchen und natürlich falsche Papiere.«

»Geld ist nicht das Problem«, sagte Berger. Es gab noch immer Reste des Vermögens seines Vaters, die er bisher nicht angetastet hatte, die konnte er angreifen.

»Faszinierend«, stellte Fehlandt fest. Für ihn war Geld zeitlebens ein Problem gewesen.

»Ich – ich kann dir natürlich auch Geld geben für deine ...«

»Bist du verrückt geworden? Das kommt überhaupt nicht infrage. – Ich würde sagen, der junge Mann kommt mit mir.

Gut, dass ich damals das Haus geerbt habe. So habe ich wenigstens genug Platz. Es gibt sogar ein Gästezimmer.«

»Danke.«

»Der junge Mann bleibt also die nächsten Nächte bei mir. Wenn der Arzt sagt, dass er wieder weit genug hergestellt ist, dann bringe ich ihn über die dänische Grenze, auch wenn das nicht ideal ist. Mein Wagen hat einen großen Kofferraum. Und ich denke, wenn ich meinen Dienstausweis zeige, werden sie mich nicht allzu streng kontrollieren. Ich mache einen Termin mit dem dänischen Kollegen in Fredericia. Wie war das noch – hat die Anna Altmann nicht irgendeinen Onkel in Fredericia?«

»Das ist ein Cousin zweiten Grades«, sagte Berger, »aber der hat mit dem Fall überhaupt gar nichts zu tun.«

»Das ist doch egal. Wir müssen jedem Hinweis nachgehen. Also muss ich mit den Kollegen in Fredericia sprechen. Richter muss das nur unterschreiben. Aber das macht er schon; wenn er dich nach Berlin fahren lässt, dann lässt er mich auch nach Dänemark fahren. Und bei der Gelegenheit setze ich den jungen Mann dann am Bahnhof ab. Und der geht dann nicht zur Polizei, sondern zu seinen kommunistischen Freunden ...«

»Er ist kein Kommunist!«, fiel ihm Susanne ins Wort.

»Da geht er trotzdem hin, und dann lässt er sich von denen neue Papiere besorgen, und dann lässt er sich von denen über die schwedische Grenze schaffen.«

»Da sind wir nun also«, sagte Fehlandt.

Heinrich nickte. »Danke«, sagte er. Wieder einmal spähte er durch die Gardinen nach draußen, aber draußen war nichts weiter zu sehen als die Straße, die von einer Laterne spärlich beleuchtet wurde. Es war schon spät; in den Häusern auf der anderen Seite war kein Licht mehr.

Die Abfahrt von Bergers Haus war nicht ohne Aufregung abgegangen. Als der Junge in Fehlandts Auto stieg, hatte plötzlich einer der parkenden Wagen seine Scheinwerfer aufgeblendet. Fehlandt, Berger und der Junge waren erstarrt. Gestapo, hatte Fehlandt gedacht. Aber nichts war geschehen. Der andere Wagen war gestartet und weggefahren. Die Nerven, dachte Fehlandt. Keine Falle, kein gar nichts. Nichts als die überreizten Nerven.

»Möchtest du etwas trinken? Ein Bier vielleicht?«

»Ja, ein Bier, das wäre nicht schlecht.«

Fehlandt holte das Bier aus dem Keller. Der Junge faszinierte ihn. Er, Fehlandt, betrachtete sich als einen Gegner der Nazis, aber seine Gegnerschaft hatte sich darin erschöpft, den Kopf einzuziehen und sich so unsichtbar wie möglich zu machen. Er hatte den Kontakt zu früheren Genossen gemieden. Er war froh gewesen, dass ihn niemand behelligt hatte. Aber hier, ihm gegenüber, saß nun dieser Junge, der mit der Waffe in der Hand gegen die Faschisten gekämpft hatte. Und das noch in einem Land, das nicht sein eigenes war.

»Wie hast du das gemacht?«

Er war nach Paris gefahren, dort gab es ein Büro der Internationalen Brigaden, das hatte man ihm gesagt, und dort hatte er sich anwerben lassen. »Auf sechs Monate«, sagte er. »Das war mir wichtig. Bei einem Krieg weiß man nie, was alles passiert, und wie lange er dauert. Aber sechs Monate, die kann man noch übersehen, jedenfalls habe ich das geglaubt.«

»Und – was haben deine Eltern dazu gesagt?«

»Gar nichts. Mein Vater ist Kommunist; den haben sie gleich am Anfang verhaftet, 1933; ich habe ihn danach nicht mehr wiedergesehen. Vielleicht ist er schon tot. Und meine Mutter, die ist schon früher gestorben, vor zehn Jahren ungefähr.«

»Und du – du bist also Kommunist?« Es ist schon seltsam, dachte Fehlandt. Es ist noch keine zehn Jahre her, da haben die Kommunisten auf uns geschossen, auf die Polizei, und jetzt – jetzt gewähre ich einem von diesen Burschen Unterschlupf bei mir zu Hause.

»Ich war Kommunist«, sagte der Junge. »Jetzt bin ich gar nichts mehr.«

»Erzähle.«

Es war alles ganz anders gekommen, als Heinrich es sich vorgestellt hatte. So viel sinnloser, so viel grausamer.

»Wenn man das hört, in diesem Lied von der Jarama-Front, dann klingt das alles ganz großartig. *Wir hatten nur Mut und Gewehre.* Schön wär's ja! Wir hatten nur Angst und Gewehre, das kommt der Sache schon näher.« Am Jarama waren die deutschen Interbrigadisten noch mit einem blauen Auge davongekommen. Aber natürlich hatte sich rasch herumgesprochen, was mit den Amerikanern passiert war. Verheizt hatten sie sie, in einem vollkommen sinnlosen Gegenangriff verheizt.

Als die sechs Monate um waren, wurde der Einsatz automatisch verlängert. Der Krieg lief schlecht, und während am Anfang die Truppen der Republik durch russische Waffenlieferungen zumindest auf der technischen Seite eine leichte Überlegenheit hatten, verschoben sich die Gewichte sehr rasch zu Gunsten der Gegenseite. Er hatte von der Brutalität der Franco-Rebellen gehört, und er hatte geglaubt, die Feinde der Bösen, das wären automatisch die Guten. Diesen Glauben hatte er in kürzester Zeit verloren.

»Während der Bürgerkrieg Zug um Zug verloren ging, hat unserer Seite einen eigenen Bürgerkrieg im Bürgerkrieg geführt. Kommunisten gegen Demokraten, Kommunisten gegen Anarchisten, und vor allen Dingen Stalinisten gegen Trotzkisten. Jeder gegen jeden. Sie haben sich gegenseitig ausmanövriert und verhaftet und hingerichtet, anstatt gemeinsam gegen die Faschisten zu kämpfen. Es ist ein beschissenes Gefühl ...«

Der Junge hielt mitten im Satz inne. Draußen auf der Straße fuhr ein Wagen. Fehlandt sah, dass die Hand des Jungen zitterte. Der Wagen fuhr vorbei.

»Es ist ein beschissenes Gefühl, wenn man vorne an der Front im Dreck liegt, und man weiß, dass die Leute, für die man das alles tut, sich inzwischen gegenseitig totschlagen.«

Fehlandt nickte. »Am Ende hast du die Sache aufgegeben«, sagte er.

»Ich hätte viel früher aufgeben sollen. Aber ich habe einfach nicht gewollt, dass die Faschisten diesen Krieg gewinnen. Ich habe mir gesagt, wenn sie diesen Krieg gewinnen, dann sind sie so stark, dass sie keiner mehr bezwingen kann. Spätestens nach der Schlacht um Brunete hätte ich abhauen sollen.«

»Brunete?« Davon hatte Fehlandt nichts gehört.

»Ihr wisst ja gar nicht, was dort eigentlich abläuft! – Jedenfalls habe ich zu lange gezögert. Schließlich kam der rasche Vorstoß der Franco-Truppen, der die Republik in zwei Teile teilte, und es war klar, dass jeder Mann gebraucht wurde. Wir hatten noch immer genügend Soldaten, aber die haben sie dann in einem völlig sinnlosen Angriff am Ebro geopfert, und da habe ich dann auch diesen Schuss durch die Schulter bekommen. Ich hatte Glück im Unglück. Sie haben mich da rausgeholt, sie haben mich ins Lazarett gebracht, und als ich einigermaßen wieder gesund war, da bin ich getürmt. Und jetzt – jetzt bin ich hier.«

Fehlandt konnte sich vorstellen, dass das schwierig genug gewesen war. »Du bist wegen Bergers Tochter wiedergekommen?«

»Ja. – Natürlich weiß ich, dass es dumm war, aber Susanne

und ich – wir lieben uns doch. Und wir haben uns so lange nicht gesehen. Nur immer geschrieben. Zwei Jahre lang.«

»Natürlich geht mich das alles nichts an, aber ich frage mich: Ist es denn richtig, dass du weiter davonläufst? – Ich meine, wenn du die Susanne Berger lieb hast, dann wäre es doch sinnvoller, wenn du hier bleibst. Warum stellst du dich nicht einfach der Polizei? Du brauchst doch nur zu sagen, wie es wirklich ist. Ich könnte mir vorstellen, dass unsere Nazis das sogar ganz gern hören, dass jemand reumütig zurückkommt, weil er eingesehen hat, dass die Roten in Wahrheit ziemlich üble Burschen sind.«

»Dagegen spricht zum einen, dass das gelogen wäre ...«

»Aber nur ein bisschen«, sagte Fehlandt. »Wir alle müssen manchmal lügen.«

»... und zum anderen kann ich das nicht tun, weil ich einen deutschen Panzer zerstört habe, und sie wissen das.«

»Was denn für einen deutschen Panzer?«, fragte Fehlandt.

»Das wisst ihr gar nicht«, sagte der Junge. »Für Franco kämpfen deutsche Soldaten. Reguläre deutsche Soldaten mit deutschen Panzern und deutschen Flugzeugen. Einen dieser Panzer habe ich bei Brunete abgeschossen, und die beiden Männer, die lebend herausgekommen sind, und die ich festgenommen habe, das waren Deutsche. Sie haben die Hände hochgehoben, und als sie gemerkt haben, dass ich Deutscher bin, haben sie mich angefleht, sie nicht zu erschießen, und das habe ich auch nicht getan. Aber dies ist ein Krieg, in dem keine Gefangenen gemacht werden. Ich habe sie nach hinten gebracht; da sind sie dann verhört worden, und anschließend hat man sie umgebracht.«

»Und du bist dir sicher, dass unsere Leute das wissen? Hast du irgendeinen Orden gekriegt für diese Aktion, oder wieso ...?«

»Bei den Interbrigaden gibt es keine Orden. Aber die Gegenseite hat ihre Spione überall. Sie kennen unsere Decknamen, sie kennen unsere richtigen Namen, und sie wissen genau, was jeder von uns gemacht hat. Sie würden mich ins KZ stecken, genau wie meinen Vater, und ich würde nie wieder herauskommen.«

»Und was willst du jetzt machen?«

»Ich gehe nach Schweden. Genauso, wie wir das vorhin besprochen haben. Und dort – dort werde ich dann warten, bis Susanne kommt, oder bis das mit den Nazis hier vorbei ist, und ich wieder zurückkann.«

Fehlandt leerte sein Glas. Er konnte nur hoffen, dass Heinrich tatsächlich heil über die Grenze kam. Er hatte Angst vor dieser Fahrt nach Dänemark. Aber es musste sein. Und zwar so schnell wie möglich.

Auch der Junge hatte sein Bier inzwischen ausgetrunken.

»Ich glaube, jetzt sollten wir allmählich ins Bett gehen«, sagte Fehlandt.

In dem Augenblick wurden draußen wieder die Scheinwerfer eines Autos sichtbar, das langsam die Straße entlangfuhr. Der Junge sprang auf; Fehlandt blieb gelassen. »Das ist nur irgendeiner der Nachbarn, der spät nach Hause kommt«, sagte er. »Keine Angst, die kommen nicht, um dich zu holen!«

Der Junge lauschte, bis das Motorengeräusch nicht mehr zu hören war. »Nein«, sagte er, »heute kommen sie wohl nicht mehr.« Er ging nach oben ins Gästezimmer.

Sie kamen am nächsten Morgen um 5 Uhr. Lautes Klingeln und Pochen an der Haustür. Fehlandt fuhr aus dem Bett.

»Aufmachen! Polizei!«

Wo waren die Pantoffeln? Egal! »Ich komme!«

Fehlandt rannte barfuß durch den Flur und öffnete die Haustür. Gestapo. Sie waren zu dritt.

»Wo ist er?«

»Wer?«

Einer der Männer schlug Fehlandt mit der Faust ins Gesicht. Fehlandt schrie auf; Blut lief ihm über das Kinn, tropfte auf seinen Schlafanzug.

»Was fällt Ihnen ...?« Da traf ihn der zweite Schlag.

»Sie sind festgenommen!« Handschellen klickten, dann wurde Fehlandt grob zur Seite gestoßen, und die Männer drängten sich an ihm vorbei.

Heinrich hatte schlecht geschlafen. Als unten der Lärm losbrach, war er sofort wach. Rasch verschloss er die Tür, aber er wusste, dass ihm das nichts nützen würde. Das konnte seine Festnahme nur um wenige Sekunden hinauszögern. Er sah aus dem Fenster. Er hätte springen können, aus dem ersten Stock, vielleicht hätte er eine Chance gehabt. Aber seine Verletzung ließ derartige Sprünge nicht zu. Und er sah, dass auch im Garten Polizei war; sie hatten das Haus umstellt.

Die Briefe! Die Briefe mussten verschwinden. In fliegender Hast zerrte er das Bündel aus seinem Rucksack, zerknüllte den ersten Brief, warf ihn auf den Tisch und zündete ihn an. Zögerlich leckte die Flamme an dem Papier. Weitere Briefe folgten. Die Flamme wurde größer. Schließlich standen alle Briefe in Flammen. Der Feuerschein musste von draußen zu sehen sein, aber noch hatten die Polizisten im Garten nicht reagiert.

Jeden Moment mussten die anderen, die in das Haus eingedrungen waren, mit der Durchsuchung des Erdgeschosses fertig sein.

»Hier ist er auch nicht!«, rief jemand.

Der Brand auf der Tischplatte erlosch. Der Junge rührte in der Asche; erneut züngelten die Flammen empor. Nichts sollte übrig bleiben von den Briefen, nichts sollte mehr zu lesen sein. Er dachte an Susanne. Aus, dachte er. Er stellte sich noch einmal vor, wie sie zusammen gewesen waren, die letzte Nacht im Bergers Keller. Da hörte er schon, wie schwere Stiefel die Treppe hinaufstampften. Er nahm die Pistole aus dem Rucksack und schoss.

Panik

8. - 9. November

Die Morgenzeitung war nicht geeignet, Bergers schlechte Stimmung aufzubessern. Natürlich ging es vor allem um dieses Attentat in Paris. Der *Hamburger Anzeiger* schrieb:

Schluss mit der jüdischen Mordhetze! – Der Zustand des verletzten Legationssekretärs ernst. Der Führer schickt Ärzte nach Paris. Beispielloser Zynismus des Judenlümmels Grynszpan. – Wie wir bereits in dem größten Teil unserer gestrigen Ausgabe meldeten, ist in der deutschen Botschaft in Paris ein Attentat verübt worden. Legationssekretär vom Rath wurde von dem Juden Herschel Seidel Grynszpan, der in sein Dienstzimmer eingedrungen war, durch Schüsse schwer verletzt. Der Täter wurde durch den vor dem Botschaftsgebäude stehenden französischen Polizeibeamten festgenommen. Bei der sofort durchgeführten Vernehmung erklärte er, er habe das Attentat verübt, ›um seine jüdischen Rassegenossen zu rächen‹.

Über die Verletzungen, die Legationssekretär vom Rath bei dem feigen jüdischen Revolverüberfall in der deutschen Botschaft in Paris erlitt, erfahren wir noch, dass eine der beiden Kugeln, die der Jude Grynszpan auf den deutschen Legationssekretär abschoss, in die Schulter eindrang. Die dadurch hervorgerufene Verletzung ist nicht gefährlich. Die zweite Kugel dagegen drang in die Seite ein und durchschlug die Milz. Weiter verletzte sie die Magenwand an zwei Stellen. Glücklicherweise ist die Wirbelsäule nicht getroffen.

Die sofort vorgenommene Operation, die Professor Baumgartner von der Klinik d'Alma durchführte, dauerte bis kurz vor 14 Uhr. Es erwies sich als notwendig, die Milz zu entfernen.

Der Führer hat unmittelbar nach Empfang der Nachricht von dem Mordanschlag veranlasst, dass sich sein Begleitarzt, Dr. Brandt, und der Leiter der chirurgischen Universitätsklinik in München, Professor Dr. Magnus, auf dem schnellsten Wege zur Konsultation und zur direkten Berichterstattung nach Paris begeben.

Dass diese unerhörte Bluttat keine Affekthandlung ist, geht aus der französischen Zeitung Matin *hervor, nach der der jüdische Verbrecher dem Polizeikommissar beim Verhör erklärt habe, es sei ihm darauf angekommen, irgendeinen Deutschen zu töten. Er habe auf den ersten besten geschossen. Zynisch habe der Mörder hinzugefügt, er könne nur bedauern, ›dass er nicht tot ist‹.*

Berger legte die Zeitung zur Seite. »Damit haben sich die Juden aber einen schlechten Dienst erwiesen«, sagte er.

Susanne schüttelte den Kopf. »Die Juden!«, sagte sie. »Was soll das heißen? Gib mir mal die Zeitung! – Hier, auf der dritten Seite, was ist damit? Mordprozess Krause. *Der 33-jährige Wilhelm Krause hat am 17. Mai dieses Jahres in seiner Wohnung seine 25-jährige Ehefrau erwürgt und danach die Leiche zerstückelt.* Hier bei uns in Hamburg. Glaubst du etwa auch, dass er damit den Hamburgern einen schlechten Dienst erwiesen hat?«

»Das kannst du nicht vergleichen«, sagte Berger, der keinen neuen Streit wollte. »Dieser Krause, das ist einfach ein ganz normaler Mörder, während der Grynszpan das doch gemacht hat, um ein Zeichen zu setzen. Das ist eine politische Tat. Und er hat sich schon als stellvertretend für die Juden angesehen.«

»Ich glaube nicht, dass die Juden ihn als ihren legitimen Vertreter anerkennen würden! Mich vertritt er jedenfalls nicht!«

»Nein, das habe ich auch nicht gesagt. Aber du weißt ja, wie die Nazis auf so etwas reagieren, und du musst zugeben, dass es ja immerhin schon das zweite Mal innerhalb von zwei Jahren ist, dass so etwas passiert. Erst die Ermordung des Wilhelm Gustloff in der Schweiz durch einen jüdischen

Attentäter, und jetzt dies. Das wird schlimme Folgen haben, fürchte ich.«

»Das sind keine Folgen, das ist alles sowieso schon geplant! Guck doch hier, was steht hier neben dem Mordprozess Krause? *Jüdische Betriebe kenntlich machen! Die Forderung des Nationalsozialismus nach restloser Ausscheidung des Judentums aus dem deutschen Wirtschaftskörper wird in absehbarer Zeit seine Erfüllung gefunden haben.* Und dann weiter: *Dass der Jude in der deutschen Volkswirtschaft völlig entbehrlich ist, bedarf keines Beweises mehr. Seit kurzer Zeit wird auch auf die Mitwirkung des Nichtariers an der Börse (seinem ureigensten Element) verzichtet – und es hat sich herausgestellt, dass es auch sehr gut so geht!*«

Berger schwieg. Susanne hatte recht. Unter dem Artikel, aus dem sie gerade zitiert hatte, stand als nächster Beitrag: *In Hamburg: Wolken über dem Mond – Finsternis war sehr »total«.* Ja, dachte Berger, die Finsternis über Hamburg ist sehr total. Nicht nur die Mondfinsternis. Er hatte das Gefühl, dass die ganze Welt, in der er bisher gelebt hatte, unter ihm zusammenbrach.

Früher als sonst machte Wilhelm Berger sich auf den Weg zum Stadthaus. Herbert Richter war schon da.

»Wo ist Fehlandt?« Es war ungewöhnlich, dass Fehlandt um diese Zeit noch nicht da war.

»Fehlandt kommt nicht«, sagte Richter. Er sah noch blasser aus als sonst.

»Was ist passiert?«, fragte Berger alarmiert.

»Eine ganze Menge. Ich weiß nicht, ob es dich nicht auch betrifft. Ich will es auch gar nicht wissen. Wahrscheinlich ist es am besten, wenn du dich heute krank meldest. Jedenfalls solltest du nicht hier im Stadthaus sein. Vielleicht solltest du überhaupt gar nicht in Hamburg sein.

»Was ist passiert?«, wiederholte Berger.

»Fehlandt ist verhaftet worden.«

»Mein Gott!«

»Gestapo. Heute früh haben sie ihn geholt. Es heißt, er habe irgendeinen Kommunisten bei sich versteckt gehabt.«

Heinrich! Sie hatten den Jungen gefunden. Das bedeutete, dass er selbst in Gefahr war. Er und seine Familie. »Was können wir tun?«

»Im Augenblick nichts, fürchte ich. Es heißt, bei der Festnahme sei geschossen worden.«

»Geschossen?« Berger spürte, dass seine Hände zitterten. Wenn Fehlandt sich der Festnahme widersetzt hatte, wenn er auf die Beamten geschossen hatte, dann bedeutete das sein Todesurteil. Die Rechtslage war in diesem Fall eindeutig. Und wenn der Junge geschossen hatte, dann war die Lage auch nicht viel besser. Mein Gott, wie sollte er das alles Susanne beibringen? Und in was hatte er seinen Freund da reingeritten?

»Ich weiß keine Einzelheiten«, sagte Richter. »Ich werde versuchen, alles zu klären.«

»Fehlandt muss wieder freikommen«, sagte Berger. »Sofort. Wir brauchen ihn. Wir haben einen Mordfall zu klären. Und … und …«

»Ja, ja. Vergiss den Mordfall. Der ist jetzt völlig egal. Es geht jetzt um Fehlandt. Und um dich.«

»Aber – kann ich nicht ...«

»Mensch, verschwinde! Ich will versuchen, das alles zu klären, aber dafür kann ich dich wirklich nicht gebrauchen. Du bist einfach für die nächsten zehn bis zwölf Stunden unerreichbar. Wolltest du nicht sowieso nach Berlin? Fahr nach Berlin! Und dann ruf mich auf jeden Fall an, bevor du hier wieder auftauchst.«

Berger zögerte. »Ich glaube, ich muss dir einiges …«

»Hinterher! Jetzt will ich das alles gar nicht wissen. Nun mach schon, dass du wegkommst!«

Berger nickte und machte sich auf den Weg.

Fehlandt verhaftet. Wenn die Gestapo ihn in den Fingern hatte, dann würden sie auf kurz oder lang alles aus ihm herausquetschen. Dann würde herauskommen, dass der Junge zuerst in seinem Haus versteckt gewesen war. Wenn sie das nicht sowieso schon wussten. Vermutlich wussten sie es. Zumindest vermuteten sie es. Sie waren in Gefahr. Susanne, Dagmar – sie alle!

Wie viel Zeit mochte er haben? Die Gestapo führte ihre Verhaftungen am liebsten frühmorgens durch. Gegen 5 Uhr vielleicht. Jetzt war es neun. Vielleicht waren sie schon bei ihm zu Hause. Vielleicht warteten sie dort auf ihn.

Wilhelm Berger atmete auf: keine schwarze Limousine, die vor der Gartentür parkte. Überhaupt kein verdächtiges Auto, weder in seiner Straße noch in einer der Nebenstraßen. Das Haus wirkte verlassen. Dagmar war auf der Arbeit, die Kinder in der Schule. Die Haustür – verschlossen wie immer. Berger zog den Schlüssel aus der Tasche und schloss auf. Er hörte, wie ein Auto die Straße entlangkam. Jetzt kommen sie und holen dich! – Nein, noch einmal Glück gehabt. Das Auto fuhr vorbei.

Wilhelm Berger trat ein und ließ die Tür hinter sich ins Schloss fallen. War da nicht ein Geräusch?

»Dagmar?«, rief er.

Nichts. Keine Antwort.

Da war wieder das Geräusch. Ein leises Klappern. Es kam aus der Küche. Kurz entschlossen stieß Berger die Küchentür auf. Die Küche war leer. Das Fenster klapperte im Wind. Wie oft hatte er Dagmar und Susanne gesagt, sie sollten das Fenster schließen, bevor sie das Haus verließen? Egal. Berger schloss das Fenster. Dann machte er sich an die Arbeit.

Im Keller waren auf den ersten Blick keine Spuren ihres Gastes mehr zu entdecken. Das Matratzenlager, auf dem der Junge übernachtet hatte, sie hatten es vorsorglich weggeräumt. Den Rucksack mit seinen Sachen, den hatte der Junge mitgenommen. Nein, hier war nichts mehr.

Jetzt das Wohnzimmer. Sein Blick fiel auf den Bücherschrank. Er überlegte. War das wirklich nötig? Wieder fuhr draußen ein Auto vorbei. Ja, es war nötig. Die Bücher mussten verschwinden. Später, wenn alles vorbei war, konnte er sie wieder hervorholen, aber jetzt mussten sie weg. Wohin damit? In den Keller!

Rasch räumte er den Bücherschrank aus. Remarque, der musste auf jeden Fall weg. Heinrich Mann, der ging auch nicht. Stefan Zweig? Das war gar nicht sein Buch, das stammte noch von seinem Vater. Aber Zweig – der könnte Jude gewesen sein. Weg damit. Bertolt Brecht natürlich auch. Und Musil, und Horvath. Bergengruen? Das wusste er nicht. Immerhin war das Buch 1935 erschienen. Aber dieser Titel! *Der Großtyrann und das Gericht*. Das konnte gar nicht erlaubt sein. Weg damit! Berger schaffte alles nach unten.

Jetzt die Schlafzimmer. Der schwierigste Teil. Wilhelm Berger unterzog das Zimmer seiner Tochter einer hastigen Inspektion. Dabei musste er darauf Rücksicht nehmen, dass er nicht wie sonst bei derartigen dienstlichen Anlässen alles einfach herauszureißen und die Schubladen auskippen konnte; es sollte ja hinterher nicht gleich jeder sehen, dass hier eine Durchsuchung stattgefunden hatte.

Wilhelm Berger durchstöberte alle Schränke. Nichts. Die Uhr im Wohnzimmer schlug zehn. Berger inspizierte das Bett, hob die Matratzen an. Nichts. Aber irgendwo musste es doch sein! Vielleicht die Bücher. Susanne hatte viele Bücher. Er nahm jedes einzelne zur Hand, blätterte es durch, schüttelte es aus. Eine Kinokarte flatterte zu Boden, die wohl als Lesezeichen gedient hatte. Die brauchte er nicht. Gepresste Blumen fand er, zwischen Löschblättern in *Nesthäkchen*. *Nesthäkchen?* Else Ury war Jüdin, das wusste er. Auch das Buch hätte weg müssen, aber das brachte er nicht übers Herz. Aber das Liederbuch der Internationalen Brigaden, das steckte er lieber ein. Das konnte nicht in den Keller; das musste aus dem Haus.

Draußen war jemand. Berger hörte, wie die Gartenpforte zuklappte. Jetzt kommen sie, dachte er. Einen Augenblick war er starr vor Schreck. Aber bevor er noch über Flucht nachdenken konnte, war klar, dass es nur der Postbote sein konnte, der da gekommen war. Berger sah kurz darauf, wie der Mann den Garten wieder verließ. Glück gehabt. Aber was jetzt? Wo sollte er jetzt noch suchen?

Halbherzig machte er sich daran, auch das Zimmer seines Sohnes zu untersuchen. Und bei Horst wurde er fündig. In dem Karton, in dem sich die Gleise der Aufzieh-Eisenbahn befanden, mit der Horst nicht mehr spielte, lag zuoberst ein kleiner Stapel Briefe, mit einem Seidenband zusammengebunden. An Fräulein Susanne Berger. Das waren sie. Berger steckte die Briefe ein. Er eilte nach unten. Sollte er Dagmar anrufen? Susanne konnte er sowieso nicht erreichen, und Horst wusste von nichts. Das hoffte er jedenfalls.

Er rief bei der Bank an.

Die Stimme einer unbekannten Kollegin: »Frau Berger ist zur Zeit nicht an ihrem Platz. – Möchten Sie ihr eine Nachricht hinterlassen?«

Nein, natürlich nicht. »Danke, ich rufe später noch mal an!«

Berger machte sich auf den Weg.

Vom Hauptbahnhof aus rief Berger zunächst in Berlin an, um seinen Besuch anzukündigen. Er brauchte sich keine allzu großen Sorgen zu machen, dass Gennat etwa nicht im Präsidium wäre. Aufgrund seines erheblichen Übergewichts war er kaum noch in der Lage, irgendwelche Tatorte selbst aufzusuchen. Das war auch gar nicht nötig; seine Stärke war nicht die Arbeit im Gelände, sondern das Verhör. Ja, Gennat war an seinem Platz, und er freute sich auf Bergers Besuch.

Sein zweiter Anruf lief dagegen ins Leere. Im Präsidium erreichte er nur die Zentrale. Richter war nicht in seinem Zimmer. Berger legte auf, ohne sich zu erkennen zu geben.

Normalerweise hätte er die Fahrt mit dem Fliegenden Hamburger genossen. Davon konnte diesmal keine Rede sein. Seine Gedanken kreisten um Fehlandt und um Heinrich. Sie waren zu sorglos gewesen, vor allem er selbst. Niemals hätte er es zulassen dürfen, dass Fehlandt den Jungen bei sich aufnahm.

Was jetzt geschehen würde, das ließ sich gar nicht abschätzen. Beihilfe könnte man ihm vorwerfen. Ihm und seiner Familie. Aber Beihilfe zu was eigentlich? Wilhelm Berger hatte keine Ahnung, als was man dieses Delikt bezeichnen könnte. Und den Anwalt, der seinen Vater in Rechtsfragen beraten hatte, den konnte er auch nicht mehr fragen. Durch die *Fünfte Verordnung zum Reichsbürgergesetz* durften Juden jetzt nicht mehr als Rechtsanwälte tätig sein. Er hatte die Konsequenzen gezogen und das Land verlassen.

Berger konnte nur hoffen, dass es Herbert Richter gelang, allen Ärger aus dem Weg zu räumen. Und Fehlandt und Heinrich mussten wieder frei. Hoffentlich hatte Fehlandt nicht geschossen. Hoffentlich hatte Susannes Freund nicht geschossen.

Und hoffentlich passierte nichts mit Susanne. Berger öffnete seine Brieftasche. Einen der Abzüge von Susannes Passbild trug er stets bei sich. Er betrachtete die Fotografie. Er würde alles tun, um Susanne zu schützen.

»Wir haben herzlich wenig.« Berger zwang sich, seine eigenen Sorgen einen Moment lang zu vergessen und sich auf den Mord an Anna Altmann zu konzentrieren. Von Ernst Gennat ging eine beruhigende Wirkung aus.

Gennat nickte.

Berger hatte ihm den Stand der Ermittlungen geschildert. »Irgendetwas stimmt hier nicht, aber ich weiß nicht, was.«

»Lassen Sie uns die Sache noch einmal von Anfang an durchgehen«, sagte Gennat.

»Also, die Leiche ...«

»Von Anfang an!«

»Wir wissen nicht genau, wo der Anfang ist. Aber gut – wahrscheinlich am Tag vor der Tat. Da hat der Täter – Hugo Blanck oder sonst irgendjemand – das Mädchen angesprochen. Er hat es vielleicht ins Kino eingeladen, und er hat ihm vielleicht ähnliche Versprechungen gemacht, wie der Mann in dem Film. Und dann hat er sich mit dem Mädchen für den nächsten Tag verabredet.«

»Da ist aber noch das Buch«, sagte Gennat.

»Gut, wenn wir das Buch mit in die Betrachtung einbeziehen, dann ist die Geschichte einen oder zwei Tage vorher losgegangen. Mindestens. Das Mädchen ist zu Hugo Blanck in den Buchladen gekommen, hat sich vielleicht Bücher angesehen, und der Buchhändler hat der Kleinen angeboten, sich *Försters Pucki* auszuleihen. Oder er hat es ihr geschenkt.«

»Damit war der Kontakt hergestellt«, sagte Gennat. »Und zwar der Kontakt zu Hugo Blanck.«

»Gut. Am nächsten Tag geht Anna Altmann nicht in die

Schule, sondern treibt sich in Eimsbüttel herum. Sie guckt sich noch einmal die Bilder aus dem Film an, sie wird außerdem bei dem Zoogeschäft gesehen, und danach gibt es eine ganze Reihe Zeugen ...«

»Und die wollen wir jetzt mal alle vergessen. Diese Zeugen haben sich erst gemeldet, als die Leiche des Mädchens gefunden worden war. Das heißt, die Zeugen haben gewusst, welchen Weg sie zurückgelegt haben muss, und sie haben genau diesen Weg beschrieben. Das kann zum Teil richtig sein, das kann aber auch falsch sein. Deswegen lassen wir es zunächst einmal beiseite und kümmern uns um die Dinge, die wir wirklich wissen.«

»Wir wissen, dass Anna Altmann ihr Schulbrot gegessen hat. Und danach hat sie nichts mehr gegessen. Das heißt, dass sie aller Wahrscheinlichkeit nach im Laufe des Nachmittags ermordet worden ist.«

»Wo ist sie ermordet worden?«

»Da gibt es zwei Möglichkeiten. Entweder, der Blanck hat sie in seine Wohnung gelockt und dort umgebracht. Das wäre möglich gewesen, denn seine Frau war ja nicht zu Hause. Oder aber er ist mit dem Kind zum Volkspark gegangen oder gefahren und hat die Kleine dort getötet.«

»Und was ist wahrscheinlicher?«

»Wenn er sie bei sich zu Hause getötet hat, dann bleibt die Frage, wie er die Leiche zum Volkspark geschafft hat. Das Mädchen war 1,30 Meter groß; das ist etwas überdurchschnittlich für ihr Alter. Dick war sie nicht. Sie muss ungefähr 25 Kilo gewogen haben. 25 Kilo kann man tragen, zum Beispiel in einem Rucksack, aber es ist schwierig, ein 1,30 Meter großes Mädchen darin zu verstauen. Für den Transport müsste Blanck also einen Handwagen oder ein Fahrrad mit Anhänger benutzt haben.«

»Hat Blanck ein Fahrrad?«

Berger schüttelte den Kopf. »Blanck hat auch keinen Handwagen. Das heißt, er hätte sich Fahrrad und Handwagen leihen müssen. Und wenn er das getan hätte, dann hätte sicher irgendeiner der Nachbarn etwas bemerkt. Oder derjenige, der ihm das Fahrzeug geliehen hätte, hätte sich bei der Polizei gemeldet. Diese Möglichkeit ist also sehr unwahrscheinlich.«

»Und was heißt das nun?«

»Das heißt, dass das Kind wahrscheinlich dort umgebracht worden ist, wo wir es gefunden haben.«

Gennat räusperte sich. »Das sind natürlich alles Dinge, die Sie selbst bereits gewusst haben. Oder die Sie zumindest aufgrund der Tatsachen hätten erschließen können. Aber nun kommen wir zu den Dingen, die keiner von uns wissen kann. Und da wird es schwierig.«

»Ja, da wird es schwierig. Warum geht der Blanck mit dem Mädchen den weiten Weg in den Volkspark? Wenn er irgendwelche verbotenen Spiele mit ihm treiben will, warum tut er das dann nicht zu Hause, wo ihn keiner dabei beobachten kann?«

»Ich kenne Hamburg nicht. Der Volkspark – ich nehme an, dass das ein einigermaßen belebter Park ist?«

»Ja, das kann man sagen. Allerdings ist das Gelände sehr groß. Der größte Park in Hamburg. 200 Hektar ungefähr. Natürlich gibt es da Teile, in denen weniger los ist als in anderen. Teile des Parks sind reine Waldgebiete, und wenn man dort von den Wegen abgeht, dann trifft man wahrscheinlich niemanden.«

»Gut. Dann müssen wir also unsere Aussage von vorhin ein klein wenig revidieren. Es wäre sehr wohl möglich, in diesem Park irgendwelche verbotenen Spiele mit einem Kind zu treiben.«

»Solange es nicht schreit«, sagte Berger.

Gennat nickte.

»Aber wenn es dann doch schreien sollte, dann hat man natürlich für den Notfall ein Taschentuch dabei, um ihm das Maul zu stopfen, und einen Strick, mit dem man es für immer zum Schweigen bringen kann.«

»Aber Sie sagen, der Täter hat sich nicht an der Kleinen vergangen?«

»Nein, das Mädchen war vollständig bekleidet, und Scheide und After waren unverletzt. Es gab auch keinerlei Spuren von Sperma an ihrem Körper oder an ihrer Kleidung.«

»Und dennoch ist Anna geknebelt und erwürgt worden.«

»Ja. Und das verstehe ich nicht. Selbst wenn Hugo Blanck sich an dem Kind vergangen hatte, er ist doch kein Anfänger in diesen Dingen. Er weiß, dass ihm im schlimmsten Fall eine nicht allzu harte Strafe droht. Wenn überhaupt. Wenn er sich nicht herausreden kann, was ihm ja früher auch schon wiederholt gelungen ist.«

»Kann es eine spontane Tat gewesen sein? Ist der Blanck irgendwie in Panik geraten?«

»Nein, das glaube ich nicht. Immerhin hat der Mann ja die Schnur dabei gehabt, mit der er das Mädchen erdrosselt hat.«

»Also ein geplantes Verbrechen. – Kann es dabei in Wirklichkeit um etwas anderes gegangen sein? Erpressung zum Beispiel?«

»Das halte ich für extrem unwahrscheinlich. Ein achtjähriges Mädchen sollte versucht haben, einen gut fünfzig Jahre alten Mann zu erpressen? Ein so harmloses Mädchen wie die Anna Altmann? Ein Mädchen, das in seiner Freizeit *Försters Pucki* liest?«

»Wenn das so ist, dann haben wir es hier also mit einem Lustmord ohne Lust zu tun?«

»Ja, so sieht es aus. Aber das kann ich mir überhaupt nicht vorstellen.«

»Ich auch nicht, mein lieber Berger, ich auch nicht! Und da gibt es noch einen anderen Punkt, den ich mir bisher nicht recht erklären kann. Ich bin gespannt, was Sie dazu sagen.«

Berger überlegte. »Sie meinen den Schulranzen?«

»Ja, ich meine den Schulranzen und die Brottasche. Als das Kind seinem Mörder begegnete, hatte es Schulranzen und Brottasche dabei. Diese Dinge waren aber offenbar lästig.«

»Wahrscheinlich hat Blanck gedacht, es ist zu auffällig, wenn er mit einem Kind unterwegs ist, das ganz offensichtlich seine Schulsachen bei sich trägt. Wenn er mit einem solchen Kind in den Volkspark geht, dann muss das doch auffallen.«

»Ja, das mag er gedacht haben. Jedenfalls hat er Schulranzen und Brottasche in einer Sandgrube vergraben. Und diese Sandgrube liegt – wenn ich das richtig verstanden habe – nicht direkt auf dem Weg von Eimsbüttel zum Volkspark?«

»Nein. Man hätte einen Umweg gehen müssen.«

»Einen Umweg. Wie hat der Mann das nun gemacht? Hat er das Kind bei der Hand genommen und hat gesagt: So, Mädchen, nun wollen wir erst einmal deine Schulsachen vergraben?«

»Sicher nicht.«

»Also hat er sie nach der Tat vergraben?«

»Ja, wahrscheinlich.«

»Aber haben Sie nicht gerade gesagt, dass es auffällig gewesen wäre, wenn ein älterer Mann ein kleines Kind mit seinen Schulsachen in den Volkspark führt?«

»Ja. Vielleicht hat er die Sachen zwischenzeitlich irgendwo abgelegt. Auf dem Friedhof zum Beispiel. Die beiden sollen ja auf dem Friedhof Diebsteich gewesen sein. Aber – wäre es nicht noch viel aufwändiger, wenn nach der Tat ein älterer

Herr mit einem Schulranzen aber ohne das zugehörige Kind durch den Park geht? Das hätte doch erst recht auffallen müssen. – Ich weiß nicht, wie er das gemacht hat. Und ich weiß auch nicht, warum er das gemacht hat. Die Sache ist mir rätselhaft.«

»Es gibt meiner Meinung nach noch ein anderes Rätsel«, sagte Gennat. »Ich habe mir die Fotos angesehen. Als das Kind gefunden wurde, lag es auf dem Rücken, mit ausgebreiteten Armen. Natürlich kann der Täter die Leiche nachträglich so arrangiert haben, aber dann gibt es auch noch dieses eigenartige Kiefernzweiglein, das das Kind in der Hand gehalten hat.«

»Ich frage mich, ob nicht vielleicht der Täter dem Kind diesen Zweig nachträglich in die Hand gegeben hat.«

»Möglich. Aber warum?«

»Ist das nicht so, dass Jäger zum Beispiel das erschossene Wild mit einem Zweig dekorieren?«

»Einen Bruch meinen Sie? – Ist denn Blanck Jäger?«

»Nein.«

»Was gibt es sonst noch für Möglichkeiten?«

»Die andere Möglichkeit ist, dass das Mädchen den Zweig in der Hand gehabt hat, als der tödliche Angriff erfolgte, und dass der Täter die Kleine zu Boden geworfen hat, sich auf sie gekniet und ihre Hände festgehalten hat, sodass sie sich überhaupt nicht rühren konnte.«

»Und mit welcher Hand hat er ihr dann das Taschentuch in den Mund gestopft, und mit welchen Händen hat er sie erdrosselt?«

Berger begann, sich zu ärgern. Gennat mochte diese Spekulationen genießen, aber es waren am Ende doch nichts weiter als Spekulationen. »Irgendwie muss er es ja gemacht haben! Sonst wäre das Mädchen ja nicht tot!«

Gennat sah Berger an und schwieg. Berger wusste nicht, was er noch sagen sollte. Sicher, Gennat hatte die offenen Fragen wunderbar herausgearbeitet, aber was brachte das alles? Es gab nach wie vor keine Antworten.

Schließlich sagte Gennat: »Sie haben angedeutet, dass Sie den Verdacht haben, die Frau Blanck stecke mit ihrem Mann unter einer Decke.«

»Ja, zumindest deckt sie ihn, das ist sicher.«

»Mehr nicht?«

»Was meinen Sie damit? – Glauben Sie am Ende, dass die Frau Blanck bei der Ermordung des Kindes mitgewirkt hat?« War das möglich? Es entsprach sicher nicht Bergers Vorstellung von der typischen Handlungsweise einer zarten Frau, aber Frau Blanck war keine zarte Frau.

»Ich meine«, sagte Gennat, »dass sich die meisten Fragen von selbst lösen, wenn wir annehmen, dass die Frau mitgemacht hat. Wenn die Blancks gemeinsam das kleine Mädchen zum Volkspark geführt haben, dann sind sie überhaupt nicht aufgefallen, denn jeder hätte gedacht, das seien die Großeltern, die mit ihrem kleinen Enkelkind spazieren gehen.«

»Das stimmt«, musste Berger zugeben, »aber welchen Grund sollte die Frau haben ...«

»Das weiß ich natürlich nicht«, erwiderte Gennat. »Aber bei unserem letzten Gespräch haben Sie mir von Ihren so genannten Sadistenbriefen erzählt. Und Sie haben mir auch erzählt, dass diese Briefe von einem Mann und von einer Frau geschrieben worden sind. – Könnten das nicht die Blancks gewesen sein?«

»Wenn sie das Verbrechen gemeinsam begangen haben, dann hätte also vielleicht die Frau das Mädchen festgehalten, und der Mann hätte es erwürgt?«

»Oder umgekehrt«, sagte Gennat. »Oder umgekehrt.«

»Hat jemand angerufen?«, rief Susanne, sowie sie ins Haus kam.

»Nö, wer denn?« Horst saß am Küchentisch und machte seine Schulaufgaben.

»Irgendwer«, behauptete Susanne unbestimmt.

Aber es hatte niemand angerufen. »Nicht seit ich hier bin! – Ich bin ja auch grad erst gekommen.«

Wahrscheinlich wollte Heinrich abwarten, bis sie aus der Schule zurück war. Susanne musste sich in Geduld fassen. Auch sie hatte Schularbeiten zu erledigen. Der Aufsatz in Deutsch, der machte ihr am meisten Kummer.

Sie setzte sich auf die andere Seite des Küchentisches, schlugt das Lesebuch auf. *Deutsches Lesebuch für Oberschulen und Gymnasien, Dritter Band*. Die Geschichte, die sie lesen sollte, hieß *Ein deutsches Mädchen wird tschechisch gemacht*. Susanne hatte den Text schon überflogen. Eine Geschichte aus dem Sudetenland, bevor die deutschen Truppen einmarschiert waren und es wieder »heim ins Reich« geholt hatten, wie die Zeitungen schrieben.

In der Geschichte kommen zwei Herren von der tschechischen Kreisbehörde zum Schulleiter einer deutschen Schule und behaupten, eines der Kinder, die dort unterrichtet würden, müsste nach Abstammung und Muttersprache der tschechischen Schule zugewiesen werden. Der Schulleiter widerspricht. Die Herren lassen das kleine Mädchen kommen, und der eine spricht es auf Tschechisch an: *Dobrej den, dcerusko*. Das Mädchen antwortet: *Dobrej den, pane*. Also ist es tschechisch. Der Einspruch des Schulleiters ist vergebens. Und die Geschichte endet mit der Feststellung:

Das wäre zu ertragen gewesen, das alles. Aber dass nach nicht gar zu langer Zeit, nach zwei Jahren etwa, als die Kinder vor mei-

nem Fenster tschechische Hetz- und Spottlieder sangen, ich, hinaussehend, unter ihnen das Kind Margarethe sah, wie es mit seiner hellen und ein wenig kreischenden Stimme mitsang, das bereitete mir den größten Schmerz. Das tschechische Gift hatte die junge Seele zerfressen. Denn das Unkraut geht im kindlichen Gemüt genauso schnell auf wie der gute Samen.

Das tschechische Gift. Susanne konnte sich vorstellen, dass es nicht leicht war, in einer Gegend zu wohnen, wo ein großer Teil der Bevölkerung die eine Sprache sprach, und ein anderer Teil die andere. Das musste zu Konflikten führen, und wenn dabei ein Kind von den Behörden von der einen Seite auf die andere geschoben wurde, dann war das ein Unrecht, und da musste man gegen angehen, mit allen Mitteln, die man hatte. Aber das, was hier aus diesen letzten Zeilen klang, das war einfach nur Hass – und der war immer falsch.

Aber das durfte sie nicht schreiben, das wollte der Lehrer nicht hören. Also musste sie sich etwas aus den Fingern saugen, von dem Unrecht sprechen, das dem kleinen Mädchen angetan wurde, das doch deutsch war, obwohl es laut Taufregister Marketa Pyszcz hieß und offenbar fließend Tschechisch sprach. Es wurde dem guten, fürsorglichen deutschen Schulleiter entzogen, und er konnte sich nicht dagegen wehren, dass die bösen Tschechen es zum Hass auf Deutschland erzogen.

Nein, das konnte sie nicht schreiben. Das war zu absurd. Vielleicht sollte sie einfach behaupten, dass Probleme, wie das hier geschilderte, heute nicht mehr vorkommen konnten, weil die strittigen Gebiete jetzt wieder zum Reich gehörten. Das wäre zwar auch Schönfärberei, aber mit dieser Lüge könnte sie sich zur Not noch abfinden, wenn ihr nichts Besseres einfallen sollte.

Horst war mit seinen Hausaufgaben fertig. Er zog Susannes Lesebuch zu sich herüber, blätterte darin. »Ihr lest ja spannende Sachen in der Schule«, sagte er. »*Weltkrieg und Kampfzeit!* – Das ist wenigstens noch etwas. Nicht diese albernen Märchen, mit denen wir uns abquälen müssen!«

»Du wirst schon schnell genug diese Sachen lesen müssen«, sagte Susanne. Ob er sie dann immer noch so interessant finden würde?

Noch immer kein Anruf. Heinrich hatte versprochen, sich zu melden. Jetzt war es schon 4 Uhr. Das war nicht normal, dachte Susanne. Der Heinrich, der war zuverlässig. Und jetzt – wenn da nur nichts passiert war! Sie beschloss, selbst bei Fehlandt anzurufen. Fehlandts Nummer – Papa hatte sie irgendwo aufgeschrieben. Das Notizbuch mit den Telefonnummern lag neben dem Telefon. Susanne blätterte darin. Dies hier, 34 10 00 – nein, halt, das war die Nummer vom Stadthaus. Die andere hier, das musste sie sein.

Susanne wählte. Am anderen Ende ertönte das Freizeichen. Endlos, wie es Susanne schien. Aber dann plötzlich wurde der Hörer doch abgehoben. Zunächst hörte sie nur, dass jemand atmete. Dann eine Stimme: »Hallo?«

Das war nicht Fehlandt! Und Heinrich war das auch nicht! Susanne legte rasch den Hörer auf. Da stimmte etwas nicht. Zu dumm, dass weder Papa noch Mama zu Hause waren! Was sollte sie tun? – Susanne beschloss, nach dem Rechten zu sehen. Fehlandt wohnte in Barmbek. Weit war das nicht. Susanne beschloss, das Fahrrad zu nehmen.

»Was hast du vor? Willst du noch mal weg?«, fragte Horst.

Susanne nickte. »Ja, aber ich bin gleich wieder da.«

Horst war das recht. Er zog das Lesebuch wieder zu sich herüber, blätterte darin. *Deutsche Luftschiffe greifen London an.* Das war doch noch etwas! Das war noch spannender als John Kling, denn dies war eine wahre Geschichte. Die konnte er sich jetzt in Ruhe durchlesen.

Fehlandts Wagen parkte am Straßenrand, wie immer. Das sah sie schon von Weitem. Also war er zu Hause. Sie würde einfach bei ihm klingeln, und er würde die Tür aufmachen und erklären, warum er sich nicht gemeldet hatte. Das war alles nur irgendein dummes Missverständnis gewesen. Ganz sicher.

Nein. Gerade als Susanne anhalten wollte, um ihr Fahrrad am Gartenzaun abzustellen, öffnete sich die Tür von Fehlandts Haus, und ein Mann kam heraus. Susanne erschrak. Susanne radelte langsam weiter. Das war nicht Fehlandt. Das war auch nicht Heinrich, das war irgendein unbekannter Mensch im dunklen Ledermantel. An der nächsten Straßenecke hielt sie an und tat so, als ob sie den Luftdruck auf ihren Reifen kontrollierte. Der Mann ging zu einem Wagen, der in einer Seitenstraße abgestellt war. Er stieg ein, der Wagen fuhr los. Als er an Susanne vorbeikam, sah sie, dass noch zwei andere Männer darin saßen.

Polizei? Nein, Fehlandt war selber Polizei. Also Geheimpolizei? Gestapo? Hieß das am Ende, dass sie ihren Freund erwischt hatten? Festgenommen, abgeführt? Und was war mit Fehlandt? Sie musste es herausfinden.

Wenn drei Männer weggefahren waren, bestand eine gute Chance, dass die Gestapo abgezogen war. Kurz entschlossen wendete Susanne ihr Fahrrad und radelte zurück. Alles sah aus wie immer. Susanne entschloss sich, das Fahrrad nicht draußen an den Zaun zu lehnen, sondern es lieber mit in den Garten zu nehmen. Die Pforte klappte hinter ihr zu. Überrascht drehte sie sich um, aber da war niemand. Die Pforte war so aufgehängt, dass sie sich von selbst wieder schloss.

Susanne versuchte, in das Wohnzimmer hineinzusehen. Aber die Gardinen waren zugezogen, sodass sie nichts erkennen konnte. Wenn jemand im Haus war, dann konnte er sie natürlich sehr wohl sehen. Aber es war niemand im Haus, oder? Warum sollte noch jemand im Haus sein?

Die Tür war natürlich verschlossen. Susanne ging um das Haus herum und fasste an die Klinke der Küchentür. Auch verschlossen. Was jetzt? An einem kleinen Schuppen lehnte ein Spaten. Kurz entschlossen griff Susanne danach. Die Küchentür hatte drei Fensterscheiben übereinander. Die unterste davon schlug Susanne mit dem Spaten ein. Es klirrte ziemlich laut. Susanne sah sich um. Die Rückseite von Fehlandts Haus konnte man von den Nachbargrundstücken aus kaum einsehen. Wahrscheinlich hatte keiner der Nachbarn etwas gemerkt.

Susanne griff vorsichtig durch die zerschlagene Scheibe, um sich nicht an den Glassplittern zu verletzen, und drehte den Schlüssel herum. Die Tür ließ sich problemlos öffnen. Das Glas knirschte unter Susannes Schuhen. Nein, nicht nur das Glas. Erschrocken sah sie sich um. Die Küche war regelrecht verwüstet worden. Alle Schubladen waren aus den Schränken gerissen, der Inhalt am Boden verstreut. Der Küchenschrank war vollständig ausgeleert worden; die meisten Teller waren zerbrochen; Susanne stand auf den Scherben.

Und das nannte sich nun Polizei, dachte sie. Es sah aus, als hätten Räuber das Haus heimgesucht. Vorsichtig ging Susanne weiter. Im Wohnzimmer dasselbe Bild. Kein Zweifel, das Haus war gründlich durchsucht worden. Und Fehlandt und Heinrich festgenommen. Es hatte keinen Sinn, hier noch länger zu bleiben. Sie würde nur auffallen. Völlig sinnlos, jetzt auch noch im oberen Stockwerk nachzusehen.

Dennoch ging sie nach oben.

Das Herz schlug ihr bis zum Hals. Die erste Tür, die sie öffnete, führte offenbar in Fehlandts Schlafzimmer. Auch das war durchsucht worden. Genau wie das Gästezimmer nebenan. Sie wollte die Tür zum Gästezimmer schon wieder schließen, als ihr der Brandgeruch auffiel. Die Tischplatte war angekokelt. Und dann bemerkte sie den Fleck auf dem Fußboden. Rechts neben dem Bett, ein großer, dunkelbrauner Blutfleck. Verschmiert, so als habe man jemanden weggezogen, der im Blut gelegen hatte. – Heinrich!

Hier gab es nichts mehr zu tun. Schnell weg, dachte sie. In Panik rannte sie die Treppe hinunter. Und dann nach rechts, in die Küche, nach draußen, weg! Aber da – Susanne schrie auf! In der Küche stand ein Mann und versperrte ihr den Weg.

»Nun beruhige dich doch, Kind, nun beruhige dich doch!«

Susanne zitterte am ganzen Leib. Der Mann, der sie aufgehalten hatte, war ganz offensichtlich kein Polizist. Nur ein Nachbar, der nach dem Rechten gesehen hatte. Ein alter Mann mit weißen Haaren.

»Es ist ja alles gut, nun beruhige dich doch.«

Nichts war gut. Susanne riss sich zusammen. »Das ganze Chaos«, sagte sie, »was ist denn hier passiert?«

»Bist du eine Verwandte von dem Herrn Fehlandt?«, fragte der Mann.

Susanne schüttelte den Kopf. »Nur eine Bekannte. Was ... was ist denn passiert?«

»Heute früh sind sie gekommen«, sagte der Mann. »Ich war schon wach, ich konnte nicht schlafen. Und da habe ich sie gehört. Mit drei Autos sind sie da gewesen. Ich habe das Türenklappen gehört und die Stimmen. Ich wohne ja gleich gegenüber. Ich bin dann zum Fenster, und da habe ich die Autos gesehen, und die Männer, wie sie in das Haus eingedrungen sind. Gestapo, habe ich gedacht. Und dann ist geschossen worden.«

»Wer hat geschossen?«

»Das weiß ich nicht. Ich habe nur gesehen, wie sie den Herrn Fehlandt abgeführt haben, noch im Schlafanzug war der, sie haben ihm nicht einmal Zeit gelassen, dass er sich was anzieht. Und dann haben sie einen aus dem Haus getragen, mit einer Trage. Der hat sich nicht gerührt. Ich glaube, dass der tot war.«

»Tot.« Alles war sinnlos.

»Die Gestapo ist dann noch den ganzen Tag in dem Haus gewesen. Bis eben hin. Und dann, als die gerade wegfuhren, dann bist du gekommen, mit dem Fahrrad. Ich hab gesehen, wie du erst vorbeigefahren bist und dann wieder zurückgekommen. Und da hab ich mir gedacht, dass du in das Haus willst. Und da hab ich mir gedacht, vielleicht ist es besser, wenn ich rübergehe und mal nachsehe.«

Susanne nickte.

Der alte Mann sah sie besorgt an. »Du siehst aus, als ob du jetzt einen Schnaps brauchen würdest. Oder wenigstens einen Tee.«

Susanne schüttelte den Kopf. »Nein danke«, sagte sie. »Das ist nett von Ihnen, aber ich möchte jetzt nur noch nach Hause.«

»Ja. – Das sind schon merkwürdige Zeiten, wo selbst die Polizisten verhaftet werden!«

Endlich hatte Berger Richter erreicht.

»Das ist eine ganz üble Sache, Wilhelm«, sagte er. »Und du steckst mit drin. – Irgendjemand hat beobachtet, dass Fehlandt einen jungen Mann bei sich untergebracht hat, und der junge Mann, das war offenbar ein Kommunist. Einer, der in Spanien auf der Seite der Roten gekämpft hat. Den hat Fehlandt versteckt. Der Mann hat sich der Festnahme entzogen. Als die Gestapo ins Zimmer stürmte, hat er sich eine Kugel durch den Kopf gejagt. Er war sofort tot.«

Berger schluckte. »Und Fehlandt?«

»Den haben sie natürlich festgenommen. Er hat wohl erst behauptet, der junge Mann hätte ihn auf der Straße angesprochen und gefragt, ob er eine Nacht bei ihm wohnen könne. Aber sie haben dann schon gewusst, dass das nicht stimmte. Sie haben gewusst, dass der junge Mann vorher bei dir untergebracht gewesen ist.«

Alles war verloren! »Dann – dann sollte ich besser gar nicht nach Hamburg zurückkehren?«

»Unsinn! – Wir haben inzwischen alles geklärt. Der Mann ist ja offenbar von den Roten desertiert. Wir haben gesagt, dass er nach Deutschland zurückwollte, dass er nach der schwierigen Flucht völlig erschöpft war, und dass er sich erst einmal ein paar Tage erholen musste, bevor er sich den Behörden stellen wollte. – Ich musste mir das alles aus den Fingern saugen, Wilhelm. Ich habe mir den Senator zur Hilfe geholt, und der – der hat Streckenbach angerufen.«

»Und sie haben dir das alles abgekauft?«

»Weiß ich nicht. Aber der junge Mann konnte ja nicht widersprechen.«

»Und Fehlandt?«

»Der hat alles Mögliche gesagt. Aber was davon richtig und was falsch war, das wussten sie am Ende selber nicht. Das ist immer das Problem bei diesen verschärften Verhören, dass du alle möglichen Geständnisse bekommst, aber dass du genau weißt, dass sie eigentlich nichts wert sind.«

»Und – was geschieht jetzt?«

»Fehlandt kommt heute noch frei. Streckenbach hat ordentlich Dampf gemacht. Und du, du kommst mit einem blauen Auge davon. Du brauchst nur noch irgendeine Erklärung zu unterschreiben, dass alles so gewesen ist, wie ich das eben gesagt habe.«

»Wieso?«

»Weil sie an dir nicht interessiert sind. Jedenfalls haben sie das gesagt. Sie haben ihren Kommunisten gesucht und gefunden. Alles Weitere ist für sie von untergeordnetem Interesse. Keine Gefahr für deine Familie. Du kannst also beruhigt nach Hause fahren.«

Berger war in aufgewühlter Stimmung, als er sich auf den Weg zum Bahnhof machte. Heinrich tot, Fehlandt gerettet, die Familie in Sicherheit. Wenn nur Susanne keine Dummheiten machte. Und der Kriminalfall – möglicherweise gelöst. Sicher, was Gennat da entwickelt hatte, das war ziemlich spekulativ. Aber es war möglich. Und es würde erklären, warum Berger den Eindruck hatte, dass Hugo Blanck nicht log, wenn er behauptete, er habe das Kind nicht umgebracht. Aber wie ließ sich das nachweisen? Ließ es sich überhaupt nachweisen?

Wilhelm Berger war in Gedanken versunken. Er nahm seinen Platz im Zug ein und merkte erst auf, als sein Gegenüber ihn ansprach: »Na, Herr Berger, hat es Sie auch mal zu uns nach Berlin verschlagen?«

»Ja, hat es.«

Sein Gegenüber lächelte auf die leicht spöttisch-überhebliche Weise, die Wilhelm Berger von ihm kannte. Es war Hjalmar Schacht.

»Das ist aber eine Überraschung«, sagte Berger. »Ich war wegen eines Mordfalles in Berlin.«

»Dann sind Sie also noch immer bei der Kriminalpolizei?« Der Präsident der Reichsbank lächelte noch immer.

»Aber Sie haben sich verändert«, erwiderte Berger nicht ohne Bosheit.

Hjalmar Schacht nickte. »Ja, ich habe das Wirtschaftsministerium abgegeben.«

Berger gab sich verständnisvoll. »Ich stelle mir vor, dass zwei derartige Ämter doch mehr sind, als einer allein überhaupt zu leisten vermag.«

»Das ist es nicht allein«, sagte Schacht. »Da sind andere Dinge dazugekommen. – Darf man hier eigentlich rauchen?«

Ja, durfte man. Sie saßen in einem Raucherabteil.

Hjalmar Schacht zündete sich eine Zigarre an, ohne seinem Gegenüber eine anzubieten. »Da haben mir zu viele Leute hineingeredet«, sagte er. »Zu viele Leute, die von Geld nichts verstehen!«

Berger warf einen Blick aus dem Fenster. Es war schon dunkel. Er würde viel später zu Hause sein, als er gedacht hatte.

»Zum Beispiel diese Geschichte mit dem Anschluss Österreichs. Es war natürlich klar, dass eine Währungsunion kommen musste. Aber doch nicht zu diesen Bedingungen! Göring und Kepler haben den Führer überredet, den Schilling zu einem Kurs von 66,7 Pfennig umzutauschen. Dabei lag der gültige Wechselkurs damals bei 49 Pfennigen.«

»Da werden sich die Österreicher aber gefreut haben«, sagte Berger zerstreut. Von Wirtschaftsdingen verstand er nichts.

»Einige sicher. Aber damit haben die Herrschaften natürlich das Lohnniveau und das Preisniveau in Österreich um 33 Prozent angehoben und die Konkurrenzfähigkeit der österreichischen Betriebe im Vergleich zum Altreich drastisch herabgesetzt. Außerdem wurde die Geldmenge dramatisch erhöht, und dadurch ist die Inflationsgefahr wieder einmal gestiegen.«

Berger nickte. Er hörte nicht mehr zu. Er dachte darüber nach, wie er jetzt vorgehen sollte. Offiziell waren die Ermittlungen abgeschlossen. Aber wenn Gennat recht hatte, und dafür sprach vieles, dann wartete noch sehr viel Arbeit auf ihn.

Sein Gegenüber schien gar nicht zu bemerken, dass der

Kommissar ihm nicht mehr zuhörte. Er erzählte von den MeFo-Wechseln, mit denen die Rüstungsproduktion finanziert worden war, und dass seit März 1938 keine neuen derartigen Wechsel ausgestellt werden sollten, dass aber die Wehrmacht dieses Problem dadurch umging, dass sie stattdessen Lieferschatzanweisungen ausstellte, wodurch sich die Krise am Kapitalmarkt verschärfte.

Natürlich musste Berger mit dem Staatsanwalt reden. Aber er machte sich keine Illusionen: Es war nicht im Interesse der Staatsanwaltschaft, den Fall Anna Altmann erneut aufzugreifen. Wahrscheinlich würde er am Ende auf eigene Faust Ermittlungen anstellen müssen, und das konnte ihn sehr rasch in neue Schwierigkeiten bringen.

»Allein acht Milliarden Reichsmark konnten nicht mehr aus regulären Haushaltsmitteln bezahlt werden, sondern mussten aus Anleihen und kurzfristigen Schuldverschreibungen finanziert werden. Und unter diesen Umständen war natürlich an eine Rückzahlung der MeFo-Wechsel, die ja eigentlich ab 1939 fällig gewesen wäre, gar nicht zu denken ...«

Mit irgendwelchen MeFo-Wechseln hatte Berger keine Probleme. Die Frau, dachte er. Wie komme ich an die Frau heran? An der hatten sich Fehlandt und Richter schon die Zähne ausgebissen.

»... im Grunde nur noch durch einen Krieg zu lösen.«

»Was?« Berger schreckte hoch.

»Ich sagte, dass die Verschuldung des Reiches inzwischen ein solches Ausmaß angenommen hat, dass sich das Problem nur noch durch einen Krieg lösen lässt. Durch einen gewonnenen Krieg natürlich, davon gehen die Nazis aus. Aber ich bin davon nicht überzeugt. Die Ressourcen dafür haben wir nicht.«

»Ich hatte gehofft«, sagte Berger, »dass die Kriegsgefahr erst einmal vorüber ist!«

»Sie fängt gerade erst an«, widersprach Schacht. »Ich habe mich immer kritisch gegenüber den Nazis geäußert ...«

Berger glaubte sich zu erinnern, dass Hjalmar Schacht im Gegenteil von der Machtübernahme der Nazis begeistert gewesen war, und dass er Hitler Kredite in beliebiger Höhe versprochen hatte, um die Aufrüstung Deutschlands zu finanzieren. Galt das nun alles nicht mehr?

»... gleich von Anfang an. Und dann diese Geschichte mit den Juden. Wirtschaftlich völlig untragbar. Ich habe mich mit aller Macht dafür eingesetzt, dass in meinem Zuständigkeitsbereich Juden nicht diskriminiert werden dürfen. Aber inzwischen habe ich erfahren, dass nach meinem Rücktritt als Wirtschaftsminister mein Nachfolger Funk gleich angeordnet hat, dass Unternehmen nicht mehr gefördert werden dürfen, wenn sie auch nur ein einziges jüdisches Vorstandsmitglied haben. Es ist ein Skandal.«

Berger wurde schmerzlich daran erinnert, dass die Probleme mit Susanne und Dagmar noch lange nicht aus der Welt waren.

»Und – wissen Sie was? Ich bin nicht bereit, das alles noch länger mitzumachen. Im Gegenteil. Ich habe über meine politischen Freunde Kontakt zu Kreisen der Wehrmacht aufgenommen. Ich habe die Generäle gedrängt, jetzt endlich zu handeln.«

»Was?« Zum Glück waren die Fahrgeräusche des Zuges ziemlich laut, sodass wahrscheinlich niemand verstehen konnte, worüber sie sprachen.

»Staatsstreich, habe ich gesagt. Ich habe den Herren ins Gewissen geredet und gefordert, dass man Hitler endlich beseitigen muss.«

»Endlich! Dich haben sie also nicht verhaftet!« Dagmar fiel ihm um den Hals.

Sie wussten es also. »Nein, mich haben sie nicht verhaftet. Aber die ganze Geschichte ist übel ausgegangen. Fehlandt ist festgenommen, der Junge ist tot. Hat sich erschossen.«

Susanne weinte.

»Ihr wisst das alles schon? Ist Polizei bei euch gewesen?«

»Nein. Aber als Fehlandt sich nicht gemeldet hat, da ist Susanne mit dem Fahrrad hingefahren und hat nachgesehen, was los ist. Das war sehr leichtsinnig, und beinahe wäre sie der Gestapo direkt in die Arme gelaufen. Aber alles ist gutgegangen.«

»Nichts ist gutgegangen!«, schrie Susanne.

»Und was wird jetzt?«, fragte Dagmar.

»Ich habe mit Richter telefoniert. Fehlandt kommt wieder frei, und wir werden auch nicht weiter belangt.«

»Gott sei Dank!«

Susanne konnte vor Erregung kaum sprechen. »Ihr – ihr tut einfach so, als ob damit alles in Ordnung wäre! Aber es ist überhaupt gar nichts in Ordnung! Heinrich ist tot, und ihr – ihr macht einfach so weiter, als ob nichts geschehen wäre!«

»Wir machen nicht so weiter«, versprach Berger. »Darüber müssen wir reden. – Habt ihr schon gegessen? Ich war den ganzen Tag auf den Beinen und habe einen Mordshunger.«

Susanne weigerte sich, irgendetwas zu essen. Sie starrte Wilhelm Berger unentwegt an. Hasserfüllt, wie es ihm schien. Er wich ihrem Blick aus, konzentrierte sich auf das Abendbrot. Er musste etwas essen, sonst konnte er nicht mehr klar denken. Dagmar hatte hervorragend gekocht, wie immer, aber es schmeckte ihm nicht. Er spülte den letzten Bissen mit Bier hinunter.

»Es tut mir leid«, sagte er. »Ich bin zu unvorsichtig gewesen. Zu leichtsinnig. Ich habe nicht geglaubt, dass die Gestapo so massiv hinter dem jungen Mann her sein könnte.«

»So, es tut dir leid!«, rief Susanne. »Das ist ziemlich einfach! Ein Mensch kommt zu dir und braucht deine Hilfe, du schickst ihn weg, weil du zuerst an deine eigene Sicherheit denkst. Und dieser Mensch stirbt, und dann weißt du nichts Besseres dazu zu sagen, als: ›Es tut mir leid.‹«

»Ich habe ihn nicht weggeschickt. Ich habe mich bemüht, ihn an einem sichereren Ort unterzubringen. Das ist missglückt. Dass er sich erschossen hat, dafür kann ich nichts. Das war eine Kurzschlusshandlung. Was immer die Nazis mit ihm gemacht hätten, umgebracht hätten sie ihn jedenfalls nicht.«

»Das glaubst du! Sie hätten ihn in eines dieser Konzentrationslager gesteckt, und ob er da lebend wieder herausgekommen wäre, das wage ich zu bezweifeln. Denn er war keiner von diesen angepassten Duckmäusern, sondern jemand, der seine Meinung sagt. Und jemand der seine Meinung sagt, den können sie nicht ertragen, deine Nazis.«

»Susanne!«, rief Dagmar.

»Ich bin kein Nazi«, sagte Berger. »Das solltest du eigentlich wissen.«

»Tatsächlich? Aber du bist Mitglied der Nationalsozialistischen Deutschen Arbeiterpartei, dein Vorgesetzter, dieser Schnösel Richter, ist obendrein noch langjähriges Mitglied der SS, und du redest nur Gutes über ihn. Du kommst mit diesem Ober-SS-Menschen – wie heißt er doch noch gleich? – diesem Streckenbach gut aus, und der Gauleiter ist dein Freund, mit dem du zusammen den besten Wein deines Vaters trinkst. – Aber das hat alles gar nichts zu sagen! Nein, du bist kein Nazi!«

Wilhelm Berger wurde rot. »Das kann ich dir alles Punkt für Punkt erklären«, sagte er.

»Ja, das kannst du zweifellos, denn reden konntest du schon immer gut.«

»Es gibt zwei Dinge, die man miteinander in Einklang bringen muss«, sagte Berger. »Das eine ist die eigene politische Überzeugung. Ich bin Demokrat. Ich bin immer Demokrat gewesen, und ich habe vor der Machtübernahme der Nazis weder die KPD noch die NSDAP noch irgendeine andere radikale Partei gewählt. Und an dieser meiner Überzeugung hat sich nichts geändert. Das andere ist aber, dass ich eine Verpflichtung habe, gegenüber euch, das heißt gegenüber meiner Familie. Ich muss dafür sorgen, dass wir alle unbeschadet diese Zeit überstehen. Und um das zu erreichen, bleibt mir gar nichts anderes übrig, als mich den Gegebenheiten so weit wie nötig anzupassen.«

»Ja, darin seid ihr gut, ihr Demokraten! Euch allen Gegebenheiten anzupassen! Und du wirst auch immer so weitermachen, ganz gleich, was passiert. Da kommt die SA, dringt in unser Haus ein, bedrängt meine Mutter, und deine erste Frage ist, ob vielleicht einer von uns das provoziert hat. Und jetzt, jetzt haben die Nazis dafür gesorgt, dass mein Freund tot ist, und dass Fehlandt im Gefängnis sitzt, aber das ist alles egal, du wirst weitermachen wie bisher.«

»Susanne, das ist jetzt ungerecht«, versuchte Dagmar zu beschwichtigen.

»Ungerecht oder nicht – ich muss das jetzt sagen, sonst platze ich! Die ganzen Lügen, die ganze Heuchelei – ich kann das nicht mehr aushalten. Den ganzen Tag sind wir damit konfrontiert. Was im Rundfunk geredet wird – Lüge! Was die Zeitung schreibt – Lüge! Und was in der Schule unterrichtet wird, das ist auch gelogen. Hass und Lügen, das ist alles, was diese Nazis verbreiten. Und du sagst, wir sollen uns anpassen. Und du verlangst von mir, dass ich im BdM mitmache.«

»Das ist nur zu deinem Schutz, Susanne! Ich weiß doch, dass du nicht viel davon hältst. Aber Tatsache ist nun einmal, dass dein Vater ein Jude ist, und deine Mutter, die ist auch eine halbe Jüdin. Und die Nazis, die halten nichts von den Juden, und deshalb ist es nicht gut, wenn jeder weiß, dass du zu drei Vierteln auch eine Jüdin bist.«

»Gut, das will ich dir zugestehen: Du hast das alles gut gemeint. Und hast dir große Mühe gegeben, dass ich in den BdM aufgenommen worden bin, obwohl ich überhaupt gar nicht arisch bin. Und eine Weile hat es mir Spaß gemacht, diese Rolle zu spielen. Ich kam mir vor wie eine Geheimagentin, die ihre Identität nicht preisgeben darf. Die Mädchen haben gewusst, dass eine von uns jüdisch ist. Aber sie haben nicht gewusst, wer. Und sie haben geglaubt, die dicke Mathilde sei das wahrscheinlich. Natürlich hat sie das abgestritten, aber keiner hat es ihr so recht geglaubt. Und mir, mir hat es Spaß gemacht, dass ausgerechnet dieses urdeutsche, durch und durch nationalsozialistische Mädchen bei allen anderen als Jüdin galt.«

»Susanne, du bist keine Jüdin. Ein Teil deiner Vorfahren sind Juden gewesen, aber keiner von denen, jedenfalls weder deine Eltern noch deine Großeltern, haben ihre Religion ausgeübt. Es sind Deutsche, wie Dagmar und ich.«

»Ich will keine Deutsche mehr sein!«, rief Susanne erregt. »Ich gehöre nicht zu den Deutschen. Die Deutschen sind Heuchler und Lügner, wenn nicht Schlimmeres! Ich bin Jüdin, und ich bekenne mich dazu!« Susanne sprang auf, lief nach oben in ihr Zimmer und knallte die Tür hinter sich zu.

Wilhelm Berger wollte hinterher, aber Dagmar hielt ihn zurück: »Lass sie! Das hat jetzt keinen Sinn. Bevor sie sich wieder beruhigt hat, erreichst du sowieso gar nichts bei ihr.«

Berger seufzte. »Und jetzt?«

»Jetzt müssen wir sehen, wie es weitergeht. In diesem Zustand kann ich sie nicht zur Schule lassen. Ich muss sie in der Schule und beim BdM krank melden. So kann sie nicht unter Leute gehen, das ist klar. Sie bringt sich in Lebensgefahr.«

Sie brachte sie alle in Gefahr, dachte Berger. »Es wird Zeit, dass sie ins Ausland kommt.«

»Wilhelm, ich wollte, wir würden alle ins Ausland gehen«, sagte Dagmar.

»Darüber haben wir doch schon mehrfach diskutiert.«

»Ich weiß, wir würden es nicht leicht haben. Aber Susanne hat doch auch recht. Ehrlicher wäre es schon.«

»Das geht doch nicht«, erwiderte Berger. »Wir können doch nicht alle weglaufen. Wenn die Guten alle weglaufen, dann dürfen sie sich nicht wundern, dass am Ende nur noch die Bösen übrigbleiben. Nein, ich denke, die Guten müssen dableiben. Sie müssen dafür sorgen, dass hier nicht alles zum Teufel geht.«

»Ich weiß, dass du deine Arbeit liebst. Und ich weiß, dass du dir die größte Mühe gibst, deine Arbeit gut zu machen. Aber – kannst du das überhaupt noch? Ist es überhaupt noch möglich, unter diesen Bedingungen, die wir jetzt haben, gute Polizeiarbeit zu leisten?«

»Ich versuche es zumindest. Dieser Mordfall an dem Mädchen – der muss restlos aufgeklärt werden. Meine Vorgesetzten denken, mehr gibt es nicht aufzuklären in dieser Angelegenheit, aber ich bin nicht dieser Ansicht. Und meine Vorstellung von guter Polizeiarbeit, die verlangt einfach, dass ich weitermache. Dass ich weitermache, bis ich mit dem Ergebnis meiner Arbeit zufrieden bin.«

»Ich weiß. Aber dein Freund Fehlandt, der hat das ganz genauso gesehen. Und was hat es ihm genutzt? Ins Gefängnis hat es ihn gebracht.«

»Er kommt ja wieder raus! Heute noch. Wahrscheinlich ist er schon wieder in Freiheit. – Und dass er wieder in Freiheit ist, das hat übrigens etwas damit zu tun, dass wir nach wie vor ein Mindestmaß an Zusammenarbeit üben. Dass wir mit den Nazis soweit kooperieren, dass sie uns unsere Arbeit tun lassen, und dass sie uns auch unterstützen, wenn wir in Schwierigkeiten kommen.«

»Daran glaubst du immer noch?«

Berger nickte. Ja, daran glaubte er immer noch, obwohl dieser Glaube inzwischen stark gelitten hatte. Er sagte: »Ich habe der Mutter von Anna Altmann versprochen, dass ich alles tun werde, um den Mörder ihrer Tochter zu finden. An dieses Versprechen fühle ich mich gebunden.«

»Wilhelm«, sagte Dagmar. »Ich weiß nicht genau, was du dieser Frau versprochen hast. Aber das ist auch egal. In Wirklichkeit geht es dir nicht um das Versprechen. In Wirklichkeit geht es dir darum, dass du so weiterleben willst wie bisher, genau so, wie du immer gelebt hast. Und du willst nicht akzeptieren, dass es dieses Leben nicht mehr gibt. Die Verhältnisse haben sich geändert. Mag sein, dass das alles vorbeigeht, und dass wir in wenigen Jahren wieder eine Demokratie haben. Aber im Augenblick sieht es nicht danach aus, und die Nazis reden davon, dass dieser Zustand tausend Jahre andauern soll.«

»Nichts dauert tausend Jahre an«, erwiderte Berger. »Übrigens – heute im Zug habe ich Hjalmar Schacht getroffen. Er hat gesagt, dass uns jetzt nur noch ein Staatsstreich durch das Militär retten kann, und dass er mit den entsprechenden Leuten in Kontakt steht.«

»Und was hast du darauf geantwortet?«

»Nichts. Schacht ist ein Schwätzer, und mit einer Verschwörung, an der er teilnimmt, will ich lieber nichts zu tun haben. Aber viel interessanter ist, dass er offenbar den Absprung sucht. Er hat bisher immer die Zeichen der Zeit erkannt und sein Mäntelchen rechtzeitig nach dem Wind gehängt. – Vielleicht ist das Dritte Reich wirklich bald am Ende.«

»Darauf können wir nicht warten. Während wir zögern und darauf warten, dass sich die Verhältnisse bessern, verschlechtert sich unsere Situation laufend. Hast du gelesen, dass die Juden jetzt ein großes J in den Pass gestempelt bekommen?«

»Das ist doch nur, weil die Schweiz nicht will, dass all die österreichischen Juden bei ihnen einwandern.«

»Das gilt für alle Juden, und auch die anderen Länder werden zunehmend Schwierigkeiten bereiten. Natürlich weiß ich das nicht sicher, aber es kann sein, dass auch Susanne dieses J in den Pass bekommt. Und ich vielleicht auch.«

»Das weiß ich nicht. Das müssen wir abwarten. Aber wenn es dich beruhigt, dann werde ich mich morgen erkundigen.«

»Wir können nicht länger abwarten, Wilhelm! Ich bleibe bei dir, und ich nehme alles in Kauf, was auch geschehen mag. Aber Susanne muss aus dem Land, und zwar so rasch wie möglich. Sie muss zu ihrem Vater nach Amerika.«

Wilhelm Berger dachte: Dieser Plan ist zum Scheitern verurteilt. Weder Susanne noch ihr Vater würden das wollen. Und er – er wollte das auch nicht. Auch wenn er nicht Susannes Vater war, so wollte er doch, dass sie bei ihnen blieb.

Dagmar sagte: »Ich habe versucht, alles in die Wege zu leiten, im Sommer schon. Hier, das habe ich bisher erreicht.« Sie legte einen ausgefüllten Vordruck auf den Tisch:

Amerikanisches Generalkonsulat Hamburg. Fräulein Susanne Berger. Unter Bezugnahme auf den hier eingereichten Fragebogen, enthaltend Ihr Ansuchen um Vormerkung zwecks Einwanderung in die Vereinigten Staaten von Amerika, wird Ihnen mitgeteilt, dass Sie unter dem Datum des 15. Juli 1938 auf der deutschen Warteliste unter Vormerknummer 87.654 eingetragen sind. Sie werden rechtzeitig verständigt werden, wann Ihre Nummer auf der Warteliste an die Reihe gekommen ist ... Die Vormerknummer ist nicht die Quotennummer.

Wilhelm Berger schluckte.

»Susanne ist natürlich noch lange nicht an der Reihe«, sagte Dagmar. »Die deutsche Quote liegt bei etwas über 50.000 Einwanderern pro Jahr.«

»50.000 sind nicht viel«, sagte Berger. Er dachte an all die Juden, die nach Amerika wollten.

»Deutschland hat die höchste Quote von allen«, erwiderte Dagmar.

»Aber du brauchst außerdem eine Einladung.«

»Du brauchst zwei Einladungen. Ich werde gleich morgen früh nach Amerika schreiben.«

»Nein, tu das nicht! Warte noch ein paar Tage. Ich will versuchen ...«

Dagmar fiel ihm ins Wort: »Wir haben jetzt lange genug gewartet, Wilhelm. Susanne muss aus dem Land, bevor es zu spät ist.«

»Ich will vorher noch einmal versuchen, mit dem Gauleiter zu sprechen. Er hat versprochen dafür zu sorgen ...«

»Er wird dir alles Mögliche zusagen, aber er wird sich am Ende nicht daran halten. Ein kleines bisschen verstehe ich das sogar. Denn er vertritt natürlich die Partei hier in Hamburg, und wenn die Partei anders entscheidet, dann kann er sich nicht hinstellen und sagen, aber ich habe meinem Freund Wilhelm dieses oder jenes versprochen, das muss ich jetzt einhalten.«

»Er hat bis jetzt nichts gegen uns unternommen.«

»Bis jetzt. Aber das muss nicht so bleiben. Und du musst dir darüber im Klaren sein, Wilhelm, dass wir Susanne bereits einiges zugemutet haben. Nicht nur, dass sie sich wie ein Nazi-Mädchen benehmen soll, dass sie im BdM mitspielt, sondern obendrein musste sie nach Kiel gehen und diese unglaubliche rassenkundliche Untersuchung über sich ergehen lassen. Das ist entwürdigend, Wilhelm!«

»Aber ich will doch nur, dass unser Kind ...«

»Unser Kind, Wilhelm, das ist ein eigenständiger Mensch, mit eigenen Gedanken und Vorstellungen und mit einem ganz eigenen Stolz und Ehrgefühl. Sie ist fast schon erwachsen. Natürlich hat sie noch kein eigenes Einkommen, sie wohnt bei uns, und wir kommen für ihren Unterhalt auf. Aber abgesehen davon ist sie sehr, sehr selbstständig. Und – ich will dir einmal ganz ehrlich sagen – ich habe sie bewundert vorhin, dass sie dir diese Dinge gesagt hat.«

Wilhelm schwieg. Er hatte auf einmal das Gefühl, in seiner Familie ganz allein dazustehen. Dabei wollte er doch nur das Beste für sie alle. Horst kam herein. Er guckte vom einen zum anderen. Er sah, dass schlechte Stimmung herrschte.

»Und wo wir gerade einmal dabei sind«, sagte Dagmar, »da will ich dir auch noch etwas anderes sagen. Wie du heute mit uns umgegangen bist, das war nicht richtig. Du bist einfach nach Berlin gefahren, ohne auch nur einem von uns zu erzählen, was eigentlich los ist.«

»Ich habe versucht dich anzurufen. Du warst nicht erreichbar.«

»Ich bin immer erreichbar, Wilhelm. Wo soll ich denn hin in der Bank? Eine Besprechung, das wäre das Äußerste. Aber auch die kann man unterbrechen. Du musst es nur dringend genug machen.«

Berger schwieg.

Da meldete sich Horst zu Wort: »Könnt ihr nicht mal aufhören, euch zu streiten?«

Wilhelm, dankbar über diese überraschende Vermittlung, sagte: »Ja, Dagmar, können wir nicht mal aufhören, uns zu streiten?«

»Ja, können wir. Aber ich bin unzufrieden mit dir, Wilhelm.«

»Ich auch«, sagte Horst. »Du hast versprochen, dass wir heute Abend Briefmarken einsortieren. Aber stattdessen redet und redet ihr nur, und jetzt ist es schon gleich neun Uhr, und ich muss ins Bett.«

Volkszorn

9. November

»Vergesst bitte nicht, die Flagge rauszuhängen!«, sagte Wilhelm Berger.

Susanne zog ein Gesicht.

»Bitte!«, sagte Berger.

»Ich mach das!«, sagte Horst.

»Warum überhaupt?«, fragte Susanne.

»9. November 1923, Hitlerputsch, Blutzeugen der Bewegung und so weiter«, sagte Berger. »Da muss geflaggt werden.« Er hatte keine Lust, wegen dieses Blödsinns schon wieder eine Mahnung vom Blockwart zu bekommen. Zweimal war das schon passiert. Einmal, weil sie die Beflaggung vergessen hatten und einmal, weil die Flagge zu klein gewesen war.

Als Berger an diesem Morgen wie gewohnt leicht verspätet zur Arbeit kam, fiel ihm sofort die Veränderung auf. Die alten Bilder waren verschwunden. Das Führerbild von Sluyterman war durch eine konventionelle Fotografie ersetzt worden, und dort, wo der Mann mit der Keule gehangen hatte, ragte jetzt nur noch der kleine Nagel aus der Wand.

»Oh«, sagte er, »was ist denn hier passiert?«

»Eine ganze Menge«, murmelte Fehlandt.

Berger sah seinen Freund an. Der saß an seinem Schreibtisch und rührte sich nicht. »Mein Gott, Fehlandt, was haben sie mit dir angestellt? Das ist ja furchtbar!«

»Ich bin anständig behandelt worden«, murmelte Fehlandt, aber er sah Berger dabei nicht an.

»Anständig behandelt worden? – Das sieht mir aber nicht

danach aus! Hast du dich in jüngster Zeit mal im Spiegel gesehen?«

»Ja. – Und ich muss dir sagen, das war nicht leicht gestern, weiß Gott nicht! Die Herren von der Gestapo waren sehr aufgebracht, besonders als sich der Junge bei mir im Haus erschossen hat. Ich habe versucht, alles zu erklären.« Fehlandt sprach mit einer schleppenden Stimme, so als ob er nicht ganz bei sich wäre.

»Mein Gott, Fehlandt«, murmelte Berger. »Ich hab dir das Ganze eingebrockt. Ich hätte niemals zulassen dürfen ...«

»Du hast mir nichts eingebrockt. Ich habe das alles selbst zu verantworten, und das habe ich den Herren von der Gestapo auch so gesagt.«

»Du hast mich gedeckt!«

»Ich habe niemanden gedeckt. Ich habe gesagt, dass ich alles zu verantworten habe. Und das stimmt ja auch. Aber damit waren sie nicht zufrieden. Und sie haben immer weiter gefragt. Und am Ende habe ich nur noch das gesagt, was sie hören wollten. – Aber das wollten sie dann auch nicht mehr hören, weil es zu viele Widersprüche gab.«

»Du bist gefoltert worden«, stellte Berger fest.

»Nein, ich bin anständig behandelt worden.« Nach wie vor vermied Fehlandt jeden direkten Blickkontakt mit Berger.

Wilhelm Berger war zutiefst erschrocken. Der alte, leichtsinnige, draufgängerische Fehlandt, den er kannte, der existierte nicht mehr.

Die Tür ging auf, und Herbert Richter kam herein. Er brachte ein Tablett mit drei Bechern Kaffee. Einen davon stellte er vor Fehlandt auf den Schreibtisch. »Das ist echter Bohnenkaffee«, sagte er. »Ich sage es vorsichtshalber, damit du ihn auch mit Andacht trinkst.«

Das hatte es noch nie gegeben, dass Richter für sie alle Kaffee holte.

Einen der anderen beiden Becher stellte er vor Berger ab. »Das ist nur Muckefuck. Für uns beide muss der reichen.«

»Danke.«

»So, und jetzt feiern wir, dass wir alle noch hier sitzen können und weiter arbeiten können. Dass wir alle noch leben, und dass keiner im Knast gelandet ist.«

»Herbert«, sagte Berger, »das hast du großartig gemacht.«

»Ich weiß nicht. Ich habe im Gegenteil das Gefühl, dass ich alles falsch gemacht habe. Zu dieser Situation hätte es überhaupt niemals kommen dürfen. Und zu dieser Situation wäre es auch nicht gekommen, wenn wir rechtzeitig vorher darüber geredet hätten. Und das hätten wir sicher getan, wenn wir mehr Vertrauen zueinander gehabt hätten. Aber es ist mir nicht gelungen, euer Vertrauen zu gewinnen – jedenfalls nicht in dem Maße, wie es nötig gewesen wäre. Ihr habt meine Uniform gesehen, und ihr habt gedacht, der gehört zur SS, der gehört zu den anderen, mit dem muss man vorsichtig sein. Dass ich auch nur ein Mensch bin, das habe ich euch nicht vermitteln können. Und deshalb habe ich versagt.«

»Du hast nicht versagt. Im Gegenteil, du hast deine Sache großartig gemacht. Ich weiß gar nicht, wie wir dir danken können.«

»Das will ich gar nicht. Darum geht es doch gar nicht. Tatsache ist, wir sind in einer sehr, sehr schwierigen Situation, und so, wie es aussieht, wird sie in der nächsten Zeit noch schwieriger werden. Es kommen Aufgaben auf uns zu, die keiner von uns gerne ausführen möchte. Aber wir sind Beamte. Unser Handlungsspielraum ist begrenzt. Und es wird sich nicht vermeiden lassen, dass wir auch in Zukunft in Konflikte mit denen geraten, die das Sagen haben. Und wenn wir diese Konflikte heil überstehen wollen, dann müssen wir uneingeschränkt zusammenarbeiten, und dann müssen wir uns ohne Wenn und Aber vertrauen.«

»Ich vertraue dir«, sagte Berger. Er nahm einen Schluck von dem Kaffee. Er schmeckte so scheußlich wie immer.

»Ich auch«, bestätigte Fehlandt. »Es ist ja auch gar nichts passiert. Ich habe einen Fehler gemacht. Deswegen hat man mich zur Rede gestellt. Aber ich bin anständig behandelt worden.«

»Ich bin die Akten noch einmal durchgegangen«, sagte Richter. »Ich bin mir jetzt sicher, dass wir es mit einer Mordserie zu tun haben. Mit einer Mordserie, die mit dem Tod von Margarethe Garber 1906 beginnt.«

»Moment«, unterbrach ihn Berger. »Das hatten wir doch schon ausgeschieden. Da war Blanck doch beim Militär.«

»Ja, aber ich habe mich inzwischen erkundigt. Er war die ganze Zeit hier. Er hat seinen Wehrdienst in Bahrenfeld abgeleistet. Das passt also. Dann kommt der Mord an Hermann Dordowsky 1912, dann kommt Gertrud Siefert 1913.«

»Und dann kommt eine Lücke von zwölf Jahren. Das spricht gegen die Serie.«

»Die Lücke existiert nicht. Sechs Jahre später, 1919, kommt nämlich die nächste Leiche. Die haben wir bisher übersehen.«

»Du meinst doch nicht diesen Bankboten?«

Richter schüttelte den Kopf. »Ich meine die Leinpfad-Leiche. Ein junger Mann, circa 15 bis 18 Jahre alt, der damals Stück für Stück an der Alster, in der Alster und zuletzt im Deichtorkanal gefunden wurde. Der Mann wurde nie identifiziert.«

15 bis 18 Jahre? – Zu alt, dachte Berger. Aber die Zerstückelung der Leiche, die passte natürlich.

»Dann ist Blanck geschieden worden und hat neu geheiratet, und von dem Zeitpunkt an haben wir keine zerstückelten Leichen mehr gefunden. Wir haben überhaupt keine Leichen mehr gefunden, bis auf Anna Altmann, die Kinder, die nach dieser Heirat vermisst gemeldet worden sind, die sind einfach spurlos verschwunden.«

Wilhelm Berger schrieb die Daten untereinander:

Margarethe Garber, 6 Jahre, 1906
Hermann Dordowsky, 10 Jahre, 1912
Gertrud Siefert, 6 Jahre, 1913
Leinpfadleiche, 15-18 Jahre, 1919

-- 1923 Scheidung, 1925 Heirat --

Clara Abicht, 10 Jahre, 1925
Günther Jahncke und Heinz Voß, 6 Jahre, 1929
Paula Struck, 6 Jahre, 1934
Anna Altmann, 7 Jahre, 1938

»Du hast recht, das sieht nach einer Serie aus. Und es sieht so aus, als ob die Frau irgendetwas damit zu tun hat.« Berger berichtete von seinem Gespräch mit Gennat. »Wir müssen sie überwachen. Lückenlos.«

»Gute Idee. Aber das geht nicht«, sagte Richter. »Ich kann dir die Leute dafür nicht geben.«

Wilhelm Berger verstand die Welt nicht mehr. Gerade eben noch hatte Richter vorgeschlagen, sie müssten ganz normal weiterarbeiten, so als sei nichts geschehen. Das war Berger kaum möglich, und nun ging selbst das nicht mehr? »Aber wir müssen doch die Wohnung noch einmal durchsuchen. Du hast selbst gesagt, dass die Frau Blanck ganz offensichtlich mit ihrem Mann unter einer Decke steckt. Es muss doch irgendwelche Hinweise geben!«

»Tut mir leid.« Richters Stimme zitterte. »Wir haben im

Augenblick wichtigere Aufgaben. Wir können keinen Mann entbehren. Hast du die Nachrichten nicht gehört? Legationssekretär vom Rath ist seinen Verletzungen erlegen. Wir haben ein Fernschreiben gekriegt, dass heute Nacht im ganzen Reich Demonstrationen gegen die Juden erwartet werden. Und da sind wir im Einsatz.«

»Demonstrationen? Was denn für Demonstrationen?«

»Ich lese dir den entsprechenden Passus vor: *Die deutsche Polizei hat vom Reichsführer der SS und Chef der Deutschen Polizei Heinrich Himmler folgende Weisungen erhalten: Aufgrund des Attentats gegen Legationssekretär vom Rath sind im Verlauf der heutigen Nacht im ganzen Reich Demonstrationen gegen die Juden zu erwarten. Für die Behandlung dieser Vorgänge ergehen folgende Anordnungen: 1. Es dürfen nur solche Maßnahmen getroffen werden, die keine Gefährdung deutschen Lebens oder Eigentums mit sich bringen. 2. Geschäfte und Wohnungen von Juden dürfen nur zerstört, nicht geplündert werden ...*«

Berger starrte seinen jungen Vorgesetzten entgeistert an: »Wohnungen von Juden dürfen nur zerstört werden? – Heißt das – heißt das …?«

Richter vermied seinen Blick. »Ich denke, es ist ziemlich klar, was das heißt«, sagte er. »3. *Ausländische Staatsangehörige dürfen – selbst wenn sie Juden sind – nicht belästigt werden. Unter der Voraussetzung, dass diese Richtlinien eingehalten werden, sind die stattfindenden Demonstrationen von der Polizei nicht zu verhindern, sondern nur auf die Einhaltung der Richtlinien zu überwachen.*«

»Das ist der Wahnsinn«, murmelte Berger.

»Ich habe nicht gesagt, was ich davon halte«, erwiderte Richter. »Und ich – ich halte es auch nicht für zweckmäßig, dass wir jetzt darüber diskutieren. Ich denke, dass hier irgendjemand in der obersten Führung überreagiert hat, und dass diese Anordnung in den nächsten Stunden wieder zurückgenommen wird ...«

»Mensch, Richter, das kann doch nicht sein! Geschäfte und Wohnungen von Juden dürfen zerstört werden. Wohnungen! Weißt du, was das heißt?«

»Ja, ich weiß genau, was das heißt. Und die Anweisungen gehen ja noch weiter: *Sobald der Ablauf der Ereignisse dieser Nacht die Verwendung der eingesetzten Beamten hierfür zulässt, sind in allen Bezirken so viele Juden – insbesondere wohlhabende – festzunehmen, als in den vorhandenen Hafträumen untergebracht werden können ...*«

Susanne! Susanne war in Gefahr!

»*... Es sind zunächst nur gesunde, männliche Juden nicht zu hohen Alters festzunehmen. Nach Durchführung der Festnahme ist unverzüglich mit den zuständigen Konzentrationslagern wegen schnellster Unterbringung der Juden in den Lagern Verbindung aufzunehmen.*«

»Mein Gott, Richter, das ist ein Verbrechen!«

»Das habe ich nicht gehört, Wilhelm, das darf ich nicht gehört haben. Was ich dir in Auszügen vorgelesen habe, das ist ein Befehl. Und bei der Polizei gilt dasselbe wie beim Militär: Befehle sind zu befolgen. Du kannst Beschwerde einlegen, hinterher, und vielleicht nützt das etwas, aber Befehle sind zunächst einmal zu befolgen.«

»Wer soll denn das machen, diese Festnahmen?«

»Wir natürlich. Du, ich, wir alle. Deshalb kannst du niemanden für irgendetwas anderes bekommen, und deshalb kannst du auch nicht einfach irgendetwas anderes machen, sondern du bist eingeteilt wie wir alle. Die Hamburger Kriminalpolizei hat im Augenblick etwa 400 Beamte. Bei jeder Festnahme müssen wir zu zweit sein. Das bedeutet, jeder von uns muss ungefähr fünf Juden festnehmen. Die Schutzpolizei fährt dann mit der Grünen Minna von Wache zu Wache und sammelt alles ein. – Wo willst du denn hin, Wilhelm?«

Wilhelm rannte. Vielleicht wäre es schneller gewesen, die Straßenbahn zu nehmen, aber er hatte jetzt nicht die Nerven, an irgendeiner Haltestelle endlos zu warten, bis vielleicht eine Bahn kam. Vom Stadthaus bis zum Sitz des Gauleiters war es kaum mehr als ein Kilometer. Berger war völlig außer Atem, als er dort ankam. Er hatte Glück; der Gauleiter wollte gerade gehen. Er kam ihm auf der Freitreppe entgegen.

»Ja, was gibt es denn? Ich will jetzt nicht gestört werden!«

»Herr Gauleiter, ich bitte Sie, es geht um meine Tochter ...«

»Mein Gott, Berger, dafür habe ich jetzt wirklich keine Zeit. – Sie wissen doch, was hier los ist!«

»Ja, in der Tat, ich weiß, was los ist. Und aus diesem Grunde bin ich ja gekommen. Ich sehe doch, dass meine Tochter in Deutschland einfach nicht mehr sicher ist, und ich – ich wollte fragen ...«

»Das ist Blödsinn, Berger, machen Sie sich nicht lächerlich! Selbstverständlich ist Ihre Tochter hier sicher! Haben Sie die Anweisungen nicht gelesen? Die vorgesehenen Demonstrationen und Festnahmen richten sich ausschließlich gegen männliche Juden. Ihre Tochter ist aber nicht männlich, also ist sie überhaupt nicht betroffen.«

»Herr Gauleiter, Sie haben versprochen ...«

»Ich weiß genau, was ich versprochen habe, und das halte ich auch! – Um die Sache abzukürzen: Stellen Sie fest, wann das nächste Schiff von Bremerhaven nach New York abgeht. Ganz gleich, ob das die *Bremen* oder die *Europa* ist.«

»Danke. – Aber der Pass, ich meine, das Visum! Sie braucht doch ein Visum!«

»Sie kriegt den Pass, und sie kriegt das Visum. Haben Sie ein Passbild dabei? – Natürlich nicht!«

Doch, Berger hatte Susannes Passbild dabei. Er gab es dem Gauleiter.

Der steckte es ein. »So, und nun lassen Sie mich durch!«

Karl Kaufmann schob Berger aus dem Weg und eilte davon.

Nun konnte Berger nur noch warten. Lustlos nahm er die Akte Blanck zur Hand. Die Taube mit den gebrochenen Flügeln fiel ihm ein. Wie konnte das passieren, dass sich ein Vogel beide Flügel brach? Da war doch etwas gewesen. Berger klappte den Ordner wieder zu und öffnete stattdessen die Akte mit den Sadistenbriefen. War da nicht etwas mit einer Taube gewesen? In einem der Gedichte. Ja, da war es:

Süße, kleine Taube,
musstest grausam leiden!
Süßes, kleines Mädchen,
durftest dich dran weiden.

Armes, kleines Opfertier,
konntest dich nicht wehren,
hingst ja ausgespreizt vor ihr,
schwitztest rote Beeren.

Süße, kleine Annelies ...

Berger stutzte. Das war ihm beim ersten Lesen der Briefe überhaupt nicht aufgefallen, dass hier ein Name genannt wurde. Annelies? Hieß die Frau Blanck etwa Annelies oder Anneliese? Das musste sofort festgestellt werden! – Nein, sie hieß nicht Anneliese. Sie hieß Sophie. Oder? Egal. Wie ging das Gedicht weiter?

Süße, kleine Annelies,
konntest dich nicht halten,
musstest deinem Liebling doch
noch das Bäuchlein spalten.

Stück für Stück die Eingeweide
rissest du heraus,
und das Täublein, müd vom Leiden,
haucht sein Leben aus ...

Sie hieß doch Anneliese. Hugo Blanck hatte sie mit »Liese« angesprochen. Kein Zweifel, sie waren zu zweit. Hugo Blanck und seine Frau hatten die gleichen Neigungen, und sie arbeiteten zusammen.

Herbert Richter kam herein. »Na, wieder bei den Sadistenbriefen?«, fragte er.

»Sie arbeiten zusammen«, sagte Berger. »Das ist ganz klar. Ich habe hier etwas gefunden ...«

»Ich habe etwas viel besseres gefunden!«, unterbrach ihn Richter. Er warf einen Zettel auf den Tisch. »Hier. Diesen Kassiber haben unsere Leute in der Strafanstalt Fuhlsbüttel abgefangen.«

Es war eine Nachricht von Hugo Blanck an seine Frau. »Diesen Kassiber können wir gegen die beiden verwenden. Später. Wenn wir wieder normal arbeiten können. Hast du die Adressen von deinen fünf Juden schon rausgesucht?«

Berger schüttelte den Kopf. »Ich kann das nicht, Herbert!«

»Du stehst unter Schock, genau wie Fehlandt. Das will ich dir zugutehalten. Aber du weißt natürlich: Wenn du es nicht tust, tut es ein anderer. Wahrscheinlich einer, der brutaler, fieser ist als du. Dem es Spaß macht, die Leute zu quälen!«

»Mein Gott, Herbert!«

Richter zuckte mit den Schultern. »Ich kann nichts machen,

Wilhelm. Ich kann nichts machen.« Er schlich aus dem Zimmer.

Berger starrte auf den Kassiber. Auf dem Zettel stand:

Du musst den Laden verkleinern. Alle Bücher, die älter als ein Jahr sind, möglichst verramschen und das Lager in Barmbek auflösen. Konzentrier dich auf die Dinge, die im Augenblick in Mode sind. Alles, was von der Partei ausgesprochen positiv beurteilt wird. Beseitige alles, was weg muss. Alles lässt sich neu beschaffen. Ist das Kind schon tot?

»Ist das Kind schon tot?« Berger schüttelte den Kopf.

Berger hatte vorgehabt, Wohnung und Laden der Blancks bei nächster Gelegenheit noch einmal zu durchsuchen und die Frau Blanck erneut zu vernehmen. Aber dieser Kassiber änderte alles. – *Ist das Kind schon tot?* – Damit konnte Blanck unmöglich Anna Altmann gemeint haben. Er hatte die Polizisten ja praktisch zum Fundort der Leiche geführt. Was sollte also diese merkwürdige Frage? Hatte Blanck diesen Zettel bewusst der Polizei in die Hände gespielt? Wollte er den Anschein erwecken, dass er irre sei? – Wohl kaum.

Ist das Kind schon tot? – Hieß das am Ende, dass irgendein Kind vielleicht noch lebte und jetzt sterben sollte? Paula Struck? Nein, das war unmöglich, das widersprach allen Erfahrungen. Das hatte es noch nie gegeben, dass ein Kind über Jahre hinweg gefangen gehalten worden war. Einige Wochen vielleicht, aber selbst dazu fiel ihm kein Beispiel ein. Und Paula Struck war am 24. September 1934 verschwunden. Vor vier Jahren! Nein, das war unmöglich.

Oder doch nicht? Paula Struck war bei ihrem Verschwinden sechs Jahre alt gewesen. Heute wäre sie also zehn. Ein zehnjähriges Mädchen wäre immer noch von einem Mann wie Blanck leicht zu beherrschen. Selbst seine Frau hätte damit wohl keine Schwierigkeiten.

Nein, jetzt ging seine Fantasie mit ihm durch. Wie sollte das funktionieren? Sie hatten das ganze Haus durchsucht; es gab im Laden und in der Wohnung kein Versteck, in dem man das Mädchen hätte gefangen halten können. Und auch den Keller und den Dachboden des Mietshauses hatten sie untersucht, obwohl Blanck dort gar keine Räumlichkeiten hatte. Dann war da noch der Lagerraum, den der Buchhändler im Keller seiner alten Wohnung im Barmbek gemietet hatte. Auch den hatten sie sich genau angesehen, der war voller alter unverkäuflicher Bücher, nirgendwo eine Möglichkeit, ein Kind zu verstecken.

Hinzu kam natürlich das Problem, dass so ein Kind ja ständig ernährt werden musste. Und selbst wenn man unterstellte, dass seine Bewacher sich vielleicht dann und wann einmal längere Zeit nicht blicken ließen, so mussten sie doch mindestens alle drei bis vier Tage auftauchen und nach dem Rechten sehen. Berger konnte sich nicht vorstellen, wie sie das gemacht haben sollten. Und wenn sie das Kind nicht ständig bewachten, wie konnten sie dann sicherstellen, dass es nicht einfach bei der ersten Gelegenheit um Hilfe rief oder davonlief?

Aber wenn nun doch etwas dran war an dieser Geschichte? Dann lief ihnen jetzt die Zeit davon. Es gab im Grunde drei Möglichkeiten: Entweder hatte Frau Blanck das Kind inzwischen getötet – sie war ja nicht lückenlos überwacht worden –, oder sie würde es nach Erhalt dieser Nachricht töten, oder aber sie tat gar nichts und ließ ihre kleine Gefangene verhungern. Wenn das Mädchen noch lebte, war es in äußerster Lebensgefahr. Wie viele Tage war es jetzt her, seit sie Blanck verhaftet hatten? Und wie viele Tage konnte man ohne Nahrung aushalten? Und ohne Wasser? Blanck war am 6. November festgenommen worden. Heute war der 9. November. Drei Tage. Und vor seiner Festnahme war Blanck stundenlang verschwunden gewesen. Da hatte er vielleicht das Kind mit Nahrung versorgt. Hoffentlich.

Was sollte er tun? Sein erster Gedanke war, die Frau Blanck sofort festzunehmen und sie von den Herrschaften in die Mangel nehmen zu lassen, deren Dienste ihm Streckenbach angeboten hatte. Aber das Resultat war zweifelhaft. Nach Bergers Eindruck war die Frau Blanck ein zäher Brocken. Selbst bei einem verschärften Verhör würde sie so rasch nicht klein beigeben. Denn wenn dieses Kind tatsächlich noch existierte, dann ging es nicht nur um Hugo Blancks, sondern natürlich auch um ihren Kopf.

Berger überlegte. Richter war heute früh noch einmal in der Quickbornstraße gewesen. Da war der Laden geöffnet, und er hatte die Frau Blanck gesehen. Sie hatte ihn auch gesehen. Sie musste annehmen, dass sie unter Beobachtung stand. Sie würde wahrscheinlich nichts tun, wenn sie nicht dazu aufgefordert wurde.

Berger sah auf die Uhr. Heute war es bereits zu spät, irgendetwas zu unternehmen. Morgen früh würde er Frau Blanck den Kassiber zuspielen. Dann musste sie reagieren. Die Polizisten würden ihr unauffällig folgen. Und wenn sie nicht reagierte, dann blieb ihm keine Wahl, dann kamen Streckenbachs Männer zum Einsatz.

Wilhelm Berger legte die Liste mit den Juden zur Seite und nahm stattdessen die Akte Blanck zur Hand. Sophie Anneliese Blanck, geborene Maack. Anneliese? Sie hieß mit zweitem Namen Anneliese! Da stand es schwarz auf weiß; das war die Verbindung! Und sie hatte eine drei Jahre ältere Schwester, Irmtraut Maack, die in Harburg wohnte.

Richter kam zurück. Er sah, dass Berger die Liste zur Seite

gelegt hatte. Er zog die Augenbrauen hoch, sagte aber nichts.

»Hat eigentlich jemand die Schwester der Blanck vernommen?«, fragte Berger.

»Die Schwester der Blanck ist tot«, meldete sich Fehlandt zu Wort. »Die Wohnung in Harburg ist neu vermietet.« Also war er der Unterhaltung zumindest gefolgt.

»Aber ich denke, wir haben herausgefunden, dass die Blanck alle Naslang diese Schwester besuchen fährt!«

»Wahrscheinlich begießt sie nur die Blumen auf ihrem Grab«, sagte Fehlandt, ohne von seiner Akte aufzusehen.

Das Ganze ergab keinen Sinn. Wenn die Schwester tot war, dann konnte dort jedenfalls das Kind nicht versteckt sein. »Ich kläre das«, bot Herbert Richter an. »Du gibst ja sonst sowieso keine Ruhe.«

Herbert Richter telefonierte mit Harburg. Als er den Hörer wieder auflegte, sagte er: »So, jetzt sehen wir klarer. Diese Schwester, die hatte noch ein altes Sommerhaus in den Harburger Bergen. Irgendein uralter Schuppen, schon vor dem Weltkrieg gebaut, eine Sommerfrische. Da wohnt jetzt niemand, heißt es. Dieses Haus soll wohl die Frau Blanck geerbt haben.«

»Und wo ist das Haus?«, fragte Berger ungeduldig.

»Das weiß ich nicht. Entweder es ist im Hamburger Teil, dann müssen wir beim Katasteramt in Harburg nachfragen, oder aber das Grundstück gehört zum Landkreis, und dann ist die Verwaltung in Winsen zuständig.«

»Los«, sagte Berger. »Übernimmst du den Landkreis? Ich rufe in Harburg an.«

Wenige Minuten später hatten sie das fragliche Sommerhaus identifiziert.

»Wo genau ist das?«, fragte Richter. Er lauschte in den Hörer. »Ja, Ehestorf habe ich. Und dann?« Richter suchte den

Ort auf der Landkarte. Schließlich tippte er auf einen Punkt knapp außerhalb der Landesgrenze. »Schierheisterberg – wie schreibt man das? – Ah ja, das steht hier ja. Aber das ist ein Flurname, keine Straße. – Ja gut, da müssen wir dann notfalls fragen.«

Berger sah auf die Landkarte. Schierheisterberg. Weit und breit war dort kein einziges Haus eingezeichnet. Aber die Sommerhäuser waren in den Karten oft nicht mit erfasst.

»Hier ungefähr muss das sein!«, behauptete Richter.

Berger zuckte mit den Achseln. Oder auch nicht, dachte er. Das Kartenblatt enthielt fast keine Straßennamen. Das Meiste war in dieser Gegend ohnehin Wald. Die Haake. Aber ein Name fiel ihm doch ins Auge. Vereinsweg stand da. Vereinsweg? Waren dort nicht die Harburger Knaben zuletzt gesehen worden? Der Vereinsweg jedenfalls führte ziemlich genau dorthin, wo Herbert Richter das Sommerhaus der Maack vermutete.

Fehlandt saß da, blätterte in seinen Akten und tat so, als ginge ihn das alles gar nichts an.

»Ich glaube«, sagte Berger, »wir sind auf der richtigen Spur. Herbert, wir müssen ...«

»Wir müssen gar nichts«, sagte Herbert Richter. »Nicht jetzt, nicht heute und morgen auch nicht. Hast du die Liste mit den Juden schon fertig?«

»Das ist doch unwichtig! Einen halben Tag brauchen wir, mehr nicht. Und wenn unsere Leute …«

»Tut mir leid, Wilhelm, das ist im Augenblick völlig ausgeschlossen! – In ein paar Tagen vielleicht, wenn sich alles wieder beruhigt hat …«

»Dann ist es zu spät.«

Herbert Richter schwieg.

»Gut. Wenn das so ist, dann melde ich mich krank. Dann

bitte ich meine Frau, die Beschattung für uns zu übernehmen. Die Blanck kennt sie nicht. Ich gehe deshalb davon aus, dass sie ihr unbemerkt folgen kann.«

»Du bist verrückt, Wilhelm! Wenn das schiefgeht, dann kann ich dir auch nicht mehr helfen.«

»Ich riskiere es. Meine Frau folgt der Blanck zu Fuß; ich nehme indessen den Wagen …«

»Welchen Wagen?«, fragte Richter.

»Kann ich bitte einen Dienstwagen haben?«, fragte Berger ungeduldig.

»Du kannst gar nichts haben«, sagte Richter. »Du bist krank, da kannst du kein Auto bekommen. Und du weißt doch, dass zur Zeit sowieso alles gesperrt ist. Der Ort, wo du hinfahren willst, liegt obendrein in Preußen. Eine solche Aktion muss vorher abgestimmt werden. Aber im Augenblick ...«

»Es geht um ein Menschenleben!«, unterbrach ihn Berger.

»Ein Menschenleben?« Richter lachte traurig. »Heute Nacht geht es um viele Menschenleben, und wir können nichts tun. Tut mir leid, Wilhelm, aber in diesem Fall kann ich dir nicht helfen.«

Berger starrte Richter an.

Richter schüttelte den Kopf. Er wies mit dem Daumen auf Fehlandt. Wilhelm Berger verstand den Wink. Er sollte sich Fehlandts Wagen ausleihen.

»Könntest du mir bitte deinen Wagen leihen?«

Fehlandt blickte von seinen Akten auf. Er schüttelte den Kopf. »Tut mir leid, Wilhelm«, sagte er. »Tut mir wirklich leid. Aber ich hatte kürzlich eine Unterredung mit den Herren von der Gestapo, und die haben mich davon überzeugt, dass ich nichts tun darf, was nicht ausdrücklich von der Dienststelle angeordnet wird. Und das, was du vorhast, das ist nicht von der Dienststelle angeordnet.«

»Mein Gott, Fehlandt!«

»Vielleicht kannst du dir ja einen Wagen leihen. Für 30 RM Anzahlung pro Tag bekommst du sicher einen DKW oder so etwas Ähnliches.«

»Ich bitte dich, Fehlandt!«

Aber der schüttelte nur den Kopf: »Tut mir leid.«

Das Telefon klingelte. Herbert Richter nahm den Hörer ab. Es war ein kurzer Anruf. Richter sagte nicht viel. Das Telefonat endete damit, dass er sagte: »Jawohl, das wird sofort veranlasst!«

Wieder eine neue Schreckensmeldung?

Richter legte den Hörer auf und sah Berger an: »Wilhelm, du sollst sofort zum Gauleiter. Den Weg kennst du ja schon.«

»Ich habe hier etwas, das ich Ihnen lieber persönlich übergeben will«, sagte Karl Kaufmann. Er griff in seine Jackentasche und zog ein Bündel Papiere heraus. Eines davon war ein Reisepass.

Wilhelm Berger nahm den Pass, schlug ihn auf. Es war der Pass für Susanne. Nein, doch nicht. Der Pass enthielt Susannes Foto, aber er war auf den Namen Judith Stern ausgestellt, und diese Judith war 18 Jahre alt und wohnte am Grindel. Der Pass enthielt ein gültiges Visum für die Vereinigten Staaten.

»Ja, da staunen Sie! Gucken Sie ruhig genau hin. Das Ding ist echt. Fast jedenfalls. Die junge Frau, die damit ursprünglich nach Amerika fahren wollte, die musste kurzfristig woanders hin verreisen, die braucht ihn jetzt nicht mehr. Wir haben das Foto ausgetauscht. Niemand wird daran Anstoß nehmen.«

Mein Gott, dachte Berger, das war der Pass eines Mädchens, das sie ins KZ gesteckt hatten. »Wessen Pass ist das?«

»Judith Stern, das sehen Sie doch. Was Besseres konnten

wir auf die Schnelle nicht auftreiben. Aber jedenfalls ist alles beisammen: Impfpass, Unbedenklichkeitsbescheinigungen vom Finanzamt und von der Polizei, Führungszeugnis. Und natürlich die zwei Affidavits von Einwohnern der USA. Und was den Namen angeht – der Vater Ihrer Tochter ist doch Jude, oder?«

Berger nickte.

»Na, dann wird er diese kleine Unannehmlichkeit doch leicht aus der Welt schaffen können!« Kaufmann machte mit den Fingern die Bewegung des Geldzählens.

»Danke«, sagte Berger. Schwein, dachte er. Irgendwann würden sie am Ende sein mit ihrem Dritten Reich. Irgendwann würden sie für all das bezahlen!

Aber das war im Augenblick unwichtig. Susanne war gerettet.

Als Berger nach Hause kam, empfing ihn Dagmar bereits an der Haustür. »Gut, dass du endlich da ist! Ich weiß nicht mehr, was ich machen soll!«

»Was ist denn passiert?«, fragte Wilhelm Berger alarmiert.

»Susanne – sie ist weg! Als sie gehört hat, dass die SA und die anderen Nazi-Schläger sich zusammenrotten, um die jüdischen Läden und die Synagogen zu überfallen, da ist sie einfach losgelaufen. Ich lasse mir das nicht gefallen, hat sie gerufen. Und: Man darf sich das nicht gefallen lassen!«

»So ein Wahnsinn. – Wann ist sie weg?«

»Schon vor drei Stunden.«

»Weißt du, wo sie hin ist?«

»Keine Ahnung. In die Stadt, hat sie gesagt.«

Die Hamburger Innenstadt bot ein erschreckendes Bild. Glas knirschte unter Bergers Schuhen. Er sah Scherben und zerbrochenes Mobiliar hinter zerborstenen Schaufensterscheiben. Die Mönckebergstraße lag verlassen. Das, was aussah wie ein menschlicher Körper, der im Rinnstein lag, erwies sich als eine zerbrochene Schaufensterpuppe. Die Puppe war nackt, der Mantel, den sie getragen hatte, gestohlen. Aber es war weit nach Mitternacht; der organisierte Mob, der diese Verwüstungen angerichtet hatte, hatte sich inzwischen verzogen. Und auch die Neugierigen, die das Schauspiel mit lustvollem Grauen in sich aufgenommen hatten, waren in ihre Häuser zurückgekehrt. Berger war allein.

Susanne, dachte er. Mein Gott, Susanne, warum bist du nicht zu Hause geblieben!

Berger eilte durch die nächtlichen Straßen. Jungfernstieg – Neuer Wall – Große Bleichen. Überall dasselbe Bild der Zerstörung. Vor einem der Läden stand ein einsamer Polizist.

»Weitergehen! Hier gibt es nichts zu sehen«, herrschte er Berger an.

»Nichts zu sehen?«, fragte Berger. Hier gab es Ungeheuerliches zu sehen!

»Machen Sie, dass Sie ...« Der Mann hielt inne. »Entschuldigung«, sagte er, »ich hatte Sie nicht erkannt, Herr Kommissar. Ich hab schon gedacht, Sie sind einer von diesen Plünderern.«

»Nein«, sagte Berger. »Sie haben nicht vielleicht ein 17-jähriges Mädchen gesehen?«

Der Mann schüttelte den Kopf.

Berger hastete weiter. Zum Gänsemarkt, zum Dammtor-Bahnhof und dann weiter in Richtung Grindel. Auch hier waren Läden zerstört, die Synagoge war beschädigt, und ein paar mutige Männer versuchten bereits, alles wieder aufzuräumen. Als ob es damit getan war, die Scherben wegzufegen und die Bänke wieder aufzustellen!

Auch hier fragte Berger nach Susanne, aber auch hier hatte

sie niemand gesehen. Am Ende gab Berger es auf. Er ging in einem großen Bogen zum Dammtor-Bahnhof zurück und nahm ein Taxi nach Hause. Alles verloren, dachte er.

Berger fiel ein Stein vom Herzen, als er sah, dass Susanne wieder zu Hause war. Sie saß mit rot geheulten Augen auf dem Sofa. Dagmar saß neben ihr, streichelte ihre Tochter und redete sanft auf sie ein. Susanne starrte finster vor sich hin. Wilhelm Berger traute sich nicht, sich direkt neben sie zu setzen. Er hatte Angst, wieder eine heftige Reaktion auszulösen. Er setzte sich in den Sessel ihr gegenüber. Eine Weile sahen sie sich an, ohne etwas zu sagen.

»Ich habe es nicht geschafft«, flüsterte Susanne schließlich.

»Was hast du nicht geschafft?«, fragte Berger.

»Ich wollte es herausschreien«, sagte sie. »Ich wollte es ihnen ins Gesicht schreien: Ihr Schweine, was macht ihr da? Und ihr anderen, was steht ihr da herum, warum tut ihr nichts? – Aber ich hab es nicht geschafft. Ich habe zugesehen, wie sie die Läden verwüstet haben, von Hirschfeld und Campbell am Neuen Wall, und von Unger, wie sie die Sachen auf die Straße geschmissen haben, wie sie das Zeug geklaut haben, wie sie die Einrichtungen zerstört haben, und alles war voller Glas und Scherben, und ich habe nichts gemacht, genau wie die anderen auch. Ich habe einfach nur Angst gehabt. Ich konnte mich nicht vom Fleck rühren. Ich war völlig gelähmt. Ich habe gesehen, wie sie jemanden direkt aus der Menge verhaftet haben, vielleicht hatte der protestiert, ich habe es gar nicht bemerkt, aber sie haben ihn festgenommen. Und da habe ich gedacht, gleich holen sie mich. Aber dann – dann war da ein Mann neben mir, irgendein Arbeiter, der hat mir die Hand auf die Schulter gelegt und hat auf Platt gesagt: ›Gah na Hus, min Deern.‹ Das hat mich gerettet. Da bin ich gegangen.«

»Die Hauptsache ist, dass du heil wieder hier bist«, sagte Berger.

»Nein, das ist nicht die Hauptsache. Die Hauptsache ist, dass ich gesehen habe, wie hilflos ich bin. Wie hilflos wir alle sind. Ich will nur noch weg. Und dann – dann bin ich zurück zum Hauptbahnhof gegangen, durch die Mönckebergstraße, und auch dort war alles voller Scherben, und im Hauptbahnhof, da war alles wie immer. Die Ansagen waren so wie immer, und die Züge sind normal gefahren, und die Leute, die in den Zügen saßen, die sahen völlig normal aus, als wäre überhaupt nichts passiert. – Ich will weg hier.«

»Ich habe alles in die Wege geleitet«, sagte Berger. »Ich habe die Papiere. Hier ist dein Pass, hier ist das Visum. Das Visum ist echt, der Name im Pass ist falsch. Aber an der Grenze wird es keine Schwierigkeiten geben. Wir müssen jetzt nur noch warten, dass eine Schiffspassage frei wird. Ich habe vorhin beim Norddeutschen Lloyd angerufen. Wir müssen uns wohl ein paar Wochen gedulden; es gibt im Augenblick keine Fahrkarten. Alles ausgebucht.«

Dagmar schüttelte den Kopf. »Ja, das ist alles schön und gut, aber selbst wenn die Papiere für die Ausreise gut genug sind, bei der Einreise nach Amerika wird Susanne Einladungen vorweisen müssen, und wenn die nicht da sind, dann schicken sie sie wieder zurück.«

»Echte Einladungen haben wir auch. – Aber natürlich müssen wir mit Susannes Vater Kontakt aufnehmen.«

»Und wenn er sich nun sperrt? Das habe ich doch alles schon versucht, Wilhelm. Wie viele Briefe habe ich ihm schon geschrieben?«

»Wir machen es anders«, sagte Berger. »Wir schreiben ihm einen Brief, und er geht mit demselben Schiff ab wie Susanne. Die Post, die mit der *Bremen* oder mit der *Europa* befördert wird, wird mit einem Flugzeug vorausgeschickt. Das wird von Bord des Schiffes mit einem Katapult gestartet und ist einen Tag früher in New York als das Schiff. Und in dem Brief schreiben wir, dass Susanne unterwegs zu ihm ist, und dass er sie morgen abholen soll.«

»Aber – wenn er das nun gar nicht will?«

»Er ist der Vater, Dagmar. Er kann nicht einfach sagen, das geht ihn alles nichts an. Er ist für sein Kind verantwortlich.«

»Er wird wieder behaupten, in Deutschland sei alles gar nicht so schlimm, und er wird Susanne wieder zurückschicken!«

Berger schüttelte den Kopf. »Nein, Dagmar. Wenn sie heute dort ankommen würde vielleicht. Aber wenn Susanne in New York eintrifft, in ein bis zwei Monaten, dann weiß er, was heute passiert ist, dann wird er das nicht mehr sagen können.«

Ausgetrickst

10. November

Wilhelm Berger erwachte davon, dass das Telefon klingelte. »Ja, hier Berger.« Er wischte sich den Schlaf aus den Augen.

»Spreche ich mit Wilhelm Berger aus Hamburg?« Eine Frauenstimme.

»Ja. – Worum geht es denn?«

»Hier ist der Norddeutsche Lloyd in Bremen. Sie haben kürzlich bei uns angerufen wegen einer Schiffspassage für Fräulein Judith Stern nach New York?«

»Was? Judith Stern? – Ach so, ja, natürlich. Was ist damit?«

»Ich hatte Ihnen gestern gesagt, dass leider im Augenblick alles ausverkauft sei, und dass wir frühestens in vier bis fünf Wochen etwas frei hätten. Die Lage hat sich inzwischen geändert. Einige Fahrgäste mussten leider kurzfristig absagen. Auf der *Europa* sind für den 18. November noch ein paar Kabinen frei. Da wollten wir fragen, ob Sie noch Interesse hätten.«

»Ja, natürlich.«

»Gut, dann werde ich die Buchung entsprechend vornehmen.«

»Ja, danke, das ist sehr liebenswürdig von Ihnen.« Gott sei Dank, dachte Berger. Gott sei Dank!

Erst als er den Hörer aufgelegt hatte, wurde ihm klar, was das alles bedeutete. Einige der Juden, die bereits ihre Fahrkarte nach Amerika in der Hand gehalten hatten, waren gestern verhaftet worden.

Als Berger ins Stadthaus kam, saß Fehlandt schon an seinem

Schreibtisch. Über seine Erlebnisse bei der Gestapo schwieg er weiterhin, aber zumindest stritt er nicht mehr ab, dass sie ihn gefoltert hatten.

»Es sind doch Polizisten wie wir«, sagte er bekümmert. »Sie sitzen mit uns im selben Haus. Und während wir hier oben unseren Kaffee trinken, führen sie im Keller ihre Verhöre durch. Wir ignorieren das. Wir tun so, als ob uns das alles gar nicht betrifft. Wir gehen durch dieselbe Tür zur Arbeit, und beim Mittagessen in der Kantine sitzen wir am selben Tisch. Einem von denen, die mich vorgestern verhört haben, bin ich heute früh auf der Treppe begegnet. Ich hätte gedacht, er würde sich vielleicht schämen, aber er hat mir direkt ins Gesicht geguckt. ›Nichts für ungut‹, hat er gesagt. Nichts für ungut!«

Über den Wagen sprachen sie nicht. Fehlandt hatte den Schlüssel offen auf seinem Schreibtisch liegen, und er protestierte nicht, als Berger ihn nahm.

In dem Augenblick kam Richter herein. Er zog die Augenbrauen hoch, als er Berger trotz seiner angeblichen Krankheit im Stadthaus sah. »Mensch, verschwinde!« zischte er ihn an, aber Berger brauchte den Autoschlüssel.

Mit dem Wagen holte er Dagmar von der Bank ab. Sie wusste, worum es ging. Eine dringende Angelegenheit, hatte Dagmar ihrem Chef erzählt. Alles klappte wie geplant. Berger warf den Kassiber in den Briefkasten. Wenig später schloss Frau Blanck den Laden hinter sich ab und ging in Richtung Hellkamp zur U-Bahn. Dagmar folgte ihr.

Das war geschafft. Jetzt eine Zigarette! Schon wieder die letzte. Dagmar hatte recht: Er rauchte zu viel. Berger knüllte die leere Schachtel zusammen. Wohin jetzt damit? Am Straßenrand standen die Ascheneimer. Berger hob den Deckel und ließ das Papier hineinfallen. Im selben Moment erstarrte er. Auf der Asche lag ein toter Vogel. Eine Taube. Kein Zweifel, das war die Taube, die er noch vor wenigen Tagen im Käfig in der Küche der Blancks gesehen hatte. Der Vogel sah aus, als sei er regelrecht zerhackt worden.

Im Rundfunk gab Dr. Goebbels soeben bekannt: *»Die berechtigte und verständliche Empörung des deutschen Volkes über den feigen jüdischen Meuchelmord an einem deutschen Diplomaten in Paris hat sich in der vergangenen Nacht in umfangreichem Maße Luft verschafft. In zahlreichen Städten und Orten des Reiches wurden Vergeltungsaktionen gegen jüdische Gebäude und Geschäfte vorgenommen. Es ergeht nunmehr an die gesamte Bevölkerung die strenge Aufforderung, von allen weiteren Demonstrationen und Aktionen gegen das Judentum, gleichgültig welcher Art, sofort abzusehen. Die endgültige Antwort auf das jüdische Attentat in Paris wird auf dem Wege der Gesetzgebung bzw. der Verordnung dem Judentum erteilt werden.«*

Susanne hörte nicht hin. Sie bereitete sich auf ihre Abreise vor.

Sie nahm noch einmal den Pass zur Hand. Sie hatte immer davon geträumt, mit ihren Eltern eine große Reise zu unternehmen. Oder mit Heinrich auszuwandern, irgendwohin, wo es schön und warm war, und wo es keinen Krieg geben konnte. Indochina vielleicht. Das war französisch, das war friedlich und da gab es keine Nazis. – Alles vorbei. Jetzt würde sie nach Amerika fahren, wo sie nicht hinwollte, und ihren leiblichen Vater treffen, den sie nicht sehen wollte.

Zerstreut blätterte sie in ihrem Pass. 32 Seiten. Alle leer. Bis auf das Visum für die Vereinigten Staaten. Da war ihr Foto. Darunter stand: *Es wird hiermit bescheinigt, dass der Inhaber die durch das obige Lichtbild dargestellte Person ist und die darunter befindliche Unterschrift eigenhändig vollzogen hat.* Susanne hatte eine kindliche Handschrift. Sie würde eine Weile üben müssen, bis sie als Judith Stern unterschreiben konnte. Aber sie war jetzt Judith Stern.

Und in dieser Text hier – Affidavit, das war offenbar so etwas wie eine eidesstattliche Erklärung – da wurde einem gewissen Josef Stern, wohnhaft in der 93. Straße in Manhattan, bescheinigt, dass er ein loyaler Bürger der Vereinigten Staaten mit gesichertem Einkommen sei, der wünschte, seine Nichte Judith zu sich nach Amerika zu holen. *Desirous to bringing over his niece Judith* – schade, dass sie nicht diese Judith war. Schade, dass es niemanden gab, der sie gern in Amerika haben wollte.

Und ihr richtiger Pass? Susanne ging in das Schlafzimmer ihrer Eltern. Dagmar pflegte ihre Papiere in der obersten Schublade der Kommode aufzubewahren. Und da waren sie auch. Die Kennkarten ihrer Eltern, ihre eigene Kennkarte und ihr Pass. Sie schlug ihn auf. Da war das Foto, dasselbe wie in dem anderen Pass. Aber kein Visum für Amerika.

Papa hatte das gemacht. Papa hatte diesen neuen Pass besorgt, damit sie heil aus Deutschland herauskam. Er hatte ihr vorher nichts davon erzählt. So war Papa! Er sagte nicht viel, aber er sorgte immer dafür, dass am Ende alles gut wurde. Fast immer. Jedenfalls versuchte er es.

Susanne steckte beide Pässe ein und machte sich daran, die Sachen zusammenzusuchen, die sie mitnehmen wollte. Einen Koffer nur – mehr war nicht möglich. Wie wenig doch in so einen Koffer passte!

Berger lenkte Fehlandts Wagen über die Adolf-Hitler-Straße in Richtung Süden. An die neuen Straßennamen würde er sich erst gewöhnen müssen. Als sie gebaut wurde, hieß diese schnelle Verbindung in Richtung Harburg noch Friedrich-Ebert-Straße. Mit dem Autofahren schien es so zu sein wie mit dem Schwimmen: Wenn man es einmal gelernt hatte, verlernte man es nie wieder. Es war jetzt fast zwanzig Jahre her, dass er einen Armeelastwagen quer durch Belgien bis zur deutschen Grenze gesteuert hatte. Damals wie heute hatte er unter großem Zeitdruck gestanden. Damals ging es darum, nicht in Gefangenschaft zu geraten. Und heute ging es vielleicht um ein Menschenleben.

Einen gültigen Führerschein besaß Berger nicht. Notfalls würde er sich damit herausreden müssen, dass er als Polizist im Dienst sei. Was er natürlich nicht war. Aber Herbert Richter würde ihn decken.

Herbert Richter – wie sehr hatten sie sich in dem Manne getäuscht. Oder hatte er sich in den wenigen Jahren so stark verändert? Als er bei ihnen anfing, hatten sie geglaubt, er sei ein dummer Parteibonze, völlig ahnungslos und unerfahren. Das mit der Unerfahrenheit hatte gestimmt, aber er war bereit gewesen zu lernen, und er war jetzt zu einem gleichwertigen Partner herangewachsen. Bewundernswert, wie er Fehlandt herausgehauen hatte. Wobei ihm natürlich zugute kam, dass er über beste Beziehungen innerhalb der Partei verfügte.

Fehlandt. Berger bekam eine Gänsehaut, wenn er daran dachte, was die Gestapo innerhalb von weniger als 24 Stunden aus ihm gemacht hatte. Er war körperlich weitgehend unversehrt, zumindest behauptete er das, aber er war innerlich nur noch ein Wrack. Richter hatte zugesichert, dass er ihn in den nächsten Wochen so stark wie möglich schonen würde. Danach musste man dann weiter sehen. Entweder er würde wieder zu Kräften kommen – oder nicht. Dann bliebe nur noch eine Versetzung auf einen anderen Posten mit harmloser Schreibtischtätigkeit für ihn übrig.

Auf der Adolf-Hitler-Straße herrschte reger Betrieb. Berger vermutete, dass viele der Wagen auf dem Weg zur neuen

Autobahn in Richtung Bremen waren. Er musste dagegen mitten durch Harburg, zur Reichsstraße 73.

Normalerweise hätte es ihn gereizt, einen kurzen Abstecher auf die Autobahn zu unternehmen. Gerade gestern hatte die Zeitung berichtet, dass einer der NS-Bonzen die Strecke von Berlin nach München in viereinhalb Stunden gefahren sei. Berger hätte auch gern einmal ausprobiert, was in Fehlandts teurem Wagen an Kraft steckte. Später vielleicht. Heute kam das nicht infrage.

Fehlandts teurer Wagen. Berger hatte sich gewundert, dass sein Kollege sich dieses Auto leisten konnte. Aber als er das Handschuhfach aufklappte, da war ihm ein Bündel Visitenkarten entgegengefallen: Dr. H. Samuelssohn, Rechtsanwalt. Fehlandt war also durch einen jüdischen Notverkauf zu seinem neuen Auto gekommen.

Der Zug war gut besetzt. Dagmar saß eingezwängt zwischen einem älteren Herrn und einer dicken Frau, die nach Knoblauch roch. Sie wusste, dass Frau Blanck im Nachbarabteil saß. Sie hoffte, dass der Zug bald leerer würde. Falls die Blanck überraschend ausstieg – von ihrem jetzigen Platz aus würde sie es nicht mitbekommen. Aber die Blanck würde nicht überraschend aussteigen. Sie würde bis Hausbruch fahren und von dort zu Fuß zu ihrem Sommerhaus gehen.

»Das war schon eindrucksvoll«, sagte die Knoblauch-Frau, »das war schon eindrucksvoll!«

Dagmar, die der Unterhaltung nicht gefolgt war, glaubte, sie redete von dem Aufruhr letzte Nacht. Aber davon sprach niemand, obwohl es doch jeder mitbekommen haben musste. Es ging um das Winterhilfswerk: »Und Sie? Haben Sie auch mit gesammelt?«

»Ich habe gespendet«, sagte Dagmar.

Der ältere Herr, der rechts neben Dagmar saß, nickte. »Ja, das habe ich auch gemacht. Das kann ja nicht angehen, dass alle nur sammeln! Ein paar Leute müssen ja schließlich noch übrigbleiben, die etwas spenden.«

»Da sind noch genug übriggeblieben, das kann ich Ihnen sagen. – Nein, das war wirklich eindrucksvoll letztes Jahr. Alle haben mitgemacht. Nicht nur die Größen der Partei, nein einfach alle. Selbst Max Schmeling hat mit gesammelt ...«

»Und das Ergebnis, das kann sich sehen lassen«, pflichtete ihr der Mann bei, der Dagmar gegenübersaß. »In Hamburg sind ein paar 100.000 Reichsmark zusammengekommen. Und dieses Jahr – dieses Jahr werden es noch mehr.«

Daran war kaum zu zweifeln. Am Tag der nationalen Solidarität war es in Hamburg kaum möglich, den Spendensammlern zu entgehen. Und es ging ja nicht nur um Geld. Obendrein wurden noch Naturalien eingefordert. Für diese Pfundspende waren letztes Jahr extra große Papiertüten mit dem Reichsadler und dem Aufdruck *WHW Gau Hamburg – Pfundspende* verteilt worden. Dagmar hatte Horst mit zwei Tüten Erbsen losgeschickt, die er stolz bei den Spendensammlern der SA abgeliefert hatte.

»An solchen Tagen, da sieht man einfach, was das heißt – Volksgemeinschaft!«

»Ja, das stimmt. So etwas hat es früher nicht gegeben. Und die Leute – es gab fast keinen, der nichts gegeben hätte. Bei mir zum Beispiel, da ist ein altes Mütterchen gekommen, von dem ich eigentlich geglaubt hätte, dass es jeden Pfennig selbst bitter nötig hat. Aber diese Frau ist zu mir gekommen und hat eine Mark gespendet. Und dazu hat sie gesagt, wir müssen doch dankbar sein, dass wir unseren Führer haben.«

»Ja, ganz genau so war das bei mir auch. – Wo sind wir jetzt eigentlich? Hält der heute gar nicht in Elbbrücke?«

»Um diese Zeit nicht.«

»Oh, mein Gott, dann kommt jetzt ja schon Veddel, dann muss ich ja raus!«

Der ältere Herr sah die Knoblauch-Frau mitleidig an: »In Veddel hält der auch nicht. Dieser Zug fährt bis Harburg durch.«

Hamburg-Harburg. Kaum stand der Zug, hatte Dagmar sich an ihren Nachbarn vorbeigedrängt, das Fenster heruntergelassen und die Tür geöffnet. Sie war eine der ersten auf dem Bahnsteig. Viele Menschen stiegen aus, aber die Frau Blanck war erwartungsgemäß nicht darunter. Dagmar fragte sich, ob sie es riskieren durfte, einen Blick in das Abteil zu werfen, in dem die Frau saß. Sie entschied sich dagegen. Das war zu auffällig.

Dagmar sah, wie ein Eisenbahner vom Bahnsteig aus zwischen der Lokomotive und dem ersten Waggon auf das Gleis hinunterstieg, um die Lok abzukoppeln. Für die Züge in Richtung Cuxhaven war Harburg ein Sackbahnhof. Die Weiterfahrt war erst möglich, nachdem die Lokomotive vor das andere Ende des Zuges gespannt worden war. Daher der Aufenthalt von sechs Minuten. Zeit genug, um zu Hause bei Susanne anzurufen.

Ohne Hast stieg Dagmar die Treppe empor und wandte sich nach links, in Richtung Eingangshalle. Dort war die Telefonzelle. Aber sie war besetzt. Jemand telefonierte. Was jetzt? Aber bevor Dagmar darüber nachdenken konnte, legte der Mann den Hörer auf und verließ die Kabine.

Rasch wählte Dagmar ihre Nummer. Susanne ging sofort ran, wie vereinbart.

»Ich bin jetzt in Hamburg-Harburg. Alles läuft nach Plan. Die Blanck sitzt noch im Zug, fährt weiter in Richtung Hausbruch. Sie hat mich nicht bemerkt.«

»Das ist gut«, sagte Susanne. »Papa ist unterwegs. Er hat von der Post in Wilhelmsburg aus angerufen. Wahrscheinlich kommt ihr gleichzeitig an.«

In dem Moment, als Dagmar den Hörer auflegte, sah sie, dass Frau Blanck die Bahnhofshalle in Richtung Ausgang durchquerte. Was jetzt? Einen Moment lang erwog sie, noch einmal zu Hause anzurufen. Aber wenn sie das täte, wäre die Blanck im Gewühl verschwunden. Sie beschloss, den Anruf zu verschieben.

Die Harburger Innenstadt war belebter, als Dagmar sie in Erinnerung hatte. Alle Schaufenster waren intakt; Harburg hatte offenbar den Aufruhr verschlafen. Oder gab es hier weniger Nazis als in Hamburg? Das rote Harburg – war das am Ende noch immer rot? In der Lüneburger Straße herrschte dichtes Gedränge. Auf der Fahrbahn kämpften Autos und Radfahrer um jeden freien Platz, und mittendrin steckte die Straßenbahn. Und jetzt – jetzt hatte Dagmar die Frau Blanck verloren. Nein, da war sie noch! Sie hatte die Straße überquert und war nach links abgebogen.

Dagmar folgte ihr durch die Deichstraße zum Harburger Rathaus, dann durch die Rathausstraße wieder nach rechts. Sie überquerte eine Freifläche auf der wohl sonst der Wochenmarkt abgehalten wurde. Der Sand. Hier sah Dagmar die ersten zerstörten Schaufensterscheiben. Gab es etwa nur ein jüdisches Geschäft in Harburg? Da vorn war die Mühlenstraße, die Verlängerung der Lüneburger Straße; Frau Blanck wandte sich nach links.

Dagmar hatte plötzlich das beunruhigende Gefühl, dass sie entdeckt worden war. Wozu sonst hatte die Frau diesen Schlenker gemacht? Sie wollte sehen, ob ihr jemand folgte! Dagmar vergrößerte den Abstand. Sie bekam gerade noch mit, dass Frau Blanck einen Laden betrat. P.H. Peper, Eisenwaren.

Dagmar ging an den Schaufenstern vorbei. Die Auslagen versperrten den Blick ins Ladeninnere. Sie ging ein paar Schritte weiter und hielt dann an. Mit einer Hand stützte sie sich auf einen der eisernen Löwen vor der Ratsapotheke. Mit der anderen zog sie sich umständlich einen Schuh aus, um einen nicht existierenden Stein herauszuschütten. Frau Blanck war noch immer in dem Laden. Auf der Mühlenstraße stand jetzt der Verkehr. Die Schranken waren geschlossen.

Dagmar schnäuzte sich die Nase. Was wollte die Frau in dem Eisenwarengeschäft? Wahrscheinlich würde sie es nie erfahren. Noch immer war sie nicht zurück. Dagmar zog sich den anderen Schuh aus, und als dann immer noch nichts geschah, den ersten Schuh noch einmal. Dann endlich kam die Blanck. Was immer sie gekauft haben mochte, groß konnte es jedenfalls nicht sein. Offenbar passte es ohne Probleme in ihre Handtasche.

Dagmar hatte erwartet, dass die Frau jetzt wieder zum Bahnhof Harburg zurückgehen würde. Doch stattdessen ging sie unmittelbar an ihr vorbei, ohne sie zu beachten, und bog gleich danach nach links in die Lämmertwiete ein. Sie lächelte. Sie sah aus wie eine ganz normale Frau. Wer hätte glauben mögen, dass sich hinter diesem Lächeln ein so böser Mensch verbarg? Oder war am Ende doch alles ein Irrtum?

Sie folgte der Frau Blanck in die Neue Straße. Alte Fachwerkhäuser mit reich verziertem Gebälk. Dagmar las: *Turner, Sänger und Schützen sind der Heimat treueste Stützen.* Die Blanck wandte sich wieder nach links. Von hier waren es nur noch wenige Schritte bis zum Unterelbe-Bahnhof. Und damit war die Frau wieder an der Bahnlinie Hamburg-Cuxhaven. Die Richtung stimmte wieder, aber der Zeitplan war durcheinandergeraten.

Was jetzt? Der Bahnhof Unterelbe war nicht annähernd so

belebt wie der Bahnhof Harburg. Besonders jetzt, wo der nächste Zug erst in zwanzig Minuten fahren sollte. Dagmar kaufte sich eine Zeitung, hinter der sie sich so gut wie möglich versteckte. Schließlich beschloss sie, noch einmal zu Hause anzurufen.

»Ich bin der Frau Blanck durch die Harburger Innenstadt gefolgt. Sie steht jetzt am Unterelbe-Bahnhof.«

»Dann will sie gar nicht zu dem Haus, von dem ihr gestern gesprochen habt?«

»Doch, wahrscheinlich.« Während sie das sagte, befiel Dagmar ein leichtes Unbehagen. Wenn nun doch nicht? Wenn die Frau ganz woanders hinfuhr, wo Dagmar mit ihr allein war und wo Wilhelm sie niemals suchen würde?

»Papa hat nicht mehr angerufen«, sagte Susanne. »Wahrscheinlich ist er inzwischen bei diesem Sommerhaus angekommen.«

Wilhelm Berger war nicht angekommen. Er konnte das Sommerhaus nicht finden. Die Gegend wirkte wie ausgestorben. Schließlich entdeckte er in einem der Gärten einen alten Mann, den er fragen konnte.

»Blanck? – Nö«, sagte der Mann, »so jemand wohnt hier nicht. Das würde ich wissen. Ich kenne hier alle. Blanck gibt's hier nicht.«

»Sind Sie sich ganz sicher?«

»Ganz sicher.«

»Aber er soll in einem dieser Sommerhäuser hier …«

»Sommerhäuser? – Ja, ursprünglich sind das mal Sommerhäuser gewesen. Aber viele von denen, die hier gebaut haben, die wohnen jetzt immer hier. Ich zum Beispiel. Schon vor dem Krieg hat mein Vater das Grundstück gekauft und dieses Haus gebaut. Alles selbst gemacht!«

Entsprechend sah das Haus auch aus. Eine primitive Holzbude, Stück für Stück erweitert. Über der Eingangstür prangte ein riesiges Hirschgeweih. Rechts war ein windschiefer Schuppen angebaut, links ein Hühnerstall. Eine baupolizeiliche Überprüfung dieser Anlage hatte offenbar nicht stattgefunden. Berger war sich sicher, dass nichts davon den Vorschriften entsprach. Aber das war egal. Wichtig war nur, dass er herausfand, wo das Haus der Blancks stand. Das Haus, von dem der Mann behauptete, dass es das gar nicht gab. Was jetzt?

»Verrückt, haben die Nachbarn damals gesagt, als wir hier rausgezogen sind. Total verrückt! – Wahrscheinlich haben sie recht gehabt.« Der Alte zuckte mit den Achseln.

»Könnte es nicht doch sein ...«, setzte Berger an.

Der Mann hörte nicht zu. »Wir sind alle verrückt hier draußen. Mehr oder weniger. Hast du das Haus da oben auf dem Berg gesehen? Das, das aussieht wie eine russische Kirche? Das ist auch so eine Verrücktheit. Oder diese Windmühle unten in Hausbruch, die sich die reiche Witwe gebaut hat? Eine richtige Windmühle mit Flügeln und allem was dazugehört, aber nicht um damit Korn zu mahlen, sondern nur um drin zu wohnen. Total verrückt, das Ding! Jungfernmühle sagen sie dazu!«

»Die Leute, nach denen ich suche, sind auch ein bisschen verrückt«, sagte Berger.

»Auch ein bisschen verrückt? – Ja, dann könnte es schon sein, dass sie hier draußen wohnen. Was hast du nochmal gesagt, wie sollen die heißen?«

»Blanck.«

»Blanck? Blanck? Woher kenne ich denn bloß den Namen? – Ach, jetzt weiß ich: Das ist dieser Mensch mit dem Taxiunternehmen da in Hausbruch, gleich beim Bahnhof, bei der Kreissparkasse, meinst du den etwa?«

Berger versicherte, dass er den nicht meinte. »Der Mann, den ich suche, der ist Buchhändler«, sagte er. »Bücher und Zigarren.«

»Nee, Bücher und Zigarren – nee, so was gibt es hier nicht.«

»Die Frau ist eine geborene Maack«, sagte Berger.

»Ach die meinst du? – Warum hast du das nicht gleich gesagt? Ja, die kenne ich natürlich. Dumme Zicke. Oder bist du etwa mit ihr verwandt? Dann hab ich nichts gesagt.«

Berger schüttelte den Kopf.

»Die Maack und ihr Mann, ja, die haben hier ein Haus. Das hat der Schwester gehört. Der Schwester von der Frau. Und die hat es vorher von irgendeinem reichen Onkel geerbt, der damals raus wollte in die Sommerfrische. Da hat sie nun geglaubt, wunders was für ein tolles Prachtstück ihr da zugefallen ist. Natürlich hat sie alles verkaufen wollen und viel, viel Geld dabei herausschlagen. Ist aber nichts draus geworden.«

»Nein«, sagte Berger. »Und welches Haus ist das?«

Der Mann ignorierte die Frage. »Sie wäre ja auch schön dumm gewesen, wenn sie das verkauft hätte. War ja Inflation, und da wäre man ja verrückt gewesen, ein Haus zu verkaufen. Also hat sie es erst einmal behalten. Nur das war natürlich falsch, denn dann ist ja die Sache mit dem Bergwerk passiert. Dann haben sie hier das Bergwerk gebaut.«

»Was denn für ein Bergwerk?«

»Na, Robertshall natürlich. Das Bergwerk Robertshall. – Das Ruhrgebiet war ja besetzt damals. Von den Franzosen besetzt. Wegen der Reparationen. Ruhrkampf und so weiter. Du weißt schon. Aber die Harburg-Wien, das, was jetzt die Phoenix ist, die brauchte natürlich Kohle für ihren Betrieb. Und da haben die das Bergwerk gebaut. Eine ungeheure Schweinerei, hat die ganze Gegend versaut. Von hier aus konnte man es zum Glück ja nicht sehen.«

»Und welches Haus ...?«

»Aus der Eiszeit ist das alles. Das haben die Wissenschaftler jedenfalls gesagt, und die müssen das ja wissen. Drei dicke Flöze sind das, die sie gefunden haben. Aber nur zwei davon haben sie abgebaut. Dann war das Ruhrgebiet wieder frei, und gegen die bessere und billigere Ruhrkohle konnte Robertshall nicht bestehen. Da haben sie alles wieder zugemacht. Aber – so ein Pfusch! Natürlich hatten sie unter der Erde alles verfüllen sollen. Aber nichts haben sie gemacht, gar nichts. Jedenfalls nicht genug.« Der Mann fasste Berger am Arm. »Hast du die großen Trichter nicht gesehen, einen neben dem anderen? Da unten an der Straße, am Ehestorfer Heerweg, die Betonstraße, da bist du doch entlanggekommen, nicht?« Er wies in die Richtung.

Berger hatte keine Einsturztrichter gesehen. Er sah auf die Uhr. Wenn alles nach Plan lief, müsste Frau Blanck in der nächsten halben Stunde hier eintreffen. »Um nochmal auf die Blancks zurückzukommen ...«

»Ja, davon rede ich doch die ganze Zeit. Da hatte die Maack nun dieses tolle Waldgrundstück mit dem Haus drauf, und als dann die Inflation vorbei war, da hätte man es gut verkaufen können, aber keiner hat es mehr haben wollen. Keiner hat so ein Haus haben wollen, das direkt an einer Bergbauwüste liegt. Ist ja alles kaputt gegangen, die ganze Landschaft hier. Und die Seilbahn, die Schneise, wo sie die Drahtseilbahn gehabt haben, das wächst nie wieder zu. Nicht solange ich lebe. Aber das ist zum Glück auf der anderen Seite der Straße, das kann man alles von hier nicht sehen.«

»Das Grundstück der Blancks ist also unten an der Straße?«

»Ja, gleich unten. Das erste Haus links. Wenn du hier oben wendest, also wenn du hochfährst bis zu dem Haus, das aussieht, wie eine russische Kirche, da kannst du umdrehen, und wenn du dann wieder runterfährst, dann ist es das letzte Haus auf der rechten Seite. Also das erste links, wenn man von unten kommt. Kann man kaum sehen von der Straße aus. Und ein Name steht auch nicht dran. Aber das ist es.«

»Schönen Dank.« Berger schickte sich an, wieder in den Wagen zu steigen.

»Aber da ist wahrscheinlich niemand zu Hause. Da ist meistens niemand zu Hause. Nur irgendein Hund oder so was. Manchmal hört man da was jaulen.«

»Ja, danke, ich werd schon aufpassen, dass er mich nicht beißt!«

Das Telefon klingelte. Susanne nahm ab. »Berger?«

Herbert Richter war dran. »Entschuldige bitte, dass ich störe. Hast du irgendetwas von deinen Eltern gehört?«

»Ja«, sagte Susanne.

»Wenn sie noch einmal anrufen, könntest du ihnen bitte sagen, dass sie nichts riskieren sollen?«

»Ja.«

»Und auf dem Rückweg sollen sie bitte nicht mitten durch Harburg fahren.«

»Warum?«

»Weil es Ärger gibt. Eigentlich sind weitere Demonstrationen verboten, aber die Harburger haben das gestern verschlafen, und es heißt, dass sie heute – jedenfalls wäre es besser, wenn deine Eltern die Harburger Innenstadt meiden und stattdessen über die Seehafenstraße fahren. Kannst du ihnen das bitte ausrichten?«

»Ich werde es ausrichten.«

»Susanne – es tut mir leid, was geschehen ist.«

»Sie können nichts dafür.« Papa hatte erzählt, wie sehr sein Chef sich für Fehlandt eingesetzt hatte. Aber er war und blieb ein SS-Mann, er war sogar in Uniform zu Dagmars Geburtstag gekommen, und das verzieh sie ihm nicht.

Wilhelm Berger fuhr den Weg hinauf, wendete oben bei dem skurrilen Haus und ließ den Wagen dann wieder zurück in Richtung Ehestorfer Heerweg rollen. Da vorn, das Grundstück hinter dem hohen Maschendrahtzaun, das musste es sein. Berger parkte den Wagen ein Stück oberhalb der Eingangspforte und stieg aus.

Das Haus wirkte verlassen. War er etwa zu spät gekommen? Nein, wahrscheinlich zu früh. – Es gab keinen Hund. Nichts rührte sich. Berger fasste an die Türklinke. Die Haustür war verschlossen. Er ging um das Gebäude herum. Es war ein annähernd quadratisches, solide gebautes Haus; einen Hintereingang gab es nicht. Sämtliche Fenster waren mit Fensterläden versperrt, sodass man nicht in das Innere sehen konnte. Berger nahm einen Knüppel und hebelte einen der Läden auf der Rückseite des Hauses auf. Ein Riegel zerbrach krachend. Der Laden gab den Blick frei auf eine spärlich eingerichtete Küche. Kein Mensch zu sehen oder zu hören. Berger klappte den Laden wieder zu. Was jetzt? Die Tür hatte ein Sicherheitsschloss, das er nicht öffnen konnte, und die Fensterrahmen ließen sich nicht aufhebeln; er hätte allenfalls die Scheiben einschlagen können.

Berger war überzeugt, dass Frau Blanck noch nicht hier war. Gut so. Er würde ihr den Vortritt lassen um sie dann mit dem Kind zusammen zu überraschen. Oder schlimmstenfalls mit der Leiche. Aber wo blieb die Frau?

Wilhelm Berger sah auf die Uhr. Eigentlich hätte die Blanck längst hier sein müssen. Und Dagmar. Aber vielleicht hatte sie sich ja entschlossen, irgendwo einzukehren. Es war immerhin ein Fußweg von mehreren Kilometern bis hier draußen. Berger war auf der Fahrt an mehreren Gaststätten vorbeigekommen, und er hatte inzwischen selbst Hunger. Wahrscheinlich saß die Blanck jetzt irgendwo beim Essen.

Berger setzte den Wagen etwas weiter zurück, so dass man ihn von unten von der Straße her nicht gleich sehen konnte. Dann nahm er das Grundstück näher in Augenschein.

Eine Art Trampelpfad führte vom Haus zu einer eisernen Schwengelpumpe. Das war also die Wasserversorgung. Der Weg führte an der Pumpe vorbei in einen Bereich des verwilderten Gartens, der mit dichtem Strauchwerk bestanden war. Berger folgte dem Weg. Er gelangte an ein rechteckiges Loch im Boden, das mit zwei Brettern über Kreuz nur unvollständig abgedeckt war. Berger bückte sich und hob die Bretter zur Seite. Ein alter Schachtbrunnen, der vielleicht als Vorläufer der Pumpe gedient haben mochte.

Berger ließ einen Stein hineinfallen. Doch so sehr er auch lauschte, er konnte nicht hören, dass der Stein ins Wasser fiel. Der Brunnen war trocken. Oder es war gar kein Brunnen? Berger betrachtete die mit Holz verschalten Seitenwände. Hätte man bei einem Brunnen nicht zweckmäßigere Steine nehmen sollen? Oder vielleicht eher Betonringe? Das Bergwerk, von dem der Mann erzählt hatte! Alte Stollen, die in alle Richtungen führten. Stollen, die möglicherweise nicht vollständig verfüllt waren. Mussten diese Stollen nicht auf irgendeine Weise belüftet werden? War dies möglicherweise ein solcher Luftschacht, den die Bergleute am Ende einer Strecke gegraben und schließlich bei der Aufgabe des Bergwerks vergessen hatten?

Der Trampelpfad belegte, dass dieses Loch nicht völlig in Vergessenheit geraten war. Irgendjemand musste zumindest gelegentlich hier herkommen, um – ja, um was zu tun? Was konnte man mit einem solchen Schacht tun? Er war ganz offensichtlich zu tief, um einfach hinunterzusteigen. Aber Dinge hineinwerfen, das konnte man schon. Die Blancks mochten dieses Loch als eine Art privaten Müllschlucker benutzen. Auf diese Weise ließen sich Gebühren sparen. Außerdem konnte man auch ganz andere Dinge in einem solchen Loch loswerden, die man ohnehin nicht gern der Müllabfuhr überlassen würde.

Berger zog die Luft ein. Er beugte sich noch einmal über das Loch. Ja, tatsächlich, er hatte sich nicht geirrt. Wenn er sich konzentrierte, spürte er, dass von unten ein leichter Verwesungsgeruch heraufdrang.

Berger überlegte. Fehlandt war Bergsteiger; er war noch am letzten Wochenende zum Klettern im Harz gewesen. Natürlich mit dem Auto, und wenn Berger Glück hatte, dann lag das Seil noch im Kofferraum.

Frau Blanck saß nicht beim Mittagessen. Sie war erwartungsgemäß in Hausbruch ausgestiegen. Dagmar folgte ihr vom Bahnhof hinauf zur Landstraße, die parallel zur Bahn verlief, und die Dagmar schon vom Zugfenster aus gesehen hatte. Sie wandte sich nach rechts, passierte mit zügigen Schritten das große Hotel, das sicher noch aus der Kaiserzeit stammte, und überquerte dann die Straße.

Dagmar zögerte. Während sie bis hierher eine von vielen gewesen war, würde sie auf der anderen Straßenseite stark auffallen. Drüben gab es nur zwei Häuser, die durch einen breiten Streifen Wald voneinander getrennt waren. Frau Blanck schien zunächst auf das zweite dieser Häuser zu zusteuern, offenbar eine Schlachterei. Aber dann bog sie kurz vorher nach links ab und ging geradewegs in den Wald hinein.

Dagmar blieb nichts anderes übrig, als ihr zu folgen. Es war eine absurde Situation. Dies wäre alles Aufgabe der Polizei, keine Arbeit für Amateurdetektive. Es war so als ob Rotkäppchen versuchte, den bösen Wolf zu verfolgen. Sie hielt den Abstand so groß, wie sie es gerade noch glaubte verantworten zu können, ohne den Kontakt zu verlieren. Und dennoch: Wenn sich die Frau Blanck nur ein einziges Mal umsah, musste sie bemerken, dass jemand hinter ihr herging. Aber bis jetzt hatte Dagmar Glück. Die Frau vor ihr sah sich nicht um. Warum auch? Wenn Dagmar von der Bank nach Hause ging, drehte sie sich normalerweise kein einziges Mal um. Allerdings gab es einen Unterschied: Sie hatte im Gegensatz zu Frau Blanck ein reines Gewissen.

Ein reines Gewissen. Hatte Wilhelm auch noch ein reines Gewissen? Wie wurde er damit fertig, dass er seine eigentliche Polizeiarbeit nur noch heimlich unter Mithilfe seiner Familie durchführen konnte, während seine Amtsaufgaben zunehmend krimineller Natur waren? Dagmar nahm sich vor, ihn nachher darauf anzusprechen.

Der Weg führte nur ein kurzes Stück durch den Wald, danach gelangten sie an eine Straße, die offenbar nach Süden führte. Das musste der Ehestorfer Heerweg sein. Es war eigentlich gar kein Weg, sondern eine moderne Straße, die aus großen Betonplatten bestand, ähnlich wie Dagmar sie von den Fotos der neuen Autobahn kannte. Die Straße war leer. Keine Autos, keine Radfahrer, keine Menschen. Wer immer hier wohnen mochte – um diese Zeit war er wahrscheinlich bei der Arbeit.

Jetzt hatte Dagmar einen Moment lang nicht aufgepasst. Was war das eben gewesen? Hatte die Frau Blanck sich umgedreht? Dagmar konnte es nicht mit Sicherheit sagen. Fest stand jedenfalls, dass die Frau ohne zu zögern weiterging. Nun gab es keine Häuser mehr, und auf beiden Seiten trat der Wald unmittelbar an die Straße heran. Dagmar beschlich plötzlich eine Ahnung, dass das, was sie hier tat, gefährlich werden könnte. Der Zeitplan stimmte nicht mehr. Aber Wilhelm wartete sicher beim Sommerhaus. Es gab keinen Grund, sich zu ängstigen. Vor ihr ging doch nur eine einzelne Frau. Was sollte die ihr schon tun? Sie war allein.

Plötzlich hörte Dagmar das Motorengeräusch eines Autos. Ein Wagen kam ihr entgegen. Wilhelm, dachte sie. Konnte das Wilhelm sein? Aber das war nicht Fehlandts Auto, sondern ein größeres Modell, und es fuhr an den beiden Frauen vorbei, ohne anzuhalten.

Doch, jetzt hatte Frau Blanck sich umgedreht. Ganz eindeutig. Aber vermutlich hatte sie nur nach dem vorbeifahrenden Auto geschaut. Kein Grund zur Besorgnis. Der Wald lichtete sich jetzt, und die Straße führte durch ein Gelände, das offenbar noch in jüngster Zeit in irgendeiner Weise industriell genutzt worden war. Dagmar sah die Überreste eines Gebäudes und einen niedrigen Erdwall, der an einen Bahndamm erinnerte. Aber wenn es hier jemals eine Bahn gegeben hatte, dann war sie jetzt jedenfalls abgebaut. Die Fläche lag verlassen und war großteils von Unkraut überwuchert.

Nun wieder Wald. Aber hier gab es abgezäunte Grundstücke, hier standen irgendwo Häuser. Sie war wieder unter Menschen. Ein Schild wies darauf hin, dass sie sich jetzt im Landkreis Harburg befanden. Frau Blanck bog nun nach rechts ab und öffnete gleich danach die Pforte zu einem Waldgrundstück. Dass dort ein Haus lag, sah Dagmar erst, als sie selbst unmittelbar vor der Pforte stand. Aber sie sah noch etwas: ein Stück weiter den Weg aufwärts stand halb verdeckt in den Büschen ein dunkles Auto mit Hamburger Kennzeichen. Das war Fehlandts Wagen. Wilhelm war hier.

Welch eine Erleichterung! Sie hatten beide unabhängig voneinander das Haus gefunden. Dagmar öffnete die Pforte und folgte Frau Blanck. Das solide Holzhaus machte bei dem trüben Wetter einen finsteren Eindruck. Frau Blanck war in dem Haus verschwunden. Die Tür war nur angelehnt. Was jetzt? Sollte sie der Frau folgen? Besser nicht. Wo war Wilhelm? Sollte sie nicht lieber draußen auf der Straße warten?

Im Haus rührte sich nichts. Alles war dunkel; die Fensterläden waren geschlossen. Bevor Dagmar sich dazu durchringen konnte, um das Haus herumzugehen, spürte sie plötzlich eine Bewegung hinter sich, und im nächsten Moment bekam sie einen gewaltigen Schlag auf den Kopf und verlor das Bewusstsein.

Der Fuchs war noch nicht lange tot. Berger betrachtete ihn im Lichte der Taschenlampe. Wahrscheinlich war er zu dicht an den Rand des Lüftungsschachtes geraten und abgestürzt. Er hatte nicht wieder heraus gekonnt und war verdurstet oder verhungert. Der Kadaver lag zuoberst auf einer Halde von Abfällen. Darunter zerschmetterte Einmachgläser mit ganz offensichtlich verdorbenem Inhalt.

Was wollte er hier? Instinktiv griff Berger nach dem Seil, aber das Seil hing fest und sicher. Und jetzt? Der leichte Verwesungsgeruch, den Berger bemerkt hatte, kam offenbar von dem toten Tier. Berger warf einen prüfenden Blick nach oben. Er schätzte, dass er hier in mehr als zehn Metern Tiefe stand. Das Loch, durch das er eingestiegen war, schien nur noch ein kleines, helles Viereck in großer Ferne.

Berger überwand den Drang sofort wieder nach oben zu klettern. Er sah sich um. Im Schein der Taschenlampe konnte er erkennen, dass er sich in einem Stollen des ehemaligen Bergwerks befand. Offenbar war dieser Teil nicht vollständig verfüllt worden. In dem fast zwei Meter hohen Gang konnte man ohne Mühe aufrecht gehen. Berger zögerte einen

Moment; dann wandte er sich nach rechts. Im Schein der Taschenlampe sah er, dass von den Seiten her trotz der Verschalung Sand nachgebrochen war, der den Gang einengte.

Nach ungefähr zwanzig Schritten weitete sich der Gang plötzlich, und hier befand sich ein ungesicherter Schacht, der weiter nach unten führte. Vermutlich hatte hier früher eine Leiter gestanden. Berger fragte sich, ob er ein zweites Seil holen sollte, um hier hinunterzusteigen. Er trat an den Rand des Schachtes und leuchtete. Das Licht seiner Taschenlampe spiegelte sich im Wasser. Der tiefere Teil des Bergwerkes war abgesoffen und nicht mehr zugänglich.

Also weiter. Aber viel weiter ging es nicht. Keine zwanzig Schritte mehr, dann stand Berger vor einer massiven Mauer aus Sand. Nach seiner Schätzung musste er sich jetzt am Rande der Straße befinden. Ganz offensichtlich hatte man diesen Teil des Stollens, der unter dem Ehestorfer Heerweg lag, vollständig mit Sand verfüllt. Zwar war der Sand ein bisschen gesackt, sodass zwischen der Decke des Stollens und der Oberfläche der Verfüllung ein schmaler Hohlraum entstanden war, doch reichte der nicht aus, als dass Berger hätte hindurchkriechen können. Der Sand schien unberührt; hier war seit Jahren niemand gewesen.

Berger ging zurück. Trotz der großen Tiefe war die Stelle, an der der Lüftungsschacht auf den Stollen traf, als ein heller Fleck schon von Weitem erkennbar. Da hing das Seil. Berger trat über die Müllhalde und den toten Fuchs hinweg; eine Wolke von Verwesungsgeruch traf ihn. Er drang rasch in die andere Richtung vor. Doch hier kam er nicht weit. Schon nach kaum zehn Metern war der Stollen zu Ende. Auch hier war Sand nachgebrochen, doch konnte Berger ohne Mühe erkennen, dass hier nichts künstlich verfüllt worden war. Der helle Sand vor ihm war von mehreren wenige Dezimeter dicken dunklen Bändern von Braunkohle durchzogen. Aber Berger interessierte sich nicht für die Geologie. Am Fuß der Querwand lag etwas. Vor seinen Füßen im Lichtstrahl der Taschenlampe lag ein totes Kind.

Zu spät gekommen! Eine ungeheure Wut erfüllte Berger. Aber dann kniete er sich nieder und inspizierte den Fund genauer. Nein, dies war nicht Paula Struck. Dieses Kind hätte er nicht mehr retten können; die kleine Leiche musste schon seit vielen Jahren hier unten liegen. Sie war vollständig skelettiert. Die langen Haare ließen darauf schließen, dass es sich um ein Mädchen handelte. Auf welche Weise das Kind umgekommen war – vielleicht konnten die Gerichtsmediziner das noch klären. Er jedenfalls hatte keine Chance.

Mehr war hier unten nicht zu sehen. Berger richtete sich auf und ging zum Schacht zurück. Es war Zeit, wieder nach oben zu klettern. Die Abfallhalde – sie würden sie später gründlich untersuchen müssen. Jetzt, wo seine Augen sich an die Dunkelheit gewöhnt hatten, bemerkte er, dass zwischen dem Gerümpel auch Knochen lagen. Menschenknochen? Das Seil, das vorhin ruhig da gehangen hatte, bewegte sich leise. Oder war das eine Täuschung? Nein, keine Täuschung. Das Seil bewegte sich.

»Dagmar?«, rief Berger.

Keine Antwort. Aber noch bevor er nach dem Seil greifen konnte, löste es sich und fiel auf ihn herunter.

Es geht um den Kopf

10. November, nachmittags

Dagmar erwachte davon, dass ihr jemand das Gesicht abtupfte.

»Nein«, sagte sie. Es tat höllisch weh.

Dagmar öffnete die Augen. Sie lag am Boden; ein kleines Mädchen stand über sie gebeugt, mit einem Tuch in der Hand. Das Tuch war voll Blut, und Dagmar ahnte, dass es ihr Blut war, was das Mädchen ihr aus dem Gesicht getupft hatte.

»Soll ich aufhören?«, fragte das Kind.

»Ja.« Dagmar konnte sich nicht bewegen; sie stellte fest, dass sie gefesselt war. Sie lag in einem fensterlosen Raum, der vom Licht einer einzelnen Glühbirne erhellt wurde, die an einem Draht von der Decke hing.

Das Mädchen mochte knapp zehn Jahre alt sein. Es war erschreckend mager. Das ist sie, dachte Dagmar. Ich habe sie gefunden. Sie sagte: »Bist du Paula?«

Das Mädchen nickte. »Und wer bist du?«

»Ich heiße Dagmar.«

»Hat sie das gemacht? Hat sie dich geschlagen? Will sie dich hier auch gefangen halten?«

Dagmar schüttelte den Kopf. »Ich bin gekommen, um dich hier rauszuholen.«

»Hat sie dich gefesselt? Soll ich dich losbinden?«

»Ja, das wäre gut. – Warte, ich rolle mich ein bisschen zur Seite, dass du an meine Hände herankommst.«

Als Dagmar sich bewegte, spürte sie nicht nur Schmerz, sondern obendrein ein starkes Schwindelgefühl. Sie musste sich zusammennehmen, um nicht wieder das Bewusstsein zu verlieren. Sie musste wach bleiben. Sie musste das Kind beschützen, bis Wilhelm kam und sie beide hier herausholte.

Das Mädchen machte sich an Dagmars Fesseln zu schaffen. Aber die Knoten waren zu fest. »Ich kriege sie nicht auf!«

Dagmar registrierte, dass sie mit einer Art Wäscheleine gefesselt worden war. »Gibt es hier irgendwo ein Messer, mit dem du das Band durchschneiden kannst?«, fragte sie.

Das Mädchen schüttelte den Kopf. »Hier gibt es kein Messer. Hier gibt es gar nichts.«

Das Kind hatte recht. Hier gab es gar nichts. Der Raum war vollständig kahl bis auf einen Blechnapf, der offenbar einmal Essen enthalten hatte, jetzt aber leer war, und eine entsprechende Kanne, die wohl auch kein Wasser mehr enthielt. Dann gab es noch einen Eimer mit Deckel und eine alte Rosshaarmatratze, auf der das Mädchen vermutlich schlafen musste.

Dagmar fragte sich, ob es möglich wäre, durch die gefesselten Hände hindurchzusteigen, um sie vor den Körper zu bringen, sodass sie das Seil vielleicht mit den Zähnen packen konnte. Doch war sie nicht mehr so sportlich wie früher, und jede Bewegung verursachte sofort unerträgliche Kopfschmerzen. Nein, so ging es nicht.

»Ich glaube, ich hab's!«

Dagmar hatte zunächst nicht das Gefühl, dass sich irgendetwas veränderte. Aber das Mädchen zupfte und zerrte an ihr herum, und in der Tat begann der Knoten allmählich, sich zu lösen.

»Danke!«

»Ich hab's noch nicht ganz geschafft. Da ist noch ein zweiter Knoten ...«

In diesem Augenblick wurde die Tür aufgestoßen, und Frau Blanck betrat den Raum. Erschrocken wich das Mädchen zurück. Frau Blanck warf einen Blick auf Dagmars gefesselte Hände. »Da bin ich ja noch gerade rechtzeitig gekommen«, sagte sie. Sie packte zu, um Dagmar wieder vollständig zu fesseln.

Paula starrte auf die offene Tür.

»Lauf!«, flüsterte Dagmar.

Und Paula lief. Sie rannte durch die offene Tür nach draußen. Die Blanck wollte hinterher, aber Dagmar trat mit ihren gefesselten Beinen nach ihr und brachte sie aus dem Gleichgewicht. Fluchend rappelte sie sich auf. Das kleine Mädchen hätte Zeit genug gehabt, die Tür hinter sich zuzuschlagen und zu verschließen, aber sie war einfach nur losgerannt. Sie kam nicht weit. Bevor sie die Haustür öffnen konnte, hatte die Blanck sie eingeholt. Im nächsten Moment stieß sie das Kind zurück in das Zimmer und schloss hinter sich zu.

»Du läufst nirgendwohin«, sagte die Blanck. »Keiner von euch läuft mehr irgendwohin. Ihr werdet beide hier in diesem Raum sterben.«

Paula starrte die Frau erschrocken an. Aber Dagmar ließ sich nicht einschüchtern. Wilhelm musste jeden Moment kommen und sie hier herausholen. »Warum geben Sie nicht auf, Frau Blanck?«

Die Blanck versetzte ihr einen Fußtritt. »Ich gebe niemals auf. Warum sollte ich aufgeben? Wenn ihr beide tot seid, gibt es keine Zeugen mehr.«

»Ihr Mann wird gegen Sie aussagen«, sagte Dagmar.

»Wird er das, ja? – Ich glaube nicht. Aber wenn er das doch tun sollte – wird ihm dann jemand glauben? Jeder wird davon ausgehen, dass er mich nur mit reinreißen will. Ich bin nie mit dabei gewesen, wenn er es mit den kleinen Mädchen getrieben hat, in der Küche hinter dem Buchladen und anderswo. Das interessiert mich nicht. Das war und bleibt seine Privatsache, und für die wird er jetzt wahrscheinlich bezahlen müssen. Das ist schade, aber das kann ich nicht ändern.«

»Noch können Sie zurück!«

Die Blanck schüttelte den Kopf. »Nein, ich kann nicht zurück. Und ich will auch gar nicht zurück. Wir beide, der Hugo und ich, wir haben uns gesucht und gefunden. Wir haben gemeinsame Interessen, wir haben uns gemeinsam an Dingen gefreut, die vielleicht nicht jeden freuen, das will ich gern zugeben, aber wir haben jedenfalls unseren Spaß gehabt.«

»Spaß?«

»Ja, Spaß! Aber dafür reicht die Vorstellungskraft von euch Spießbürgern ja nicht aus, dass es Dinge geben könnte, die über eure wöchentlichen Pflichtübungen im Bett hinausgehen! Was glaubst du, wie viel Spaß es macht, jemanden langsam und genüsslich zu Tode zu quälen? Du hast dich sicher gefragt, warum der Hugo die kleine Altmann nicht gevögelt hat. Dies ist die Antwort: weil es Dinge gibt, die unendlich viel befriedigender sind, als einfach nur zu vögeln oder gevögelt zu werden.«

Dagmar nahm alle Kraft zusammen und trat noch einmal nach der Blanck, aber die wich ihr diesmal geschickt aus.

»Wir haben uns ergänzt, der Hugo und ich. Wir verstehen uns. Und wir können über alles miteinander sprechen. Das ist der Sinn einer Ehe, dass man mit seinem Partner über alles sprechen kann. Und der Hugo hat mir gesagt, dass ihm das immer gefehlt hat, bevor wir uns kennen gelernt haben. Genau wie mir auch.«

Die Blanck betrachtete einen Augenblick lang versonnen das kleine Kind, das angstvoll in der Ecke kauerte. Dann wandte sie sich wieder Dagmar zu. »Durch die Briefe haben wir uns kennen gelernt. Er hat zuerst geschrieben, und ich habe geantwortet. Später haben wir gemeinsam Briefe verfasst, aber noch einen weiteren Gleichgesinnten haben wir nicht gefunden. Wir hätten uns die Wache so gut teilen können. Und lebendige Beute ist so viel besser als zur Erinnerung eingeweckte Nieren und Pobacken. – Schade, dass Hugo jetzt nicht hier ist. Ja, es ist schön, wenn es einen Freund gibt, dem man alles erzählen kann. Aber es ist fast genauso schön, wenn man alles einem Feind erzählt, der einem nicht mehr schaden kann.«

Dagmar riss sich zusammen. Diese Frau wollte reden, das war ganz offensichtlich. Sie musste versuchen, so viel wie möglich von ihr zu erfahren. Sie fragte: »Warum haben Sie die Anna getötet?«

»Weil sie lästig geworden ist. Der Hugo, der ist gut mit den kleinen Mädchen. Manchmal zu gut. Deswegen sind sie ja alle zu ihm gekommen. Und die Anna, das war erst eine ganz Schüchterne. Aber Hugo hat ihr Süßigkeiten gegeben und ihr Bücher geliehen, und er ist mit ihr ins Kino gegangen, und dann hat er sie rumgekriegt. Und am Ende wollte sie gar nicht mehr aufhören. Statt zur Schule zu gehen, ist sie bei uns vor der Buchhandlung aufgetaucht. Morgens um acht schon. Hugo hat gesagt, dass das aber nicht geht. Aber am nächsten Morgen war sie wieder da. Da haben wir gewusst, dass sie weg muss.«

»Sie hätten Sie doch auch hierher bringen können!«

Die Blanck schüttelte den Kopf. »Das wäre zu teuer gewesen. Diese Gören fressen einem ja die Haare vom Kopf! Mehr als ein Kind können wir uns nicht leisten. – Und damit du das auch weißt: Wir haben es zu zweit gemacht bei der Anna. Hugo hat auf ihr gekniet, und ich habe …«

»Das will ich alles gar nicht wissen!«

»Ich werde es dir trotzdem erzählen …«

»Was sollte der Kiefernzweig?«, unterbrach sie Dagmar.

»Habt ihr das nicht verstanden? Hugo ist doch der Eingeweidejäger. Und beim Waidwerk ist es nun einmal üblich, dass man einen Bruch auf das erlegte Wild legt. Einen grünen Zweig. Das hat Hugo getan. – Aber das ist jetzt alles egal, darum geht es jetzt nicht. Jetzt geht es um euch beide. Hugo hat mir eine Botschaft aus dem Knast geschickt, und er hat darin gefragt, ob die Paula schon tot ist. Ich hatte gedacht, wenn sie keiner füttert, dann wird sie schon sterben. Aber Hugo hat recht. Es ist zu gefährlich, so lange zu warten. Das Mädchen muss tot sein. Und du – du natürlich auch. Ich weiß nicht, warum du mir bis hierher nachgestiegen ist, aber damit hast du dein Schicksal besiegelt. Du wirst genauso sterben wie die Kleine.«

Das Mädchen schluchzte auf.

Dagmar spürte eine ungeheure Wut auf diese Frau. Das alles würde sie ihr heimzahlen. Wenn nur Wilhelm endlich käme. Warum kam er nicht?

»Ich weiß genau, was du denkst.« Frau Blanck sah Dagmar herausfordernd an. »Du kommst mir mit der Moral? – Ja, natürlich. Du brauchst gar nichts zu sagen; ich sehe es dir an. Aber ich pfeife auf deine Moral. Sie ist durch und durch verlogen. Sie gilt zum Beispiel nicht, wenn ihr braven Bürger Kriege führt. Und selbst für die Polizei gilt sie nicht. Wenn die Polizei ihre Gefangenen foltert – und das tut sie ja, unsere Polizei – dann gilt das als akzeptabel. Selbst wenn die SA und SS ihre Gefangenen totfoltert, ist das immer noch völlig in Ordnung.«

»Die Polizei foltert ihre Gefangenen nicht«, sagte Dagmar. »Mein Mann ist Polizist ...«

»Ja, das hätte ich mir denken können, dass dein Mann Polizist ist! Wer sonst könnte sich so dämlich anstellen? Sicher gehörst du zu diesem Richter oder diesem Fehlandt oder –

wie heißt er? – diesem Berger. Ich weiß natürlich nicht, was er dir für Märchen aufgetischt hat, aber eines kann ich dir verraten: Die Polizei foltert. Hier in Hamburg. In demselben Gebäude, in dem dein sauberer Mann seiner sauberen Arbeit nachgeht, in demselben Gebäude werden Menschen auf brutalste Weise gefoltert.«

»Das kann höchstens die Gestapo sein ...«

»Ist das etwa keine Polizei? – Und eines will ich dir verraten: Vielleicht nicht alle von denen, aber viele von denen, die ihre Gefangenen foltern, die haben Spaß daran. Ich würde sagen, die meisten haben Spaß daran. So wie ich.«

»Sie werden keine Gelegenheit haben, ihre abscheulichen Phantasien auszuleben«, sagte Dagmar mit fester Stimme. »Mein Mann ist hier. Er kommt jetzt herein und nimmt Sie fest!«

Die Blanck grinste sie spöttisch an.

Jetzt, dachte Dagmar. Jetzt kommt er rein.

Aber Wilhelm kam nicht.

»Du wartest vergebens«, sagte die Blanck. »Dein Mann kommt nicht. Jetzt nicht und überhaupt niemals. Er sitzt unten im Bergwerk und kommt dort nicht mehr lebend heraus. – So, und jetzt will ich meinen Spaß haben.« Aus ihrer Handtasche nahm sie ein großes Messer. Das also war es, was sie bei P.H. Peper in Harburg gekauft hatte! »Jetzt bekommst du etwas zu sehen, was du noch nie gesehen hast! Das, was Hugo mit der Margarethe Garber gemacht hat und mit dem Hermann Dordowsky und mit der Gertrud Siefert, und was wir gemeinsam gemacht haben an all den anderen Kindern. Ihr könnt ruhig schreien. Es ist schön, wenn ihr schreit. Das Haus ist gut isoliert, hier hört euch keiner!« Sie wandte sich an Paula: »Du bist zuerst dran. Zieh dich aus, dich will ich zuerst aufschneiden!«

Wilhelm Berger war auf dem Weg nach oben. Ein Moment

lang war er vor Schreck erstarrt, als das Seil herunterfiel und ihm klar wurde, dass er jetzt im Bergwerk eingeschlossen war. Von unten sah er, wie die Frau Blanck die Bretter wieder kreuzweise über den Schacht legte. Er hätte sie abschießen können, wenn er seine Waffe dabei gehabt hätte. Aber die Pistole lag im Stadthaus. Im Augenblick hatte er nur die Handschellen bei sich, die ihm hier nichts nutzten. Aber die Frau dort oben, sie wusste nicht, was sie tat. So konnte sie den Schacht nicht versperren. Nein, Wilhelm Berger hatte eine Chance. Und jetzt war er dabei, sie zu nutzen.

Der Schacht hatte einen Durchmesser von vielleicht 80 Zentimetern. Die Verschalung war unsauber ausgeführt. Die Bretter steckten nicht ineinander, sondern waren nur übereinander geschoben, so wie es gerade kam. Das hatte ausgereicht, um den Sand draußen zu halten, aber das reichte jetzt auch aus, um Griffe und Tritte für Hände und Füße zu bieten. Berger war immer gut im Klettern gewesen, auch wenn er diese Kunst im Gegensatz zu Fehlandt bisher nie im Gebirge, sondern nur an Obstbäumen ausprobiert hatte. Und auch das lag viele Jahre zurück.

Das einzige Problem war gewesen, die untersten zwei Meter zu überwinden. Es hatte Berger mehrere Anläufe gekostet, bis seine Hände beim Sprung nach oben genügend Halt fanden, dass er nachgreifen und sich hochziehen konnte. Jetzt schob er sich Stück für Stück aufwärts, indem er Hände und Füße an der einen Wand einsetzte und sich mit dem Rücken an der anderen abstützte, sodass er eigentlich nicht abstürzen konnte. Und die große Tiefe von mehr als zehn Metern, die er unter sich wusste, erschien ihm nur halb so bedrohlich, da sie im Dunkeln lag und er sie nicht sah.

Viel furchtbarer war die Ungewissheit, was er oben vorfinden würde. Dass die Frau Blanck ihn hier überrascht hatte, und dass sie offenbar ungehindert agieren konnte, ließ das Schlimmste befürchten. Kein Zweifel, Dagmar war in größter Gefahr. Dagmar und das Kind. Da er hier unten keine frische Leiche gefunden hatte, bestand immerhin eine Chance, dass Paula Struck noch am Leben war.

Jetzt kam der kritische Teil: der letzte Meter. In dem Augenblick, wo seine Hände über den Rand griffen, und er den Kopf aus dem Lüftungsschacht streckte, war er am verwundbarsten. Wenn Frau Blanck draußen auf ihn wartete, hätte sie leichtes Spiel. Sie würde ihn in den Schacht zurückstoßen. Und dann würde er unweigerlich abstürzen und das Schicksal des Fuchses teilen. Des Fuchses und der anderen Toten, die er unten gesehen hatte.

Berger holte noch einmal tief Luft, dann schob er die Bretter zur Seite, stemmte sich nach oben und schwang sich über die Kante. Hastig blickte er sich um. Alles in Ordnung; er war allein.

Er rannte zum Haus. Die Tür – wenn die Hausür jetzt verschlossen war, würde er sie eintreten. Aber die Tür war nicht verschlossen; Berger riss sie auf und stürmte nach drinnen. Wohin jetzt? Bevor er sich noch entscheiden konnte, ertönte aus dem Raum unmittelbar vor ihm ein entsetzlicher Schrei.

Die mittlere Tür also. Berger rüttelte daran. Die Tür war von innen verschlossen. Berger nahm Anlauf und warf sich mit aller Kraft dagegen. Das Holz krachte, aber der Eingang blieb versperrt. Ein zweiter Anlauf. In dem Augenblick wurde die Tür aufgerissen, und Frau Blanck stand im Eingang, ein großes Messer in der Hand. Berger packte zu; Frau Blanck stieß einen überraschten Schrei aus; das Messer flog auf die Erde. Im nächsten Moment lag die Frau am Boden; Berger drehte ihr die Arme auf den Rücken und legte ihr Handschellen an. Ein rascher Blick in die Runde; da lag Dagmar mit blutverschmierten Gesicht, aber sie lebte, und in der entferntesten Ecke des Zimmers kauerte ein Kind, unverletzt.

»Das war das«, sagte Berger. Und zu dem Mädchen gewandt: »Es ist alles vorbei; du kannst dich wieder anziehen.«

Berger nahm das Messer, und mit zwei Schnitten hatte er seine Frau befreit. Er half Dagmar auf die Beine. Sie taumelte ein wenig und musste sich an der Wand abstützen.

»Das war knapp«, sagte sie.

»Ja, das war knapp.« Wilhelm Berger sah seine Frau an. »Bist du arg verletzt?«

Sie lächelte. »Das sind nur Schrammen«, sagte sie. »Mir geht es blendend, aber dieses kleine Mädchen muss auf jeden Fall in ein Krankenhaus.«

Das war offensichtlich. Ein so stark abgemagertes Kind hatte Wilhelm Berger zuletzt im Hungerwinter 1917/18 gesehen, und das Kind damals war tot gewesen. »Kommt«, sagte er. »Wir dürfen keine Zeit verlieren.«

Frau Blanck meldete sich zu Wort: »Und was ist mit mir?«

»Das wird sich finden«, sagte Berger.

»Ich protestiere. Ich protestiere ganz entschieden. Sie können mich nicht verhaften. Ich verlange, dass Sie mich sofort freilassen.«

Berger betrachtete die Frau mit einem boshaften Lächeln. Er sagte: »Sie haben recht: Leider bin ich im Augenblick nicht im Dienst. Deshalb kann ich Sie nicht verhaften. Aber ich kann Sie unter Berufung auf den Jedermann-Paragraphen solange festsetzen, bis die Polizei kommt. Ich fürchte, Sie werden hier eine Weile ausharren müssen.«

»Etwa mit den Handschellen?« Frau Blanck starrte Berger fassungslos an.

»Ja, mit den Handschellen. – Sie haben sicher von den Ereignissen der letzten Nacht gehört; alle Polizisten sind im

Einsatz und können sich jetzt nicht um solche Nebensächlichkeiten kümmern. Außerdem sind wir hier ja im Landkreis, nicht in Hamburg. Hier ist Preußen zuständig. Regierungsbezirk Lüneburg. Ich werde die Meldung daher an die Polizei in Lüneburg schicken. Ob per Fernschreiben oder auf dem Postwege, das weiß ich noch nicht.«

»Sie wollen mich doch nicht etwa tagelang ...«

»Das weiß ich noch nicht«, behauptete Berger.

Dagmar fasste das Mädchen bei der Hand. »Komm«, sagte sie, »jetzt wird es wirklich Zeit, dass wir gehen.«

Aber nun war Paula mit ihren Kräften am Ende. Wilhelm Berger nahm das Kind auf den Arm und trug es zum Wagen. Es war federleicht.

Am später Nachmittag lenkte Berger den Wagen den Ehestorfer Heerweg hinunter und bog dann nach rechts in Richtung Harburg ab. Er wusste, in Harburg gab es ein Krankenhaus. Mindestens eins.

»Was geschieht jetzt mit der Frau?«, fragte Dagmar.

»Ich habe keine Ahnung. Normalerweise würde ich sagen, sie wird vor Gericht gestellt und abgeurteilt.«

»Aber du zweifelst daran?«

»Ich weiß nicht, was passieren wird. Die Gesetze sind heute nicht mehr wichtig. Es wird das getan, was der Partei nützt. Und wenn es der Partei nützt, diese Frau nicht zu verurteilen, dann wird sie nicht verurteilt.«

»Aber man kann sie doch nicht einfach freilassen!«

»Das wird man auch nicht tun. Dazu haben wir die Vorbeugehaft. Man wird diese Haft immer weiter verlängern, man wird die Frau am Ende in ein Konzentrationslager stecken, und danach hört man nie wieder etwas von ihr.«

»Das ist gut«, murmelte Dagmar.

Berger schüttelte den Kopf. »Das mag dir so scheinen, aber in Wirklichkeit ist es nicht gut. Es ist falsch, wenn ein Unrecht durch ein anderes Unrecht gesühnt wird. Aber ich kann es nicht verhindern. Deutschland ist kein Rechtsstaat mehr.«

»Du bist ein Formalist, Wilhelm!«

Berger schüttelte den Kopf. Wenn er ein Formalist wäre, hätte er die Frau nicht über Nacht gefesselt in dem Holzhaus zurücklassen dürfen. Aber sie hatte es verdient, hundertfach. Ihr Mann und sie hatten die Kinder jahrelang gefangen gehalten, gequält und am Ende in den Schacht geworfen. Eines hatte offenbar den Sturz überlebt; es war bis an das Ende des Stollens gekrochen und dort gestorben.

Dagmar streichelte sanft die struppigen Haare des kleinen Mädchens, das in ihren Armen schlief.

»Es war doch richtig, weiterzumachen«, sagte Berger. Sie hatten das Kind im Krankenhaus abgegeben; jetzt suchte er den richtigen Weg, um wieder aus Harburg herauszukommen. »Wenn wir nicht eingegriffen ...« Er hielt inne.

»Was ist das? – Halt mal an!«, rief Dagmar.

Vor ihnen waren Menschen auf der Straße. Erregte Menschen.

Berger hielt. »Was ist denn hier los?«, wandte er sich an den ihm am nächsten stehenden Zuschauer.

»Die Synagoge«, sagte der Mann, ohne seinen Blick von dem Geschehen abzuwenden. »Das ist die Synagoge.«

Berger sah, dass die meisten der Menschen lediglich herumstanden und zusahen, wie eine kleinere Gruppe Dinge aus dem Gebäude heraustrug. Klirrend ging eines der Fenster zu Bruch.

»Warum holt niemand die Polizei?«, fragte Dagmar, die inzwischen auch hinzugetreten war.

»Da drüben steht die Polizei.«

In der Tat gewahrte Berger jetzt, dass eine ganze Reihe von Schutzpolizisten anwesend war, aber nicht eingriff. Ein Teil der Männer, die die Synagoge verwüsteten, überwiegend Jugendliche, trug SA-Uniformen. Es war niemand in Sicht, der dem Treiben hätte Einhalt gebieten können.

»Jud, komm raus!«, begann einer der Männer zu rufen.

Berger hatte nicht das Gefühl, dass sich in dem Gebäude noch irgendwelche Juden aufhalten könnten.

»Jud, komm raus, Jud, komm raus«, stimmten andere ein.

Doch, da war noch jemand drin. »Geh du zurück ins Auto, Dagmar! Wenn da noch jemand drin ist, dann muss ich ihn herausholen!«

»Das geht nicht, das kannst du nicht!«, flüsterte Dagmar. Sie ergriff seinen Arm.

»Doch, das kann ich!« Wilhelm Berger machte sich los und drängte sich durch die Menge nach vorn. Die Zuschauer standen in erheblichem Abstand im Halbkreis um die Synagoge herum. Diejenigen, die sich aktiv an dem Zerstörungswerk beteiligten, waren nur wenige. Berger ging entschlossen auf den Eingang des Gebäudes zu.

»Ausräuchern! Ausräuchern!«

Das klang bedrohlich, aber Berger registrierte, dass offenbar niemand eine Fackel dabei hatte, sodass die Gefahr zumindest im Augenblick nicht allzu groß war. Zusammen mit den jugendlichen Randalierern drang er in das Gebäude ein.

»Jud, komm raus, Jud, komm raus!«, klang es erneut. Die Rufe waren in Richtung der Kellerfenster gerichtet. Nach dort unten hatten sich also die Menschen geflüchtet.

Berger suchte und fand die Tür zur Kellertreppe; er riss sie auf, trat ein und schlug die Tür wieder hinter sich zu. Niemand folgte ihm. Er wartete einen Augenblick, dann stieg er die dunkle Treppe hinunter.

Die Stufen endeten vor einer weiteren Tür. Die Tür war verschlossen.

Berger klopfte gegen das Holz. »Machen Sie auf!«, rief er.

Nichts rührte sich.

»Machen Sie auf! Ich hole Sie hier raus!«

»Jud, komm raus, Jud, komm raus!«, tönte es von draußen.

»Sie können hier nicht drin bleiben, das ist zu gefährlich!«

Berger war, als ob hinter der Tür eine Frau weinte.

»Wer immer da drin ist, bitte machen Sie auf, Sie können hier nicht bleiben!«

Endlich wurde der Schlüssel im Schloss gedreht, und die Tür ging auf. Vor Berger stand ein älterer Mann, der einen Knüppel in der Hand hielt. Auf einem Stuhl saß eine alte Frau, die die Hände vors Gesicht geschlagen hatte und weinte.

»Ich bringe Sie hier heraus«, sagte Berger.

»Sie traut sich nicht. Sie hat Angst«, sagte der Mann.

Berger wusste nicht, wer von den beiden mehr Angst hatte, der Mann oder die Frau. Er nahm dem Mann den Knüppel aus der Hand. »Damit können Sie nichts ausrichten«, sagte er.

»Ich will nicht sterben, ohne mich wenigstens gewehrt zu haben«, murmelte der Mann.

Berger schüttelte den Kopf. »Niemand wird sterben«, sagte er. »Ich bringe Sie hier raus.«

»Ich will hierbleiben«, sagte die Frau. »Hier wohne ich doch.«

Der Mann erklärte ihm, die Alte sei die Frau des Tempeldieners. Als der gehört hatte, dass die Synagoge in Brand gesteckt werden sollte, war er offenbar sofort zur Polizei gelaufen. Aber er war nicht mehr zurückgekommen; wahrscheinlich hatten sie ihn gleich festgenommen. Berger bemerkte jetzt erst, dass noch eine zweite, jüngere Frau im Raum war. Sie verhielt sich ganz ruhig, aber sie sah ihn hasserfüllt an. Berger wusste nicht warum, bis er merkte, dass sie auf sein Jackett starrte. Dort prangte das Parteiabzeichen.

»Ich bin keiner von denen«, sagte er.

Die Rufe von draußen, die einen kurzen Moment lang verstummt waren, wurden jetzt wieder lauter. Jemand trat mit dem Stiefel die Scheibe des Kellerfensters ein und rief: »Jud, komm raus, komm endlich raus, gleich fliegt die Synagoge in die Luft!«

Einen Augenblick lang befürchtete Berger, der Mob könnte sich Sprengstoff aus der Pionierkaserne besorgt haben, aber dann sagte er sich, dass das unwahrscheinlich war. Über ihnen splitterte Holz; der Innenraum der Synagoge wurde vollständig verwüstet.

»Kommen Sie! Hier können wir nicht länger bleiben. Fassen Sie mich bei der Hand, und dann gehen wir zusammen raus!«

Als sie auf der Treppe waren, wurde vor ihnen die Tür eingetreten, und ein jugendlicher Raufbold erschien auf der Treppe. »Da sind sie ja, die Juden!«

»Platz da!«, herrschte Berger ihn an. »Hier ist die Polizei. Gehen Sie aus dem Weg!«

»Polizei?« Der Junge war unschlüssig. Damit hatte er nicht gerechnet.

»Machen Sie keine Schwierigkeiten«, sagte Berger. »Ich bin im Dienst, und Sie machen sich strafbar, wenn Sie einen Polizeibeamten im Dienst behindern.«

Natürlich war Berger nicht im Dienst, aber das spielte keine Rolle. Der Junge gab den Weg frei. Berger und seine Begleiter stolperten ins Freie.

»Da ist er ja, der Jud!«, rief jemand.

Berger ignorierte das. Er wandte sich an den Burschen, den er auf der Treppe angetroffen hatte. »Wer hat hier das Kommando?«

»Der Drescher.« Der Mann wies auf einen Parteifunktionär, der mit einer Gruppe von Helfern offenbar soeben eingetroffen war, um das Zerstörungswerk zu besichtigen.

»Was für eine Funktion hat der?«

»Der Kreisleiter ist das. Der NSDAP-Kreisleiter.«

Mit dem würde er schon fertig werden. Er trat auf den Mann zu: »Heil Hitler!«

»Heil Hitler.« Der Gruß des Parteibonzen fiel vergleichsweise lahm aus.

Berger sagte mit lauter Stimme: »Auf Anordnung des Reichsführers SS ist dafür Sorge zu tragen, dass bei den spontanen Kundgebungen keine Personen zu Schaden kommen. In meiner Eigenschaft als Kriminalkommissar unterstelle ich diese Personen, die sich noch in der Synagoge befanden, Ihrer Verantwortung. Sie haben für ihre Sicherheit zu sorgen!«

»Bitte, helfen Sie uns!«, rief die ältere der beiden Frauen.

Der Kreisleiter sah sie an und dann Berger. »Ich bürge für die Sicherheit dieser Personen«, murmelte er unwillig. Dann wandte er seine Aufmerksamkeit wieder dem Zerstörungswerk zu. Ihm war anzusehen, dass ihm am Schutz der drei Juden nichts gelegen war.

Berger führte die drei zur Seite. Niemand beachtete sie.

»Und jetzt?«, fragte der Mann.

»Gehen Sie einfach«, sagte Berger. »Haben Sie einen Platz, wo Sie unterkommen können? Irgendwo bei Verwandten oder Bekannten?«

»Ja, das wird wohl gehen.«

»In diese Wohnung hier können Sie nicht zurück«, sagte Berger.

Der Mann nickte. »Kommt«, sagte er. Es klang mutlos. Berger sah zu, wie die drei Gestalten im Dunkeln verschwanden.

Berger ging zurück zu Fehlandts Wagen. Dagmar saß noch

genauso da, wie er sie vor wenigen Minuten verlassen hatte. Nein, nicht ganz genauso. Dagmar weinte. Auch Berger war zum Heulen zumute. Ein Kind gerettet, drei Juden befreit, aber das reichte nicht. Aber immerhin: Susanne war fast schon in Sicherheit. Ob Richter wohl seine fünf Juden für ihn mit verhaftet hatte?

Der Techniker hatte Licht gemacht. Drei Fotos schwammen in dem Spülbecken. Zwei davon waren unterbelichtet, aber der Erkennungsdienst hatte sie doch so weit aufhellen können, dass man klar erkennen konnte, was darauf abgebildet war. Das Haus im Hintergrund war Bergers Haus. Drei Männer verließen das Haus und gingen zu einem wartenden Wagen. Drei Schatten in dunkler Nacht. Aber dann hatte der Gestapo-Mann die Autoscheinwerfer eingeschaltet und die kleine Gruppe in helles Licht getaucht. Etwas zu spät; zwei der Männer waren bereits im Begriff, in den wartenden Wagen einzusteigen, und ihre Gesichter konnte man nicht erkennen. Der dritte aber war voll zu sehen. Der Fotograf hatte eine Ausschnittsvergrößerung angefertigt. In dem Spülbad schwamm Bergers Kopf.

»Und jetzt?«, fragte der Herr von der Gestapo.

Herbert Richter zuckte mit den Achseln. Das war der Beweis. Berger steckte mit drin. Eindeutig. Er hatte den Kommunisten versteckt. Warum hatte Wilhelm nicht gesagt, dass er fotografiert worden war? Hatte er es nicht bemerkt? Jetzt gab es nichts mehr, was er da noch tun konnte.

Stattdessen sprang völlig unerwartet ein anderer in die Bresche. Streckenbach war ungehalten. »Das ist jetzt alles unwichtig«, sagte er. »Warum kommt Ihr mir mit solch einer Lappalie? Dieser Fall ist erledigt; der Vaterlandsverräter ist zur Strecke gebracht. Tot. Aus. Ende. Wir haben zurzeit ganz andere Sorgen. Ein paar hundert Juden müssen verhaftet werden. Sofort. Dafür brauchen wir jeden Mann. Und dies hier« – er warf noch einen Blick auf den Kopf im Wasser – »dies hier, das ist erledigt, aber nicht vergessen. Irgendwann werden wir sicher darauf zurückkommen.« Er dachte: Irgendwann wird der Gauleiter nicht mehr seine schützende Hand über ihn halten, und dann ist er fällig.

Nachwort

Nicht alle Tage entdeckt man eine Mordserie, die bisher weitgehend unbekannt geblieben ist. Als ich dieses Buch zu schreiben begann, glaubte ich, es nur mit einem einzelnen Mord zu tun zu haben. Heute bin ich überzeugt, dass die Täter mindestens neun Kinder auf dem Gewissen haben.

Nicht alle Tage entdeckt man einen deutlichen Hinweis darauf, dass das Opfer einer Entführung hätte gerettet werden können, wenn die Polizei damals richtig reagiert hätte. Der wegen des Mordes an Anna Altmann verhaftete Mann hat tatsächlich aus dem Gefängnis seiner Frau die Frage übermitteln lassen: »Ist das Kind schon tot?« Daraus hat die Polizei damals nicht die Schlüsse gezogen, die einem heute so naheliegend erscheinen. Im Roman befreit Berger das gefangengehaltene Mädchen. In Wirklichkeit sind die verschwundenen Kinder nie gefunden worden, weder tot noch lebendig. Keines von ihnen.

In Deinem schönen Leibe beruht genau wie meine anderen historischen Kriminalromane auf einem historischen Fall. Es ist aber kein Tatsachenbericht, sondern ein Roman. Ich habe einige Namen verändert und mir die Freiheit genommen, die Handlung in das Jahr 1938 zu verschieben. Die Hauptquelle für mich war das Kapitel *Fünftausend Spuren …* aus dem Buch von Helmut Ebeling *Schwarze Chronik einer Weltstadt*, in dem der Autor, der selbst Polizist in Hamburg war, den Fall des verschwundenen Mädchens nach seinen eigenen Unterlagen darstellt. Darüber hinaus gibt es einen Aufsatz mit dem Titel *Mordserien?*, den der Hamburger Oberstaatsanwalt Dr. Rücker 1940 in der *Deutschen Zeitschrift für die gesamte gerichtliche Medizin* veröffentlicht hat. Ein paar weitere Informationen erbrachte die Recherche im Landesarchiv Berlin, wo die von dem Berliner Kriminalisten Ernst Gennat aufgebaute *Zentralkartei für Mordsachen und Lehrmittelsammlung* archiviert ist. Hier fanden sich vor allem wichtige Hinweise bezüglich des Mordes an den Fehse-Kindern in Breslau 1926.

An Zeitungen wurden *Der Stürmer*, das *Hamburger Fremdenblatt*, der *Hamburger Anzeiger* und die *Harburger Anzeigen und Nachrichten* herangezogen, aus denen zum Teil wörtlich zitiert wird. Diese Zitate sind durch Kursivschrift gekennzeichnet. Der Text der Predigt des Pastors Eske stammt aus dem *Hamburger Anzeiger* vom 30./31. Oktober 1937. Die zitierte Lesebuch-Geschichte *Ein deutsches Mädchen wird tschechisch gemacht* stammt von Konrad Rothacker. Das Märchen, das die Frau des Buchhändlers vorträgt, ist *Die Räuberbraut* von den Brüdern Grimm.

Im Text wird auf die Filme *Heimat* und *Lockenköpfchen* Bezug genommen. Da die deutsche Version von *Lockenköpfchen* verloren gegangen ist; stammen die Texte, die im Buch zitiert werden, aus den deutschen Untertiteln und meiner eigenen Übersetzung des amerikanischen Originaldialogs aus *Curly Top*. Bei der in Textauszügen zitierten Wochenschau handelt es sich um die *Deulig-Tonwoche Nr. 3531* vom 5.10.1938.

Meine Informationen über den spanischen Bürgerkrieg beruhen vor allen Dingen auf dem Buch von Antony Beevor *The Spanish Civil War*. Der Einsatz der deutschen Unterseeboote wird darin nicht erwähnt. Meine diesbezügliche Quelle ist der Artikel *Piraten vor Malaga* in der *Zeit* vom 29.11.1991. Ernst Heller, der Autor des Buches *La historia y el servicio postal de las Brigadas Internacionales* hat wichtige Informationen über das Postwesen der Internationalen Brigaden beigesteuert.

Über die Hamburger Polizei im Dritten Reich habe ich das Buch von Helmut Fangmann, Udo Reifner und Norbert

Steinborn *Parteisoldaten – Die Hamburger Polizei im »3. Reich«* benutzt. Darüber hinaus hat mir Herr Tim Jöckel wertvolle Hinweise und Fotos zu diesem Thema gegeben. Weitere Informationen stammen aus dem Buch von Patrick Wagner *Hitlers Kriminalisten.* Bezüglich der Vernehmung von Kindern stütze ich mich auf Kerstin Brückweh: *Mordlust – Serienmorde, Gewalt und Emotionen im 20. Jahrhundert.*

Die Originalbriefe des Eingeweidejägers, aus denen das für den Titel verwendete Zitat stammt, sind leider verloren gegangen. Der entsprechende Ordner im Landesarchiv Berlin ist leer. Fragmente sind jedoch in dem Aufsatz von Rücker abgedruckt worden; aus dieser Quelle stammen die im Text verwendeten Zitate. Das dort ebenfalls abgedruckte Tauben-Gedicht gehört eigentlich in einen anderen Zusammenhang.

Wer die Geschehnisse des Romans auf einem Stadtplan nachvollziehen will, muss berücksichtigen, dass die damaligen Straßennamen zum Teil nicht mit den heutigen Namen übereinstimmen. Es sind:

Adolf-Hitler-Straße = Wilhelmsburger Reichsstraße
Bei der Bühne = Kerschensteinerstraße
Ehestorfer Heerweg = Ehestorfer Heuweg
Große Karlstraße = Zeißstraße
Lagerstraße = Gaußstraße
Mühlenstraße = Schlossmühlendamm
Schulstraße = Bei der Bühne = Kerschensteinerstraße
Vereinsweg = Kaiserstuhl

Die Bahnhöfe Hellkamp, Elbbrücke, Unterelbe und Hausbruch gibt es heute nicht mehr. Ihre Lage ist im Internet leicht herauszufinden.

Dass der Fall Anna Altmann Teil einer Mordserie war, wie

es Rücker zumindest andeutet, halte ich für sehr wahrscheinlich. Ob alle aufgeführten Morde zusammengehören, wie das in dem Roman nahegelegt wird, lässt sich nicht beweisen. Wenn allerdings jedes dieser Verbrechen eine Einzeltat war, könnte Hamburg den zweifelhaften Ruhm für sich beanspruchen, die Metropole der Eingeweidejäger zu sein.

Das Bergwerk Robertshall hat tatsächlich in der beschriebenen Weise existiert. Die Ruine des Waschhauses und die Einsturztrichter in dem ehemaligen Abbaugebiet sind noch heute sichtbar. Hauptquelle hierzu ist der Aufsatz von Hinrich Prigge *Das Braunkohlen-Bergwerk Robertshall bei Hamburg-Hausbruch* im Harburger Jahrbuch 1956. Dr. Stefan Wansa vom Landesamt für Geologie und Bergwesen Sachsen-Anhalt hat mich freundlicherweise über die Besonderheiten des Pfeilerbruchbau-Verfahrens aufgeklärt und mir versichert, dass die im Buch beschriebenen Ereignisse theoretisch möglich wären.

Da über den tatsächlichen familiären Hintergrund des verschwundenen Mädchens wenig bekannt ist, habe ich mir diesen so zurechtgebastelt, wie es für die Handlung sinnvoll erschien. Die Angaben entsprechen sicher nicht den Tatsachen. Bruchstücke stammen aus den Unterlagen zu anderen Fällen, auf die ich in diesem Zusammenhang gestoßen bin.

Zur Lage der Juden in Hamburg 1938 stütze ich mich auf das von Beate Meyer herausgegebene Buch *Die Verfolgung und Ermordung der Hamburger Juden 1933-1945*. Bezüglich der Lage der Mischlinge auf Beate Meyer: *»Jüdische Mischlinge« – Rassenpolitik und Verfolgungserfahrung 1933-1945*. Die Erstellung des rassenkundlichen Gutachtens in Kiel ist in dem Buch detailliert beschrieben worden; ich habe die Vorgänge durch ein paar Zitate aus der *Nationalsozialistischen Heimat- und Erdkunde* von Dr. Franz Schnaß angereichert. Die rassistischen Äußerungen des Geographie-Professors Siegfried Passarge auf der Geburtstagsfeier stammen aus seiner Selbstbiographie *Aus siebzig Jahren* (Manuskript von 1949). Bezüglich der Auswanderung in die USA hat mir Manfred Wichmann vom Jüdischen Museum Berlin wertvolle Hinweise gegeben. Die Anweisungen Heinrich Himmlers bezüglich der Verhaftungsaktion im November 1938 finden sich in der *Chronik 1938*. Die Darstellung der Vorgänge in Harburg am 10. November 1938 stützt sich auf einen Artikel von Dr. Matthias Heyl aus dem Internet. Die Personen, die im Keller der Synagoge festsaßen, haben sich selbst befreit. Einen Kommissar Berger, der ihnen geholfen hätte, hat es leider in Wahrheit nicht gegeben.

Im wirklichen Leben ist Frau Blanck nicht belangt worden. Hugo Blanck ist am 22. Februar 1940 zu 15 Jahren Zuchthaus verurteilt worden. Ebeling schreibt: *Er soll während des Krieges bei Arbeiten in einem Steinbruch zu Tode gekommen sein.*

KBV KRIMINALROMAN

Regine Kölpin

**DIE LEBENS-
PFLÜCKERIN**

Taschenbuch, 308 Seiten
ISBN 978-3-942446-39-6
9,90 EURO

Ostfriesland im Jahr 1545 – Das Land ist zerstritten und es drängen immer mehr Glaubensflüchtlinge aus Holland ins Land. Zu dieser Zeit muss die Hebamme Hiske Aalken aus dem benachbarten Jever fliehen, da sie dort als »Toversche«, als Hexe, angeklagt ist. Sie flieht in die Herrlichkeit Gödens und wird gleich bei ihrer Ankunft mit der bestialischen Ermordung des Cornelius von Ascheburg konfrontiert. Und sie stößt auch auf eine Gruppe von Menschen, die in einer Wagenburg rund um die Burg Gödens lebt. Die Menschen halten heimliche nächtliche Treffen ab und sind verschlossen und geheimnisvoll.
Ein Junge schleicht völlig verwildert und keiner Artikulation mächtig um das Lager herum. Als Hiske sich seiner annimmt, macht sie sich damit nicht gerade neue Freunde.

Schließlich erreicht der charismatische Arzt Jan Valkensteyn aus Amsterdam die Herrlichkeit Gödens, und plötzlich stößt Hiske in ihrem Kräutergarten auf eine Leiche. Und unversehens liegt wieder der Vorwurf der Hexerei in der Luft, und was das für Hiske bedeutet, weiß sie nur zu gut …

*»Gut recherchierter, spannend geschriebener historischer Krimi.«
ekz Bibliotheksservice*